丰子恺译文集

第二卷

丰陈宝 丰一吟
杨朝婴 杨子耘
丰睿

编

ZHEJIANG UNIVERSITY PRESS
浙江大学出版社

本卷说明

本卷收录丰子恺译屠格涅夫著《猎人笔记》一书，是译者根据莫斯科国家文学出版社一九五四年出版的《屠格涅夫十二卷集》第一卷译出。该译本最早由人民文学出版社于一九五五年十一月作为"外国文学名著丛书"之一而出版，本卷即根据此版本刊出。

本卷目录

猎人笔记

［俄］屠格涅夫　著

丰子恺　译

目　录

霍尔和卡里内奇

　　凡是从波尔霍夫县来到日兹德拉县的人，对于奥廖尔省人和卡卢加省人的性质的显著差异，大概都会惊讶的。奥廖尔省的农人身材并不高大，背有点儿驼，神气阴郁，蹙着眉头看人，住在白杨木造的蹩脚的农舍里，服着劳役，他们不做买卖，吃得很不好，穿着草鞋；卡卢加省的代役租农民就不然，他们住的是松木造的宽敞的农舍，身材高大，眼色勇敢而愉快，面孔清爽而白皙；他们贩卖牛酪和柏油，每逢节日总穿长统靴。奥廖尔省的村庄（我们现在说的是奥廖尔省的东部）大都位在耕地的中央、草草地改成污泥池的溪谷的旁边。除随时准备效劳的几株爆竹柳和两三株消瘦的白桦树之外，一俄里〔1〕内周围连小树也看不见一株；屋子紧靠着屋子；屋顶上盖着腐烂的麦秆。……卡卢加省的村庄就不然，大部分都围绕着树林；屋子的位置较为疏朗而整齐，屋顶上盖着木板；大门紧闭，后院的篱笆并不散乱，也不向外倾倒，不会招呼过路的猪进来做客。……在猎人看来，卡卢加省也较好。奥廖尔省再过五年光景，最后的树林和灌木丛林势将消失，沼地也将绝迹，卡卢加省就同它相反，林地绵延数百俄里，沼地有数十俄里，珍贵的松鸡尚未绝迹，温良的山鹬也还栖居着，忙碌的鹧鸪突然飞起，使得猎人和狗又欢喜，又吃惊。

---

　　〔1〕　1俄里等于1.067公里。

　　我有一次到日兹德拉县去打猎,在野外遇见卡卢加省的一个小地主波鲁德金,就和他相识了。他酷爱打猎,因此是一个出色的人。他的确也有一些弱点:例如,他曾经向省里所有的豪富女郎求婚,被人拒绝了,不准上门,便怀着悲痛的心情向所有的朋友和熟悉的人诉苦,一方面照旧把自己果园里的酸桃子和其他未成熟的果子当作礼物送给女郎的父母;他喜欢重复讲述同一个笑话,这笑话尽管波鲁德金先生自己认为极有意义,却实在从来不曾使任何人发笑过;他赞扬阿基姆·那希莫夫[1]的文章和小说《宾那》[2];他说起话来口吃,他把他的狗称为天文学家;他把"但是"说成"但系",他家里采用法国式烹调,这种烹调的秘诀,据他的厨子的理解,在于使每种食物的天然滋味完全改变;肉经过这能手的烹调带有鱼味,鱼带有蘑菇味,通心粉带有火药味;不过汤里面放的胡萝卜,全都是菱形的或梯形的。然而除了这些为数不多而又无关重要的缺点,波鲁德金先生,如前所说,是一个出色的人。

　　我同波鲁德金先生相识的第一天,他就邀我到他家里去宿夜。

　　"到我家里大约有五俄里,"他说,"步行是太远了;让我们先到霍尔家去吧。"(读者谅必会允许我不照样传达他的口吃。)

　　"霍尔是谁呀?"

　　"是我的佃农,……他家离这儿很近。"

　　我们就到霍尔家去。在树林中央整理过并耕作过的空地上,孤零零地耸立着霍尔的庄园。这庄园包括几间松木构成的屋子,用围墙连结起

---

　　[1] 阿基姆·那希莫夫(1782—1814),俄国十九世纪初叶的诗人,讽刺诗和寓言的作者。

　　[2]《宾那》,俄国的一个凡庸作家马尔科夫(1810—1876)的小说。别林斯基曾经在他的一篇论文里严厉地讥讽这小说,称它为"呓语"。

来,正屋的前面有一个用细柱子支撑着的敞棚。我们走进去,看见一个二十来岁的、身长貌美的青年小伙子。

"啊,菲嘉！霍尔在家吗?"波鲁德金先生问他。

"不在家。霍尔进城去了,"这青年露出一排雪白的牙齿,微笑着回答。"要准备马车吗?"

"是的,阿弟,要马车。还要给我们拿点克瓦斯[1]来。"

我们走进屋子里去。圆木造成的清洁的壁上,一张苏兹达尔的图画[2]也没有贴;在屋角里,在装着银质衣饰的沉重的圣像前面,点着一盏神灯;菩提树木的桌子是不久以前刮洗干净的;圆木条中间和窗子的侧框上,没有敏捷的茶婆虫钻来钻去;也没有沉思似的蟑螂隐藏着。那青年小伙子很快就拿着一只装满出色的克瓦斯的白色大杯子、一大块小麦面包和装着一打腌黄瓜的木钵子走出来了。他把这些食物统统摆在桌子上了,身子靠在门上,然后带着微笑不时地向我们看。我们还没有吃完小菜,马车已经在阶前响动了。我们走出去。一个大约十五岁的、头发鬈曲、双颊嫣红的男孩子坐在车上当马车夫,很费力地勒住一匹肥胖而有斑纹的公马。马车的周围,站着相貌十分相像而又很像菲嘉的六个身材魁梧的小伙子。"都是霍尔的孩子!"波鲁德金说。"都是小霍尔[3],"菲嘉接着说,他已经跟着我们走出来,到了台阶上,"还没有到齐呢,波塔泼在林子里,西多尔跟老霍尔进城去了,……当心啊,华西亚,"他转向马车夫,继续说,"要跑得快啊:载的是老爷呢。不过,开上土堆的时候要当心,走得慢些;不然,弄坏了车子,震坏了老爷的肚子!"别的小

---

[1]　一种清凉饮料。

[2]　苏兹达尔,乌拉基米尔省里的一个县份,其地出产简陋的木版画。

[3]　俄文"霍尔"(хорь)是"黄鼠狼"的意思。

霍尔听到了菲嘉的俏皮话都微微一笑。"把天文学家载上去!"波鲁德金先生神气地喊一声。菲嘉兴冲冲地把那勉强含笑的狗高举在空中,把它放在车子里了。华西亚放松了马缰绳。我们的马车开动了。"这是我的事务所,"波鲁德金先生指着一所矮小的房子,突然对我说,"要不要去看看?""好吧。""这事务所现在已经撤销了,"他说着,爬下车来,"可还是值得一看。"这事务所包括两个空房间。看守人,一个独眼的老头儿,从后院子里跑出来。"你好,米涅伊奇,"波鲁德金先生对他说,"水在哪儿啊?"独眼老头儿走了进去,立刻拿着一瓶水和两只杯子回来了。"请尝一尝,"波鲁德金对我说,"我这水是很好的泉水。"我们每人喝了一杯,这时候老头儿向我们深深地鞠一个躬。"唔,现在我们可以去了吧,"我的新朋友说。"在这事务所里我卖了四俄亩[1]林地给商人阿利鲁叶夫,得到好价钱呢。"我们坐上马车,过了半个钟头,已经开进领主邸宅的院子里了。

"请问,"晚餐的时候我问波鲁德金,"为什么您的霍尔跟您其他的佃农分开住呢?"

"是这么一回事:他是一个聪明的佃农。大约二十五年前,他的屋子给火烧了;他就跑来对我先父说:'尼古拉·库齐米奇[2],请您允许我迁居到您林子里的沼地上去吧。我会付高价的代役租给您。''你为什么要迁居在沼地上呢?''我要这样;只是您哪,尼古拉·库齐米奇老爷,请您不要派我做任何工作,至于多少代役租,由您决定好了。''每年五十卢

---

〔1〕 1俄亩等于1.093公顷。

〔2〕 波鲁德金的父亲,全部姓名是:尼古拉·库齐米奇·波鲁德金。这里尼古拉是名字,库齐米奇是父称,波鲁德金是姓。仅称名字及父称而不带姓,是表示尊敬。所以农人可以这样称呼自己的主人。

布!'‘好吧。’‘我可是不准欠租的!’‘当然,决不欠租……’这样,他就迁居在沼地上了。从这时候起,人家就给他取个外号叫霍尔。’”

“那么,他现在发财了吗?”我问。

“发财了。他现在付给我一百卢布的代役租,我也许还要涨价呢。我几次三番对他说:‘赎了身吧,霍尔,喂,赎了身吧!……’可是他这个滑头,咬定没有办法;说是没有钱,……其实不见得是真的呢!……”

第二天,我们喝过了茶,立刻又出发去打猎。经过村里的时候,波鲁德金先生吩咐马车夫在一所低低的农舍旁边停了车,大声地叫唤:“卡里内奇!”“马上来了,老爷,马上来了,”从院子里传出声音来,“我在缚草鞋呢。”我们的车子就慢慢地开了;开出村子以后,一个四十岁左右的、身材瘦长、小小的头向后仰起的人赶上了我们。这就是卡里内奇。他那和善的、黝黑的、有几处麻斑的脸,使我一见就喜欢。卡里内奇(我后来才知道)每天陪主人去打猎,替他背猎袋,有时还背枪,侦察鸟在哪里,取水,采草莓,搭棚,跟着马车跑;没有了他,波鲁德金先生一步也走不动。卡里内奇是一个性情最愉快、最温顺的人,嘴里不断地低声唱歌,无忧无虑地向四处眺望,说话略带鼻音,微笑的时候总是眯着淡蓝色的眼睛,又常常用手去摸他那稀薄的尖胡子。他走路不快,但是步子很大,轻轻地拄着一根细长的拐杖。这一天他同我谈了好几次话,伺候我的时候毫无卑屈的态度;但是他照顾主人,像照顾小孩一样。当正午的难堪的炎热逼得我们不得不找寻荫庇处的时候,他引导我们到树林深处他的养蜂房那里去。卡里内奇替我们打开了一间挂着一束束干燥的香草的小屋,叫我们躺在新鲜的干草上,自己头上戴了一只有网眼的像袋一样的东西,拿了刀子、罐子和燃着的木片,到养蜂房里去替我们割蜜。我们和着泉水,喝了透明而温暖的蜜汁,就在蜜蜂的单调的嗡嗡声和树叶的叨叨的絮语声中睡着了。——一阵微风把我吹醒。……我睁开眼睛，看见卡里内奇：他坐在半开的门的门槛上，正在用刀子雕一个瓢。我对他的像傍晚的天空一般温和而明朗的脸欣赏了好一会。波鲁德金先生也醒来了。我们并不立刻起身。在长久的步行和沉酣的睡眠之后一动不动地躺在干草上，觉得很适意；浑身舒服而疲倦，脸上发散出轻微的热气，甘美的倦怠使人睁不开眼睛。终于我们起来了，又去散步，直到傍晚。晚餐的时候，我又谈到霍尔，还谈到卡里内奇。"卡里内奇是一个善良的庄稼汉，"波鲁德金先生对我说，"一个勤恳而殷勤的庄稼汉，但系他不能够好好地务农，因为我老是拖走他。他每天陪我去打猎，……怎么还能够务农呢，您想。"我同意了他的话，我们就睡觉了。

下一天，波鲁德金先生为了和邻人比朱可夫打官司，必须进城去。邻人比朱可夫耕了他的地，而且在这耕地上鞭打了他的一个农妇。我一个人出去打猎，傍晚以前到霍尔家去弯弯，在门口看到一个秃头的、矮身材的、肩胛宽阔而体格结实的老头儿——这就是霍尔本人。我带着好奇心看看这个霍尔。他的相貌很像苏格拉底：高高的有疙瘩的前额，小小的眼睛，翻孔的鼻子，都同苏格拉底一样。我们一同走进屋子里。前天见过的菲嘉拿出牛奶和黑面包来给我吃。霍尔坐在长凳上，异常沉着地抚摩着他的鬈曲的胡须，同我谈起话来。他似乎感觉到自己身份的优越，说话和行动都慢吞吞，有时在长长的口髭底下露出微笑。

我同他谈到播种，谈到收获，谈到农家的生活。……他对于我的话似乎一直表示赞同；只是后来我倒不好意思起来，我觉得我说的话不恰当。……我们的谈话似乎有些异样了。霍尔说话有时很奥妙，大约是小心的缘故。……下面便是我们的谈话的一例：

"我问你，霍尔，"我对他说，"你为什么不向你的主人赎身呢？"

"我为什么要赎身？现在我和我的主人相处得很好，我的代役租也能照付，……我们的主人很好。"

"可是一个人总是自由的好，"我说。

霍尔斜看我一眼。

"那当然，"他说。

"那么，你为什么不赎身呢?'

霍尔摇摇头。

"老爷，你叫我拿什么来赎身呢？"

"唉，得了吧，老头儿……"

"霍尔要是做了自由人，"他低声地继续说，仿佛是自言自语，"凡是没有胡子的人〔1〕，就都管得着霍尔了。"

"那么，你也可以把胡子剃掉。"

"胡子算得了什么？胡子是草啊，要割掉也可以的。"

"那还说什么呢?"

"也许霍尔还是索性做了商人；商人生活过得好，而且也留胡子。"

"怎么，你不是已经在那里做生意了吗?"我问他。

"那不过是稍微贩卖些牛酪和柏油。……怎么样，老爷，要不要准备马车？"

"你这个人说话好谨慎，心里很狡猾呢。"我这样想。

"不，"我说，"我不需要马车；明天我想在你这庄园近旁走走，如果你允许的话，我想在你的干草屋里过夜呢。"

---

〔1〕 霍尔所指的是剃掉胡子的绅士们，主要是官吏们。在屠格涅夫所描写的时代，根据尼古拉一世的命令，是严禁他们蓄须的。

"很欢迎。可是你住在干草屋里怕不舒服吧？让我吩咐娘儿们替你铺床单,放枕头。喂,娘儿们!"他站起身来,叫道,"娘儿们,过来! ……菲嘉,你和她们同去吧。娘儿们都是蠢货。"

过了一刻钟,菲嘉提着灯笼领我到干草屋里去。我投身在芬芳的干草上了,狗在我脚边蜷做一团;菲嘉向我道了晚安,"呀"的一声,门就关上了。我有很久睡不着。一头母牛走到门边来,大声地喷了两口气;狗威严地向它狂吠起来;一只猪一股心思地哼着,从屋边走过;附近不知什么地方有一匹马嚼起干草来,打着响鼻,……我终于打起盹来。

清早,菲嘉叫醒了我。这个愉快而活泼的小伙子我觉得非常可爱;而且,据我所见,他也是老霍尔的宠子。两人常常很亲睦地互相搭讪。老头儿出来招呼我。不知道是我在他家里过了夜的缘故,还是另有别的缘故,霍尔对待我比昨天亲切得多了。

"茶炊已经替你准备好了,"他微笑着对我说,"我们去喝茶吧。"

我们坐在桌子旁边了。一个强壮的农妇,是他的媳妇当中的一个,拿来了一罐牛奶。他的全班儿子一个个走进屋里来。

"你真是儿孙满堂!"我对老头儿说。

"嗯,"他咬下一小块糖,说,"他们对我和老妻倒似乎没有什么可以抱怨的。"

"他们都跟你住在一起吗?"

"是的。他们自己都要跟我住在一起,也就住在一起了。"

"都娶亲了吗?"

"就这一个,顽皮东西,还没有娶亲,"他指着菲嘉回答我说,菲嘉又照老样子靠在门上了。"华西亚,他年纪还小,可以不忙。"

"我为什么要娶亲?"菲嘉回驳他,"我还是这样的好。我要老婆做什么？要来同她吵架,是不是?"

"嘿,你这东西,……我知道你的! 你戴上银戒指,……只想一天到晚同那些丫头们鬼混。……'好啦好啦,不要脸的!'(老头儿模仿丫头们的口气说。)我知道你的,你这懒虫!"

"老婆有什么好处呢?"

"老婆是劳工,"霍尔认真地说。"老婆就是庄稼汉的仆人。"

"我要劳工做什么呢?"

"不用说啦,你是喜欢不劳而获的。你们这种人的心事我们都懂得。"

"既然这样,那你就给我娶亲吧。咦? 怎么了! 你为什么不开口?"

"唉,得了,得了,你这顽皮家伙。你瞧,我们把老爷吵得心烦了。我会给你娶亲的,别担心。……老爷,请你别生气。孩子年纪小,还不懂得规矩。"

菲嘉摇摇头。……

"霍尔在家吗?"门外传来熟悉的声音,卡里内奇走进屋子来,手里拿着一束野莓,这是他采来送给他的好友霍尔的。老头儿殷勤地迎接他。我吃惊地望望卡里内奇,我实在料不到农人也有这种"温情"。

我这一天出门打猎,比平常迟了大约四个钟头;此后的三天,我都住在霍尔家里。我这两个新相识引起了我的兴味。不知道我凭什么取得了他们的信任,他们都毫无拘束地跟我谈话。我津津有味地听他们的话,观察他们。这两个朋友毫无一点类似的地方。霍尔是积极的、实际的人,有办事的头脑,是一个纯理性的人;卡里内奇同他相反,是属于理想家、浪漫主义者、热狂而好幻想的人物之类的。霍尔能理解现实,所以他造房子,积钱财,跟主人和其他有权势的人和睦相处;卡里内奇则穿着草鞋,勉强度着艰苦的日子。霍尔有一个人丁兴旺、驯服和睦的大家庭;卡里内奇曾经有过老婆,可是他怕她,而且孩子一个也没有。霍尔看透波鲁德金先生的为人;卡里内奇则崇拜他的主人。霍尔爱卡里内奇,常常庇护他;卡里内奇爱霍尔,并且尊敬他。霍尔很少讲话,脸上现出微笑而肚子里做工夫;卡里内奇说话带着热情,却并不像伶俐的工厂人员那么花言巧语。……但是卡里内奇有种种特长,这是霍尔也承认的;例如:他念起咒来,就能止血、镇惊、愈疯,他又能除蛆;他养蜜蜂容易成功,他的手是吉利的。[1] 霍尔当我面前要求他把新买来的马带进马厩里去,卡里内奇就诚恳地、一本正经地履行这老怀疑家[2]的嘱托。卡里内奇接近于自然;霍尔则接近于人类和社会。卡里内奇不喜欢议论,盲目地信任一切;霍尔则眼光很高,甚至有玩世不恭的态度。他见的很多,知道的很多,我跟他学得了不少知识。例如:我从他的叙述中知道,每年夏天割草以前,必有一辆样式特殊的小马车开到各个村子里来。这马车里坐着一个穿长襟外衣的人,在卖大镰刀。倘是现金,每把收一卢布二十五戈比[3]至一个半卢布的纸币;倘是赊账,则收三卢布纸币,一个银卢布。当然,所有的农人向他买镰刀的时候都赊账。过了两三个星期,这个人又出现,来收账了。农人刚刚收割燕麦,所以都能够付账;农人同这商人到酒店里去,就在那里付清账款。有些地主想自己用现金把镰刀买进,然后赊售给农人们,取同样的价钱;哪知农人们很不满意,甚至没精打采。因为本来他们可以用手指弹弹镰刀,听听声音看,把它拿在手里翻

---

〔1〕 照迷信的说法,有些人的手是吉利的,会给人带来幸福和成功;因此常有人请他们用吉利的手来把新买的马牵进院子里、马厩里去,或者请他们安置新的蜂房等等。

〔2〕 怀疑家,指多疑心的人,凡没有证实的事他都不肯相信。

〔3〕 一卢布等于一百戈比。

来覆去,无数遍地质问那奸猾的贩子。"喂,小伙子,这镰刀不大好吧?"——向地主买便丧失了这种乐趣。在买小镰刀的时候,也有这同样的把戏,所不同的,这时候还有女人参与其事,有时弄得那贩子没有办法,不得不用拳头教训教训她们。但是最使得女人们吃亏的,是下面所说的事:造纸厂的原料采办人委托一种特殊的人去收购破布,这种人在某些县里称之为"鹰"。这种"鹰"从商人那里领得了大约两百卢布的纸币,就出门去找求货物。但是他和他被称呼的那种高尚的鸟完全不同,并不公然地、大胆地来袭击,反之,这种"鹰"却运用狡诈和奸计。他把他的车子停在村庄附近的丛林里,自己走到人家的后院或后门口去,装作是一个过路人或者只是一个闲散人的样子。女人们凭感觉猜测到他来了,就偷偷地出去同他会面。交易匆匆地完成。女人为了几个铜币,不但把一切无用的破布卖给这"鹰",又常常连丈夫的衬衫和自己的裙子也都卖给他。近来女人们更发现一种有利的办法,就是把自己家里的大麻、特别是雄麻偷出来,用同样的方法出卖。这么一来,"鹰"的业务就大大地扩展而改进了!但是农人也学乖了,略有一点儿可疑,稍微听到一点"鹰"来到的风声,他们立刻敏捷地从事戒备和预防。事实上,这不是可耻的事吗?卖大麻是他们的事,——而且他们的确在卖它,——不是到城里去卖(到城里去卖要亲自去),而是卖给外来的小贩,这些小贩因为没有带秤,规定四十把作为一普特[1]计算——可是你们都知道,俄罗斯人的手掌是什么样的,什么叫做一把,尤其是在他"卖力"的时候!——像这样的故事,我这阅世不深、对乡村生活不"老练"(像我们奥廖尔省人所说)的人,实在听到了不少。但是霍尔并不只是自己讲,他也

---

〔1〕　普特是俄国重量单位的名称。1普特等于16.38公斤。

问了我不少话。他知道我曾经到过外国，他的好奇心便勃发了。……卡里内奇也不比他差。但是卡里内奇所最感兴味的，是关于自然、山、瀑布、特殊的建筑物、大都市的话；而霍尔所感到兴味的，是行政和国家的问题。他总是有条有理地发问："他们那里也同我们这里一样，还是两样的？……喂，请告诉我，老爷，是怎么样的？……""啊！哦，天哪，有这种事！"我叙述的时候卡里内奇这样惊叹；霍尔则不开口，锁着浓眉，只是偶尔说："这在我们这里行不通呢，这倒是好的——这很合理。"我不能把他的一切问话都传达给你们，而且也没有这必要；但是从我们的谈话中，我得到了一个信念，这恐怕是读者怎么也预料不到的，这信念就是：彼得大帝本质上是俄罗斯人，正是在他的改革中看得出他是俄罗斯人。俄罗斯人那么确信他自己的力量和坚毅，连折磨自己都情愿：他很少留恋过去，而勇敢地向前面看。凡是好的他都喜欢，凡是合理的他都接受，至于这是从哪里来的，他一概不问。他的健全的思想喜欢嘲笑德国人的枯燥的理性；但是照霍尔所说，德国人是富于好奇心的小民族，他准备向他们学习些。霍尔凭借他自己的地位的特殊性和实际上的独立，跟我谈了许多在别人是农人们所谓压也压不出、挤也挤不出的话。他的确很明白自己的地位。我和霍尔谈话，才第一次听到了俄罗斯农民的纯朴而聪明的言语。他的知识，就他的身份而论，是非常广博的，但是他不识字；卡里内奇却会。"这浪子会识字呢，"霍尔说，"他养蜜蜂也顺利，从来不死的。""你的孩子们你都给他们识字吗？"霍尔沉默了一会，说："菲嘉识的。"别的呢？""别的都不识。""为什么呢？"老头儿不回答，把话头转到别处去了。然而，不管他多么聪明，他也有许多执拗和偏见。例如，他从心底里看轻女人，而在他心情愉快的时候就嘲笑和侮辱她们。他的妻子是一个喜欢吵闹的老太婆，一天到晚不离开炕上，不断地发牢骚，骂人；儿子们不去理睬她,但是她使得媳妇们像敬神一样怕她。怪不得在俄罗斯的小曲里婆婆这样唱:"你怎么做我的儿子,你怎么做当家人! 你不打老婆,你不打新妇。……"我有一次曾经想庇护媳妇们,企图唤起霍尔的怜悯心;但是他坦然地回驳我说:"你何苦管这种……小事,——让女人们去吵架吧。……劝解她们反而不好,也犯不着自讨烦恼。"有时这凶恶的老太婆走下炕来,从穿堂里叫出看家狗来,喊它:"过来,过来,狗儿!"就用拨火棍殴打狗的瘦瘦的背脊;或者站在敞棚底下,对所有的过路人——如霍尔所说——"骂街"。可是她怕她的丈夫,他发一个命令,她就回到自己的炕上去了。但是特别有趣味的,是听卡里内奇和霍尔谈到波鲁德金先生时的争吵。"哼,霍尔,在我面前你不要议论他,"卡里内奇说。"那么他为什么不给你做靴子呢?"那一个反驳。"嗨,靴子! 我要靴子做什么用? 我是个庄稼汉……""我也是个庄稼汉呀,可是你瞧……"说到这里,霍尔就举起脚来,把那双仿佛是巨象皮制的靴子给卡里内奇看。"唉,你是和我们不同的啊!"卡里内奇回答。"那么,至少草鞋钱总得给你,你是陪他去打猎的呀;大约一天要一双草鞋吧。""他给我草鞋钱的。""是的,去年赏了你一个十戈比银币。"卡里内奇恨恨地把脸扭开去,霍尔放声大笑起来,这时候他的一双小眼睛完全消失了。

卡里内奇唱歌唱得很悦耳,他还弹了一会三弦琴。霍尔听他弹,听着听着,忽然侧转了头,跟着他唱出悲哀的声音来。他特别喜欢《我的命运啊,命运!》这支歌。菲嘉不放过取笑父亲的机会。"老人家,你怎么感伤起来了?"霍尔管自用手托着面颊,闭着眼睛,继续诉说他自己的命运。……可是在别的时候,没有人比得上他的勤勉:他不绝地摸摸索索——修理马车呀,支撑栅栏呀,检查挽具呀。然而他不大保持清洁,有一次我提到了,他回答我说:"屋子里应该有住人的气味。"

"你看，"我回驳他，"卡里内奇的蜂房里多么清洁。"

"蜂房里倘不清洁，蜜蜂就不肯住了，老爷。"他叹一口气对我说。

"请问，"又有一次他问我，"你有世袭领地吗？""有的。""离这儿远吗？""大约一百俄里。""那么，老爷，你住在自己的世袭领地上吗？""是啊。""大概弄枪的时候多吧？""的确是这样。""那很好，老爷；你就打打松鸡吧，可是村长得常常调换。"

第四天傍晚，波鲁德金先生派人来接我。我跟老头儿分别，觉得很可惜。我和卡里内奇一同坐上马车。"再见了，霍尔，祝你健康，"我说，……"再见，菲嘉。""再见，老爷，再见，别忘记我们。"我们动身了。晚霞刚刚发出红光。"明天准是好天气了，"我看看明朗的天空，这样说。"不，要下雨了，"卡里内奇回驳我，"因为那边的鸭子在泼水，而且草的气息很浓烈。"我们的车子开进了丛林。卡里内奇坐在驾车台上，身体颠动着，嘴里轻轻地唱起歌来，一面不绝地眺望着晚霞。……

下一天，我离开了波鲁德金先生的好客的家。

叶尔莫莱和磨坊主妇

……傍晚,我同猎人叶尔莫莱出去"守击"。……可是什么叫做守击,恐怕我的读者不是每个人都知道的。那么诸君,请听我说。

春天,在太阳落山前一刻钟,你背着枪,不带狗,到树林里去。你在靠近树林边缘处给自己找一个地方,向四周探望一下,检查一下弹筒帽,对同伴互相使个眼色。一刻钟过去了。太阳落山了,但是树林里还很明亮;空气清爽而澄彻;鸟儿叽叽喳喳地叫着;嫩草像绿宝石一般发出悦目的光彩,……你就等待着。树林内部渐渐黑暗起来了;晚霞的红光慢慢地沿着树根和树干移动,越升越高,从几乎还未生叶的低枝移到一动不动的、睡着的树梢。……一会儿树梢也暗起来了;红色的天空开始发蓝。树林的气息浓烈起来;微微地发散出温暖的湿气;吹进来的风在你身边静息了。鸟儿睡着了——不是一下子全部入睡的,因为种类不同,迟早也不同:最初静下来的是燕雀,过一会儿便是知更鸟,接着是鸫白鸟。树林里越来越暗。树木融合成黑压压的大团块;蓝色的天空中羞怯地出现了最初的星星。鸟儿全都睡着了。只有红尾鸟和小啄木鸟还懒洋洋地发出口哨似的叫声。……一会儿它们也静寂了。又一次在你头上发出柳莺的响亮的叫声;黄鹂在某处凄惨地叫了一阵,夜莺开始歌唱了。你等得心焦了,忽然,——但是只有猎人才能了解我的话,——忽然从深沉的静寂中传出一种特殊的喀喀声和咝咝声,听见急促而匀称的鼓翼声，——就有山鹬优雅地斜着它们的长长的嘴，从阴暗的白桦树后面轻快地飞出来迎接你的射击了。

这就叫做"守击"。

我就同叶尔莫莱出去守击。但是对不起，诸君，我得先把叶尔莫莱给你们介绍一下。

请想象一个年约四十五岁的人，身材高而瘦，鼻子长而细，额骨狭狭的，眼睛灰色的，头发蓬松，嘴唇宽阔，带着嘲笑的神气。这个人无冬无夏，穿着一件德国式的黄色的土布外衣，但是腰里系着一根带子；穿着蓝色的灯笼裤，戴着一顶羔皮帽子，这是破落的地主高兴的时候送给他的。腰带上缚着两只袋：一只袋在前面，巧妙地扎成两半，一半装火药，一半装散弹；另一只袋在后面，是装野味的。至于棉屑，叶尔莫莱是从自己头上那顶万宝囊似的帽子里取出来的。他卖了野味所得的钱，本来很可以替自己买一只弹药囊和一只背袋，但是他根本从来不想起买这类东西，只管照老法装他的枪。他善于避免散弹和火药撒出或混杂的危险，其手法的敏捷，使得旁观者都吃惊。他的枪是单筒的，装着燧石，又有猛烈地"后坐"的坏脾气，因此叶尔莫莱的右颊常常比左颊肿大。他怎样能用这支枪来打中野味，连机敏灵巧的人也想不出来，但是他竟会打中。他还有一头猎狗，名叫华列特卡，是一个极奇怪的东西。叶尔莫莱从来不喂它。"我才不喂狗呢，"他断言说，"况且狗是聪明的动物，它自己会找食物。"果然，华列特卡的过分的瘠瘦虽然使得不相干的过路人看了也吃惊，但是它照样活着，而且活得很久；不管它的境遇如何不幸，它却从来没有一次逃走过，也从来没有表示过想离弃它的主人的意思。只是它年轻的时候有一次，为恋爱所迷惑，离去了两天；但是这种傻气不久就消失了。华列特卡的最优秀的特性，是它对于世间一切事物的神秘的冷淡。……倘使现在所讲的不是狗，那么我将用"悲观"这两个字。它通常把短尾巴蜷在身子下面坐着，蹙着眉头，身体时时颤抖，而且从来不笑。（大家都知道，狗是会笑的，而且笑得很可爱。）它长得极其丑陋，空闲的仆役，只要一有机会，就毒辣地嘲笑它的相貌；但是对于这一切嘲笑甚至殴打，华列特卡都用可惊的冷静来忍受；它给厨子们以特别的快乐：当它由于不仅是狗所独有的弱点而把馋嘴涎脸插进暖香逼人的厨房的半开的门里去的时候，厨子马上放下了工作，大声叫骂着追赶它。在出猎的时候，它的特长是不知疲劳，又有相当灵敏的嗅觉；但是，如果偶然追到了一只被打伤的兔子，它就远远地避开了那个用一切听得懂的和听不懂的方言怒骂着的叶尔莫莱，在绿丛林下阴凉的地方津津有味地把它吃得一点骨头都不剩。

叶尔莫莱是我的邻居中一个旧式地主家里的人。旧式地主不喜欢"鹬鸟"，而偏爱家禽。除非在特殊的情况下，例如在生日、命名日和选举日，旧式地主家的厨子才备办长嘴鸟，他们陷入了俄罗斯人当自己不大懂得怎样做的时候所特有的狂热状态中，便想出一种离奇古怪的调味法来，使得大部分客人都好奇而出神地观望端上来的菜，却决不敢尝一尝味道。叶尔莫莱被命令每月送两对松鸡和鹬鸪到主人的厨房里，主人却不管他住在什么地方，靠什么过活。人们都不要他帮忙，把他看作一无所长的人——好像我们奥廖尔地方所谓的"废物"。火药和散弹当然都不发给他，完全依照他不喂他的狗的规律。叶尔莫莱是一个很奇怪的人：他像鸟一样无心无思，很喜欢说话，样子散漫而笨拙，酷爱饮酒，到处住不长久，走路的时候拖着两条腿，摇摇摆摆，——这样拖着两条腿，摇摇摆摆地走，一昼夜可以走大约五十俄里的路。他经历过极多样的冒险：在沼地里、树上、屋顶上、桥底下过夜，不止一次地被关闭在阁楼里、地窖里、棚屋里,失去了枪、狗、最必需的衣服,长久地被人痛打,——然而过了不久,他又穿着衣服,背着枪,带着狗回家来了。他的心境虽然差不多常常是很安闲的,但是不能称为愉快的人;一般说来他像是一个古怪人。叶尔莫莱喜欢跟好人聊天,尤其是在喝酒的时候,但是并不继续长久,往往站起身来就走了。"你这鬼东西上哪儿去呀?已经夜深了呢。""到恰普里诺去。""你到十俄里外的恰普里诺去干吗呀?""到那边的庄稼汉索夫龙家里去过一夜。""在这儿过夜吧。""不,不行。"叶尔莫莱就带着他的华列特卡,在黑夜里穿过丛林和水洼而去了;可是,庄稼汉索夫龙也许不让他走进自己的院子里去,而且说不定会打他一个耳光,对他说:不要打扰清白人家。然而叶尔莫莱有一些巧妙的本领,没有人比得上他:他能在春汛期间捕鱼,用手捉虾,凭感觉找寻野味,招引鹌鹑,驯养鹞鹰,捉住那些能唱"魔笛""杜鹃飞渡"[1]的夜莺……。只有一件事他不会,就是训练狗;他没有这种忍耐力。他也有老婆。他每星期到她那里去一次。她住在一间极坏的、半倒塌的小屋里,勉勉强强地过着艰难的日子,从来不晓得明天能不能吃饱,总之,一直过着苦命的生活。叶尔莫莱这个无思无虑的、好心肠的人,对待她却残酷而粗暴,他在家里装出威武而严肃的态度,——他的可怜的妻子不知道怎样去讨好他,看到丈夫的眼色就发抖,常常拿出最后一个戈比来替他买酒;当他大模大样地躺在炕上酣睡的时候,她就卑躬屈节地替他盖上自己的皮袄。我也曾经不止一次地亲眼看到他无意之中露出一种阴险的凶暴相,我不喜欢他咬死打伤的鸟时脸上的表情。可是叶尔莫莱从来没有在家里住过一天以上;一到了别的地方,他又变成了"叶尔莫尔卡"——一百俄里以内大家

---

〔1〕　爱好夜莺的人都熟悉这些名称:这是夜莺歌声中最美妙的"曲节"。——原注。

都这样称呼他,有时他自己也这样称呼自己。最下级的仆役对这个流浪人也感觉到自己的优越;大概正是因为这个缘故,他们对他都很亲热。农人们起初都喜欢追逐他,像捉田野里的兔子一样捕捉他,但是过后又放了他,一知道他是一个古怪人,就不再同他为难,甚至给他面包,跟他谈起话来了。……我就是拉了这个人来作猎师,和他一同到伊斯塔河岸上一个很大的桦树林里去守击的。

俄罗斯有许多河同伏尔加河一样,一面的岸是山地,另一面的岸是草地;伊斯塔河也是这样。这条小小的河非常曲折,蜿蜒如蛇,没有半俄里是直流的,有的地方,从峻峭的山冈上望下来,可以看见约十俄里的流域内的堤坝,池塘、磨坊、菜园,周围都是爆竹柳和繁茂的果园。伊斯塔河里的鱼是无量数的,大头鲹尤其多(农人们热天常在灌木丛底下用手捉这种鱼)。一些小小的沙钻鸟啾啾地叫着,沿着到处都是清冷的泉水的峻嶒的河岸飞过;野鸭浮游到池塘的中央,小心地环顾着;苍鹭屹立在水湾里峭壁下面的阴影中。……我们守击了大约一小时,打着了两对山鹬,想在太阳出来以前再来碰碰运气看(早晨也可以守击),就决定到附近的磨坊里去过一夜。我们从树林里走出来,跑下山冈去。河里荡漾着深蓝色的水波;空气由于夜雾弥漫而浓重起来。我们敲门。院子里有几只狗叫起来。"是谁?"里面传出一个沙哑的、瞌睡懵懂的声音来。"是猎人,让我们借宿一夜吧。"没有回答。"我们会付钱的。""让我去问问主人,……嘘,可恶的狗!……还不给我死掉!"我们听见这雇工走进屋里去了;他很快就回到门口来。"不行,"他说,"主人不让你们进来。""为什么不让呢?""他害怕,因为你们是猎人,说不定会把磨坊烧掉,你们带着弹药呢。""真是胡说八道!""我们的磨坊前年就已经烧过一次,有几个牲畜贩子来过夜,也不知他们怎么一来就烧起来了。""可是,老兄,我们总不能在外面过夜呀!""那由你们了……"他说着,竟自进去了,靴子在地上发出得得的声音。

叶尔莫莱咒了他种种不好听的话。"我们到村子里去吧,"最后他叹一口气,这样说。但是到村子里有两俄里光景。……"在这里过夜吧,"我说,"就在外面,今天夜里很暖和;给一点钱,磨坊主人会送麦秆出来给我们的。"叶尔莫莱不加反抗地同意了。我们又敲起门来。"你们要干什么呀?"又传出雇工的声音,"已经说过不行的了。"我们把我们的要求对他说了。他进去同主人商量了一会,就和主人一同回来。边门"呀"的一声开了。磨坊主人走出来,他的身材高大,面孔肥胖,后脑像公牛一样,肚子又圆又大。他答应了我的要求。离开磨坊百步之遥的地方,有一个四面通风的小小的敞棚。他们替我们送麦秆和干草到这里来;那个雇工在河边的草地上安放了茶炊,蹲下身子,使劲地吹起管子来。……炭着了火,清楚地照明了他的年轻的面孔。磨坊主人跑去叫起他的妻子来,终于自己提出,请我到屋子里去过夜;但是我倒喜欢宿在露天。磨坊主妇拿出牛奶、鸡蛋、马铃薯、面包来给我们。茶很快地煮沸了,我们就喝茶。河面上升起水汽来,没有风;四处有秧鸡的啼声;水车轮子的周围发出微弱的声音,这是水点从轮子的翼上滴下来,水通过堤坝的闸渗出来的声音。我们生起一堆小小的火来。当叶尔莫莱在火灰里烤马铃薯的时候,我得暇打了一个瞌睡。……轻微而小心的絮语声使我醒过来。我抬起头来,看见火堆面前,在倒放的木桶上,坐着磨坊主妇,正在和我的猎师谈话。我早先从她的服装、行动和口音中就已经看出她是地主家的女仆——不是农家妇女,也不是小市民家的女子;但是现在我才清楚地看见了她的容貌。她看来大约有三十岁;消瘦而苍白的脸上还保留着绝色的痕迹;我尤其喜欢她那双忧郁的大眼睛。她把两肘支在膝上,一只手托着脸。叶尔莫莱背向我坐着,正在把木柴添进火里去。

"瑞尔图希纳又有兽疫流行,"磨坊主妇说,"伊凡神父家的两头母牛都病倒啦……天可怜哪!"

"你家的猪怎么样?"叶尔莫莱沉默了一会之后问。

"活着呢。"

"能给我一只小猪就好了。"

磨坊主妇沉默了一会,后来叹一口气。

"您同来的是谁?"她问。

"科斯托马罗夫的老爷。"

叶尔莫莱把几根枞树枝丢进火里;树枝马上一齐发出哔剥声来,白色的浓烟直冒到他脸上。

"你丈夫为什么不让我们进屋里去?"

"他害怕。"

"嘿,这胖子,大肚子,……亲爱的,阿丽娜·蒂莫菲叶芙娜,拿一杯酒出来给我喝吧!"

磨坊主妇站起来,在黑暗中消失了。叶尔莫莱低声地唱起歌来:

　　　　我为找情人,

　　　　靴子都踏穿……

阿丽娜带着一个小瓶子和一只杯子回来了。叶尔莫莱欠身起来,划了一个十字,一口气喝干了酒。"好滋味!"他说。

磨坊主妇又坐在木桶上了。

"怎么样,阿丽娜·蒂莫菲叶芙娜,你还是常常生病吗?"

"常常生病。"

"怎么搞的?"

"一到夜里就咳嗽,很难受。"

"老爷大概睡着了,"叶尔莫莱略略沉默了一会,这样说。"你不要去看医生,阿丽娜,看了反而不好。"

"我是没有去呀。"

"到我家里来玩玩吧。"

阿丽娜低了头。

"到那时候我就把我家里那个,把我那老婆赶出去,"叶尔莫莱继续说,……"真的。"

"您还是把老爷叫醒了好,叶尔莫莱·彼得罗维奇,您瞧,马铃薯烤好了呢。"

"让他睡个够吧,"我的忠实的仆人淡然地说,"他跑路跑得多了,睡得很熟。"

我在干草里翻起身来。叶尔莫莱站起来,走到我旁边。

"马铃薯烤好了,请吃吧。"

我从敞棚里走出来;磨坊主妇从木桶上站起身,想走了。我就跟她谈起话来。

"你们这磨坊租了很久了吗?"

"从三一节租起的,已经第二年了。"

"你丈夫是哪儿人?"

阿丽娜没有听清楚我的问话。

"你丈夫是什么地方人?"叶尔莫莱提高了声音,重复说一遍。

"是别廖夫人。他是别廖夫的小市民。"

"你也是别廖夫人吗？"

"不，我是地主的人，……以前是地主的人。"

"谁的？"

"慈费尔科夫先生的。现在我是自由身子了。"

"哪一个慈费尔科夫？"

"亚历山大·西勒契。"

"你不是他太太的丫头吗？"

"您怎么会知道？——是的。"

我带着加倍的好奇心和同情心望望阿丽娜。

"我认识你家老爷的，"我继续说。

"您认识的？"她轻声地回答，低下了头。

必须告诉读者，我为什么带着这样的同情心望望阿丽娜。当我滞留在彼得堡的时候，偶然和慈费尔科夫先生相识了。他占有很重要的地位，以博学和干练著名。他有一位夫人，长得胖胖的，神经异常敏感，好哭而凶狠——是一个庸俗而顽固的女人；还有一个儿子，是一个十足的少爷，娇生惯养而又愚蠢。慈费尔科夫先生的相貌不扬：宽阔的、几近于四方的脸上，像老鼠眼睛一样的一双小眼睛狡猾地向人窥看，又大又尖的翻孔鼻向前突出；剪短了的斑白头发像鬃毛一样直立在多皱纹的额上，薄薄的嘴唇不绝地颤动，作出过于甜蜜的微笑。慈费尔科夫先生站着的时候总是叉开两条腿，把两只肥胖的手插在袋里。有一次我同他两人坐了马车到城郊去。我们谈起天来。慈费尔科夫先生算是一个老练而能干的人，开始指导我"真理之道"了。

"请允许我给您指出，"最后他尖声尖气地说，"你们所有的青年人，对于一切事物总是不加思索地判断和解释；你们都不大懂得自己的祖国;先生,你们对于俄罗斯并不熟悉,的确是这样的!……你们读的都是德国书。譬如说现在,您对我谈这个,谈那个,谈到关于那个,喏,就是关于仆役的话。……很好,我没有异议,这一切全都很好;可是您没有理解他们,没有理解他们是怎样的人。(慈费尔科夫先生大声地擤鼻涕,又嗅了嗅鼻烟。)譬如说,让我讲一个小小的趣话给您听,这也许会引起您的兴趣。(慈费尔科夫先生咳嗽一下,清一清嗓子。)您是知道的,我太太是怎么样一个人:比她更善良的女子,恐怕很难找到了,您总该承认吧。她的婢女们过的简直不是人间的生活,而是天国实现在眼前了。……但是我的太太给自己定下一条规则:不用已经出嫁的丫头。这的确是不适宜的:生了孩子,这样,那样,这丫头怎么还能够好好地伺候夫人,照料她的日常生活呢?她已经顾不到这些,不把这些事放在心上了。这是人之常情。喏,有一次我们乘车经过我们的村子,这是哪一年的事,让我仔细想想,哦,这是十五年前的事。我们看见村长那里有一个小姑娘,是他的女儿,相貌挺可爱的;而且,您知道,态度也很讨人欢喜。我的太太就对我说。'可可,——您知道吗,她是这样称呼我的,——我们把这个女孩子带到彼得堡去吧;我喜欢她,可可。……'我说:'很好,带她去吧。'村长当然感激得五体投地;您可知道,这种幸福是他所梦想不到的。……那个女孩子么,当然无端地哭了一阵子。这在起初的确是难受的:要离开父母的家,……总而言之,……这原是不足怪的。可是她不久就同我们搞熟了;起初让她住在婢女室里;当然教养她。您知道怎样?……这女孩子显示了可惊的进步;我的太太简直偏爱她,赏识她,终于撇开了别的人,把她升为贴身婢女了,……您瞧!……可也得替她说句公道话:我的太太以前还不曾有过这样好的丫头,从来不曾有过;这女孩子殷勤、谦逊、顺从——简直一切都好。可是,老实说,我的太太也过分宠爱她了;

给她穿好衣服,给她吃和主人一样的菜,给她喝茶,……真是无微不至!她这样地服侍了我的太太大约十年。忽然,有一天,请您想象,阿丽娜——她名叫阿丽娜——没有禀告就走进了我的书房,——扑通一声向我跪下了。……这件事,我坦白告诉您,在我是不能忍受的。一个人决不可以忘记自己的身份,对不对?'你有什么事?''亚历山大·西勒契老爷,请您开恩。''什么事呢?''请允许我出嫁。'老实告诉您,我吃了一惊。'傻子,你可知道太太没有别的丫头啊?''我会照旧服侍太太。''胡说!胡说!太太是不用已经出嫁的丫头的。''玛拉尼亚可以代替我的。''别打这种主意吧!''听您的吩咐……'老实说,我简直发愣了。告诉您,我是这样的一个人:我敢说,对我的侮辱,没有比忘恩负义更厉害的了。……不必再告诉您——您知道我太太是怎么样一个人:她是天使的化身,她的善良是难以形容的。……即使是恶人,也会怜惜她的。我把阿丽娜赶出房间去。我想,她也许会回心转意的;您可知道,我不愿意相信人家会有忘恩负义的恶德。可是您猜怎么着?过了半年,她又来对我提出同样的请求了。这时候我实在动怒了,我赶她出去,威胁她,说要告诉太太。我愤慨得很。……但是请您想象我是多么吃惊:过了一些时候,我的太太流着眼泪来看我,她激动得很厉害,简直吓了我一跳。'出了什么事?''阿丽娜……'您可知道,……我说出来也难为情。'不会有的事!……是谁呢?''是听差彼得路希卡。'我气坏了。我是这样的一个人,……不喜欢马虎!……彼得路希卡……并没有罪。要惩罚他也可以,可是据我看来他没有罪。至于阿丽娜,唉,这,唉,唉,这还有什么话可说呢?当然喽,我马上吩咐把她的头发剃掉,给她穿上粗布衣服,把她发送到乡下去。我的太太损失了一个好丫头,可是没有办法,家里弄得乱七八糟总是不能容忍的。烂肉还是割掉的好!……唉,唉,现在您自己去想吧,——您是知道我的太太的,这岂不是,这,这……简直是一个天使!……她对阿丽娜真是依依不舍,阿丽娜知道这一点,可是竟不知耻,……啊?不,您说,……啊?这还有什么可说呢!无论如何也没有办法了。我呢,我自己为了这姑娘的忘恩负义也伤心气愤了很久。无论如何,在这种人里面是找不到良心和人情的!你无论怎样喂狼,它的心总是向着树林的。……这是对将来的一个教训!不过我只是要向您证明……"

慈费尔科夫先生没有结束他的话,便转过头去,勇敢地抑制着不由自主的激动,把身体更紧密地裹在他的斗篷里了。

读者现在大概已经懂得我为什么带着同情心望阿丽娜了。

"你嫁给磨坊主已经很久了吗?"最后我问她。

"两年了。"

"怎么,难道是老爷允许你的吗?"

"是出钱赎身的。"

"谁出钱的呢?"

"萨维利·阿历克谢伊契。"

"这人是谁?"

"是我的丈夫。(叶尔莫莱独自微笑一下。)是不是老爷对您说起过我?"阿丽娜略微沉默一下之后又这样问。

我不知道该怎样回答她的问话。"阿丽娜!"磨坊主人在远处叫唤。她就站起来走了。

"她的丈夫人还好吗?"我问叶尔莫莱。

"还不错。"

"他们有孩子吗?"

"有过一个,可是死了。"

"怎么,磨坊主看中了她,还是怎么的?……他赎她出来花了很多钱吗?"

"那倒不知道。她识字的;在他们的行业上,这一点……这个……是很宝贵的。所以他看中了她。"

"你跟她早就认识的吗?"

"早就认识。我从前常常到她主人家里走走。他们的庄院离这儿不远。"

"听差彼得路希卡你也认识吗?"

"彼得·华西里叶维奇吗?当然认识的。"

"他现在在哪儿?"

"当兵去了。"

我们静默了一会。

"她似乎身体很不好?"最后我问叶尔莫莱。

"身体真坏呢!……明天的守击多半是很好的。现在您不妨睡一会儿。"

一群野鸭啾啾地叫着,在我们头上飞过,我们听见它们在离我们不远的河面上降落了。天已经完全黑了,而且渐渐地冷起来;夜莺在树林里响亮地叫着。我们把身体埋在干草里,就睡着了。

莓　　泉

　　八月初,天气往往炎热难堪。在这时候,从十二点钟到三点钟,最果断而热心的人也不能出猎,最忠诚的狗也开始"舔猎人的靴距"了,这就是说,痛苦地眯着眼睛,夸张地伸出舌头,一步一步地跟在主人后面;主人责备它,它只是委屈地摇着尾巴,脸上露出狼狈的神情,但是决不肯走在前面。有一回,我正是在这样的日子出去打猎。我很想到某处荫凉地方去躺一下,即使一会儿也好,然而一直忍耐着;我的不知疲倦的狗照旧在灌木丛中跑来跑去探索着,虽然它自己明知道这种热狂的行动不会发生什么效果的。窒息的炎热终于逼得我考虑到保留我们最后的体力和能力。我好容易来到了我的仁慈的读者所已经熟悉的伊斯塔河边,走下峭壁,踏着潮湿的黄沙,向着以"莓泉"闻名于附近各处的泉水走去。这泉水从河岸上那条渐渐变成狭小而深邃的溪谷的裂缝中涌出,在离此二十步的地方,带着愉快的滔滔不绝的潺湲声流入河中。溪谷的斜坡上,长着茂密的橡树丛林;泉的四周是一片短短的、天鹅绒似的青草地;太阳的光线几乎从来不曾照到过它的清凉的、银色的水面。我走到了泉水旁边;草地上放着一个桦树皮制的勺子,这是过路的农人为了大家便利而留下来的。我饱饮了泉水,躺在荫处,向四周眺望。这泉水流入河中时形成一个水湾,因此那地方经常是一片涟漪;在这水湾旁边,坐着两个老头儿,背向着我。其中一个体格十分结实,身材高大,穿着一件墨绿色的、整洁的上衣，戴着一顶绒毛便帽，在那里钓鱼；另一个身体瘦小，穿着一件打补丁的波纹绸外衣，没有戴帽子，捧着一罐头鱼饵放在膝上，时时用手抚摸自己的白发苍苍的头，仿佛是要不让它晒到太阳。我更仔细地向他凝神一看，认识这人是舒米希诺的斯交布希卡。请允许我把这个人介绍给读者。

离开我的村庄几俄里的地方，有一个舒米希诺大村，在那里有一座为圣科齐马和圣达米安建立的石造礼拜堂。这礼拜堂的对面，曾经有一所宏大的地主邸宅在这里显赫一时，这邸宅周围有各种附属建筑物、杂用房屋、作坊、马厩、地下室、马车库、澡堂、临时厨房、客人住的和管理员住的厢房、温室、民众用的秋千，和其他或多或少有用的建筑物。在这邸宅里曾经住着一家豪富的地主，一直过着太平的日子，忽然有这么一天，这些财产全部付诸一炬。主人们迁住到别处去了；这院落就荒废了。广大的焦土变成了菜园，处处堆着砖头——从前的屋基的遗迹。他们用幸免火灾的圆木草草地钉了一间小屋，用十年前为了要造哥特式亭台而买来的船板作屋顶，就派园丁米特罗方带着他的妻子阿克西尼亚以及七个小孩住在这屋子里。主人命令米特罗方把青菜野蔬供给一百五十俄里外的主人家食用；指派阿克西尼亚看管一头提尔种的母牛，这头母牛是出了重价从莫斯科买来的，但是可惜丧失了再生产的任何能力，因此自从买来以后，不曾有过牛奶；还有一只有冠毛的烟色的雄鸭——唯一的"老爷家的"家禽——也交给她照管；孩子们因为年纪还小，不指定他们任何职务，然而这使得他们完全变成了懒惰人。我曾经有两次在这园丁家宿夜；路过的时候我常常向他买黄瓜，这些黄瓜天晓得是什么缘故，夏天就已经长得特别大，淡而无味，皮厚而黄。我就是在他家里第一次看到斯交布希卡的。除了米特罗方一家和托庇寄住在兵士的独眼妻子的小屋里的、年老耳聋的教会长老盖拉西姆,没有一个家仆留在舒米希诺,因为我所要介绍给读者的斯交布希卡,不能把他看做一般的人,尤其不能把他看做家仆。

凡是人,在社会里总有不论怎么样的地位,总有不论怎么样的关系;凡是家仆,即使得不到工钱,至少也会得到所谓"口粮";斯交布希卡却实在从来没有受到任何补助,他并无一个亲戚,没有一个人知道他的存在。这个人简直没有来历;没有人谈起他;户口调查中恐怕也没有他这个人。有一种不明确的传闻,说他曾经在某时当过某人的从仆;然而他是谁,什么地方的人,谁的儿子,怎样会做了舒米希诺的居民,怎样会获得那件波纹绸的、从开天辟地以来就穿在身上的外衣,他住在哪里,靠什么生活,——关于这些,绝对没有人知道一点儿,而且,老实说,谁也不关心这些问题。只有知道一切家仆的四代家谱的特罗费梅奇老公公有一次说,他记得已故的老爷阿历克塞·罗马内奇旅长出征回来时用辎重车载来的土耳其女子,是斯交布希卡的亲戚。在节日,照俄罗斯旧俗用荞麦馅饼和绿酒普遍地布施并款待众人的日子,——即使在这些日子里,斯交布希卡也不走到摆设好的桌子和酒桶前面来,不行礼,不走近老爷去吻他的手,不在老爷面前为了祝老爷健康而一口气喝干管家的胖手注满的一杯酒;除非有好心肠的人走过他旁边,把一块吃剩的馅饼分送给这个可怜的人。在复活节的日子,他也参加接吻礼,但是他不卷起油污的衣袖,不从后面的口袋里取出他的红蛋,不喘着气,眨着眼睛,把这蛋呈献给少爷们或者竟呈献给太太。他夏天住在鸡埘后面的贮藏室里,冬天住在澡堂的更衣室里;严寒的时候,他在干草棚里过夜。人们见惯了他,有时甚至踢他一脚,但是没有一个人同他谈话;而他自己,也好像有生以来不曾开过口似的。火灾之后,这无用的人栖身于——或者像奥廖尔人所说，"耽搁"在——园丁米特罗方家里了。园丁不理睬他，不对他说"你住在我家里吧"，可是也不撵他出去。斯交布希卡其实也并不住在园丁的屋子里，他住在菜园里。他来往动作，一点声音也没有；他打喷嚏和咳嗽的时候，害怕似地用手掩住嘴巴；他老是像蚂蚁一样悄悄地张罗奔忙；而一切都是为了糊口，只是为了糊口。的确，倘使他不是这样从早到晚为自己的食物操心，我的斯交布希卡一定饿死了。所苦的是每天都不知道用什么东西来糊口！斯交布希卡有时坐在围墙下咬萝卜，或者啃胡萝卜，或者俯身剥着一棵肮脏的白菜；有时杭唷杭唷地提着一桶水到一个地方去；有时在一只砂锅底下生起火来，从怀里取出几块黑糊糊的东西放进锅里去；有时在自己的贮藏室里用一块木头来敲敲，钉上钉子，做成一个放面包的架子。他做这一切事都静悄悄地，仿佛是秘密的：你向他看，他就隐藏起来。有的时候，他忽然走开了两三天，当然没有一个人注意到他的不在。……一转眼，他又出现了，又在围墙旁边偷偷地把劈柴塞进铁架子底下去了。他的脸很小，眼睛发黄，头发一直挂到眉毛上，鼻子是尖的，耳朵很大而且透明，好像蝙蝠的耳朵，胡子仿佛是两星期以前剃掉的，永不更短或更长。我在伊斯塔河岸上遇到的，就是这个斯交布希卡和另一个老头儿在一起。

我走到他们跟前，向他们打了一个招呼，就同他们并排坐了。斯交布希卡的同伴原来我也认识的：这是彼得·伊里奇伯爵家的已经解放的农奴米海洛·萨维里叶夫，绰号叫作"雾"。他住在一个患肺病的波尔霍夫小市民——我屡屡投宿的旅店的老板——那里。在奥廖尔的大道上经过的年轻官吏和别的闲人（埋在条纹羽毛褥子里的商人顾不到这些），到现在还可以看见离开特罗伊茨基大村不远的地方有一所完全荒废了的、屋顶倒塌而窗子钉死了的二层木造大楼房突出在路旁。在阳光明丽的晴天的正午,比这废墟更凄凉的东西是想象不出的了。在这里,曾经住过以好客著名的、旧世纪的豪富的达官贵人彼得·伊里奇伯爵。有时往往全省的人都会集到他家里来,他们在家庭自备乐队的震耳欲聋的乐声中、在花炮和焰火的噼啪声中跳舞,尽情地行乐;到现在,经过这荒废了的贵族邸宅而叹息并回想过去的时日和过去的青春的老妇人,恐怕不止一人而已。伯爵长时间地举行宴会,长时间地在许多献媚的宾客中间往来周旋,和蔼地微笑;但是不幸他的产业不够他一生的挥霍。他完全破产之后,到彼得堡去给自己找职位,没有等到任何解决,就死在旅馆里了。"雾"在他家里当管家,在伯爵生前就已经获得解放证。这人大约有七十岁光景,相貌端正而愉快。他差不多经常微笑着,在现今只有叶卡捷琳娜时代的人能作这样的微笑:温和而庄严;说话的时候嘴唇慢慢地突出来,慢慢地缩进去,和蔼地眯着眼睛,说话略带鼻音。他擤鼻涕、嗅鼻烟,也都从容不迫,好像做一件大事情。

"喂,怎么样,米海洛·萨维里叶夫,"我开始说,"钓了很多鱼吧?"

"喏,请往鱼笼里瞧一瞧:已经钓着了两条鲈鱼,还有大头鲹,大概是五条吧。……斯交布希卡,拿来看看。"

斯交布希卡把鱼笼递给我看。

"斯交布希卡,你近来过的怎么样?"我问他。

"没……没……没……没……没什么,老爷,平平常常,"斯交布希卡讷讷地回答,仿佛舌头上压着重东西似的。

"米特罗方身体好吗?"

"身体好的,可……可不是,老爷。"

这可怜的人把脸转过去了。

"不大肯上钩啊,""雾"说起话来,"天太热了;鱼都躲在树荫底下睡觉了。……替我装一个鱼饵吧,斯交布希卡。(斯交布希卡拿出一个虫来,放在手掌上,拍拍地打了两下子,装在钩子上了,吐上几口唾沫,递给了"雾"。)谢谢你,斯交布希卡。……老爷,您,"他向着我继续说,"打猎吗?"

"是啊。"

"唔,……您的猎狗是英国种呢,还是纽芬兰种?"

这老头儿喜欢乘机卖弄才能,仿佛在说:"我们也是见过世面的人!"

"我不知道它是什么种,可是很好。"

"唔,……您也有会捕野兽的猎狗吗?"

"我有两队。"

"雾"微笑一下,摇摇头。

"的确是这样:有的人喜欢狗,可是有的人送给他也不要。照我的粗浅的见解看来,养狗主要可说是为了体面。……一切都要漂亮:马要漂亮,看狗的人也应该漂亮,一切都要漂亮。已故的伯爵——祝他升入天堂!——其实根本不是个猎人,可是他养着狗,并且每年出门打猎一两次。穿着有金银镶带的红外套的看狗人集合在院子里,吹起号角来;伯爵大人走出来了,他们就把马牵给伯爵大人;伯爵大人上了马,猎师头目把伯爵大人的脚放进马镫里,脱下帽子来,把马缰绳放在帽子里呈上去。伯爵大人抽起鞭子来,看狗人齐声吆喝,走出院子去。马僮跟在伯爵后面,用绸带子牵着老爷的两只宠狗,就这么照料着。……这马僮高高地骑在哥萨克马鞍子上,红光满面,一双大眼睛骨溜溜地转来转去。……那时候当然还有许多客人。又是娱乐,又有礼貌。……啊哟,给挣脱了,这家伙!"他拉一拉钓鱼竿,突然这样说。

"听说伯爵一生过的很阔气,是吗?"我问。

老头儿在鱼饵上吐几口唾沫,抛出了钓钩。

"自然,他是一位达官贵人。常常有可说是第一流的人物从彼得堡来拜访他。他们往往系着浅蓝色的绶带坐在桌子面前进餐。伯爵真是招待客人的能手。有时他叫我去:'雾,'他说,'明天我要几条活鲟鱼,叫人替我办到,听见吗?''听见了,大人。'绣花的外套、假发、手杖、香水、上等的花露水、鼻烟壶、大幅的油画,都是直接从巴黎定购来的。伯爵举行起宴会来,——天啊,真不得了!焰火冲天,车水马龙!有时甚至还放大炮。单说乐队,就有四十个人。用一个德国人当指挥,可是这德国人傲慢起来,要和主人家同桌子吃饭,伯爵大人就下令把他赶走,他说,我家的乐队没有指挥也懂得奏乐的。自然喽,这是老爷的权威。一跳起舞来,就跳到天亮,跳的都是埃柯塞兹[1]和玛特拉杜尔[2]。……嗳……嗳……嗳……好家伙上钩了!(老头儿从水里拉起一条小鲈鱼来。)拿去,斯交布希卡。——老爷毕竟像个老爷的样子,"老头儿又抛出钓钩,继续说,"他的心地也很善良。有时候他打你,——可是过了一会就忘记了。只是一件事:就是养姘妇。唉,这些姘妇,天晓得!就是她们搞得他破产了。要知道她们大都是从下等人里挑出来的啊。其实她们还有什么不满足呢?可是不,哪怕你把全欧洲所有最宝贵的东西都给了她们!按说么:为什么不可以如意称心地过日子呢?——这本是老爷分内的事,……可是搞到破产总是不应该的。特别是其中有一个人,叫做阿库丽娜;现在她已经死了——祝她升入天堂!她是一个普通人家的姑娘,西托夫的甲长的女儿,可真是一个泼妇!常常打伯爵的嘴巴。她完全把

---

〔1〕 埃柯塞兹,一种四组或四人之男女舞蹈。
〔2〕 玛特拉杜尔,一种西班牙舞蹈。

他迷住了。她把我的侄儿送去当兵,为了他在她的新衣服上倒了些可可,……送去当兵的还不止他一个人呢。嗳,……可是无论怎样,那时候真好!"老头儿深深地叹一口气,补说了最后这句,然后低下头,不说话了。

"照我看来,你家的老爷很严厉吧?"略微静默了一会之后,我开始说。

"在那时候这是风尚呀,老爷,"老头儿摇摇头,反驳我。

"现在没有这种情形了,"我注视着他,这样说。

他向我瞟一眼。

"现在当然好些了,"他含糊地说,把钓钩远远地抛了出去。

我们坐在树荫底下;但是树荫底下也很闷热。苦重而炎热的空气仿佛停滞了;火热的脸愁苦地等候着风,但是风不来。太阳在蓝得发暗的天空中火辣辣地照着;在我们正对面的岸上,是一片黄橙橙的燕麦田,有些地方长出苦艾来,竟连一根麦穗都不动摇一下。稍低的地方,有一匹农家的马站在河里,水齐着膝,懒洋洋地在那里摇动湿淋淋的尾巴;有时在低垂的灌木底下浮出一条大鱼来,吐出泡沫,慢慢地沉到了水底,在身后留下些微波。蚱蜢在焦黄色的草里叫着;鹌鹑懒洋洋地啼着;鹞鹰平稳地在旷野上面翱翔,常常在一个地方停留下来,很快地拍着翅膀,把尾巴展开成扇子形。我们被炎热所压迫,一动不动地坐着。忽然从我们后面的溪谷里传出声音来:有人正在向着泉水走下来。我回头一看,看见一个年约五十岁的、风尘满面的农人,穿着衬衫,踏着草鞋,肩上背着一只柳条筐子和一件上衣。他走到泉水边,贪馋地畅饮了一顿水,然后站起身来。

"啊,是符拉斯!""雾"向他一看,这样叫起来,"你好,老兄。从哪儿来?"

"你好,米海洛·萨维里叶夫,"那农人走到我们跟前,这样说,"我从远地方来。"

"你到哪儿去过了?""雾"问他。

"到莫斯科的老爷那儿走了一趟。"

"为什么事?"

"去请求他。"

"请求什么?"

"请求他把代役租减轻些,或者把我改成劳役租制,迁一个地方,也行。……我的儿子死了,现在我一个人对付不了。"

"你儿子死了?"

"死了。"农人略略沉默了一会,又补充说:"他从前在莫斯科当马车夫;实在是他在替我缴代役租的。"

"难道你们现在是出代役租的?"

"是出代役租的。"

"那么你的老爷怎么说呢?"

"老爷怎么说? 他把我赶出来! 他说,'你怎么敢直闯到我这里来? 这些事有管家在管啊,你呀,'他说,'先得呈报管家,……叫我把你迁到哪儿去啊? 你呀,'他说,'先把你欠着的代役租还清了再说。'他简直动怒了。"

"那么,你就回来了吗?"

"回来了。我本来想打听一下,我的儿子死了之后有没有留下什么东西来,可是没有弄得清楚。我对他东家说:'我是菲利泼的父亲。'可是他对我说:'我怎么知道你是不是呢? 况且你的儿子什么也没有留下来;

还欠我债呢。'于是我就走了。"

农人带着笑把这一切讲给我们听，仿佛讲的是别人的事，可是他那双皱拢的小眼睛里噙着泪水，他的嘴唇抽搐着。

"那么你现在怎么办呢，回家去吗?"

"还有什么地方可去呢? 当然只有回家去。我的老婆恐怕现在已经在挨饿了。"

"那么你可以……那个……"斯交布希卡忽然说起话来，可是又发窘了，不说下去了，他开始用手抓弄罐头里的鱼饵。

"那么你要到管家那儿去吗?""雾"继续说，不免诧异地向斯交布希卡看一眼。

"我到他那儿去干吗? ……我还欠着租呢。我儿子死去以前生了一年病，他自己的代役租都没有付。……可是我并不怎么担心，向我要不出什么来。……嘿，老兄，无论你怎样狡猾，没有用，我是不会负责的!（农人大笑起来。）无论他怎样自作聪明。金齐良·谢苗内奇，总归……"

符拉斯又笑起来。

"怎么样? 这件事不妙呢，符拉斯老兄，""雾"慢吞吞地说。

"有什么不妙? 不……（符拉斯的音声中断了。）天好热啊，"他用衣袖擦着脸，继续说。

"你的老爷是谁?"我问。

"伯爵伐列利安·彼得罗维奇·×××。"

"是彼得·伊里奇的儿子吗?"

"是彼得·伊里奇的儿子，""雾"回答。"已经故世的彼得·伊里奇在生前就把符拉斯的村子分给他的。"

"他怎么样，身体好吗?"

"身体很好,谢天谢地,"符拉斯回答。"红润润的,简直是满面血色。"

"啊,老爷,""雾"向着我继续说,"派在莫斯科附近倒还好,可是他被派在这里,还得付代役租。"

"一份要出多少租金呢?"

"一份要出九十五卢布,"符拉斯含糊地说。

"喏,您听听:而且地皮很少,都是主人的树林。"

"而且听说这树林也卖掉了,"那农人说。

"喏,您听听!……斯交布希卡,给我个鱼饵,……咦,斯交布希卡?你怎么啦?睡着了吗?"

斯交布希卡突然抖擞一下。那农人在我们旁边坐下来。我们又静默了。对岸有人唱起歌来,这歌多么凄凉啊。……我的可怜的符拉斯发愁了。……

过了半个钟头,我们走散了。

县城的医生

有一次,秋天,我从远离庄园的原野打猎回来,路上受了风寒,生起病来。幸而发热的时候我已经到了一个县城里,住在旅馆里了,我就派人去请医生。半个钟头之后,县城的医生来了,这人身材不高,瘦瘦的,长着一头黑发。他替我开了一服普通的发汗剂,叫我贴上芥末膏,很敏捷地把一张五卢布钞票塞进翻袖口里,——但同时干咳一声,望望旁边,——已经准备回家去了,忽然不知怎的同我谈起话来,就留下来了。我正苦发烧,预料今夜会睡不着,喜欢有一个好心人同我谈谈话。茶拿来了。我的医生就开始谈话。这人很不傻,讲话流利而且富有风趣。世间往往有奇怪的事:有的人你和他长住在一起,保持亲密的关系,然而从来不同他推心置腹地讲真心话;而有的人呢,刚刚相识,就一见如故,彼此像忏悔一样把所有的秘密都泄漏出来了。不知道我凭什么博得了我的新朋友的信任,他竟无缘无故地,即所谓"不管三七二十一"地把一件非常特殊的事讲给我听了;现在我就把他的故事传达给我的善意的读者。我努力保留医生原来的语调。

"您可知道,"他用微弱而颤抖的声音(这是纯粹的别列索夫鼻烟的作用)开始说,"您可知道这里的法官巴维尔·卢基奇·牟洛夫吗?……不知道,……嗯,没有关系。(他清清喉咙,擦擦眼睛。)我告诉您,这件事发生在——让我仔细想想,哦,——发生在大斋期,正是解冻的天气。我在他家里——我们的法官家里——玩朴烈费兰斯[1]。我们的法官是一个好人,喜欢玩朴烈费兰斯。突然(我的医生常常用'突然'这两个字),他们对我说:'有人找您。'我说:'有什么事?'他们说:'送一个字条来,——也许是病家送来的。'我说:'把字条给我看。'果然是病家送来的。……唔,很好,——这,您知道吗,就是我们的食粮。……原来是这么一回事:是一个女地主——一个寡妇——写给我的;她写着:'我的女儿病势垂危了,请您看在上帝面上劳驾出诊,我现在打发马车来接您。'嗯,这都没有什么。……可是她住在离城二十俄里的地方,已经夜深了,而且路难走极了!况且她家里境况不好,两个银卢布以上是不必希望的,就连这也很难说呢,也许只能得到些粗麻布或是一些谷物罢了。可是,您知道,服务第一,——人快要死了呢。我突然把纸牌交给常任委员卡利奥宾,回到家里。一看,一辆小马车停在阶前;马是农家的马,——大肚子马,真是大肚子马,马毛简直像毡子,马车夫为了表示恭敬,脱了帽子坐着。我心里想:看样子,老兄,你的主人不见得是堆金积玉的。……您在笑了,可是我告诉您:我们这班穷人,凡事都要考虑考虑。……如果马车夫神气活现地坐着,不摘下帽子来,还从胡须底下露出冷笑,摇着马鞭——那么包管你可以拿到两张钞票!可是我看出今天不是这种生意。不过,我想,没有办法,服务第一。我拿了最必需的药品,就出发了。您信不信,我差点儿到不了啦。路坏透了:有小川,有雪,有泥泞,有水坑,突然堤坝有缺口了——真糟糕!可是我终于来到了。房子很小,盖着麦秆。窗子里有灯光,大概在等我。一位戴着便帽的端庄的老太太来迎接我,说:'请您救救命,病很危险了。'我说:'请不要着

――――――――――
　　[1]　一种纸牌游戏的名称。

急。……病人在哪儿?''来,请到这边来。'我一看,一间很干净的房间,屋角里点着一盏神灯,床上躺着一位年约二十岁的姑娘,已经不省人事了。她的热度很高,呼吸很困难,——害的是热病。房间里还有两位姑娘,是她的姐妹,她们都吓坏了,哭得满脸泪痕。她们说:'昨天还很健康,胃口很好;今天早晨嚷着头痛,到晚上突然变成这个样子了。……'我还是那句话:'请不要着急'——您知道,这是医生的责任,——我就着手医治。我替她放出点血,叫她们替她贴上芥末膏,开了一服合剂。这时候我老望着她,望着,您可知道,——咳,说实话,我从来没有见过这样漂亮的脸蛋儿,……总而言之,是一个绝色美人! 我心里充满了怜惜。她的面貌多么可爱,她的眼睛……。好,谢天谢地,她安静些了;出了汗,好像清醒过来了;她向周围望望,微笑一下,用手摸摸脸。……她的姐妹弯下身子去看她,问她:'你怎么样?''没有什么,'她说着,就把脸转过去。……我一看,她已经睡着了。我说,好啦,现在要让病人安静一下。于是我们都踮着脚走出去;留一个丫头在这里随时伺候。客厅里桌子上已经摆好茶炊,还有牙买加岛糖酒,在我们的业务中,这是非有不可的。她们端茶给我,要求我在这里过夜,……我就同意了:现在还能到哪里去呢! 老太太老是叹气。我说:'您何必这样呢? 一定会好的,请您不要着急,还是自己去休息一下吧,已经一点多了。''如果有什么事,请您叫人喊醒我。''好的,好的。'老太太就出去了,两位姑娘也回到自己房间里去了;客厅里已经替我预备了一张床。我躺在床上了,可是睡不着,——这是多么奇怪的事! 似乎已经很疲倦了。我总是忘不了我的病人。我终于忍不住,突然坐起来;我想:让我去看看,病人怎么样了? 她的卧室就在客厅隔壁。于是,我就起了床,悄悄地开了门,可是我的心怦怦地跳。我一看,丫头已经睡着,嘴巴张开,还打鼾呢,这家伙! 病人脸朝着我躺着,伸展着两手,怪可怜的!我走近去,……她突然睁开眼睛,盯住我看!……'是谁?是谁?'我不好意思起来。'别害怕,'我说,'小姐,我是医生;我来看看您现在怎么样了。''您是医生?''我是医生,我是医生,……是您母亲派人到城里接我来的;我们已经替您放过血了,小姐;现在请您安心休养吧,再过两三天,上帝保佑,我们就会把您治好啦。''啊,是的,是的,医生,不要让我死啊,……求求您,求求您。''您怎么了,上帝保佑您!'我心里想,她又在发烧了;我替她按脉,果然有热度。她对我望了一阵子,突然握住了我的手。'我告诉您,为什么我不愿意死,我告诉您,我告诉您,……现在只有我们两个人,可是请您别告诉任何人,……您听我说,……'我俯下身子;她的嘴唇凑近我的耳朵边,她的头发碰着我的脸,——说实话,那时候我的头发昏啦,——她就开始低声说话。……我一点儿也听不懂。……啊,她是在那里说梦话。……她说着,说着,说得很快,而且好像不是俄国话,说完之后,她哆嗦一下,把头倒在枕头上,竖起一根手指威吓我。'记住啊,医生,别告诉任何人。……'我好容易使她安静了,给她喝了点水,叫醒了丫头,就出去了。"

医生说到这里,又猛烈地嗅了一会鼻烟,呆了一阵子。

"可是,"他继续说,"到了第二天,和我的期望相反,病人并没有见好。我再三考虑,突然决定留在这里,虽然有别的病人在等我。……您也知道,对病家是不可以怠慢的,这对我的业务有妨碍。但是,第一,病人的确是濒于绝望了;第二,我得说实话,我对她很有好感了。况且,她们一家人我都喜欢。她们虽然是没有家产的人,但是所受的教养可说是罕有的。……她们的父亲是一个有学问的人,是著作家;当然是在贫困中死去的,可是他已经给孩子们受到了很好的教育;又遗下许多书籍。不知道是为了我热心照顾病人的缘故呢,还是另有缘故,总之,我敢说,她们都像亲人一样爱我。……这时候,道路泥泞得厉害,一切交通,可说是完全断绝了,到城里去买药也非常困难。病人没有起色。……一天又一天,一天又一天。……但是,……这时候,……(医生沉默了一会。)我实在不知道应该怎样对您讲。……(他又嗅鼻烟,喉头咯咯作响,喝了一口茶。)对您痛快地说了吧,我的病人,……怎么说好呢,可说是,爱上了我,……或者,不,不是爱上了我,……不过,……实在,这怎么,这个……"(医生低下了头,脸红了。)

"不,"他热烈地继续说,"怎么可以说是爱上了我呢!一个人到底应该知道自己的身价。她是一个有教养的、聪明博学的女子,而我呢,连我的拉丁文也可说是完全忘记了。至于品貌呢,(医生微笑着看看自己,)似乎也没有什么可以自傲。可是上帝并没有把我造成一个傻瓜:我不会把白叫作黑;我多少懂得一点。譬如说,我心里很明白,亚历山德拉·安德列叶芙娜——她名叫亚历山德拉·安德列拉·安德列叶芙娜——对我不是发生了爱情,而是有了一种所谓友谊的好感和尊敬。虽然她自己在这一方面也许是弄错了,可是她当时所处的地位是怎样的,请您判断吧……不过,"医生带着显著的慌张,一口气说出了这些断断续续的话之后,又补充说,"我的话似乎说得有点乱了。……这样说您一定一点也听不懂,……那么让我把一切按照次序说给您听吧。"

他喝干了那杯茶,用较为平静的声调说起来。

"唔,是这样的。我的病人的病一天重似一天,一天重似一天。先生,您不是医生,您不能了解我们医生的心情,尤其是当他最初预料到病魔将要战胜他的时候的心情。自信力不知道哪儿去了!你突然胆小起来,简直到难以形容的地步。你似乎觉得:你所知道的一切都忘记了,病人不信任你了,别人已经看出你的慌张,勉强地报告你征候,用怀疑的眼光看你,交头接耳地议论,……唉,真倒霉!你心里想,一定有对症的药,只要把它找出来。对啦,是这药吧?试一试看——不对,不是这药!不等到药力发生作用的时间,……一会儿用这种药,一会儿用那种药。你常常拿出药书来,……心里想,药在这里了,在这里了!其实有时是随便翻翻书的,想碰碰运气看。……可是在这期间病人已经快死了;别的医生也许会医好这病人的。你就说:一定要会诊;我一个人是不能负责的。这时候你竟变成了蠢材!但是后来渐渐习惯,也就没有什么了。人死了,——不是你的罪过,因为你是照规矩行事的。可是还有更难受的:你眼看见别人盲目地信任你,而你自己明知道是无能为力的。亚历山德拉·安德列叶芙娜全家对我的信任正是这样,因而忘记了她们家的女儿正在危险中。而我呢,也宽慰她们,说是不要紧的,可是自己心里呢,灵魂都吓出了。尤其不幸的,偏又碰到道路那样泥泞的时候,马车夫去买药,常常要好几天。我常常待在病人的房间里,寸步也不能离开她,您知道,我讲各种好笑的故事给她听,跟她玩纸牌。夜里也在那里坐守。老太太流着眼泪感谢我,可是我心里想:'我是不值得您感谢的。'我坦白告诉您,——现在不必隐瞒了,——我爱上了我的病人。而亚历山德拉·安德列叶芙娜也对我亲昵,常常除我之外不要别人走进房间来。她跟我谈起话来,问我曾经在哪儿念书,生活过得怎样,有哪些亲人,和哪些人来往?我觉得她不应该谈话,想禁止她,可是您知道,要坚决地禁止她,我是办不到的。我常常捧着自己的头想:'你在干什么,你这强盗?……'可是她拉住我的手不放,老是对我望着,望了很久很久,然后转过头去,叹一口气,说:'您这人真好啊!'她的手发烫,一双眼睛很大,可是没有精神。她说:'嗯,您真好,您是好人,您跟我们这里的邻居不同,……不,您不是那样的人,您不是那样的人。……怎么我以前不认识您呢!''亚历山德拉·安德列叶芙娜,您安静些吧,'我说,'……实在,我觉得,我不知道有什么值得您这般看重,……可是请您安静些,看上帝面上,请您安静些,……就会好的;您会恢复健康的。'说到这里,我还得告诉你,"医生把身体俯向前些,挺起眉毛,继续说,"她们和邻居们不大来往,因为地位低的人跟她们不相称,而富人呢,自尊心又阻止她们跟他们交往。我告诉您:这家庭是极有教养的,——所以,您知道,我觉得很光荣。她只肯在我手里服药,……可怜的人,靠我搀扶坐起来,服了药,就盯住我看,……我的心怦怦地乱跳。可是,她的病越来越重了,越来越重了;我想,她要死了,一定要死了。您相信吗,我恨不得自己躺在棺材里了,因为她的母亲和姐妹老是望着我,盯着我看,……对我渐渐失去信任了。'什么?怎么样了?''不要紧,不要紧!'怎么叫做不要紧,我自己也糊里糊涂。有一天夜里,我又是一个人坐在病人旁边。丫头也坐在那里,正在大声地打鼾。……这可怜的丫头也难怪:她也累坏了。亚历山德拉·安德列叶芙娜整个晚上都觉得很不好过;发烧折磨着她。她翻来覆去一直到半夜里;最后仿佛睡着了,至少躺着不动了。一盏神灯点在屋角里的圣像前面。我坐着,低下头,也打瞌睡了。突然似乎有人推我的身体,我转过头来。……啊呀,我的天哪!亚历山德拉·安德列叶芙娜睁大眼睛盯住我,……嘴巴张开,面颊热得通红。'您怎么了?''医生,我快死了吗?''哪有这事!''不,医生,不,求求您,求求您,请您不要说我是会好的,……不要这样说,……要是您知道……您听我说,看在上帝面上,请您不要隐瞒我的病状!'她的呼吸异常急促。'如果我确实知道我要死了,……我要把一切都告诉您,一切!''亚历山德拉·安德列叶芙娜,别那么想吧!''您听我说,我一点也不曾睡着,我一直在看您,……看在上帝面上,……我相信您,您是个好人,您是个正直的人,为了世界上神圣的一切,我恳求您对我说真话吧!您要知道这对我是非常重要的。……医生,看在上帝面上请您告诉我,我的病危险了吗?''叫我对您说什么呢,亚历山德拉·安德列叶芙娜,别那么想吧!''看在上帝面上,我恳求您!''我不能瞒您,亚历山德拉·安德列叶芙娜——您的病的确危险了,但是上帝是慈悲的……''我要死了,我要死了,……'她仿佛很欢喜,脸上露出非常高兴的样子;我害怕起来。'您别害怕,别害怕,死一点也不能威吓我。'她突然略微抬起身子来,用一条胳膊肘支撑着。'现在,……唔,现在我可以告诉您:我全心全意地感谢您,您是个善良的好人,我爱您……'我对她看,好像发痴了;您知道,我心里害怕。……'您听见吗,我爱您……''亚历山德拉·安德列叶芙娜,我怎么值得您爱呢!''不,不,您不了解我,……。亲爱的,你不了解我……'突然她伸出两只手,抱住我的头吻了一下。……您相信吗,我几乎叫起来,……我突然跪下,把头埋藏在枕窝里了。她默不作声;她的手指在我头发上发抖;我听见她哭了。我开始安慰她,宽她的心,……我实在不知道对她说了些什么话。我说:'您要把丫头吵醒了,亚历山德拉·安德列叶芙娜,……我感谢您,……请您相信……您安静些吧。''好,别说了。别说了,'她反复地说。'什么都不要紧,嘿,醒了也好,嘿,有人进来也好,都没有关系;反正我要死了。……可是你顾虑什么呢,怕什么呢?抬起头来。……也许您不爱我吧,也许是我弄错了,……如果这样,请您原谅我。''亚历山德拉·安德列叶芙娜,您说哪儿话?……我爱您,亚历山德拉·安德列叶芙娜。'她直盯着我看,张开了两只手臂。'那么你拥抱我呀……'我坦白告诉您:我不知道这一夜我怎么会不发疯的。我觉得我的病人在毁灭自己;我看得出:她的神志不很清醒;我又明白,如果她不知道自己快要死了,她就不会想到我,您想哪:活了二十五岁没有爱过一个人而死去,毕竟是含恨的事。正是这一点使她痛苦,因此她在绝望之余,就拉住了像我这样的一个人,——现在您明白了吧? 她的手抱住我不放。'请体恤我,亚历山德拉·安德列叶芙娜,也请体恤您自己,'我这样说。'为什么?'她说,'有什么可惜? 反正我是要死了……'她不断地反复这句话。'如果我知道我会活着,仍旧做体面的姑娘,那我才要害羞,真要害羞,……可是现在有什么关系呢?''谁对您说您要死了?''嗳,得了,别说了,你瞒不过我,你不会说谎的,你瞧瞧你自己。''您的病会好的,亚历山德拉·安德列叶芙娜,我会医好您;我们要请得您母亲的允许,……我们结为夫妇,过幸福的生活。''不,不,我已经听到您的话,我一定要死了,……你答应我了,……你对我说过了……'我很痛苦,有种种原因使我痛苦。您想,有时候发生点小事,似乎没有什么关系,其实很痛苦。她忽然问起我的名字来,不是姓,而是名字。不幸我的名字叫作得利丰[1]。嗯,嗯,叫作得利丰,叫作得利丰·伊凡内奇。在她家里,大家都叫我医生。我没有办法,只得说:'我叫得利丰,小姐。'她眯着眼睛,摇摇头,用法语轻轻地说了些话——唉,大概是不好的话,——后来她笑了,笑得也不妙。我就是这样跟她在一起过了差不多一整夜。早晨我走出来,就像发疯了似的;我再走进她房间里去的时候,已经是下午,喝过茶之后了。我的天,我的天! 她已经认不得了:比放进棺材里去的人还难看了。我对您发誓,我现在不懂得——完全不懂得——当时怎样忍受了这种精神上的折难。我的病人又延续了三天三夜的残喘,……多么痛苦的夜晚啊! 她对我说了些什么话呀! ……最后的一夜,请您想象,——我坐在她旁边,只向上帝请求一件事:请早些把她收拾了,同时也把我收拾了。……突然老母亲闯进房间里来。……我昨天已经对

---

〔1〕 得利丰是很俗气的名字。

她——对母亲——说过,我说,很少有希望了,不好了,可以去请牧师了。病人看见了母亲,就说:'嗳,很好,你来了,……你看我们,我们互相恋爱,互相起了誓。''她这是怎么了,医生,她怎么了?'我面无人色了。我说:'她是说梦话,因为发烧……'可是她说:'得啦,得啦,你刚才对我说的完全不同,你还接受了我的戒指。……你为什么要装假呢?我母亲是好人,她会原谅的,她会理解的,我快要死了——我何必说谎;把手给我……'我跳起来,跑出去了。老太太当然猜测到了。"

"可是,我不想再多打扰您了,而且我自己回想起这一切来,实在也很痛苦。我的病人在第二天就去世了。祝她升入天堂!(医生用急速的语调附说这一句,又叹了一口气。)她临终前,要求她家里的人都走出去,单留我一个人陪她。'请您原谅我,'她说,'我也许对不起您,……病啊……可是请您相信,我没有比爱您更深地爱过别人,请您别忘记我,……保存好我的戒指……'"

医生把脸扭向一旁,我握住了他的手。

'唉!"他说,"让我们谈些别的话吧,或者玩一下小输赢的朴烈费兰斯如何?您知道,像我们这种人,不配体味这么高尚的感情。我们只希望孩子们不要啼啼哭哭,老婆不要吵吵闹闹。以后我也曾举行所谓正式的结婚。……可不是吗!……娶了一个商人的女儿,带来了七千卢布的嫁产。她名叫阿库丽娜;倒跟得利丰很相配呢。[1] 我告诉您,这女人很凶,幸而一天到晚睡觉。……怎么,玩不玩朴烈费兰斯?"

我们就坐下来玩一戈比为单位的朴烈费兰斯。得利丰·伊凡内奇赢了我两个半卢布,——到很迟的时候才离去,十分满足于自己的胜利。

---

〔1〕 阿库丽娜也是很俗气的名字。

我的邻居拉其洛夫

秋天,山鹬常常栖居在古老的菩提树园子里。这种园子在我们奥廖尔省多得很。我们的祖先选择安居的地点的时候,必定选取两俄亩光景的好地来开辟一个有菩提树林荫道的果园。大约经过了五十年,多至七十年,这些庄园,这些"贵族之巢",渐次从地面上消失;房屋坍塌了,或者拆卖了,石造的附属建筑物变成了一堆一堆的废墟,苹果树枯死,变成了木柴,栅栏和篱笆影迹全无了。只有菩提树照旧繁荣,现在四面围着耕种了的田地,正在向我们这班浮荡的子孙叙述"早已永眠的父兄"的往事。这样的老菩提树是上好的树木。……连俄罗斯农民的无情的斧头也顾惜它。它的叶子很小,强大的枝条向四面八方伸展,树底下永远是荫凉的。

有一次,我同叶尔莫莱在野外打鹧鸪,我看见一旁有一个荒废了的园子,就向那里走去。刚刚走进林子里,一只山鹬拍着翅膀,从灌木丛中飞起,我开了一枪,就在这一刹那间,离开我若干步的地方发出叫声:一个青年女子的惊慌的脸从树木后面探出来张望一下,立刻就不见了。叶尔莫莱向我跑来。"您怎么在这里开枪,这里有地主住着呢。"

我还来不及回答他,我的狗还来不及神气活现地衔了打死的鸟送给我,就听见一阵急促的脚步声,一个留着小胡子的高个子的人从林子里跑出来,带着不满意的神气在我面前站定了。我竭力道歉,说出了自己的姓名,并且把在他领地内射死的鸟呈献给他。

"好吧,"他微笑着对我说,"我收下您的野味,可是有一个条件:请您在我们这里用饭。"

老实说,我不很喜欢他的提议,但是拒绝是不可能的。

"我是这儿的地主,是您的邻居,姓拉其洛夫,您大概听到过的,"我的新相识者继续说,"今天是礼拜天,我家里的饭菜也许还像样,否则我不敢邀请您的。"

我对他说了几句这种情形下应有的答话,就跟着他走。新近打扫的小径很快就引导我们走出了菩提树林;我们走进了菜园。在老苹果树和繁茂的醋栗丛之间,长着一棵棵圆圆的、淡绿色的卷心菜;蛇醉草螺旋形地盘绕在竿子上;缠着干燥的豌豆的褐色小木棒密密地矗立在场圃里;又大又扁的南瓜仿佛在地上打滚;蒙着灰尘的出角的叶子底下露出黄橙橙的黄瓜来;高高的荨麻依傍着篱笆摇曳着;有两三处地方长着一堆堆的鞑靼忍冬、接骨木、野蔷薇——是旧日"花坛"的遗物。在盛满发红的粘糊糊的水的小鱼池旁边,有一口井,周围都是水坑。鸭子在这些水坑里忙碌地拍着水或者蹒跚而行;一只狗全身颤抖着,眯着眼睛,在草地上啃骨头;一头花斑母牛也在那里懒洋洋地嚼草,不时用尾巴甩打瘦瘦的背脊。小径转弯了;粗大的爆竹柳和白桦树后面露出一所木板屋顶的、有歪曲的台阶的灰色的老式房子来。拉其洛夫站定了。

"不过,"他说着,温和地正对着我的脸看了一眼,"我现在仔细想想,也许您并不愿意到我家里去,要是那样的话……"

我不等他说完,就坚决地对他说:相反的,我很高兴到他家里去吃饭。

"哦,那就请吧。"

我们走进屋子里。一个穿蓝色长裾厚呢大衣的青年小伙子在台阶上迎接我们。拉其洛夫立刻吩咐他拿烧酒给叶尔莫莱喝;我的猎人就向这位慷慨的施主的背后恭敬地鞠一个躬。我们从贴着各种五颜六色的图画、挂着许多鸟笼的前室走进一间小小的房间——这是拉其洛夫的书房。我卸了猎装,把枪放在屋角里了;穿长裾大衣的小伙子手忙脚乱地替我掸灰尘。

"现在让我们到客堂里去吧,"拉其洛夫亲切地说,"我介绍您和我的母亲相见。"

我跟着他走。客堂里,在中央的长沙发上,坐着一位身材不高的老太太,穿着咖啡色衣服,戴着白色的便帽,面孔慈祥而瘦削,目光畏怯而哀愁。

"唔,母亲,我来介绍:这位是我们的邻居×××。"

老太太欠一欠身子,向我行一个礼,她那枯瘦的手没有放下那像袋子一样的粗毛线手提包。

"您光临到我们这里已经很久了吗?"她眨着眼睛,用柔弱而轻微的声音问我。

"不,没有多久呢。"

"准备在这里长住吗?"

"想住到冬天。"

太静默了。

拉其洛夫接着说,指着我走进客堂时未曾注意到的又高又瘦的人,"这是费多尔·米海奇。……喂,费多尔,来表演一下你的技艺吧。你为什么躲到屋角里去了?"

费多尔·米海奇立刻从椅子上站起来,从窗子上取了一只蹩脚的小提琴,拿起弓——不像普通一样拿着弓的末端,却拿着弓的中央,把小提琴支在胸前,闭上眼睛,唱着歌,吱吱轧轧地擦着琴弦,跳起舞来。他看来有七十岁光景;长长的粗布外套在他的骨瘦棱棱的肢体上悲哀地摇晃着。他跳着舞;他那小小的秃头有时勇敢地摇摆着,有时仿佛失了神,微微地晃动着,伸长了露筋的脖子,在地上踏步,有时显然很吃力地把两膝弯下去。他那没有牙齿的嘴巴发出衰颓的声音。拉其洛夫大概从我的脸部表情上猜测到了费多尔的"技艺"并不带给我很大的快感。

"啊,很好,老人家,够了,"他说,"你可以去享受一下了。"

费多尔·米海奇立刻把小提琴放在窗子上了,先向我这客人鞠躬,其次向老太太,再向拉其洛夫鞠躬,然后走出去。

"他本来也是个地主,"我的新朋友继续说,"而且是很有钱的,可是破产了——现在就住在我这里。……他在发迹的时候,是全省最威风的人;他抢了两个有夫之妇,家里养着歌手,自己唱歌、跳舞都很擅长。……您要不要喝烧酒?饭菜已经准备好了。"

一个年轻的姑娘,就是我在园子里瞥见一眼的那个,走进房间里来。

"这是奥丽雅!"拉其洛夫略微转过头去,说,'请多多指导。……好,我们吃饭去吧。"

我们走进餐室,坐下了。当我们从客厅里走到这里来就坐的时候,由于"享受"而眼睛发光、鼻子微红的费多尔·米海奇唱着歌:《胜利的雷声响起来!》他们替他在屋角里一张没有桌布的小桌子上设备着单独的餐具。这可怜的老头儿不能保持清洁,因此他们经常让他跟大家保持一个距离。他划了十字,叹一口气,然后像鲨鱼一般吃起来了。饭菜的确不坏,因为是礼拜天,当然少不了颤抖的果子冻和"西班牙风"〔1〕。在席上,曾经在陆军步兵团里服务了十年光景而又到过土耳其的拉其洛夫就打开了话匣子;我用心听他,同时偷看奥丽雅。她长得并不很美;但是她脸上的果断而安详的表情,她的又阔又白的前额,浓密的头发,尤其是一双褐色的眼睛,不很大,然而聪明、清朗而有生气,无论谁处在我当时的情况里,看了都要惊异的。她仿佛在留心倾听拉其洛夫的每一句话;她脸上所表示的不是关心,而是热情的注意。拉其洛夫在年龄上看来,可以做她的父亲;他称她"你"〔2〕,但是我立刻猜测到她不是他的女儿。在谈话中,他说起了他的已经故世的妻子——"她的姐姐",他指着奥丽雅这样说。她立刻脸红了,低下了眼睛。拉其洛夫停了一下,就变换了他的话头。老太太在吃饭的时候一句话也不说,她自己差不多不吃什么东西,也不劝我吃。她的面貌表现出一种胆怯而无希望的期待,和一种令人伤心的、老年的哀愁。快散席的时候,费多尔·米海奇开始为主人们和客人"祝颂"了,但是拉其洛夫向我一看,叫他停止了;那老头儿用手在嘴唇上摸摸,眨眨眼睛,鞠一个躬,又坐下了,可是这回却坐在椅子的边上。吃过了饭。我和拉其洛夫来到他的书房里。

大凡经常强烈地萦心于一种思想或一种热情的人,在举止谈吐上必定看得出一种共通的、表面上的类似点,无论他们的品性、能力、社会地位和教养如何不同。我越是观察拉其洛夫,就越是觉得他是属于这一类人的。他谈到农业,谈到收获、刈草,谈到战争、县里的流言蜚语和即将临近的选举,他谈的时候并无勉强的样子,甚至还带着兴趣,但是突然叹

---

〔1〕　一种点心。

〔2〕　俄国人对疏远客气的人称вы,对亲近或不客气的人称ты,此二字在中文里无适当译法。大约前者近似于"您",后者近似于"你"。

息起来,好像做吃力的工作做得疲乏了的人似的倒在安乐椅里了,用手摸着脸。他的善良而温暖的整个灵魂,似乎贯彻着、充满着一种感情。使我惊奇的,是我不能看出他对于下面这些事物的热情:对于食物,对于酒,对于打猎,对于库尔斯克的夜莺,对于患癫痫病的鸽子,对于俄罗斯文学,对于并步马[1],对于匈牙利式的轻骑兵短外衣,对于玩纸牌和打台球,对于舞蹈晚会,对于省城和都市的旅行,对于造纸厂和甜菜糖厂,对于漆得金碧辉煌的亭子,对于茶,对于训练成歪头的副马[2],甚至对于腰带系在腋下的肥胖的马车夫,对于不知为什么脖子一动眼睛就横飞的阔绰的马车夫……。"这到底是怎么样的一个地主!"我想。然而他绝不装作一个忧郁的、不满于自己的命运的人;反之,他表示着一视同仁的亲切和殷勤,差不多准备卑屈地接近每一个人。的确,同时你可以感觉到:他不能同任何人作知交或真心地亲近,他所以不能,并不是因为他一概不需要别人,却是因为他的全部生活一时都倾向内面的缘故。我观察拉其洛夫,无论如何不能想象他在现在或任何时候是幸福的人。他也不是一个美男子;但是在他的目光中,在微笑中,在他的全体姿态中,潜伏着一种非常动人的力,——的确是潜伏着。因此我似乎总想更进一步地了解他,爱他。固然他有时露出地主和乡人的本相来,然而他终究是一个好人。

　　我们正开始谈到新任的县长,忽然门口传来奥丽雅的声音:"茶准备好了。"我们走进客厅里。费多尔·米海奇照旧坐在他自己的一角里、窗和门的中间,谦恭地缩着两只脚。拉其洛夫的母亲在那里织袜子。通过

---

　　[1]　并步马,一种用特殊步态跑路的马。跑时同时伸出两右脚,或同时伸出两左脚。

　　[2]　拉车的马,不只一匹。例如三套车,便是三匹马拉的。中央的一匹叫做辕马,旁边的两匹叫做副马。

开着的窗子,从园子里飘进秋天的凉气和苹果的香味来。奥丽雅忙碌地倒茶。我现在比吃饭时更加注意地看她。她同一般县城姑娘一样,很少说话,但是至少我看不出她是希望说几句漂亮话而同时又带着空洞无力的苦闷感觉的人;她不作好像充溢着难言的感触的叹息,不在额角底下转动眼睛,不作幻想的和含糊的微笑。她的眼光安定而冷静,好像大幸福或大骚乱之后休息着的人一般。她的步态、她的动作是果断而大方的。我很喜欢她。

我又同拉其洛夫谈起话来。我已经记不得,不知怎么一来,我们谈到了一种常有的情况,即最琐碎的小事给人的印象,往往比最重要的事给人的印象更为深刻。

"是的,"拉其洛夫说,"这一点我曾经亲身体会到。您知道,我是结过婚的。没有多久,……三年;我的妻子难产死了。我想,我不能独自活着了;我非常伤心,我悲痛极了,可是哭不出来——仿佛发痴了。我们替她好好地穿上衣服,把她放在桌子上——就在这个房间里。来了一个神甫;教堂执事们也来了,他们开始唱歌,祈祷,焚香;我磕头行礼,可是一滴眼泪也没有落下来。我的心仿佛石化了,头也是这样,——我全身觉得沉重。第一天这样过去了。您相信吗?到了夜里我竟还睡着了呢。第二天早晨我走到我妻子那里,——那时候正是夏天,太阳从她的脚上照到头上,明晃晃的。——忽然我看见……(拉其洛夫说到这里,不由得哆嗦一下。)您知道怎么啦? 她的一只眼睛没有完全闭上,有一只苍蝇在这眼睛上爬。……我一下子就翻倒在地上了,苏醒过来以后就不断地哭——自己不能抑制了……"

拉其洛夫静默了。我看看他,又看看奥丽雅。……我永远不能忘记她脸上的表情。老太太把袜子放在膝上了,从手提包里取出手帕来,偷偷地擦眼泪。费多尔·米海奇忽然站起身,抓住了他的小提琴,用沙嗄而粗野的声音唱起歌来。他大概是想使我们高兴些,但是我们一听见他的声音,都哆嗦了一下,拉其洛夫就叫他停止了。

"可是,"他继续说,"过去的事总是过去了;过去的事不能回转来,而且毕竟……现在世界上一切都在好起来——这大约是伏尔泰的话吧。"他急急地补充说。

"是的,"我回答,"当然。并且一切不幸都是可以忍受的,天下没有逃不出的逆境。"

"您这样想吗?"拉其洛夫说。"嗯,您的话也许是对的。记得我在土耳其的时候,有一次躺在病院里,半死不活了,我害的是创伤热。唉,我们住的地方实在不高明,——当然,那是战时啊——这还算是谢天谢地的!忽然又载来许多病人,——把他们安置在哪儿呢?医生跑来跑去,找不到地方。后来他走到我这里,问助手:'活着吗?'那人回答说:'早上还是活着的。'医生弯下身子来,听听看:我在呼吸。这位仁兄大人不耐烦了。'好家伙,'他说,'这人就要死了,一定要死了,还在那里苟延残喘,拖延日子,不过是占据位子,妨碍别人罢了。''唉,'我心里想,'你要倒霉了,米海洛·米海勒奇……'可是我终于恢复健康,活到了今天,像您看见的那样。可见您的话是对的。"

"在无论什么情形下,我的话总是对的,"我回答。"即使您那时候真的死了,您仍然是逃出了您的逆境。"

"自然,自然,"他又说,用手重重地拍一下桌子,……"只要下决心。……处在逆境里有什么意思呢?何必耽搁,何必拖延呢……"

奥丽雅很快地站起来,走到园子里去了。

"喂,费多尔,跳一个舞吧!"拉其洛夫叫道。

费多尔一跃而起，用漂亮而别致的步态在房间里跳起舞来，这步态就像大家所熟悉的"山羊"在驯服的熊身边表演时的步态，他唱起来："在我们的大门边……"

门外传来一辆竞走马车的声音，过了不多时，一个身材高大而肩膀宽阔的结实的老头儿——独院地主奥夫谢尼科夫——走进房间里来。……但是奥夫谢尼科夫是非常出色而奇特的人物，所以我要请读者允许，在另一篇里再谈到他。现在我只要添说几句：第二天我和叶尔莫莱黎明就出去打猎，打好猎就回家；过了一星期，我又到拉其洛夫家去，但是他和奥丽雅都不在家；过了两星期，我听说他突然失踪，撇下了母亲，带了他的小姨到不知什么地方去了。全省哗然，都谈论这件事，这时候我才彻底了解拉其洛夫讲话时奥丽雅脸上的表情。她当时脸上不仅流露着怜悯之情，还燃烧着嫉妒之情呢。

我在离开乡村以前，去访问拉其洛夫的母亲。我在客厅里见到她；她正在和费多尔·米海奇玩"耍傻瓜"的纸牌游戏。

"令郎有消息吗？"最后我问她。

老太太哭起来了。以后我就不再问她关于拉其洛夫的事。

独院地主[1]奥夫谢尼科夫

　　亲爱的读者,请想像一个年约七十岁的、又胖又高的人,面貌有几分像克雷洛夫[2],低垂的眉毛底下有一双明亮而聪慧的眼睛,风采威严,语调从容,步态迟缓,这就是奥夫谢尼科夫。他穿一件长袖子的、宽大的蓝大衣,钮扣一直扣到上面,脖子上围一条淡紫色的绸围巾,脚上穿着一双擦得很亮的有穗子的长统靴,大体上看来像一个富裕的商人。他的手漂亮、柔软而白皙,他常常在谈话的时候用手摸弄自己的大衣的钮扣。奥夫谢尼科夫的威严和镇定、机灵和懒散、正直和顽固,使我想起彼得大帝以前时代的俄罗斯贵族。……他穿起古代的无领大袍来一定是很称身的。这是旧时代最后的人物之一。邻居们都非常尊敬他,认为同他往来是光荣的。同辈的独院地主们都很崇拜他,远远看见他就脱下帽子,并且以他为骄傲。一般地说,在我们那里,直到现在,独院地主很难区别于农人:他们的产业差不多比农人更坏,仔牛小得可怜,马仅能活命,挽具是绳索做的。奥夫谢尼科夫在这一般规律中是例外的,虽然也算不得是富人。他和他的妻子两个人住在一所舒适而整洁的小屋子里,仆人用的不多,叫他们穿俄罗斯服装,称他们为雇工。他们也替他种田。他并

---

　　〔1〕　独院地主是俄国农奴制时代低级官吏出身的小地主,拥有少量土地,通常只有一个院子,享有使用农奴的权利,但必须与农人同样缴纳人头税。
　　〔2〕　克雷洛夫(1769—1844),俄国寓言作家。

不冒充贵族模样,不装作地主,他从来没有所谓"忘形失礼",他在第一次被邀请时不立刻入席,有新的客人进来,他一定站起身来,然而带着那样的威仪、那么庄重的殷勤,使得客人不知不觉地向他更低身地鞠躬。奥夫谢尼科夫守着古风,并不是由于迷信(他的心灵毫无拘束),而是由于习惯。例如,他不喜欢有弹簧座的马车,——因为他不感觉到它的舒适,——常常乘坐竞走马车,或者有皮垫的、漂亮的小马车,自己驾着良种的枣红色的跑马。(他养的全是枣红色马。)马车夫是一个面颊红润的青年小伙子,头发剪成弧形,穿着蓝色的外衣,戴着低低的羊皮帽子,腰里系着皮带,恭敬地坐在他旁边。奥夫谢尼科夫常常在饭后睡一下,每星期六洗澡,读的全是宗教书(读的时候郑重地在鼻子上架起一个圆形的镶边眼镜),起身和就寝都很早。然而他的胡子是剃光的,头发剪成德国风。他招待客人非常亲切而诚恳,但是不向他们深深地鞠躬,不匆忙奔走,不把任何干果和腌渍物都拿出来请客。"太太!"他慢吞吞地说,并不站起身来,只是略微把头转向她,"拿些好吃的东西来请请客吧。"他认为出卖谷物是罪恶的,因为谷物是上帝的惠赐。在一八四〇年,普遍饥荒和物价飞涨的时候,他把全部贮藏分发给附近的地主和农民;下一年他们感激地拿实物来还他们的债。邻居们常常跑到奥夫谢尼科夫那里来请他裁判和调停,差不多总是服从他的判决,听从他的忠告的。有许多人多亏了他,才终于划清了田地的界限。……但是经过了两三次和女地主的冲突以后,他就声明:拒绝女性之间的一切调停。他不能容忍仓卒忙乱、惊慌着急,以及女人们的闲话和无谓纷扰。有一次他家不知怎的失了火。一个雇工急急忙忙地跑到他房里,喊着:"起火了! 起火了!""唔,你喊什么?"奥夫谢尼科夫从容地说,"把我的帽子和手杖拿来……"

他喜欢自己训练马。有一次,一匹劲头很足的比曲格马[1]载了他飞奔下山,向溪谷里跑去。"喂,好了,好了,年轻的小马儿,你要摔死了啊。"奥夫谢尼科夫温和地对它说,一转眼,他就连同那辆竞走马车、坐在后面的男孩子和那匹马,一同跌进溪谷里。幸而溪谷底上堆着沙。没有一个人受伤,只是那匹比曲格马的一条腿脱了骱。"唉,你瞧,"奥夫谢尼科夫从地上爬起来,继续用镇静的声音说,"我对你说过了啊。"他找到的妻子同他很相配。塔佳娜·伊丽尼奇娜·奥夫谢尼科娃是一个身材高高的、庄重而沉默的女子,永远围着一条咖啡色的绸围巾。她的态度冷淡,可是不但没有人抱怨她严厉,却反而有许多穷人称她为好妈妈和恩人。端正的容貌、乌黑的大眼睛、薄薄的嘴唇,现在还证明着她的曾经有名的美貌。奥夫谢尼科夫没有孩子。

读者已经知道,我是在拉其洛夫家里同他相识的,大约过了两天,我就去访问他。正好他在家。他正坐在一只皮制的大沙发椅上读圣徒传。一只灰色的猫坐在他肩上打鼾。他依照自己的惯例殷勤而庄重地招待我。我们就谈起话来。

"请您老实告诉我,路卡·彼得罗维奇,"在谈话中有一次我这样说,"在从前,在您那时代,是不比是较好些?"

"有的地方的确比较好些,我对您说,"奥夫谢尼科夫回答,"我们生活比较安定,比较富裕,的确,……不过总还是现在好;到了您的孩子们的时代,一定更加好。"

"路卡·彼得罗维奇,我还以为您要对我赞美旧时代了呢。"

---

〔1〕 比曲格马是一种特种马,繁殖在沃罗涅日省著名的"赫列诺夫"(从前奥洛娃伯爵夫人的养马场)附近。——原注。

"不,我觉得旧时代没有什么可以特别赞美。喏,举一个例来说,您现在是地主,同您的已经故世的祖父一样是地主,可是您没有那样的威势了! 当然您本来也不是那样的人。我们现在也受别的地主的压迫;可是这看来是不能避免的。也许谷子磨过之后会变成面粉。不,我在青年时代看饱的那种事情,现在到底都看不见了。"

"譬如什么事情呢?"

"譬如,就再说关于您祖父的事吧。他真是一个有权威的人! 他欺侮我们这班人。您大概知道——自己的田地怎么会不知道呢——从车普勒金到马利宁的那块耕地吧? …… 现在你们在这地上种着燕麦。……要知道这块地是我们的,——完全是我们的。您的祖父把它从我们手里夺去;他骑着马出来,用手指着说,'这是我的领地。'——就归他所有了。先父(祝他升入天堂!)是一个公正的人,也是一个激烈的人,他忍受不住了,——谁愿意丧失自己的产业呢? ——就向法庭提出诉呈。可是他一个人提出了,别的人都不跟上去,他们都害怕。就有人去告诉您祖父。说彼得·奥夫谢尼科夫在告您的状,说您抢了他的地皮。……您的祖父马上派他的猎师罢乌希带了一队人到我们这里来。……他们抓住了我的父亲,把他带到你们的世袭领地上。我那时候还是一个小孩子,赤着脚跟他跑。您知道怎样? ……他们把他带到你们家里的窗子下面,就用棍棒打他。您的祖父站在阳台上看;您的祖母坐在窗子下面,也在那里看。我的父亲喊着:'老太太,马利亚·华西丽叶芙娜,替我说个情,可怜可怜我吧!'可是她只是时时挺起身来,在那里看。后来他们要我父亲声明放弃这块地皮,并且命令他感谢放他生还的恩德。这样,地皮就归你们了。您去问问您的农人们看,这块地叫什么?它叫做棒地,因为是用棒打夺来的。因为这缘故,我们这些小人对于旧时代的制度没有多大的留恋。"

我不知道怎样回答奥夫谢尼科夫,并且不敢看他的脸。

"那时候我们邻近还有一个人,叫作斯捷邦·尼克多波辽内奇·科莫夫。他把我父亲折磨得厉害:用尽千方百计。这人是一个酒徒,喜欢请客,等到他喝醉了酒,用法语说一声'C'est bon'(这很好),然后舐一舐嘴唇,——那时候可就闹得凶了!他派人去请所有的邻居都到他家里来。他的马车都准备好了,停在那里;如果你不去,他立刻亲自闯来了。……这真是一个怪人!他清醒的时候不说谎;可是一喝醉,就开始说:他在彼得堡的封当卡街上有三所房子:一所是红色的,有一个烟囱;另一所是黄色的,有两个烟囱;还有一所是蓝色的,没有烟囱;——他有三个儿子(其实他还没有结婚):一个在步兵队里,另一个在骑兵队里,第三个待在家里。……又说每所房子里住着他的一个儿子。大儿子家里海军将官们常常来访,二儿子家里将军们常常来访,小儿子家里英国人常常来访!这时候他站起身来说:'祝我的大儿子健康,他是最孝顺我的!'于是他哭起来了。如果有人拒绝举祝杯,那就糟糕了。'枪毙你!'他说,'还不许埋葬!……'有时候他跳起来,叫着:'跳舞吧,上帝的子民们,让自己开心开心,又可以慰乐慰乐我!'于是你只得跳舞,拼命也只得跳舞。他把自己的农奴的女孩子们折磨得厉害。她们常常通夜合唱,唱到天亮,唱得嗓子最高的,就得到奖赏。可是如果她们疲倦了,他就双手托住了头,悲叹起来:'唉,我这无依无靠的孤儿!大家抛撇了我这个可爱的人儿!'马夫们连忙去鼓励女孩子们。我父亲也给他喜欢上了,有什么办法呢?他几乎把我父亲赶进了棺材里,险些儿被赶了进去,幸而他自己死了,是喝醉了从鸽子棚上跌下来死的。……瞧,以前我的邻近会有这样的人!"

"时势大变了！"我说。

"对啊，对啊，"奥夫谢尼科夫同意地说。"喏，所以说：在旧时代，贵族们的生活豪奢得多。至于那些达官贵人，更不必说了。这些人我在莫斯科看见得多。听说那里现在也没有这种人了。"

"您到过莫斯科？"

"到过的，很久了，很久以前了。我现在七十三岁，到莫斯科是十六岁上。"

奥夫谢尼科夫叹了一口气。

"您在那里看见了些什么人？"

"看见了许多达官贵人，全都看见的；他们生活阔绰，使人又赞叹又惊奇。可是没有一个人赶得上已故的伯爵阿列克塞·格利高列维奇·奥洛夫——车斯明斯基。阿列克塞·格利高列维奇我是常见的；我的叔叔在他那里当管家。伯爵住在卡卢加门附近的沙波洛夫卡。这真是一个达官贵人！那样的风采，那样诚恳的礼貌，简直使人不能想象，无法描述。单说身材就很高大，威力充足，眼光有神！当你没有认识他，没有接近他的时候，你真觉得害怕，胆小；可是你一接近他，他就好像太阳一般使你温暖，使你觉得非常愉快。他对每个人都亲自接见，对一切事情都爱好。他亲自参加赛马，和任何人竞赛；他从来不立刻赶上人，不得罪人，不拦阻人，只是到了最后才超过别人；而且那样地和蔼可亲：安慰对手，称赞他的马。他喂养着最上等的翻斛斗鸽子。常常走到院子里，坐在安乐椅上，命令把鸽子放起来；四周有仆人们拿着枪站在屋顶上防御鹞鹰。伯爵的脚边放着一只盛水的大银盆；他就在水里看鸽子。穷人和乞丐，有许许多多人靠他生活，……他散了许多钱财！可是他动起怒来，那真像打雷一般，非常可怕，可是你不必害怕，过一会儿他就笑了。他一举行宴会,就几乎把全莫斯科的人都醉倒!……他又是极聪明的人!他曾经打败土耳其人。他又喜欢角力;大力士从图拉,从哈尔科夫,从坦波夫,从各处地方来到他这里。谁被他摔倒了,他就奖赏他;可是如果有人摔倒了他,他就送给他很多礼物,还吻他的嘴唇。……还有,当我逗留在莫斯科的时候,他发动了一个俄罗斯从来不曾有过的猎犬竞赛会:他邀请全国所有的狩猎家到自己家里,规定了日期,并且给了三个月的期限。人都集拢来了。带来了许多猎狗和猎兵,——啊,军队来了,真像军队!起先大摆筵席,然后出发到城郊去。大家都跑拢来看,真是人山人海!……您猜怎么着?……您祖父的狗竟超过了所有的狗。"

"是不是米洛维特卡?"我问。

"对啊,是米洛维特卡,米洛维特卡……伯爵就开始请求他,说:'把你的狗卖给我吧,随便你要什么代价。''不,伯爵,'他说,'我不是商人,没用的破布也不卖,可是为了表示敬意,即使妻子也准备让与,就是米洛维特卡不能让。……我宁愿做俘虏。'阿列克塞·格利高列维奇就称赞他,说:'说得好。'您的祖父就用马车把这只狗载回去了;后来米洛维特卡死了的时候,奏着音乐,把它埋葬在花园里,——把这狗埋葬了,并且在上面立一块有铭文的石碑。"

"这样看来,阿列克塞·格利高列维奇是不欺侮任何人的。"我说。

"事情往往是这样的:阎王好见,小鬼难当。"

"那么罢乌希是怎么样的一个人呢?"略微静默一会之后,我问。

"怎么您知道米洛维特卡,却不知道罢乌希呢?……这是您祖父的猎师头目和管猎狗的人。您祖父爱他不亚于爱米洛维特卡。他是一个无所畏惧的人,您祖父无论吩咐他什么,他立刻就办到,即使要他爬到刀山上去也行。……他喊起猎狗来,森林里就发出一片吟啸声。可是他忽然闹起脾气来,跳下马,躺在地上了。……猎狗一听不到他的声音就完了! 它们不再去跟踪新的足迹,无论有什么好东西都不去追赶了。嘿,您祖父就动怒了!'不绞死这个坏小子,我就不活着了! 把这叛徒的皮剥下来! 把这杀人坏的脚跟拉起来穿进他的喉咙里去!'但是结果总是派人去问他需要什么,为什么不喊猎狗? 罢乌希在这些时候大都是要求喝酒,喝完了酒,站起身来,又起劲地大声呼喊猎狗了。"

"看样子,您也是喜欢打猎的,路卡·彼得罗维奇?"

"喜欢是喜欢的,……的确,——可不是现在:现在我的时代已经过去了,——而是在青年时代,……不过您要知道,因为我们身份的关系,也搞不好的。我们这班人是不能同贵族们相匹敌的。的确,我们这阶层中也有爱喝酒而没有能力的人常常去和大人先生们周旋,……可是这有什么乐趣呢! ……不过是自取屈辱罢了。给他一匹瘸脚的、老是颠踬的马;常常把他的帽子取下来丢在地上;拿起鞭子来,像打马一样轻轻地打在他身上;可是他始终装着笑脸,又逗别人笑。不,我告诉您:越是身份低的人,操守越是要谨严,不然,正是自取其辱。"

"是的,"奥夫谢尼科夫叹一口气,继续说,"我出世做人以来,时光像水一般流过了不少,时势已经改变了。尤其是在贵族们中间,我看到了很大的变迁。领地少的人,或者去就职了,或者不住在原地方了;领地多的人,那就不可复识了。这些大地主,在划分地界的时候我看见得多。我得告诉您:我看看他们,心里很高兴,他们都是和和气气、斯文一脉的。只是有一点我觉得很惊奇:他们都是博览群书的,说话头头是道,感动人心,可是对于实际问题都不懂得,连自己的利益都顾不到;他们自己的农奴管家可以任意捉弄他们,像弯马轭一样。您大概认识亚历山大·符拉季米勒奇·科罗辽夫的,——这不是一个道地的贵族吗? 这人风姿翩翩,家产富足,受过大学教育,似乎还到过外国,说话流利,态度谦恭,同我们大家都握手。您认识他吗?……那么您听我讲。上个礼拜我们为了经纪人尼基佛尔·伊里奇的招请,到别廖佐夫卡去聚会。经纪人尼基佛尔·伊里奇对我们说:'诸位先生,必须划分地界了;我们这区域比其他一切区域都落后,这是可耻的。我们着手工作吧。'于是就着手工作。照例经过商讨和争论,我们的代理人使起性子来。可是第一个吵闹起来的是奥夫钦尼科夫·波尔菲利。……这个人为什么要吵闹呢?……他自己一寸田地都没有,是受他兄弟的委托来办这件事的。他嚷着:'不行! 你们骗不过我! 不,我不是那样的人! 拿地图来! 把测量员给我叫来,把这叛徒叫到这里来!''您的要求到底是什么呢?''见鬼了! 哼! 你们以为我能马上把我的要求说出来吗? ……不行,你们把地图拿来,就是这样!'他就用手在地图上敲打。他又大大地侮辱了玛尔发·德米特列芙娜。她嚷着:'你怎么敢侮辱我的名誉?''我么,'他说,'把你的名誉给我的栗毛母马都不要。'好容易用马德拉酒使他平息了。把他抚慰好了,别的人又吵起来了。我的亲爱的亚历山大·符拉季米勒奇·科罗辽夫坐在屋角里,咬着手杖的头,只是摇头。我觉得难为情,忍不住了,真想跑出去。他对我们作何感想呢? 一看,我的亚历山大·符拉季米勒奇站起来了,表示要说话的样子。经纪人着了慌,说:'诸位先生,诸位先生,亚历山大·符拉季米勒奇要讲话了。'贵族实在不能不赞誉:全体的人立刻肃静了。于是亚历山大·符拉季米勒奇开始讲话,他说:我们似乎已经忘记了我们为什么而集会;又说:划分地界,虽然无疑地是对领主有益的,可是实际上它是为了什么呢? ——是为了使农人减轻负担,使他们工作比较便利,对付得了劳役;像现在那样,他自己不知道自己的田地,有时往往驾了车到五俄里外去耕作,要处罚他也不可能。后来亚历

山大·符拉季米勒奇说:不关心农民的福利,是地主的罪恶;又说:归根
结蒂,如果合理地判断起来,他们的利益和我们的利益是一致的:他们
好,我们也好;他们苦,我们也苦。……又说:所以,为了一点小事而不妥
协,是罪恶的,是没有计算的。……他又说,又说,……说出那样的话!
一句句打入人的心坎里。……贵族们都低下了头;我实在差点流下眼泪
来。老实说,古书里不曾有过这样的话。……可是结果怎么样呢?他自
己的四俄亩青苔沼地不肯让出,也不肯卖掉。他说:'我要叫我的仆人们
把这块沼地弄干,在这上面开办一个改良的制呢厂。'他说:'我已经选定
这地点;关于这件事我有我自己的打算。……'这是真实的才好,可是实
际上只是因为亚历山大·符拉季米勒奇·科罗辽夫的邻居安东·卡拉
西科夫舍不得给科罗辽夫的管家一百卢布钞票的缘故。我们就这样没
有把事情办完就走散了。亚历山大·符拉季米勒奇到现在还认为自己
是正确的,常常在谈论那制呢厂,可是并不动手去弄干那块沼地。”

“他在自己的领地里怎样安排呢?”

“一概采用新方法。农人们都不喜欢,——可是不必去听他们的话。
亚历山大·符拉季米勒奇办得很好。”

“这是怎么的,路卡·彼得罗维奇?我以为您是守旧的呢。”

“我是另外一回事。我不是贵族,也不是地主。我的产业算得什么?
……而我又不懂得别的生财之道。我但求做得正当,做得合法,这就谢
天谢地了!年轻的先生们不喜欢旧式,我赞美他们。……现在是动脑筋
的时候了。只是有一点很糟糕:年轻的先生们很会自作聪明。对付农人
好像玩弄木偶,翻来复去一阵子,弄坏了,就丢开了。于是农人又处在农
奴出身的管家或者德国籍的执事的掌握之中了。最好这班年轻的先生
们中间有一个人出来作个榜样,指示出:应该这样办理!……这结果会

是怎么样的呢？……难道我就这样死去,看不见新局面了吗？怎么会有这种怪事？真是青苗不接!"

我不知道怎样回答奥夫谢尼科夫。他回头望望,向我坐得更近一些,继续低声说:

"您听到过关于华西里·尼古拉伊奇·刘波兹伏诺夫的事吗?"

"没有,没有听到过。"

"您倒说说看,这么多么奇怪的事!我真想不通。是他那些农人讲出来的,可是我不明白他们的话。您知道,他是一个青年人,不久以前从他母亲那里得到一笔遗产。他就来到了自己的世袭领地里。农人们都怀着好奇心聚拢来看自己的主人。华西里·尼古拉伊奇出来见他们了。农人们一看,真奇怪!老爷穿着棉绒裤子,像一个马车夫,他的靴子上有镶边;衬衫是红的,上衣也是马车夫样的;留着胡子,头上戴着一顶很奇怪的帽子,相貌也很奇特,——说他喝醉,可又并不喝醉,但是疯头疯脑。'你们都好,'他说,'兄弟们!上帝帮助你们。'农人们向他鞠躬,——可是都不说话,您知道,他们都胆怯了。他自己也好像很胆怯。他就对他们讲话:'我是俄罗斯人,'他说,'你们也是俄罗斯人;我爱好一切俄罗斯的东西,……我有俄罗斯的灵魂,我的血也是俄罗斯的……'忽然他发出命令:

'喂,孩儿们,大家唱一个俄罗斯民歌吧!'农人们两腿直哆嗦;完全呆住了。有一个胆大的人刚开始唱,立刻就蹲倒在地上,躲在别人后面了。……值得奇怪的是:我们那里也有这样的地主,都是些肆无忌惮的人,又是著名的游棍,的确如此;穿得像马车夫一样,自己跳舞,弹六弦琴,和仆人们一起唱歌,喝酒,和农人们大吃大喝;可是这位华西里·尼古拉伊奇却像一位闺房小姐:老是读书,或者写字,不然就朗诵赞美歌，——不跟任何人谈话，怕见生人，常常独自在花园里散步，仿佛是寂寞或者忧愁。以前的管家在最初的时候害怕得不得了：在华西里·尼古拉伊奇来到以前，跑遍了农家，向所有的人鞠躬，——显然是，猫心里明白它吃了谁家的肉！农人们觉得有了希望，他们想：'哼，老兄！回头就要查办你了，你这宝贝；你就要遭殃了，你这个吝啬鬼！……'可是结果并不是这样——我该怎样对您说呢？连上帝也弄不清楚这是怎么一回事！华西里·尼古拉伊奇把他叫来，对他说话，可是他自己反而脸红了，而且您知道，呼吸也很迫促：'你替我办事要办得公正，不可以压迫任何人，听见了吗？'可是从此以后就不再叫他到跟前来！他住在自己的领地里，好像一个陌生人。于是，那个管家就放心了，而农人们都不敢到华西里·尼古拉伊奇那里去，因为他们害怕。还有稀奇的事哩：这位老爷对他们鞠躬，和颜悦色地望着他们，他们却反而吓得要命。这是多么奇怪的事，先生，您倒说说看？……或许是我糊涂了，老了，还是怎么的，——真不懂了。"

我回答奥夫谢尼科夫说，这位刘波兹伏诺夫先生大概是有病的。

"有什么病！他长得那么胖，肥头胖耳，年纪轻轻的。……真是天晓得！"奥夫谢尼科夫深深地叹一口气。

"且不谈贵族，"我开始说，"关于独院地主，您讲些什么给我听听呢，路卡·彼得罗维奇？"

"不，这个免了吧，"他急忙地说，"实在……也可以讲些给您听听，可是算了吧！（奥夫谢尼科夫挥一挥手。）我们还是喝茶吧。……等于农人，简直是农人；可是老实说，我们还会怎么样呢？"

他默不作声了。茶端出来了。塔佳娜·伊丽尼奇娜站起身来，坐在靠近我们的地方了。在这天晚上，她有好几次悄悄地走出去，又悄悄地走回来。房间里肃静无声。奥夫谢尼科夫郑重其事地慢慢地喝茶,一杯又一杯。

"米嘉今天来过了,"塔佳娜·伊丽尼奇娜低声地说。

奥夫谢尼科夫皱起眉头来。

"他来干什么?"

"来赔不是。"

奥夫谢尼科夫摇摇头。

"唉,您说说,"他转向我,继续说,"叫我怎样对付那些亲戚们? 拒绝他们是不可能的。……上帝居然也赏给我一个侄儿。这小子很聪明,又伶俐,这是没有话说的;学问很好,可是我对他不会有什么指望。他本来在官家当差,却把职务辞去,因为没有出路。……难道他是贵族吗? 即使是贵族,也不会立刻升作将军的。现在他就赋闲了。……这倒还没有什么,哪晓得他竟当上了讼棍! 替农人们写状子,打呈报,教唆乡警们,揭发测量员,在酒店里进进出出,结交一班市侩和旅馆里打扫院子的人。不是就要遭殃了吗? 区警察局长和县警察局长警告他已经不止一次了。幸亏他会胡调:逗得他们发笑,可是后来又给他们找麻烦。……得了,他还坐在你那小屋子里吧?"他转向他的妻子,补充说,"我很了解你:你是大慈大悲的,袒护他的。"

塔佳娜·伊丽尼奇娜低下头,微笑一下,脸红了。

"嗯,正是这样,"奥夫谢尼科夫继续说……"唉,你是宠惯他的! 好,叫他进来吧,——就这样啦,看在贵客面上,我饶恕这个蠢东西。……好,叫他来吧,叫他来吧……"

塔佳娜·伊丽尼奇娜走到门边,叫了一声:"米嘉!"

米嘉,一个身材高高的、体态匀称而头发卷曲的、年约二十八岁的小伙子,走进房间来,看见了我,站定在门边了。他的服装是德国式的,但是仅仅他肩上的大得不自然的皱襞,就显著地证明了这衣服不但是俄罗斯裁缝裁的,竟是道地俄罗斯式的。

"喂,走过来,走过来,"老头儿说,"怕什么难为情?你要谢谢伯母,因为她替你说情了。……嗳,先生,我来介绍一下,"他指着米嘉继续说,"这是我的亲侄子,可是我怎么也管他不好。已经走上末路了!(我们两人互相鞠躬。)你说,你在那边闯了什么祸?为什么他们告你,你说。"

米嘉显然不愿意在我面前表白和辩解。

"以后再说吧,伯伯。"他喃喃地说。

"不,不要以后再说,要现在说,"老人继续说……"你呀,我知道的,你在这位地主先生面前怕难为情,那更好了,你快痛改前非吧。你说,你说呀,……说给我们听听。"

"我并没有什么难为情,"米嘉精神勃勃地说起话来,把头摇晃一下。"伯伯,请您自己评判。列舍底洛夫的独院地主们到我这里来说:'老弟,帮帮忙。''怎么一回事呢?''是这样的:我们的粮仓办得很完善,实在不能再好了;忽然一个官员来到我们这里,说是被派来检查粮仓的。检查过之后说:"你们的粮仓办得很混乱,有严重的疏忽地方,必须报告长官。""有什么疏忽的地方呢?""这个我心里明白,"他说。……我们就聚在一起作出了决定:要好好地送那官员一笔酬谢,可是老头儿普罗霍勒奇出来阻止,他说:这不过是使这班人更加贪心罢了。这是怎么一回事?难道我们一点压制都没有了?……我们就听从了老头儿的话,但是那官员动起怒来,就提出控诉,打了呈报。现在就要我们去到庭。'那么你们的粮仓的确是完善的吗?'我问。'上帝看见的,很完善,而且有法定数量的谷物。……'我说:'那么你们不必害怕。'就替他们写了一张状子。……现在还没有知道是谁胜诉。……至于他们为了这件事到您这儿来告我,——那是很明显的:无论什么人,自己的衬衫总是贴自己的身。"

"无论什么人都这样,可是你显然不是这样的,"老头儿低声说。……"那么你在那边同舒托洛莫甫的农人们干些什么勾当呢?"

"您怎么知道?"

"我当然知道。"

"这件事也是我对的,——再请您评判吧。舒托洛莫甫农人们的邻居别斯邦金耕种了他们的四俄亩地。他说:'这地是我的。'舒托洛莫甫的农人在付代役租,他们的地主到外国去了——您想,有谁保护他们呢?可是那块地,毫无疑问,一向是地主租给他们的。于是他们到我这里来,说:给我们写一张诉状。我就写了。别斯邦金知道了就恐吓我,他说:'我要拔出米嘉这家伙的骨头,还要取他的脑袋……'等着瞧吧,看他怎样取法,我的脑袋到现在还是完好的呢。"

"嘿,不要吹牛,你的脑袋免不了要遭殃呢,"老头儿说,"你这人完全发疯了!"

"咦,伯伯,不是您自己对我说过……"

"我知道,我知道你要说什么话了,"奥夫谢尼科夫打断了他的话,"的确,做人应该正直,而且有帮助亲友的义务。有时候应该连自身都不顾惜。……可是你是不是常常照这样做的呢?不是有人把你邀到酒店里去吗?他们请你喝酒,向你鞠躬,说:'德米特利·阿列克塞伊奇,先生,帮帮忙,我们一定酬谢你。'于是把一个银卢布或者一张五卢布钞票偷偷地塞给你,是不是?啊?有没有这种事?你说,有没有?"

"这的确是我的错,"米嘉低下头回答,"可是我不拿穷人的钱,不违背良心。"

"现在你不拿,等到自己生活困难起来,就要拿了。不违背良心,……嘿,你呀!你倒像是一直在庇护好人!……可是你忘记了鲍尔卡·彼列霍多夫吗?……是谁为他张罗奔走?是谁包庇了他?啊?"

"彼列霍多夫的确是自作自受……"

"挪用了公款……开玩笑!"

"可是伯伯您想:他贫穷,还有家眷……"

"贫穷,贫穷,……他是一个醉汉,是一个狂妄的人——就是这样!"

"他因为悲伤,才喝上了酒的,"米嘉放低了声音说。

"因为悲伤!唔,既然你有那样的热忱,就该帮助他,而不该自己跟这醉汉一块上酒店。他说话花言巧语,那有什么稀罕!"

"他这人是最好不过的……"

"在你看来都是好人。……怎么样,"奥夫谢尼科夫转向他的妻子,继续说,"送去给他了吗……喏,就是那儿,你知道的……"

塔佳娜·伊丽尼奇娜点点头。

"你这几天在哪里?"老头儿又说起话来。

"在城里。"

"一定是在那里打台球,喝茶消遣,弹六弦琴,在衙门里跑进跑出,躲在后房里写状子,跟商人的儿子们一起游荡,是这样吗?……你说!"

"大概是这样吧,"米嘉带着微笑说。……"啊呀!差点儿忘了:安东·巴尔菲内奇·芬底科夫请您星期天到他家去吃饭呢。"

"我不到这大肚子家里去。给你吃很贵的鱼,放的奶油却是腐臭的。不去睬他!"

"我还碰见菲多西亚·米海洛芙娜呢。"

"哪一个菲多西亚?"

"就是竞买了米库里诺地方的地主加尔宾钦科家的那个。菲多西亚是米库里诺人。她出了代役租,在莫斯科当女裁缝,租金按时缴纳,每年一百八十二个半卢布。……业务很能干:在莫斯科向她定货的人很多。可是现在加尔宾钦科写信去把她叫了来,留住她,却又不派她职务。她准备赎身,向主人说过了,但是他不作出什么决定。伯伯,您和加尔宾钦科认识,可不可以替她说一句话?……菲多西亚愿意出重价赎身。"

"是不是用你的钱? 是不是? 唔,唔,好,我去说,我去对他说。可是我不知道,"老头儿带着不满意的神气继续说,"这个加尔宾钦科,天晓得,是一个吝啬鬼:他收购期票,放钱生利,竞买田地。……谁把他弄到我们这边来的? 咳,我讨厌这些外乡人! 这件事不会立刻见分晓的;不过,且看吧。"

"帮帮忙吧,伯伯。"

"好,我总帮忙。可是你得留神点儿,往后得留神点儿! 好了,好了,不要辩解了。……算了,算了! ……只是以后要留心,不然的话,真的,米嘉,你不得平安呢,——真的,你要遭殃呢。我不能一直替你担当,……我自己也是没有权势的人。唔,现在你去吧。"

米嘉出去了。塔佳娜·伊丽尼奇娜跟着他出去。

"给他喝茶吧,慈悲的太太,"奥夫谢尼科夫在她后面叫道。……"这小伙子并不蠢,"他继续说,"心地也善良,只是我替他担心。……可是,对不起,我们拿这些小事把您耽搁了很久。"

通前室的门开了。一个身材低低的、头发斑白的、穿天鹅绒大衣的人走了进来。

"啊,富郎兹·伊凡内奇!"奥夫谢尼科夫叫起来,"您好! 近来可得意吗?"

　　亲爱的读者,请允许我把这位先生也介绍给您。

　　富郎兹·伊凡内奇·雷戎(Lejeune)是我的邻居,是奥廖尔的一个地主,他以不很平常的方式获得了俄罗斯贵族的荣誉称号。他生在奥尔良,父母都是法国人,他跟着拿破仑来侵略俄国,充当鼓手。起初一切都非常顺利,我们这位法国人就昂起了头走进莫斯科来。但是在回去的路上,可怜的雷戎先生冻得半死,鼓也没有了,就这样被斯摩棱斯克的农人们捉住了。斯摩棱斯克的农人们把他在一个空着的缩绒厂里关了一夜,第二天早上把他带到堤坝边的冰窟那里,就开始要求这位"de la grrrrande armée"[1]鼓手赏个光,这就是要他钻到冰底下去。雷戎先生不能同意他们的提议,却用法国话向斯摩棱斯克的农人们要求放他回奥尔良去。"在那里,messieurs[2],"他说,"住着我的母亲,une tendre mère[3]。"但是农人们大约不知道奥尔良城的地理位置,继续要求他向蜿蜒的格尼洛捷尔卡河顺流而下,去作水底旅行,而且已经在那里轻轻地推着他的颈骨和脊骨而敦促他,忽然传来了一阵铃声,使雷戎快乐得不可言喻,堤坝上开上一辆大橇车来,这车子后部特别高耸,上面盖着一条五彩的毯子,前面套着三匹黄褐色的维亚特卡马。橇车里坐着一位穿狼皮外套的、肥胖的、红光满面的地主。

　　"你们在那里做什么?"他问农人们。

　　"我们在这里淹法国人呢,老爷。"

　　'啊!'地主淡然地答应了一声,就转过脸去。

---

〔1〕　法语:大军的。
〔2〕　法语:诸位先生。
〔3〕　法语:慈爱的母亲。

"Monsieur! Monsieur!"〔1〕那可怜的人叫起来。

"啊,啊!"狼皮外套带着责备的口气说,"带了十二种民族到俄国来,烧掉了莫斯科,该死的家伙,偷去了伊凡大帝钟楼上的十字架,现在却叫着'麦歇,麦歇!'(先生,先生!)这一下可不敢再神气了! 这是因果报应。……走吧,菲尔卡!"

马走动了。

"可是,慢来!"地主又说,……"喂,你这麦歇,你懂音乐吗?"

"Sauvez moi, sauvez moi, mon bon monsieur!"〔2〕雷戎反复地说。

"你瞧这些小国民! 没有一个人会讲俄语的! 谋叙克,谋叙克,萨维·谋叙克·芙? 萨维?(音乐,音乐,你懂音乐吗? 懂吗?)嗳,你说呀! 孔泼雷内? 萨维·谋叙克·芙?(听得懂吗? 你懂音乐吗?)披雅诺,助哀·萨维?(钢琴,你会弹吗?)"

雷戎终于懂得了地主所要表达的意思,就肯定地点点头。

"Oui, monsieur, oui, oui, je suis musicien; je joue tous les instruments possibles! Oui, monsieur……Sauvez moi, monsieur!"〔3〕

"嘿,你的运气好,"地主回答。……"小伙子们,放了他吧;给你们二十戈比买烧酒喝。"

"谢谢,老爷,谢谢。请您带他去吧。"

雷戎被叫去坐在橇车里了。他快活得透不过气来,哭着,颤抖着,向地主、马车夫、农人们鞠躬道谢。他身上只穿一件有粉红色带子的绿色

---

〔1〕 法语:先生! 先生!
〔2〕 法语:救救我,救救我,我的好先生!
〔3〕 法语:是,先生,是,是,我是一个音乐家;我的一切乐器都会奏! 是,先生。……救救我,先生!

卫生衣,天冷得厉害。地主默默地看看他那发青而冻僵了的肢体,就把这不幸的人裹在自己的皮外套里了,载了他回到家里。仆人们都跑拢来,急忙把这法国人弄暖和了,给他吃饱了,穿上了衣服。地主就带他到他的女儿们那里。

"喂,孩子们,"他对她们说,"我替你们找到一位教师了。你们老是缠着我说:教我们音乐和法国话吧。现在我替你们请来了一位法国人,他会弹钢琴的。……喂,麦歇,"他指着五年前向卖花露水的犹太人买来的一架破旧的钢琴,继续说,"把你的技术表演给我们看看:助哀!(请弹!)"

雷戒魂不附体地坐到椅子上,因为他有生以来没有碰过钢琴。

"助哀吧,助哀吧。"地主反复地说。

这可怜的人绝望地敲打键盘,像敲鼓一样,胡乱地弹了一会。……"当时我心里想,"后来他讲给别人听,"我的救命人一定会抓住我的衣领,把我赶出门外去。"可是这位被迫的即席演奏者竟大吃一惊,因为地主略停了一会,赞许地拍拍他的肩膀,"很好,很好,"他说,"我已经领教你的高才了;现在请去休息吧。"

大约两星期之后,雷戒从这个地主那里转到了另一个富裕而有学识的人那里,这人爱他的愉快而温柔的性情,他就和这人的养女结了婚,并且就了职,变成了贵族,后来把自己的女儿嫁给了奥廖尔的地主洛贝萨尼叶夫——一个退职的龙骑兵兼诗人,他自己也迁居到奥廖尔来居住了。

正是这个雷戒——或者像现在人们所称呼他的富郎兹·伊凡内奇——当我在座的时候走进奥夫谢尼科夫的房间里来,他是奥夫谢尼科夫的朋友。……

然而,恐怕读者和我在独院地主奥夫谢尼科夫家里已经坐得厌倦,那我就不再饶舌了。

里 郭 甫

　　"到里郭甫去吧，"有一次，读者所已经熟悉的叶尔莫莱对我说，"我们可以在那边打到许多鸭子。"

　　虽然野鸭对于真正的猎人没有特殊的魅力，但是在没有别种野禽的时候（这是九月初，山鹬还没有飞来，在野外奔走着追赶鹧鸪，我已经觉得厌倦了），我就听从了我的猎师的话，出发到里郭甫去了。

　　里郭甫是草原上的一个大村，村里建立着一所极古老的有一个圆屋顶的石造礼拜堂，还有筑在两岸全是沼地的罗索塔小川上的两个磨坊。这条小川在离开里郭甫约五俄里之外，变成了一个宽阔的池塘，池塘的四周和中央的某些地方，生着茂密的芦苇，即奥廖尔人所谓"马意尔"。就在这池塘上，在芦苇中间的水湾或静僻的地方，繁殖着各种各样的许多鸭子：野鸭、小野鸭、针尾鸭、小水鸭、晨凫及其他。一小群一小群的鸭子常常在水面上飞来飞去，枪声响处，像乌云一般升起，使得猎人不由得一只手抓住帽子，长吁一声："嗬——呼！"我和叶尔莫莱沿着池塘走，然而，第一，鸭子是小心的飞禽，不靠近岸边来；第二，即使有落伍的、无经验的小水鸭中了我们的枪弹而丧失了性命，我们的狗也无法到茂密的"马意尔"中去取得它。它们虽然有极高尚的献身精神，却既不能游泳，又不能涉水，只是徒然地在芦苇的锐利的边上擦伤自己的宝贵鼻子而已。

"不行，"最后叶尔莫莱说，"这样不行，必须设法去弄一只小船来。……我们回到里郭甫去吧。"

我们就去了。我们还没有走得几步，碰见一只十分蹩脚的猎狗从茂密的爆竹柳里跑出来，在它后面出现了一个中等身材的人，穿着一件破旧的蓝大衣和一件黄背心，暗灰色的裤子草草地塞进有破洞的长统靴里，脖子里围着一条红围巾，肩上背着一支单筒枪。我们的狗以惯常的、它们的品种所特有的中国仪式[1]同它们的新朋友相嗅起来，那新朋友显然是害怕了，挂下尾巴，翘起耳朵，露出牙齿，挺直了腿，全身很快地打转。就在这期间，那不相识的人走到我们面前来，极恭敬地鞠一个躬。他看来约有二十五岁；他的长长的、淡褐色的头发浓重地浸透了克瓦斯[2]，一绺绺不动地矗立着；一双褐色的小眼睛温和地眨动，脸上仿佛因为牙齿痛而扎着一条黑色的帕子，满脸作出甜蜜的微笑。

"请允许我自己介绍，"他用柔媚的声音开始说，"我是这儿的猎人符拉季米尔。……我听说您来到这里，又知道您到我们的池塘上来了，如果您不嫌弃的话，我决心为您效劳。"

猎人符拉季米尔说起话来，活像扮演小生角色的年轻的地方演员。我同意了他的提议，还没有走到里郭甫，我就已经知道了他的身世。他是一个已经赎身的家仆；在少年时代曾经学过音乐，后来当了侍仆，他识字，据我所能见到的，他读过一些无聊的书，而现在呢，像生存在俄罗斯的许多人一样，没有一文现钱，也没有固定的职业，几乎是靠天吃饭的。他说话态度极其文雅，并且显然是在卖弄自己的风度；他必定又是一个

---

〔1〕　当时俄罗斯人认为中国帝王宫中仪式极其复杂，故有此语。
〔2〕　当时俄罗斯农民和家仆都用克瓦斯（一种清凉饮料）涂发。

非常好色的男子,而且他追求女性时多半是成功的,因为俄罗斯姑娘们都喜欢能言善辩的人。在谈话之中,他使我知道:他有时访问邻近的地主,到城里去作客,玩朴烈费兰斯,又和都会里的人交往。他善于巧笑,会表现各种各样的笑容;特别适合于他的,是当他用心听别人讲话时嘴唇上所表出的谦恭而沉着的微笑。他仔细地听你说话,他对你表示完全同意,然而他决不失却自尊心,仿佛要使你知道,有机会时,他也会发表自己的意见的。叶尔莫莱是一个不受教育的人,更谈不上"温文尔雅",就对他称起"你"来。符拉季米尔对他称"您哪……"时的那种讥嘲的神情,煞是好看。

"你为什么扎着一条帕子?"我问他。"牙齿痛吗?"

"不是啊,"他回答,"这是不小心的坏结果。我有一个朋友,是一个好人,可完全不是一个猎人,这也是常有的事。有一天他对我说:'我的亲爱的朋友,带我去打猎吧,我很想知道这玩意儿是怎么一回事。'我当然不愿意拒绝朋友,就给他一支枪,带他去打猎了。我们打了好一会猎;后来我们想休息一下。我坐在树底下了;他却不休息,开始装出枪操的样子,而且瞄准了我。我请他停止,可是他因为没有经验,不听我的话。枪响出了,我就失去了下巴和右手的食指。"

我们走到了里郭甫。符拉季米尔和叶尔莫莱都认为没有小船是不能打猎的。

"苏跷克有一只平底船,"符拉季米尔说,"可是我不知道他把它藏在哪里。必须跑去找他。"

"去找谁?"我问。

"这儿住着一个人,他的绰号叫做苏跷克[1]。"

符拉季米尔就带着叶尔莫莱去找苏跷克了。我对他们说,我将在礼拜堂那里等他们。我在墓地上看看那些坟墓,忽然看到一块发黑的长方形墓饰,上面有如下的铭文:一面用法文写着:"Ci gît Théophile Henri, vicomte de Blangy"(勃朗奇伯爵德奥斐尔·安利之墓);另一面上写着:"法国臣民勃朗奇伯爵之遗骸葬此石下;生于一七三七年,死于一七九九年,享寿六十二岁";在第三面上写着:"祝他安静地长眠";在第四面上写着:

石下安眠着法国的侨民;

他出身于望族而富有才能。

他痛惜妻子和家属的被杀,

离弃了暴君蹂躏的祖国而远行;

他来到了俄罗斯的国土,

在老年获得了优礼的庇荫:

教养儿童,慰藉双亲。……

上帝保佑他在此永远安宁。

叶尔莫莱、符拉季米尔和有奇怪的绰号"苏跷克"的人来了,打断了我的沉思。

光脚蓬头而衣衫褴褛的苏跷克,看样子是一个退职的家仆,年约六十岁。

---

〔1〕　苏跷克,小树枝的意思。

"你有小船吗?"我问。

"有小船,"他用喑哑而破碎的声音回答,"可是坏得厉害。"

"怎么呢?"

"脱了胶;而且木桩子都从洞里掉出来了。"

"有什么大不了!"叶尔莫莱接着说,"可以塞些麻屑。"

"当然,可以。"苏跷克表示同意。

"你是做什么的?"

"地主家的渔夫。"

"你既然是渔夫,你的船怎么这样破旧?"

"我们的河里根本没有鱼的。"

"鱼不喜欢池沼的浮渣。"我的猎人一本正经地说。

"那么,"我对叶尔莫莱说,"去弄些麻屑来,给我们把船修好,快些。"

叶尔莫莱去了。

"我们恐怕会沉到水底去吧?"我对符拉季米尔说。

"不会的,"他回答。"无论如何,我们可以想见,池塘并不深。"

"是的,池塘并不深,"苏跷克说,他说话有些奇怪,仿佛半睡半醒似的,"底上是烂泥和草,整个池塘都长着草。不过,也有深坑。"

"可是,草如果太密,"符拉季米尔说,"不好划船呢。"

"平底船哪里是划的? 要撑篙。我跟你们一块儿去吧;我那里有篙子,不然,用铲子也行。"

"用铲子不大好,恐怕有些地方够不到底,"符拉季米尔说。

"这倒的确不大好。"

我坐在墓石上等候叶尔莫莱。符拉季米尔为了表示礼貌,向一旁走开些,也坐下了。苏跷克仍旧站在那地方,低下头,照老习惯把两手反剪在背后。

"我问你,"我开始说,"你在这里当渔夫多久了?"

"七年了。"他身体颤抖一下,回答说。

"以前你当什么呢?"

"以前当马车夫。"

"谁把你从马车夫降下来的呢?"

"新的女主人。"

"哪一个女主人?"

"就是买我们的那个。您不知道的:阿辽娜·蒂莫菲夫娜,胖胖的,……年纪不轻了。"

"她为什么要派你作渔夫呢?"

"那不晓得她了。她从自己的世袭领地,从坦波夫,来到我们这里,吩咐把所有的仆人都召集拢来,她就出来见我们。我们起初吻她的手,她倒没有什么,并不生气。……后来就一个一个盘问我们:做什么工作,担任什么职务?轮到了我;她问:'你是做什么的?'我说:'当马车夫。''马车夫?你怎么配当马车夫,你瞧瞧自己:你怎么配当马车夫?你不应该当马车夫,你给我当渔夫吧,把胡子剃掉。每次我来到这儿的时候,你就要献鱼来吃,听见了没有?……'——从那时候起,我就算是渔夫了。——她说:'你得把我的池塘收拾得清清楚楚……'叫我怎样收拾清楚呢?"

"你们以前是谁的人?"

"是谢尔盖·谢尔盖伊奇·彼赫捷列夫的人。他是承继来的。可是他管领我们也并不长久,一共六年。我就是在他那里当马车夫的,……不过不是在城里——城里他另外有马车夫,我是在乡下的。"

"你从年轻的时候就一直当马车夫吗?"

"哪里一直当马车夫!当马车夫是从谢尔盖·谢尔盖伊奇那里开始的,以前我当厨师,不过也不是城里的厨师,而是乡下的。"

"你在谁那儿当厨师呢?"

"在以前的主人阿发纳西·涅菲德奇那里,就是谢尔盖·谢尔盖伊奇的伯父那里。里郭甫是他买进的,是阿发纳西·涅菲德奇买进的,谢尔盖·谢尔盖伊奇承继了这块领地。"

"向谁买来的呢?"

"向塔佳娜·华西里叶夫娜。"

"哪一个塔佳娜·华西里叶夫娜?"

"就是前年死去的那个,在波尔霍夫附近,……不对,在卡拉契夫附近,还是个老处女,……没有结过婚。您不认识她吗?我们是从她父亲华西里·谢苗内奇手里传给她的。她管领我们可长久啦,……大概有二十年吧。"

"你在她那儿是不是也当厨师的?"

"起初确是当厨师,后来又当咖啡师。"

"当什么?"

"当咖啡师。"

"这是怎么样的职务呢?"

"我不知道,老爷。在餐室里服务,把我叫做安东,不叫苦兹马了。这是女主人的命令。"

"你本来的名字叫苦兹马吗?"

"苦兹马。"

"那你一直当咖啡师吗?"

"不,不是一直当这个差使,也当戏子。"

"真的吗?"

"可不是,当过戏子,……还登过台。我们的女主人自己家里造了一个戏院子。"

"你扮演过什么角色?"

"您说什么?"

"你在戏台上做些什么?"

"您不知道吗? 他们拉我去,把我装扮起来;我就这样装扮了登台,或者站着,或者坐着,那得看情形了。他们教我说什么,我就说什么。有一回我扮一个瞎子。…… 他们在我的每一个眼睑底下放进一粒豌豆。……可不是!"

"那么后来你做什么呢?"

"后来我又当厨师。"

"为什么又把你降作厨师呢?"

"因为我的兄弟逃走了。"

"唔,那么你在你第一个女主人的父亲那里当什么呢?"

"当各种差使:起初当小厮,当马车夫,园丁,后来又当猎犬夫。"

"猎犬夫? ……你还带着猎狗骑马?"

"还带着猎狗骑马,跌得好厉害:我和马一同跌倒,马受了伤。我们的老主人是很严厉的;叫人打了我一顿,派我到莫斯科一个皮鞋匠那里去当学徒了。"

"怎么当学徒? 难道你当猎犬夫的时候还是个小孩子?"

"我那时候么,年纪大概有二十多了。"

"怎么二十岁还可以当学徒?"

"既然是主人命令,大概总是可以的。幸亏他不久就死了,他们又叫我回到乡下来。"

"你是什么时候学得厨师的本领的呢?"

苏跷克抬起他那又瘦又黄的脸来,微笑一下。

"这还用学吗?……女人们都会烧菜的!"

"唔,"我说,"苦兹马,你这一生倒见过得多了! 那么既然你们这儿没有鱼,现在你当渔夫做些什么事呢?"

"老爷,我才不抱怨呢。派我当渔夫是要谢天谢地的。还有一个像我一样的老头儿——安德烈·普贝尔——女主人吩咐他在造纸厂里做汲水的工作。她说,不做工吃白饭是罪恶的。……普贝尔还指望着开恩:他有一个表侄子在女主人的事务所当事务员,答应替他向女主人说情。说什么情呀! ……可是我亲眼看见普贝尔向他的表侄子叩头的呢。"

"你有家眷吗? 娶过亲吗?"

"没有,老爷,不曾。已经故世的塔佳娜·华西里叶夫娜——祝她升入天堂! ——是不许任何人结婚的。决不可以! 她常常说:'我不也是独身的吗? 真是放肆! 他们要结婚做什么?'"

"那么你现在靠什么生活呢? 有工钱吗?"

"老爷,什么工钱呀! ……有一口饭吃,已经是谢天谢地了! 我很满足。上帝保佑我们的女主人长寿吧!"

叶尔莫莱回来了。

"船修好了,"他严肃地说。"去拿篙子吧——你! ……"

苏跷克跑去拿篙子了。当我同那可怜的老头儿谈话的时候,猎人符拉季米尔时时带着轻蔑的微笑对他看。

"这人是一个呆子,"那人走了之后他说,"是一个完全不受教育的人,不过是一个乡下佬罢了。他不能算作家仆,……他说的话全是吹牛。……他哪里会做戏子,您想!您白费了精神跟他谈话!"

过了一刻钟,我们已经坐在苏跷克的平底船里了。(我们把狗留在屋子里,交给马车夫叶古季尔看管。)我们觉得不很舒服,但是猎人一向是不苛求的。苏跷克站在船后面钝的一端上,在那里撑篙;我和符拉季米尔坐在船里的横木上;叶尔莫莱坐在前面船头上。虽然用麻屑塞过,水还是很快就涌出在我们的脚底下了。幸而天气稳定,池塘仿佛睡着了一般。

我们的船走得很慢。老头儿费力地从粘泥里拔出缠满水草的青丝的长篙来;睡莲的茂密的圆圆的叶子也妨碍着我们的船前进。最后我们到达了芦苇的地方,这一下可热闹了。鸭子看见我们在它们的领十甲突然出现,吓了一跳,轰的一声从池塘上飞起,枪弹密密地向它们后面射去,看着这些短尾巴的飞禽在空中翻筋斗,沉重地掉在水里,煞是愉快。我们当然不能把中枪的鸭子全部弄到手,因为轻伤的钻到水里去了;有些已经打死了的,却掉在那么茂密的"马意尔"里,连叶尔莫莱的一双锐利的眼睛也找不到它们;虽然如此,到了正午的时候,我们的小船里已经满满地装了一船鸭子。

使叶尔莫莱大大地快慰的,是符拉季米尔的枪法完全不高明,在每次失败的开枪之后,他就诧异,把枪检查一下,吹一下,表示疑惑,最后就向我们说明他所以打不中的原因。叶尔莫莱打枪,同往常一样,总是成功的,我照例打得很不好。苏跷克不时地用从小替主人服务惯了的人的眼色望着我们,有时候喊着:"那边,那边还有一只鸭子!"他又常常在背上搔痒——不用手来搔,而用肩胛的动作来搔。天气很好:一团团的白云高高地、徐徐地在我们头上移行,清楚地反映在水中;芦苇在四周瑟瑟作响;池塘在太阳底下处处发出闪光,像钢铁一般。我们准备回村子去了,突然发生了一件很不愉快的事情。

我们早已注意到:水一直在慢慢地侵入我们的平底船里来。符拉季米尔被派定用勺子把水舀出去,这勺子是我的有先见之明的猎师从不留神的农妇那里偷来以防万一的。在符拉季米尔没有忘记自己的任务的期间,事情顺利地进行。但是到了打猎快结束的时候,鸭子仿佛向我们道别,许多群一齐飞起,使得我们几乎来不及装枪弹。在枪弹交射的紧张时刻,我们没有去注意我们的平底船的状况,——突然,由于叶尔莫莱的一个剧烈的动作(他拼命想拉到一只被打死的鸭子,把全身靠向船的一边了),我们这腐朽的小船一倾侧,灌满了水,就堂皇地沉到了池塘底上,幸而不在水深的地方。我们大叫一声,然而已经迟了,转瞬之间我们都已经站在水里,水齐到喉头,四周围着许多死鸭的浮尸。现在我想起了我的同伴们的恐怖而苍白的脸,(大概我的脸在那时也不会是红润的)还不能不发笑;但是在那时候,老实说,我根本没有想到可笑。我们每个人都把自己的枪举起在头上,苏跷克大概是惯于模仿主人的缘故,也把篙子举起在头上。叶尔莫莱第一个打破沉默。

"呸,真倒霉!"他吐一口唾沫在水里,喃喃地说,"有这样的事! 都是你不好,你这老鬼!"他愤怒地向苏跷克说。"你这船是怎么的?"

"对不起,"老人含糊地低声说。

"你也好,"我的猎师把头转向符拉季米尔,继续说,"你管什么来着? 为什么不舀水? 你,你,你……"

但是符拉季米尔已经不能答话:他像一张叶子那样颤抖着,牙齿同牙齿打战,毫无意义地微笑着。他的能言善辩、他的文雅的礼貌和自尊心,都不知道到哪里去了!

那可恶的平底船在我们脚底下轻轻地摇晃。……在开始沉船的瞬间,我们觉得水非常冷,但是立刻就习惯了。最初的恐惧过去之后,我举目眺望;但见离开我们十步之外,四周都是芦苇;远方,在芦苇的顶上,看得见岸。"糟糕!"我想。

"我们怎么办呢?"我问叶尔莫莱。

"让我们来想个办法吧,总不能在这里过夜的。"他回答。"喂,你把这枪拿着。"他对符拉季米尔说。

符拉季米尔毫不拒绝地听从了他的话。

"我去找浅滩,"叶尔莫莱有把握地继续说,仿佛任何池塘里都应该有浅滩似的,——他拿了苏跷克的篙子,小心地探着水底,向岸的一边出发了。

"你会游水吗?"我问他。

"不会,不会游水,"他的声音从芦苇后面传来。

"嗯,他会淹死呢,"苏跷克淡然地说,他以前就并不是怕危险,而是怕我们发怒,现在则已经完全安心下来,只是有时喘着气,似乎并不感觉到有改变他的现状的必要。

"而且这是毫无益处的损失呢。"符拉季米尔愁苦地补充说。

叶尔莫莱过了一个钟头还不回来。这一个钟头在我们觉得是永远。起初我们同他不断地互相呼应;后来他对我们的呼声的回答渐渐地少了,最后完全没有声息了。村子里响出晚祷的钟声。我们彼此不交一语,而且尽力避免互相注视。鸭子在我们头上飞翔;有的想停落在我们的旁边,但是突然一直线地向上飞升,叫着飞开去了。我们开始觉得身体麻痹起来了。苏跷克眨着眼睛,仿佛预备睡觉了。

叶尔莫莱终于回来了,我们欢喜得不可言喻。

"怎么样?"

"我到了岸上;找到浅滩了。……我们去吧。"

我们想立刻就走,但是他先从没在水里的衣袋里取出一根绳子来,把打死的鸭子的脚系住了,用牙齿咬住了绳子的两端,然后慢慢地向前走去;符拉季米尔走在他后面,我走在符拉季米尔后面。苏践克走在这行列的最后。到岸边约有两百步,叶尔莫莱大胆地不停不歇地前进(他很熟识路径),只是有时叫喊:"靠左,右面有一个坑!"或者:"靠右,走左面要陷下去的。……"有时水没到我们的喉头,可怜的苏践克身材比我们都矮,两次吞了水,吐出泡沫来。"喂,喂,喂!"叶尔莫莱威严地喊他,于是苏践克费力地往上挣扎,摆动着两只脚,跳起来,终于走到了较浅的地方,然而即使在最紧急的关头,他也不敢抓住我的大衣的衣裾。我们弄得精疲力竭、满身泥污、浑身湿淋淋,终于到达了岸上。

过了两小时光景,我们已经尽可能地把衣服弄干,坐在一间宽敞的干草棚里,准备吃晚饭了。马车夫叶古季尔,是一个行动非常缓慢迟钝、态度审慎而带睡意的人,站在大门边,热心地请苏践克嗅鼻烟。(我注意到,俄罗斯的马车夫一见就要好的。)苏践克狂吸了一会,吸得恶心起来:他吐着唾沫,咳嗽着,显然是感觉十分愉快。符拉季米尔显出疲乏的样子,歪着他的小头,很少说话。叶尔莫莱在揩拭我们的枪。那些狗极快地摇着尾巴,等候着燕麦粥;马在屋檐下跺脚并嘶叫。……太阳落山了;它的最后的光线普照四方,发出许多宽阔的深红色光带来;金黄色的云块散布在天空中,越来越细,仿佛是梳洗过的羊毛。……村庄上传出歌声。

白净草原

　　这是七月里的晴明的一天,只有天气稳定的时候才能有这样的日子。从清早起天色就明朗;朝霞不像火一样燃烧,而散布着柔和的红晕。太阳——不像炎热的旱天那样火辣辣的,不像暴风雨前那样暗红色的,却显得明净清澈,灿烂可爱——从一片狭长的云底下宁静地浮出来,发出清爽的光辉,沉浸在淡紫色的云雾中。舒展着的白云上面的细边,发出像小蛇一般的闪光,这光彩好像炼过的银子。……但是忽然又进出动摇不定的光线来,——于是愉快地、庄严地、飞也似地升起那雄伟的发光体来。到了正午时候,往往出现许多有柔软的白边的、金灰色的、圆而高的云块。这些云块好像许多岛屿,散布在无边地泛滥的河流中,周围环绕着纯青色的、极其清澈的支流,它们停留在原地,差不多一动也不动;在远处靠近天际的地方,这些云块互相移近,紧挨在一起,它们中间的青天已经看不见了;但是它们本身也像天空一样是蔚蓝色的,因为它们都浸透了光和热。天边的颜色是朦胧的、淡紫色的,整整一天都没有发生变化,而且四周围都是一样的;没有一个地方暗沉沉,没有一个地方酝酿着雷雨;只是有的地方挂着浅蓝色的带子;这便是正在洒着不易看出的细雨。傍晚,这些云块消失了;其中最后一批像烟气一样游移不定而略带黑色的云块,映着落日形成了玫瑰色的团块;在太阳像升起时一样宁静地落下去的地方,鲜红色的光辉短暂地照临着渐渐昏黑的大地,太白星像有人小心地擎着走的蜡烛一般悄悄地闪烁着出现在这上面。在这些日子,一切色彩都柔和起来,明净而并不鲜艳;一切都带着一种动人的温柔感。在这些日子,天气有时热得厉害,有时田野的斜坡上甚至闷热;但是风把郁积的热气吹散,赶走,旋风——是天气稳定不变的确实的征候——形成高高的白色柱子,沿着道路,穿过耕地游移着。在干燥而清净的空气中,散布着苦艾、割了的黑麦和荞麦的气味;甚至在入夜以前一小时还感觉不到一点湿气。这种天气是农人割麦所盼望的天气。……

正是在这样的日子,我有一次到图拉省契伦县去打松鸡。我找到并打落了很多野味;装得满满的猎袋毫不容情地压痛我的肩膀,然而一直等到晚霞消失,寒冷的影子开始凝集并散布在虽然不再受到夕阳照耀却还是很明亮的空气中的时候,我才决心回家去。我用迅速的脚步穿过了一片长长的灌木丛,爬上小丘,一看,并不是我意料中那片熟悉的、右面有一个橡树林而远处有一所低矮的白色教堂的平原,却是完全不同的、我所不认识的地方。我的脚下伸展着一个狭小的山谷;正对面削壁似地矗立着一片茂密的白杨树林。我疑惑地站住了,回头一望。……"啊呀!"我想,"我完全走错了路,太偏右了。"我对这错误自己觉得吃惊,急忙走下小丘。一种不愉快的、凝滞的湿气立刻包围了我,仿佛我走进了地窖里似的;山谷底上的高高的茂盛的草全部是潮湿的;形成平坦的白茫茫的一片;在这上面走路有些害怕。我赶快走到另一边,向左拐弯,沿着白杨树林走去。蝙蝠已经在白杨树林的静息的树梢上飞翔着,神秘地在薄暗的天空中盘旋着,颤动着;一只迟归的小鹞鹰在高空中敏捷地一直飞着,赶回自己的巢里去了。"好,我只要走到那一头,"我心里想,"立刻就有路了,可是我走了一俄里光景的冤枉路!"

我终于走到了树林的尽头,然而那里并没有路:有一些未曾刈草的低矮的灌木丛辽阔地展现在我面前,在它们后面,远远地望得见一片荒凉的原野。我又站定了。"怎么有这样怪的事?……我走到什么地方来了?"我就回想这一天之内怎样取路,走过些什么地方。……"哈!这原来是巴拉兴灌木丛!"最后我叫起来,"一点也不错!那边大概是新杰叶夫小树林。……我怎么走到了这地方?走得这么远?……奇怪!现在又得向右走了。"

我拐向右面,穿过灌木丛去。这时候夜色像阴霾一般迫近起来,浓重起来;仿佛黑暗随着夜气同时从各方面升起,甚至从高处流下来。我发现了一条崎岖的、杂草丛生的小路;我就沿着这条路走去,一面用心地向前探望。四周的一切很快地黑暗起来,寂静起来,只有鹌鹑偶然啼叫。一只小小的夜鸟展着柔软的翅膀,悄然无声地低低飞翔着,几乎碰撞了我,连忙惊慌地潜向一旁去了。我走出了灌木丛,沿着田塍走去。现在我分辨起远处的事物来很困难了:四周的田野朦胧地发白;田野的那面,阴沉的黑暗形成巨大的团块升起来,越来越迫近了。我的脚步声在凝滞的空气中发出钝重的回声。苍白的天空又发出蓝色,——但这回是夜天的蓝色了。星星在天空中闪动着。

我起先认为小树林的,原来是一个黑暗的圆形的丘陵。"我到底走到什么地方来了?"我出声地重复说一遍,第三次站定了,疑问地看看我那只在所有的四足动物中绝顶聪明的英国种斑黄猎狗强卡。但是这四足动物中最聪明的家伙只是摇着尾巴,没精打彩地眨眨疲倦的眼睛,并没有给我任何有用的忠告。我对它觉得惭愧起来,就拼命地向前迈进,仿佛恍然明白了应该往哪里去似的。我绕过丘陵,来到了一片不很深的、周围耕种过的凹地里。一种奇怪的感觉立刻支配了我。这凹地形状很像一只边缘倾斜的正确的锅子;凹地底上矗立着几块很大的白石头，——它们仿佛是爬到这地方来开秘密会议的，——这里面那么沉寂、荒凉，天空那么平坦地、凄凉地挂在它上面，竟使得我的心郁结起来。有一只小野兽在石头中间微弱地、悲哀地尖叫了一声。我连忙回身跑上丘陵去。在这以前，我一直没有失去找寻归路的希望；但是到了这时候，我终于确信我已经完全迷路，就绝不再想去辨认几乎完全沉浸在朦胧中的附近的地方，只管靠着星辰的帮助，一直信步走去。……我困难地拖着两条腿，这样走了约半小时。我觉得有生以来没有到过这样荒凉的地方：没有一个地方看得见一点火光，听得见一点声响。一个平坦的山坡更换了另一个，原野无穷尽地连接着原野，灌木丛仿佛突然从地下升起在我的鼻子前面。我一直走着，已经打算在什么地方野宿到早晨了，突然走到了一个可怕的深渊上。

我连忙缩回了跨出去的脚，通过黑夜的微微透明的朦胧之色，看见下面很低的地方有一片大平原。一条宽阔的河流作半圆形向前流去，围绕着这平原；河水的钢铁一般的反光有时模糊地闪烁着，指示着河流的经行。我所站着的小山冈突然低落，几乎形成垂直的峭壁；它的庞大的轮廓黑沉沉地突出在苍茫的虚空中，就在我的下面，在这峭壁和平原所作成的角里，在静止的像黑镜一般的一段河流旁边，在小山冈的陡坡下面，有两堆火相并地发出红焰，冒着烟气。火堆周围有几个人蠢动着，影子摇晃着，有时清楚地映出一个小小的、卷发的头的前半面来。……

我终于认清楚了我所来到的地方。这草原就是我们附近一带有名的所谓白净草原。……但回家是决不可能的了，尤其是在夜里；两腿已经疲劳得发软。我决心到火堆那里去，加入我所认为家畜贩子的人群中，直等到天亮。我顺利地走到了下面，但是我的手还没有放开我所攀援的最后一根树枝，忽然两只高大的、长毛蓬松的白狗凶狠地吠着向我冲过来。火堆旁边传来孩子的响亮的声音；两三个男孩子很快地从地上站起来。我答应了他们的诘问的喊声。他们跑到我这里来，立刻叫回了正在特别吃惊于我的强卡的出现的两只狗，我就走到他们那里。

我把坐在火堆周围的人认为是家畜贩子，原来是弄错了。他们只是附近村庄上看守马群的农家孩子。在我们那里，当炎热的夏天，人们往往在夜间把马赶到原野上来吃草，因为白天苍蝇和牛虻使它们不得安宁。把马群在日暮之前赶出来，在天亮的时候赶回去，是农家孩子们的一件大乐事。他们不戴帽子，穿着旧的短皮袄，坐在最活泼的驽马上，愉快地叫喊着，手舞足蹈地向前飞驰，高高地颠动，大声地欢笑。轻微的尘埃形成黄色的柱子升起来，沿着道路疾驰；整齐的马蹄声远远地传布开去，马儿竖起了耳朵奔跑；当头飞驰着一匹棕黄色的乱毛马，这马竖起尾巴，不绝地换着步调，历乱的鬃毛上带着牛蒡种了。

我告诉孩子们，说我是迷了路的，就坐在他们旁边了。他们问我是从哪里来的，接着静默了一会，让出点位置来。我们略微谈了些话。我就躺在一株被啃光了的小灌木底下，开始向四周眺望。这景象很奇妙：火堆周围有一个圆形的、淡红色的光圈在颤动着，仿佛被黑暗阻住而停滞在那里的样子；火焰炽烈起来，有时向这光圈外面投射出急速的反光；火光的尖细的舌头舐一舐光秃秃的柳树枝条，一下子就消失了；接着，尖锐的长长的黑影突然侵入，一直达到火的地方：黑暗在和光明斗争了。有的时候，当火焰较弱而光圈缩小的时候，在迫近过来的黑暗中突然现出一个有弯曲的白鼻梁的枣红色马头，或是一个纯白的马头，迅速地嚼着长长的草，注意地、迟钝地向我们看看，接着又低下头去，立刻不见了。只听见它继续咀嚼和打响鼻的声音。从光明的地方，难于看出黑暗中的情状，所以附近的一切都好像遮着一重几近于黑色的帷幕；但是在远处靠近天际的地方,可以隐约地看见丘陵和树林的长长的影子。黑暗而纯洁的天空显示出无限神秘的壮丽,庄严地、高远无极地笼罩在我们上面。吸取这种特殊的、醉人的新鲜气味——俄罗斯夏夜的气味,使人胸中感到一种愉快的紧缩。四周几乎听不见一点儿声响。……只是有时在近旁的河里突然响出大鱼泼水的声音,岸边的芦苇被飘来的波浪微微冲击着,发出低弱的瑟瑟声。……只有火轻轻地哔哔剥剥地响着。

　　孩子们围绕火堆坐着,曾经想吃掉我的那两只狗也坐在这里。它们对于我的在场,很久不能容忍,瞌睡蒙眬地眯着眼睛,斜望着火堆,有时带着极度的自尊心而吼叫;起初是吼叫,后来略带哀鸣,仿佛在惋惜自己的愿望不能实现。孩子共有五人。费嘉、巴夫路霞、伊柳霞、科斯佳和凡尼亚。(我从他们的谈话中知道了他们的名字,现在就想要介绍读者和他们相识。)

　　第一个,最年长的,是费嘉,看来大约有十四岁。这是一个身材匀称的孩子,相貌漂亮、清秀而略觉小巧,长着一头淡黄色的卷发,眼睛明亮,经常作半愉快、半不经心的微笑。从各种特征上看来,他是属于富裕的家庭的,到原野上来并不是为了生活关系,却只是为了娱乐。他穿着一件镶黄边的印花布衬衫,披着一件小小的新上衣,这上衣几乎要从他的狭小的肩膀上滑下来的样子;浅蓝色的腰带上挂着一个小梳子。他那双低统子的靴子正是他自己的,而不是他父亲的。第二个孩子巴夫路霞长着一头蓬松的黑发,眼睛灰色,颧骨宽阔,面孔苍白而有麻点,嘴巴很大,但是生得端正,头非常大,正如人们所谓像啤酒锅,身体矮壮而粗拙。这孩子并不漂亮,——这是无可疑议的!——然而我还是喜欢他:他的眼光非常聪明而正直,而且他的声音很有力量。他的服装并不讲究,只是普通的麻布衬衫和打补丁的裤子而已。第三人伊柳霞相貌很平凡:钩鼻子,长面孔,眼睛眯紧,脸上表现出一种迟钝的、病态的忧虑;他那紧闭的嘴唇一动也不动,蹙紧的眉头从不展开,——他仿佛为了怕火而一直眯着眼睛。他那黄色而几近于白的头发形成尖尖的涡卷,突出在戴得很低的小毡帽下面,他常常用两手把这小毡帽拉到耳朵上来。他穿着新的草鞋和包脚布;一根粗绳子在他身体上围绕三匝,精密地束住他那整洁的黑色长袍。他和巴夫路霞看来都不出十二岁。第四人科斯佳是一个年约十岁的孩子,他那沉思的、悲伤的眼光引起我的好奇心。他的脸庞不大,瘦削而有雀斑,下巴尖尖的,像松鼠一样;嘴唇不大看得出;然而他那双乌黑的、水汪汪的大眼睛给人以异样的印象;这双眼睛似乎想表达什么意思,可是语言(至少他的语言)却表达不出来。他的身材矮小,体格虚弱,穿得十分贫苦。最后一人凡尼亚,我起初竟没有注意到:他躺在地上,安静地蜷伏在一条凹凸不平的席子底下,只是偶尔从席子底下伸出他那淡褐色的、卷发的头来。这孩子至多不过七岁。

　　我就这样躺在一旁的灌木底下眺望这些孩子们。有一堆火上面挂着一只小锅子;锅子里煮着马铃薯。巴夫路霞照看着它,正在跪着用一条木片伸进沸腾的水里去试探。费嘉躺着,把头支在一条胳膊肘上,敞开着上衣的衣襟。伊柳霞坐在科斯佳旁边,老是紧张地眯住眼睛。科斯佳略微低下头,向远方的某处眺望。凡尼亚在他的席子底下一动也不动。我假装睡着了。孩子们渐渐地又谈起话来了。

　　起初他们谈着闲天,谈这样,谈那样,谈明天的工作,谈马;可是突然费嘉转向伊柳霞,仿佛重新继续中断了的话头似地问他:

　　"喂,那么你真的看见过家神〔1〕吗?"

---

　　〔1〕　根据民间的迷信传说,家神是一种神奇的怪物,每一家人家都有。

"不,我没有看见过,他是看不见的,"伊柳霞用嘶哑而微弱的声音回答,这声音同他脸上的表情再适合没有了。"不过我听过。……而且不止我一个人听见。"

"他在你们那儿的什么地方呢?"巴夫路霞问。

"在那个旧的漉纸场[1]里。"

"难道你们常常到造纸厂里去的?"

"当然常常去的。我和我哥哥阿夫玖希卡是磨纸工人[2]呢。"

"哦,你们是厂里的工人!……"

"那么,你怎样听见的呢?"费嘉问。

"是这么一回事。有一次,我和哥哥阿夫玖希卡,还有米海依的费多尔,还有斜眼睛伊凡希卡,还有从红丘来的另一个伊凡希卡,还有伊凡希卡·苏霍路科夫,还有别的伙伴们;我们一共十来个人——整个工作班都在这里了;有一次,我们必须留在漉纸场上过一夜,本来用不着过夜,可是监工纳札罗夫不许我们回家,他说:'弟兄们,你们何必回家去呢;明天工作很多,弟兄们,你们就别回去了吧。'我们就留下来了,大家睡在一起,阿夫玖希卡说起话来,他说:'伙伴们,家神来了怎么办?'……阿夫玖希卡的话还没有说完,忽然有人在我们头上走动;我们躺在下面,他在上面走,在轮子旁边走。我们听见:他走着走着,他脚底下的板弯曲了,吱吱格格地响;后来他经过我们的头上;忽然水哗啦哗啦地流到轮子上;轮子响了,响了,转动了;可是水宫[3]的闸本来是关好的。我们很奇怪:是

---

〔1〕 "漉纸场"是造纸厂里的一种建筑物,工人们在这里面的大桶里汲出纸浆来。这建筑物位在堤边,轮子下面。——原注。

〔2〕 "磨纸工人"是把纸磨平、刮光的人。——原注。

〔3〕 水流到轮子上去时所经过的地方,我们那里称之为"水宫"。——原注。

谁把闸拔开了,让水流出来;可是轮子转了一会,转了一会,就停止了。那家伙又走到上面的门边,从扶梯上走下来了,他走的时候好像不慌不忙的样子;扶梯板在他脚底下响得可厉害呢。……于是,他走到我们门边来了,在那儿待了一会,待了一会,突然砰的一声,门完全打开了。我们吓了一大跳,一看——没有什么。……忽然看见一只桶上的格子框[1]动起来,升上去,浸到水里,在空中移来移去,好像有人在洗它,后来又回到了原来的地方。接着,另一只桶上的钩子从钉子上脱落了,又搭上了;后来好像有人走到门口,忽然大声地咳呛起来,好像一只羊,可是声音响亮得很。……我们大家吓得挤成一堆,互相往身子底下钻。……这一回可真把我们吓坏了!"

"有这样的事!"巴夫路霞说。"他为什么要咳嗽呢?"

"不知道,也许是受了湿气。"

大家静默了一会。

"喂,"费嘉问道,"马铃薯煮好了没有?"

巴夫路霞试探了一下。

"没有,还是生的。……听,泼水的声音,"他把脸转向河的方面,接着说,"一定是梭鱼。……瞧那儿有一颗小星落下去了。"

"不,弟兄们,我讲一件事给你们听听,"科斯佳用尖细的声音说起话来,"你们听着,是前几天我听见爸爸在那里讲的。"

"好,我们听着。"费嘉带着鼓励的态度说。

"你们都知道加夫利拉,大村的那个木匠吧?"

"嗯,嗯,知道的。"

---

〔1〕"格子框"是汲纸浆用的网状物。——原注。

"你们可知道,为什么他老是那么不快活,一直不讲话,你们知道吗?他那么不快活为的是:有一回,爸爸说的,有一回,弟兄们啊,他走到树林里去采胡桃。他走到树林里去采胡桃,可就迷了路;不知道走到了什么地方。他走着,走着,弟兄们啊,不行! 找不到路;这时候已经夜深了。他就在一棵树底下坐下来,他说,让我在这里等天亮吧,——他就坐下来,打瞌睡了。他打起瞌睡来,忽然听见有人在叫他。一看,一个人也没有。他又打瞌睡,又叫他了。他再看,再看,看见他前面的树枝上坐着一个人鱼,正在摇摆着身子,叫他走过去;那人鱼自己笑着,笑得要死。……月亮照得很亮,照得可真亮,清清楚楚的,——弟兄们啊,什么都看得见。她叫唤着他,她全身又亮又白,坐在树枝上,好像一条石斑鱼或者一条船碉鱼,要不然就像一条鲫鱼,也是那样白糊糊、银闪闪的。……木匠加夫利拉发呆了,可是,弟兄们啊,那人鱼只管哈哈大笑,老是向他招手,叫他过去。加夫利拉已经站起身来,想要听人鱼的话了,可是,弟兄们啊,准是上帝点明了他:他就在自己身上划了十字。……可是他划十字好费力啊,弟兄们;他说他的手简直像石头一样,转不过来。……啊,真不容易啊! ……他划了十字以后,弟兄们啊,那人鱼就不笑了,而且忽然哭起来。……她哭着哭着,弟兄们啊,就用头发来擦眼睛,她的头发是绿颜色的,就跟大麻一样。加夫利拉对她望着,望着,就开始问她:'林妖,你为什么哭?'那人鱼就对他说:'你不该划十字,'她说,'人啊,你应该和我快快乐乐地活到最后的一天;可是现在我哭,我悲伤,因为你划了十字;而且我不单是一个人悲伤,我要你也悲伤到最后的一天。'她说了这话,弟兄们啊,就不见了,加夫利拉马上懂得了怎样从树林里走出去。……可是就从那个时候起,他一直不快活了。"

"嗨!"静默了一会之后费嘉说,"这个树林里的妖精怎么会伤害基督徒的灵魂,他不是没有听她的话吗?"

"就是这么说啊!"科斯佳说。"加夫利拉说的,她的声音那么尖细,那么悲哀,好像癞蛤蟆的声音。"

"你爸爸亲口讲的吗?"费嘉继续说。

"亲口讲的。我躺在高板床[1]上,全都听见的。"

"真是怪事! 他为什么不快活呢? ……她一定是喜欢他,才叫他的。"

"啊,还喜欢他哩!"伊柳霞接着说。"说哪里话! 她想呵他痒,她就是想这样。她们这些人鱼就爱这一套。"

"这里一定也有人鱼呢。"费嘉说。

"不,"科斯佳回答,"这里是清净宽广的地方。只是一点:河就在旁边。"

大家不再说话了。突然,远处传来一声冗长的、嘹亮的,像呻吟一般的声音。这是一种不可名状的夜声,这种声音往往发生在万籁俱寂的时候,升起来,停留在空中,慢慢地散布开去,终于仿佛静息了。倾听起来,好像一点声音也没有,然而还是响着。似乎有人在天边延续不断地叫喊,而另一个人仿佛在树林里用尖细刺耳的笑声来回答他,接着,一阵微弱的咝咝声在河面上掠过。孩子们面面相觑,哆嗦一下。……

"神力保佑我们!"伊柳霞轻声说。

"哈哈,你们这些笨家伙!"巴夫路霞喊起来,"怕什么呢? 看呀,马铃薯煮熟了。(大家坐到锅子跟前去,开始吃那冒着热气的马铃薯;只有凡尼亚一动也不动。)你怎么了?"巴夫路霞说。

但是他并不从他的席子底下爬出来。锅子立刻空了。

---

[1]　是俄罗斯农家木屋子里装在炉子和侧壁之间的板床,有一人高。

　　"伙伴们,"伊柳霞开始说,"你们听到过前些时在我们伐尔纳维则地方发生的事吗?"

　　"是在堤坝上吗?"费嘉问。

　　"对,对,在堤坝上,在那个冲坏了的堤坝上。那是一个不太平的地方,很不太平,而且又冷僻。周围都是凹地、溪谷,溪谷里常常有蛇。"

　　"唔,发生了什么事呢? 你讲呀……"

　　"发生了这么一回事。费嘉,你也许不知道,我们那个地方埋葬着一个淹死的人,这人是在很久很久以前,那池塘还很深的时候淹死的;只是他的坟墓现在还看得见,不过也看不大清楚:只是一个土堆。……就在前几天,管家把猎犬夫叶尔米尔叫来,对他说:'叶尔米尔,到邮局去一趟。'我们那里的叶尔米尔是常常到邮局去的;他把他的狗全都糟蹋死了:狗在他手里不知怎么的都活不长,简直从来没有养活过,不过他是一个很好的猎犬夫,什么都做得好。于是叶尔米尔骑马到邮局去了,可是他在城里耽搁了一会,回来的时候已经喝醉了。这天夜里很亮,月亮照得明晃晃的。……叶尔米尔就骑着马经过堤坝:他一定得走这条路。猎犬夫叶尔米尔走着走着,看见那个淹死的人的坟上有一只小绵羊在那里走来走去,长着一身白色的卷毛,样子挺可爱的。叶尔米尔心里想:'让我捉住它吧,为什么让它在这里走掉呢。'他就下了马,把它抱在手里了。……那只羊倒也没有什么。叶尔米尔就走到马跟前,可是那只马一看见他就直瞪着眼,打着鼻儿,摇着头;但是他把它喝住了,带着小绵羊坐到它身上,继续向前走。他把羊放在自己面前。他对它看,那只羊也直盯着他的眼睛望。猎犬夫叶尔米尔害怕起来,他说,我从来不曾见过羊这样盯住人看;可是也没有什么;他就抚摩它的毛,嘴里说着:'咩,咩!'那只羊忽然露出牙齿,也向他叫:'咩,咩'……"

　　讲故事的人还没有说完这最后一句话，突然两只狗同时站起来，痉挛地吠着，从火边冲出去，悄失在黑暗中了。孩子们都害怕得要命。凡尼亚从他的席子底下跳起来。巴夫路霞叫喊着，跟着狗奔去。它们的吠声立刻远起来了。……只听见一群受惊的马的慌乱的奔跑声。巴夫路霞大声地叫喊："阿灰！阿黑！……"过了一会儿，吠声静息下去了；巴夫路霞的声音已经在很远的地方了。……又过了不多时，孩子们困惑地面面相觑，似乎在等候什么事情发生。……突然间传来一匹奔跑的马的脚步声，这马暮地站停在火堆旁边了，巴夫路霞抓住鬃毛，敏捷地跳下马来。两只狗也跳进了光明的圈子里，立刻坐了下来。吐出了红舌头。

　　"那边怎么了？怎么一回事？"孩子们问。

　　"没有什么，"巴夫路霞向马挥一挥手，回答说，"大概是狗嗅到了什么。我想是狼吧。"他淡然地补说一句，用整个胸脯敏捷地呼吸着。

　　我不由得对巴夫路霞欣赏了一会。他在这时候非常可爱。他那不漂亮的脸由于骑着马快跑而充满生气，泛露着刚强的勇气和坚毅的决心。他手里没有一根棍棒，在深夜里，能毫不踌躇地独自去赶狼。……"多么可爱的孩子！"我望着他，心里这样想。

　　"你们看见过狼吗？"胆小的科斯佳问。

　　"这里常常有许多狼，"巴夫路霞回答，"可是它们只有在冬天才扰乱人。"

　　他又蜷伏在火堆前面了。他坐下去的时候，把手搭在一只狗的毛茸茸的后脑上，那得意的畜生带着感谢的骄傲斜看着巴夫路霞，很久不回转头去。

　　凡尼亚又钻进席子底下去了。

　　"伊柳霞，你给我们讲了那么可怕的事，"费嘉说起话来，他是富裕的农人的儿子,所以常常带头说话。(他自己很少说话,仿佛怕降低了自己的身份。)"这两只狗也见鬼地叫起来了。……的确,我听说,你们那个地方是不太平的。"

"伐尔纳维则吗?……还用说吗! 当然很不太平! 听说有人在那里不止一次看见从前的老爷——故世了的老爷。听说他穿着长裾外套,老是叹着气,在地上寻找什么东西。有一回特罗菲梅奇老公公碰见了他,就问他:'伊凡·伊凡内奇老爷,您在地上寻找什么东西?'"

"他问他?"费嘉吃惊地插嘴说。

"是的,问他。"

"啊,特罗菲梅奇到底胆子大。……唔,那么那个人怎么说呢?"

"他说,'我寻找断锁草[1]。'说得声音低沉沉的:'断锁草。''伊凡·伊凡内奇老爷,您要断锁草做什么用啊?''压迫我,'他说,'坟墓压迫我,特罗菲梅奇,我想走出来,走出来……'"

"有这种事!"费嘉说,"大概他活得不够。"

"真奇怪!"科斯佳说,"我以为死人只有在荐亡节才看得见呢。"

"死人随便什么时候都可以看见的,"伊柳霞深信不疑地接着说,这个人,据我所见,对于乡村里的一切迷信,比别人知道得更清楚。……"不过在荐亡节,你可以看见这一年里要轮到他死的活人。只要夜里去坐在礼拜堂门口的台阶上,不断地向路上望。在你面前路上走过的人,就是这一年里要死的人。去年我们那里的乌略娜婆婆到礼拜堂门口的台阶上去过。"

"唔,她看见了什么人没有?"科斯佳怀着好奇心问。

―――――――

〔1〕 断锁草是童话里的一种毒草,这草碰到锁,锁就折断。

"可不是。起初她坐了很久很久，没有看见一个人，也不听见什么，……只是好像有一只狗老是在什么地方叫着，叫着。……突然，她看见一个光穿一件衬衫的男孩子在路上走。她仔细一看——是伊凡希卡·费多谢叶夫在那里走。……"

"就是春天死去的那个吗?"费嘉插嘴问。

"正是他。他走着，不抬起头来。……乌略娜可认出他来了。……可是后来她再一看：看见一个女人在走。她仔仔细细地一看，啊呀，天哪! 是她自己在路上走，是乌略娜自己。"

"真的是她自己?"费嘉问。

"的确是她自己。"

"怎么呢，她不是没有死吗?"

"一年还没有过完呢。你瞧她：虚弱得不成样子了。"

大家又默不作声了。巴夫路霞丢一把枯枝到火里去。它们在突然迸出的火焰里立刻变黑了，哔剥哔剥地爆响，冒出烟气，弯曲起来，烧着的一端翘起来了。火光猛烈地颤抖着，向各方面映射，尤其是向上方。忽然不知从什么地方飞来一只白鸽，一直飞进这光圈里来，周身浴着焰焰的火光，惊惶地在原地盘旋了一会，又鼓着翅膀飞去了。

"这鸽子一定是迷失了家，"巴夫路霞说。"现在只得飞着飞着，碰到什么地方，就在那里宿到天亮。"

"喂，巴夫路霞，"科斯佳说，"这是不是一个虔诚的灵魂飞上天去，嗳?"

巴夫路霞又投一把枯枝到火里去。

"也许是的。"最后他说。

"巴夫路霞，我问你，"费嘉开始说，"在你们沙拉莫伏地方也看得见天的预兆[1]吗?"

"就是太阳看不见了,对吗? 当然看见的。"

"大概你们也吓坏了吧?"

"不光是我们。我们的老爷,虽然早就对我们说,你们要看见预兆了,可是到了天暗起来的时候,听说他自己也害怕得不得了。在仆人的屋子里,那厨娘一看见天暗起来了,你猜怎么着,她就用炉叉把所有的沙锅瓦罐统统打破在炉灶里了,她说:'现在谁还要吃,世界的末日到了。'于是汤都流出来了。在我们的村子里,阿哥,还有这样的传说,说是白狼要遍地跑,把人都吃掉,猛禽要飞到,那个脱力希卡[2]要出现了。"

"脱力希卡是什么?"科斯佳问。

"你不知道吗?"伊柳霞热心地接着说,"喂,阿弟,你是哪儿人,连脱力希卡都不知道的? 你们村子里都是不懂事的人,真是不懂事的人! 脱力希卡是一个很奇怪的人,他就要来了;他这个人非常奇怪,来了之后捉也捉他不住,对他毫无办法,是这样奇怪的一个人。譬如农人们想捉住他,拿了棍子去追他,把他包围起来,可是他有遮眼之法——他遮蔽了他们的眼睛,他们就会自己互相厮打起来。譬如把他关在监狱里,他就要求在勺子里喝点水;等到人家把勺子拿给他,他就钻进勺子里,再也找不到了。要是用镣铐把他锁起来,只要他的手一挣扎,镣铐就掉在地上了。就是这个脱力希卡要走遍乡村和城市;这个脱力希卡,这个狡猾的人,要来诱惑基督教徒了,……唉,可是对他毫无办法。……他是这样一个奇怪而狡猾的人。"

---

　　〔1〕 我们那里的农人们称日蚀为"天的预兆"。——原注。
　　〔2〕 迷信传说中所谓"脱力希卡",大约是指关于世界末日前出现的反基督者的故事。——原注。

"嗳,是的,"巴夫路霞用他的从容不迫的声音继续说,"是这样一个人。我们那儿的人就是在等他出现。老年人都说,天的预兆一开始出现,脱力希卡就要来了。后来预兆果然出现了。所有的人都走到街上,走到野外,等候事情发生。我们那儿,你们知道,是空旷而自由的地方。大家在那里看,忽然从大村那边的山上来了一个人,样子真特别,头那么奇怪,……大家高声喊叫起来:'啊,脱力希卡来了! 啊,脱力希卡来了!'就都向四面八方逃散了! 我们的村长爬进了沟里;村长太太把身子卡住在大门底下了,她大声喊叫,把自己的看家狗吓怕了,这狗挣脱了锁链,跳出篱笆,跑到树林里去了;还有库齐卡的父亲道罗菲奇,他跳进燕麦地里,蹲下身子,急忙学起鹌鹑叫来,他说:'杀人的仇敌对于鸟也许会怜悯的。'大家都吓成这副样子! ……哪知道走来的人是我们的箍桶匠华维拉,他新买一只木桶,就把这只空木桶戴在头上了。"

孩子们都笑起来,接着又沉默了一会,这是在旷野中谈话的人们所常有的情形。我望望四周:夜色庄重而威严;深黄昏的潮湿的凉气变换了午夜的干燥的温暖,夜还要长时间像柔软的帐幕一般挂在沉睡的原野上;离开清晨最初的喋喋声、沙沙声和簌簌声,离开黎明的最初的露水,还有许多时间。天上没有月亮。这些日子月亮是升得很迟的。无数金色的星星似乎都在竞相闪烁着流向银河方面去。的确,你望着它们,仿佛隐约地感觉到地球在飞速不断地运行。……奇怪的、尖锐而沉痛的叫声,忽然接连两次地从河面上传来,过了一会儿,又在远方反复着。……

科斯佳哆嗦了一下。"这是什么?"

"这是苍鹭的叫声。"巴夫路霞泰然地回答。

"苍鹭,"科斯佳重复一遍。……"巴夫路霞,我昨天晚上听见的是什么,"他略停了一会又说,"你也许知道的。……"

"你听见些什么?"

"我听见的是这样。我从石岭到沙希基诺去;起初一直在我们的榛树林里走,后来走到了一片草地上——你知道吗,就是溪谷里转一个大弯的地方,——那儿不是有一个水坑[1]吗;你知道,坑上还长满了芦苇;我就从这水坑旁边走过,弟兄们啊,忽然听见这水坑里有一只东西呜呜地叫起来,声音悲哀得很,真悲哀:呜——呜……呜——呜……呜——呜!我吓坏了,弟兄们啊!时候已经很晚了,而且声音那么悲惨。我真要哭出来了。……这到底是什么东西呢?嗳?"

"前年夏天,有些强盗把守林人阿金淹死在这水坑里了,"巴夫路霞说,"也许是他的魂灵在那里诉苦。"

"原来是这样,弟兄们啊,"科斯佳睁大了他那双本来就很大的眼睛,这样说。……"我原先不知道阿金淹死在这水坑里;要是知道了,还要害怕呢。"

"不过,听人家说,那里有些很小的蛤蟆,"巴夫路霞继续说,"这些蛤蟆叫起来很悲哀。"

"蛤蟆?啊,不,那不是蛤蟆……怎么会是……(苍鹭又在河面上叫了一声。)哎,这家伙!"科斯佳不由地说出,"好像是林妖叫。"

"林妖不会叫的,他是哑巴,"伊柳霞接着说,"他只会拍手,哔剥哔剥地响……"

"怎么,你看见过吗,看见过林妖的吗?"费嘉用嘲笑的口吻打断了他的话。

---

〔1〕 水坑,是一个很深的坑,里面积着春泛过后留下来的春水,这水到夏天也不枯干。——原注。

"不,没有看见过,千万别让我看见吧;可是别人看见过。前几天我们那儿有一个农人给他迷住了:他领着他走,领着他在树林里走,老是在一块地上打圈子。……好容易到了天亮的时候才回到了家里。"

"那么他看见他了吗?"

"看见了。他说很大很大,黑黢黢的,遮蔽着身子,好像藏在树背后,不大看得清楚,好像在躲避月亮,一双大眼睛望着,望着,一眨一眨的……"

"啊哟!"费嘉轻轻地哆嗦一下,耸一耸肩膀,这样叫出来,"呸!……"

"这坏东西为什么要生到世界上来?"巴夫路霞说,"真是!"

"不要骂,当心,会给他听见的,"伊柳霞说。

大家又默不作声了。

"看呀,看呀,伙伴们,"忽然传出凡尼亚的幼童的声音,"看天上的星星呀,——像蜜蜂那样挤在一起!"

他从席子底下探出他那嫩嫩的小脸儿来,用小拳头支撑着,慢慢地抬起他那双沉静的大眼睛来。所有的孩子的眼睛都仰望天空,好一会不低下来。

"喂,凡尼亚,"费嘉亲切地说,"你的姊姊阿妞特卡身体好吗?"

"身体好的。"凡尼亚回答,他的发音有些模糊不清。

"你跟她说,她为什么不到我们那里来玩?……"

"我不知道。"

"你跟她说,叫她来玩。"

"我跟她说吧。"

"你跟她说,我有礼物送给她。"

"你送不送我?"

"也送给你。"

凡尼亚透一口气。

"算了,我不要。你还是送给她吧,她待我们真好。"

凡尼亚又把他的头靠在地上了。巴夫路霞站起来,手里端了那只空锅子。

"你到哪里去?"费嘉问他。

"到河边去打点水,我想喝点水。"

两只狗站起来,跟着他去了。

"当心,别掉在河里了!"伊柳霞在后面喊他。

"他怎么会掉?"费嘉说,"他会留神的。"

"对,他会留神的。可是事情很难说,他弯下身去打水的时候,水怪就会抓住他的手,把他拖下去。后来人家就说:这个人掉在水里了。……其实哪里是掉下去的?……"他倾听一下,接着说:"听,他钻进芦苇里去了。"

芦苇的确在那里分开来,发出悉索悉索的声音。

"真有这回事吗,"科斯佳问,"说是那个傻子阿库丽娜自从掉在水里之后就发疯了。"

"正是从那时候起的。……现在成了什么样子! 可是听说,从前是一个美人呢。水怪把她的相貌弄坏了。他大概没有想到人家会这样快把她救起来。他就在水底下把她的相貌弄坏了。"

(这个阿库丽娜我也碰见过不止一次。她身上遮着些破衣烂衫,样子瘦得可怕,脸像煤一样黑,目光迷迷糊糊的,牙齿永远露出,她常常一连几小时地在路上的某处踏步,把骨瘦棱棱的手紧紧地贴在胸前,像笼中的野兽一般慢慢地从这只脚换到那只脚。无论对她说什么,她都不懂,只是有时痉挛地哈哈大笑。)

"听说,"科斯佳继续说,"阿库丽娜因为情人欺骗了她,才跳到河里去的。"

"正是为了这个。"

"你记得华西亚吗?"科斯佳悲哀地接着说。

"哪个华西亚?"费嘉问。

"就是淹死的那个,"科斯佳回答,"就在这条河里。这男小孩可真好! 咳,这小孩真好! 他母亲费克丽斯塔才疼爱他呢,才疼爱华西亚呢! 她,费克丽斯塔,好像预先感觉到他要在水里遭殃的。夏天,有时候华西亚跟我们小伙伴们一同到河里去洗澡,她就浑身发起抖来。别的女人都没有什么,管自拿了洗衣盆摇摇摆摆地从旁边走过,费克丽斯塔可不,她把洗衣盆放在地上,叫他:'回来,回来,我的宝贝! 啊,回来呀,我的心肝!'天晓得他是怎样淹死的。他在岸边玩儿,他母亲也在那里,在耙干草;忽然听见好像有人在水里吐气泡,——一看,已经只有华西亚的帽子浮在水面上了。就从这时候起,费克丽斯塔神经错乱了:她常常去躺在她儿子淹死的地方;她躺在那儿,弟兄们啊,还唱起歌来,——你们可记得,华西亚常常唱这么一支歌,——她也就唱这支歌,她还哭哭啼啼的向上帝诉苦。……"

"瞧,巴夫路霞来了。"费嘉说。

巴夫路霞手里拿着盛满水的锅子,走近火堆边来。

"喂,伙伴们,"他沉默了一会,开始说,"事情不妙呢。"

"什么事?"科斯佳连忙问。

"我听见了华西亚的声音。"

所有的人都猛然哆嗦一下。

"你怎么了,你怎么了?"科斯佳嘟哝地说。

"真的呢。我刚刚向水面上弯下身子去,忽然听见华西亚的声音在叫我,好像是从水底下发出来的:'巴夫路霞,喂,巴夫路霞,到这儿来。'我退开几步。可还是去打了水。"

"啊呀,天哪! 啊呀,天哪!"孩子们划着十字说。

"这是水怪在叫你呀,巴夫路霞,"费嘉说。……"我们刚才正在谈他,正在谈华西亚呢。"

"唉,这是不祥之兆,"伊柳霞从容不迫地说。

"唔,没有关系,让它去吧!"巴夫路霞坚决地说,重新坐了下来,"一个人的命运是逃不了的。"

孩子们都安静下来。显然是巴夫路霞的话给了他们深刻的印象。他们开始横卧在火堆面前,仿佛准备睡觉了。

"这是什么?"科斯佳突然抬起头来问。

巴夫路霞倾听了一下。

"这是小山鹬飞过发出的叫声。"

"它们飞到哪儿去?"

"飞到一个地方,听说那儿是没有冬天的。"

"有这样的地方吗?"

"有的。"

"很远吗?"

"很远很远,在暖海的那边。"

科斯佳透一口气,闭上了眼睛。

自从我来到孩子们的地方,已经过了三个多钟头了。月亮终于升起来了;我没有立刻注意到它,因为它只是细细的一弯。这没有月光的夜晚似乎仍旧像以前一样壮丽。……但是不久以前还高高地挂在天心的许多星,已经倾斜到大地的黑沉沉的一边去了;四周的一切全都肃静无声了,正像将近黎明的时候一切都肃静的样子:一切都沉浸在黎明前的寂静的酣睡中。空气中已经没有强烈的气味,其中似乎重又散布着湿气。……。多么短促的夏夜!……孩子们的谈话和火同时停息了。……连狗也打起瞌睡来了;在微弱而幽暗的星光下,我看得出马也在低着头休息了。……轻微的倦意支配了我;倦意又转变为瞌睡。

一阵清风从我脸上拂过。我睁开眼睛。天色已经破晓。还没有一个地方泛出朝霞的红晕,但是东方已经发白了。四周一切都看得见了,虽然很模糊。灰白色的天空亮起来,蓝起来,寒气也加重了;星星有时闪着微光,有时消失了;地上潮湿起来,树叶出汗了,有的地方传来活动的声音,微弱的晨风已经在地面上游移。我的身体用轻微而愉快的颤抖来响应它。我迅速地站起身来,走到孩子们那边。他们都像死一样地睡在微熏的火堆周围,只有巴夫路霞抬起身子,向我凝神注视一下。

我向他点点头,沿着烟雾茫茫的河边回家去了。我还没有走得两俄里,在我的周围,在广阔而濡湿的草地上,在前面那些发绿的小丘上,从树林到树林,在后面漫长的尘埃道上,在闪闪发亮的染红的灌木丛上,在薄雾底下隐隐地发蓝的河面上——都流注了清新如燃的晨光,起初是鲜红的,后来是大红的、金黄色的。……一切都蠢动了,觉醒了,歌唱了,喧哗了,说话了。到处都有大滴的露珠像辉煌的金刚石一般发出红光;清澄而明朗的、仿佛也被早晨的凉气冲洗过的钟声迎面传来,忽然一群休息过的马由那些熟悉的孩子们赶着,从我旁边疾驰过去。……

遗憾得很,我必须附说一句:巴夫路霞就在这一年内死了。他不是淹死的,是坠马而死的。可惜,这个出色的孩子!

美人梅奇河[1]的卡西央

　　我坐着一辆颠簸的小马车打猎归来,被云翳的夏日的闷热所困恼
(大家都知道,在这种日子,有时往往比晴明的日子热得更难受,尤其是
在没有风的时候),打着瞌睡,摇晃着身子,闷闷不乐地忍耐着,任凭燥裂
而震响的轮子底下辗坏的道路上不断地扬起来的细白灰尘侵犯我的全
身,——忽然,我的马车夫的异常不安的情绪和惊慌的动作唤起了我的
注意,他在这刹那以前是比我更沉酣地打着瞌睡的。他连扯了几次缰
绳,在驾车台上手忙脚乱起来,又开始不住地喊马,时时向一旁眺望。我
向周围一看,我们的马车正走在一片宽广的、耕种过的平原上;有些不很
高的、也是耕种过的小丘,形成非常缓和的斜坡,一起一伏地奔向这平
原;一望可以看到大约五俄里的荒凉的旷野;在远处,只有小小的白桦林
的圆锯齿状的树梢,打破了差不多成直线的地平线。狭窄的小路蜿蜒在
原野上,隐没在洼地里,环绕着小丘,其中有一条,在前面五百步的地方
和我们的大路相交叉,我看见这条小路上有一队行列。我的马车夫所眺
望的就是这个。

　　这是出殡。在前面,一个神甫坐在一辆套着一匹马的马车里,慢慢

---

　　〔1〕　美人梅奇河是奥廖尔省东部的一条河流,是顿河的支流,这条河的特色是蜿蜒
曲折,河岸高而峻。

地前进;一个教堂执事坐在他旁边驾马;马车后面有四个农人,不戴帽子,扛着盖白布的棺材;两个女人走在棺材后面。其中一人的尖细而悲戚的声音突然传到我的耳朵里;我倾听一下:她正在数一数二地号哭着。这抑扬的、单调的、悲哀绝望的音调,凄凉地散布在空旷的原野中。马车夫催促着马:他想超过这行列。在路上碰见死人,是不祥之兆。他果然在死人还没有走上大路之前超过了他们;但是我们还没有走出一百步,忽然我们的马车激烈地震动一下,倾侧了,几乎翻倒。马车夫勒住了正在快跑的马,挥一挥手,啐了一口。

"怎么了?"我问。

我的马车夫一声不响、不慌不忙地爬下车去。

"到底怎么了?"

"车轴断了,……焦烂了。"他阴郁地回答,突然愤怒地整理一下副马的皮马套,使得那匹马完全偏斜到一旁,然而它站稳了,打了一个响鼻,抖擞一下,泰然地用牙齿搔起它的前足的小腿来。

我走下车来,在路上站了一会,茫然地陷入了不快的困惑状态中。右面的轮子差不多完全压倒在车子底下了,仿佛带着沉默的绝望把自己的毂伸向上面。

"现在怎么办呢?"最后我问。

"就是那个不好!"我的马车夫说着,用鞭子指着已经转入大路而正在向我们走近来的行列,"我以前一直留心着这个,"他继续说,"这是正确的预兆,——碰到死人……真是。"

他又去打扰那匹副马。这副马看出他心绪不佳,态度严厉,决心一动不动地站着,只是偶尔谦逊地摇摇尾巴。我向前后徘徊一下,又站定在轮子前面了。

　　这时候死人已经赶上我们。路被我们阻塞了,这悲哀的行列就慢慢地从大路上转入草地里,经过我们的马车旁边。我和马车夫脱下帽子,向神甫点头行礼,和抬棺材的人对看了一下。他们费力地跨着步子;他们的宽阔的胸脯高高地起伏着。走在棺材后面的两个女人之中,有一个年纪很老,面色苍白;她那板滞的、由于悲哀而剧烈地变了相的颜貌,保持着严肃而庄重的表情。她默默地走路,有时举起一只削瘦的手来按住薄薄的凹进的嘴唇。另一个女人是一个年约二十五岁的少妇,眼睛润湿而发红,整个面孔哭得发肿了;她经过我们旁边的时候,停止了号哭,用衣袖遮住了脸。……但是当死人绕过我们的旁边,再走上大路的时候,她的悲戚的、动人心弦的曲调又响起来了。我的马车夫默默地目送那规则地摇摆着的棺材过去了,向我转过头来。

　　"这是木匠马尔登出丧,"他说,"就是略波伏的那个。"

　　"你怎么知道?"

　　"我看见了那两个女人才知道的。年纪老的一个是他的母亲,年纪轻的一个是他的老婆。"

　　"他是生病死的吗?"

　　"是的,……生热病。……前天管家派人去请医生,可是医生不在家。……这木匠是个好人;稍微喝点酒,可是他是一个好木匠。你瞧他的女人多么悲伤。……不过,当然喽,女人的眼泪是不值钱的。女人的眼泪像水一样。……真是。"

　　他弯下身子去,爬过副马的缰绳底下,双手握住了马轭。

　　"可是,"我说,"我们怎么办呢?"

　　我的马车夫先把膝盖顶住辕马的肩部,把轭摇了两摇,整理好了辕鞍,然后又从副马的缰绳底下爬出来,顺手把马的嘴脸推一把,走到了车轮旁边。他到了那里,一面注视着车轮,一面慢吞吞地从上衣的衣裾底下拿出一只扁扁的桦树皮鼻烟匣来,慢吞吞地拉住皮带,揭开盖子,慢吞吞地把他的两根肥胖的手指伸进匣子里去(两根手指也还是勉强装进去的),揉一揉鼻烟,先把鼻子歪向一边,便从容不迫地嗅起鼻烟来,每嗅一次,总发出一阵冗长的呼哧呼哧声,然后痛苦地把充满泪水的眼睛眯起来或者眨动着,深深地陷入沉思了。

"喂,怎么样?"最后我问。

我的马车夫把鼻烟匣子小心地藏进衣袋里,不用手的帮助而只用头的动作来把帽子振落在眉毛上了,一股心思地爬上驾车台去。

"你打算上哪儿去呀?"我不免惊奇地问他。

"您请坐吧。"他坦然地回答,拿起了缰绳。

"可是我们怎么能走呢?"

"能走的。"

"可是车轴……"

"您请坐吧。"

"可是车轴断了……"

"断是断了;可是我们可以开到移民村,……当然慢慢地开。在那儿,树林后面,右边有一个移民村,叫作尤季内。"

"你认为我们到得了吗?"

我的马车夫并不赏赐我一个答复。

"我还是步行的好。"我说。

"随您的便吧……"

于是他挥一下鞭子。马出动了。

我们果然到了移民村,虽然右边前面的轮子勉强支持而且转动得特别奇怪。在一个小丘上,这轮子几乎脱落;但是我的马车夫用愤怒的声音大声叫喊,我们才平安地走下了小丘。

　　尤季内移民村由六所低小的农舍组成,这些农舍已经歪斜了,虽然建造得大概并不长久:农舍的院子还没有全部围好篱笆。我们的车子开进这移民村里,没有遇见一个人;路上鸡都不见一只,连狗都没有;只有一只黑色的短尾狗当我们面前匆忙地从一个完全干了的洗衣槽里跳出来(它大概是被口渴所驱使而走进这槽里去的),一声也不叫,慌慌张张地从大门底下奔进去。我走进第一所农舍里,开了前室的门,叫唤主人,——没有人回答我。我又叫唤一次:一只猫的饥饿的叫声从另一扇门里传出来。我用脚把门踢开:一只很瘦的猫在黑暗中闪耀一下碧绿的眼睛,从我身旁溜过。我把头伸进房间里去一看:黑洞洞的,烟气弥漫,空无一人。我走到院子里去,那里也没有一个人。……栅栏里有一头小牛在那里哞哞地叫;一只跛脚的灰色鹅一瘸一瘸地略微拐向旁边。我又走进第二所农舍里,——第二所农舍里也没有人。我就走到院子里。……

　　在阳光普照的院子的正中央,在所谓最向阳的地方,有一个人脸向着地。用上衣盖着头,躺在那里;据我看来,这像是一个男孩子。离开他若干步地方的草檐下,一辆整脚的小马车旁边,站着一匹装着破烂的马具的瘦小的马。太阳光穿过了破旧的屋檐上的狭小的洞眼流注下来,在它的蓬松的、枣红色的毛上映出一小块一小块明亮的斑点。在近旁的一只高高的椋鸟笼里,椋鸟吱吱喳喳地叫着,从它们的高空住宅里带着安闲的好奇心向下面眺望。我走到睡着的人旁边,开始唤他醒来。……

　　他抬起头来,看见了我,立刻跳将起来。……"什么,你要什么? 怎么回事?"他半睡不醒地嘟哝起来。

　　我没有立刻回答他,因为他的外貌把我吓坏了。请想象一个年约五十岁的矮人,瘦小而黝黑的脸上全是皱纹,鼻子尖尖的,一双褐色的眼睛小得不大看得出,鬈曲而浓密的黑发像香菌的伞帽一般铺展在他的小头上。他的身体非常虚弱而瘦削,他的目光的特殊和怪异,无论如何不可能用言语描写出来。

　　"你要什么?"他又问我。

　　我就把这件事讲给他听;他听我讲,一双眼睛慢慢地眨着,一直盯住我看。

　　"你能不能替我们办到一个新的车轴?"最后我说,"我愿意付钱。"

　　"可是你们是干什么的? 是不是猎人?"他把我从头到脚打量一番,这样问。

　　"是猎人。"

　　"你们一定是打天上的鸟? ……树林里的野兽? ……你们杀上帝的鸟,流无辜的血,不是罪过吗?"

　　这奇怪的小老头说起话来语调拖长。他的声音也使我吃惊。在这声音里不但听不出一点衰老,而且有可惊的甘美、青春和差不多女性一样的柔和。

　　"我没有车轴,"他略微静默一下之后又说,"这是不合用的(他指着他那辆小马车),你们的马车大概是大的吧?"

　　"那么在村子里可以找到吗?"

　　"这里怎么算得上村子! ……这里没有一个人有车轴。……而且也没有一个人在家:都干活去了。走开吧。"他忽然这样说,又躺在地上了。

　　我完全没有料到这样的结果。

　　"喂,老人家,"我拍拍他的肩膀,说,"劳驾,帮个忙。"

"快走开吧！我疲倦了：到城里去了一趟。"他对我说，就把上衣拉到头上。

"劳驾啦，"我继续说，"我……我会付钱的。"

"我不要你的钱。"

"帮个忙吧，老人家……"

他爬起来，交叉了他的两条瘦腿坐着。

"或许我可以领你到开垦地[1]去。那儿有商人买了一座树林，——真作孽，砍掉了树林，盖了一个事务所，真作孽。你可以在那儿叫他们定做一个车轴，或者买一个现成的。"

"那好极了！"我高兴地叫起来。"好极了！……我们去吧。"

"橡树木的车轴，很好的。"他继续说，并不站起身来。

"到那开垦地远不远？"

"三俄里。"

"没有关系！我们可以坐你的小马车去。"

"不行啊……"

"啊，我们走吧，"我说，"走吧，老人家！马车夫在街上等我们呢。"

老头儿不乐意地站起来，跟我走到了街上。我的马车夫正在怒气冲冲，因为他想给马喝水，但是井里水少得很，味道又不好，而照马车夫们说来，这是第一件要事。……然而他一看见那老头儿，就露出牙齿来一笑，点点头，喊道。

"啊，卡西央！你好！"

"你好，叶罗菲，你这正直的人！"卡西央用消沉的声音回答。

---

[1] 林中伐去树木的地方。——原注。

我立刻把他的提议告诉了马车夫；叶罗菲表示赞同，就把马车开进院子去。当他用熟练的手法忙着拆除马具的时候，那老头儿把肩膀靠着大门站着，露出不愉快的样子，有时向他望望，有时向我望望。他仿佛在那里惶惑不安：据我所能看到的，他不很喜欢我们这种不速之客。

"你也给迁移过来了吗？"叶罗菲在卸去马轭的时候突然问他。

"我也给迁移过来了。"

"咳！"我的马车夫从牙缝中含糊地说。"你知道吗，木匠马尔登……你不是认识略波伏的马尔登的吗？"

"认识的。"

"嘿，他死啦。我们刚才碰见他的棺材。"

卡西央哆嗦了一下。

"死了？"他说着，低下了头。

"可不是死了。你为什么不医好他呢，嗳？人家都说你会医病的，你是医生。"

我的马车夫显然是在拿这老头儿来开玩笑，在挖苦他。

"怎么，这是你的马车吗？"他又接着说，用肩膀来指着它。

"是我的。"

"唉，马车，……马车！"他反复说着，拿起它的车杆，几乎把它翻了个身。……"马车！……用什么载您到开垦地去呢？……在这车杆上我们的马是套不上的：我们的马都很大，可是这算是什么呀？"

"我可不知道，"卡西央回答，"该用什么载你们去；要么就用这个牲口吧。"他叹一口气，这样补说一句。

"用这个牲口？"叶罗菲接着说，就走近卡西央那匹驽马去，轻蔑地用右手的中指戳戳它的颈子。"瞧，"他带着责备的态度说，"睡着了，这笨家伙!"

　　我要求叶罗菲赶快把它装备好。我想自己跟卡西央到开垦地去,因为那里常有松鸡。后来那辆小马车完全装备好了,我就带了我的狗,胡乱地坐在那树皮做成的凹凸不平的车身里,卡西央缩做一团,脸上带着以前那副忧郁的表情,也坐在前面的车栏上了,——这时候叶罗菲走到我跟前来,带着神秘的样子轻声地说:

　　"老爷,您跟他一同去,那很好。您可知道他这人很怪,他是个疯子呀,他的绰号叫做跳蚤。我不知道您怎么会了解他的。……"

　　我想告诉叶罗菲:卡西央直到现在为止,在我看来是一个很明白道理的人,但是我的马车夫立刻用同样的声音继续说:

　　"您只要留神,看他是不是带您到那地方去。车轴请您自己选:要一根结实些的车轴。……喂,跳蚤,"他高声地接着说,"你们这里可以弄点儿面包吃吗?"

　　"你去找吧,也许会找到的,"卡西央回答,扯一扯缰绳,我们就出发了。

　　真出乎我意料,他的马跑得很不坏。一路上卡西央保持固执的沉默,断断续续地、不情不愿地回答我的问话。我们不久就到达了开垦地,又在那里找到了事务所——一所高高的木屋子,孤零零地建立在用堤坝草草地拦住而变成了池塘的小溪谷上。我在这事务所里遇见两个青年伙计,他们的牙齿都像雪一样白,眼睛甜蜜蜜的,说话又甜蜜、又伶俐,笑容甜蜜而又狡猾。我向他们买了一根车轴,就出发到开垦地去。我以为卡西央将留在马的地方等我,但是他突然走近我来。

　　"怎么,你去打鸟吗?"他说,"啊?"

　　"是的,如果找得到的话。"

"我跟你一块儿去，……可以吗?"

"可以，可以。"

我们就去了。伐去树木的地方一共约有一俄里。老实说，我对卡西央看，比对我的狗看得更多。他真不愧绰号叫做跳蚤。他那乌黑的、毫无遮盖的小头(然而他的头发可以代替任何帽子)在灌木丛中忽隐忽现。他走起路来特别灵巧，仿佛一直是跳着走的，常常俯下身子去，摘些草，揣在怀里了，自言自语地嘟哝几句，又老是向我和我的狗注视，目光里显出一种努力探求的异常的神色。在低低的灌木丛中和开垦地上，常常有一些灰色的小鸟，这些小鸟不断地从这棵树换到那棵树，啾啾地叫着，忽高忽低地飞行。卡西央模仿着它们，同它们相呼应；一只小鹌鹑吱吱地叫着从他的脚边飞起，卡西央也跟着它吱吱地叫起来；云雀鼓着翅膀，响亮地歌唱着，从他上面飞下来——卡西央接唱了它的歌。他和我一直不谈话。……

天气很好，比以前更好了；但是暑热仍未减退。在明澄的天空中，微微地飘浮着高高的稀疏的云朵，像春天的最后的雪那么发乳白色，象卸下的风帆那么扁平而细长。它们的像棉花一般蓬松而轻柔的花边，慢慢地、但又显著地在每一瞬间发生变化：这些云正在融化，它们没有落下阴影来。我和卡西央在开垦地上走了很久。还没有长过一阿尔申[1]高的嫩枝，用它们的纤细而光滑的茎来围绕着黑簇簇的低矮的树桩；有灰色边缘的圆形的海绵状木瘤，就是那可以煮成火绒的木瘤，贴附在这些树桩上；草莓在这上面抽放出粉红色的卷须；蘑菇也在这里繁密地聚族而居。两只脚常常绊住那些饱受烈日的长长的草；到处树上有微微发红的

---

〔1〕　阿尔申，俄国尺度名称，1 阿尔申合 0.71 公尺。

嫩叶射出金属般的强烈的闪光,使人眼花缭乱,到处有一串串浅蓝色的野豌豆、金黄色花萼的毛茛、半紫牛黄的蝴蝶花,斑烂悦目。在红色的小草带状地标示出车轮痕迹的荒径旁边,有几处地方矗立着由于风吹雨打而发黑了的、以一立方沙绳[1]为单位的许多木柴堆;从这些木柴堆上投下斜方形的淡淡的阴影来,——此外没有一个地方有别的阴影。微风有时吹动了,有时又静息了;忽然一直吹上脸来,仿佛要剧烈起来了,——四周一切都愉快地呼啸、摇摆、动荡起来,羊齿植物的柔软的尖端袅娜地摇动,——你正想享受这风,……但是它忽然又停息下来,一切又都静止了。只有蚱蜢齐声吱吱叫着,仿佛激怒了似的,——这种不停不息的、萎靡而干巴巴的叫声使人感到困疲。这叫声和正午的顽强的炎热很相配;它仿佛是这炎热所产生的,是这炎热从晒焦的大地里唤出来的。

我们一窝鸟都没有碰到,终于来到了一处新的开垦地。在那里,新近砍倒的白杨树悲哀地横卧在地上,把青草和小灌木都压在自己的身子底下;其中有几棵白杨树上的叶子还是绿色的,但是已经死了,憔悴地挂在一动不动的树枝上;别的白杨树上的叶子则都已经干枯而且卷曲了。新鲜的、淡金色的木片,堆积在润湿的树桩旁边,发出一种特殊的、非常好闻的苦味来。在远处,靠近树林的地方,斧头钝重地响着,有的时候,一棵葱茏的树木好像鞠躬一般伸展着手臂,庄严地、徐徐地倒下来。……

我一直没有找到任何野禽;最后,从一片广大的满生着苦艾的橡树丛中飞出一只秧鸡来。我打了一枪;它在空中翻了个身,便掉下来。卡西央听见枪声,连忙用手遮住眼睛,一动也不动,直到我装好枪、拾起秧

―――――――――――――

〔1〕 沙绳,俄国尺度名称,1沙绳合2.134公尺,1沙绳等于3阿尔申。

鸡为止。我走开了之后，他走到打死的鸟落下来的地方，俯身在撒着几滴血的草地上，摇摇头，恐怖地向我看一眼。……后来我听见他轻声地说："罪过！……唉，这真是罪过！"

炎热终于逼得我们走进树林里去。我投身在一丛高高的榛树下面，在这树丛上面，有一棵新生的、整齐的槭树翩翩然扩展着它的轻盈的树枝。卡西央在一棵砍倒的白桦树的粗的一端上坐了下来。我对他看。树叶在高处微微地摇晃，它们的淡绿色的阴影，在他那胡乱地用深色上衣包裹着的羸弱的身体上和他那瘦小的脸上徐徐地移来移去。他不抬起头来。我厌倦于他的沉默，便仰卧了，开始欣赏那些交互错综的树叶在明亮的高空中的和平的游戏。仰卧在树林里向上眺望，是一件非常有趣的事！你似乎觉得你在眺望无底的海，这海广大地扩展在你的"下面"，树木不是从地上升起的，却仿佛是巨大的植物的根，从上面挂下去，垂直地落在这玻璃一般明亮的波浪中；树上的叶子有时像绿宝石一般透彻。有时浓重起来，变成金黄色的墨绿。在某处很远很远的地方，细枝的末端有一片单独的叶子，一动不动地显出在一块透明的淡蓝色的天空上，它旁边另一张叶子在摇晃着，好像鱼潭里的鱼儿在跳动，这动作仿佛是自发的，不是由于风吹的。一团团的白云像魔法的水底岛屿一般静静地飘浮过来，静静地推移过去。忽然这片海、这眩目的空气、这些浴着日光的树枝和树叶，全部都动荡起来，闪光一般震撼起来，接着就发出一种清新而颤抖的簌簌声，好似那突然推过来的微波的无穷尽的细碎的潺湲声。你一动也不动，你眺望着：心中的欢喜、宁静和甘美，是言词所不能形容的。你眺望着：这深沉而纯洁的蔚蓝色天空在你的嘴唇上引起同它一样纯洁的微笑来；一连串幸福的回忆徐徐地在心头通过，像云在天空移行一样，又仿佛同云一起移行一样；你只觉得你的眼光愈去愈远，拉着你一同进入那安静的、光明的深渊中,而不可能脱离这高处、这深处……

"老爷,喂,老爷!"突然卡西央用他那嘹亮的声音说起话来。

我惊异地抬起身子;他在这以前不大肯回答我的问话,忽然自己说起话来了。

"什么事?"我问。

"喂,你为什么要打死这只鸟?"他直望着我的脸,开始说。

"怎么为什么? ……秧鸡——这是野味,可以吃的啊。"

"你不是为了这个打死它的,老爷,你才不会去吃它呢! 你是为了取乐才打死它的。"

"你自己不是也吃鹅或者鸡之类的东西吗?"

"那些东西是上帝规定给人吃的,可是秧鸡是树林里的野鸟。不单是秧鸡,还有许多:所有树林里的生物、田野里和河里的生物、沼地里和草地上的、高处和低处的——杀它们都是罪过,应该让它们活在世界上直到它们寿终。……人吃的东西另外有规定;人另外有吃的东西和喝的东西:面包——上帝的惠赐——和天降下来的水,还有祖先传下来的家畜。"

我惊奇地望着卡西央。他的话流畅地进出来;他一句话也不须踌躇,他说话时显出沉静的兴奋和温和的严肃,有时闭上眼睛。

"那么,照你看来杀鱼也是罪过吗?"我问。

"鱼的血是冷的,"他深信不疑地回答,"鱼是哑的生物。它没有恐怖,没有快乐;鱼是不会说话的生物。鱼没有感觉,它身体里的血也不是活的。……血,"他略停一会,继续说,"血是神圣的东西! 血不能见到天上的太阳,血要回避光明,……把血暴露在光天化日之下,是极大的罪恶,是极大的罪恶和恐怖。……唉,真作孽!"

　　他叹一口气,低下了头。我向这奇怪的老头儿看看,实在觉得十分惊异。他的话不像是农人说的,普通人不会说这样的话,饶舌的人也不会说这样的话。这种语言是审慎、庄重而奇特的。……我从来没有听见过这样的话。

　　"卡西央,请告诉我,"我开始说,眼睛一直没有离开他那微微发红的脸,"你是干什么行业的?"

　　他不立刻回答我的问话。他的眼光不安地转动了一会。

　　"我依照上帝的命令生活着,"最后他说,"至于行业——不,我不干什么行业。我这人很不懂事,从小就是这样;能干活的时候就干活,我干活干得很不好,……我哪里行! 我身体不好,一双手又很笨。在春天的时候,我捉夜莺。"

　　"捉夜莺? ……你不是说过,所有树林里和田野里和其他地方的生物都是碰不得的吗?"

　　"杀它们的确是不可以的;死是自然来到的。就拿木匠马尔登来说吧:木匠马尔登曾经活着,可是没有活得长久就死了;他的妻子现在悲伤丈夫,又悲伤年纪很小的孩子。……没有一个人,没有一个生物能混得过死。死并不来缠住你,可是你也逃不掉它;但是帮助死是不应该的。……我并不杀夜莺,——决不! 我捉它们来并不叫它们受苦,并不害它们的命,而是让人高兴高兴,得到慰藉和愉快。"

　　"你到库尔斯克[1]去捉夜莺吗?"

　　"我到库尔斯克去,有时候也到更远的地方去。在沼地里和森林里过夜,独自在野外和荒僻的地方过夜;那里有鹬鸟啾啾地啼着,那里有兔

---

　　〔1〕　库尔斯克地方产一种莺,鸣声甚美,被视为珍品。

子吱吱地叫着,那里有鸭子嘎嘎地叫着。……我晚上留神看着,早上仔细听着,天亮了的时候就在灌木丛上撒网。……有的夜莺唱歌唱得那么可怜,很美妙……真是可怜。"

"你拿它们来卖钱吗?"

"卖给心地善良的人。"

"你还做些什么事呢?"

"做些什么事?"

"你干什么活儿?"

老头儿静默了一下。

"我什么活儿也不干,……我干活干得很不好。可是我会识字。"

"你识字的?"

"我会识字。上帝和心地善良的人帮助我。"

"你有家眷吗?"

"没有,没有家眷。"

"怎么呢?……都死了,是吗?"

"不,是这样的:我的命运不好。这全是上帝的意旨,我们大家都在上帝的意旨下面生活;可是做人必须正直,——这才对啦! 也就是说,要合上帝的心意。"

"你有亲戚吗?"

"有的,……嗯,……是的……"

老头儿讷讷地说不出口了。

"请告诉我,"我开始说,"我刚才听见我的马车夫问你为什么不医好马尔登,难道你会医病的吗?"

"你的马车夫是一个正直的人,"卡西央沉思地回答我,"可也不是没有罪过。说我是医生。……我怎么好算医生呢！……谁能够治病呢？这是全靠上帝的。有些……草呀,花呀,的确有效验。就像鬼针草吧,是对人有益的草;车前草也是这样;说起这种草,也不是可耻的,因为这些都是圣洁的草——是上帝的草。别的草可就不同了,它们虽然也有效,却是罪恶的;说起它们也是罪恶的。除非作祈祷。……唔,当然也有些咒语。……可是必须相信的人才能得救。"他降低了声音,这样补说一句。

"你什么药也没有给马尔登吗?"我问。

"我知道得太迟了,"老头儿回答。"可是有什么关系呢！人的命运是生来就注定的。木匠马尔登是活不长的,他在世界上是活不长的,一定是这样。不,凡是在世界上活不长的人,太阳就不像对别人一样地给他温暖,吃了面包也没有用处,——仿佛在召他回去了。……嗯,上帝使他的灵魂安息吧！"

"你们移居到我们这边来已经很久了吗?"略微静默了一会之后我问。

卡西央颤抖了一下。

"不,不很久,大概有四年。老主人在世的时候,我们一向住在原来的地方,可是现在监护人员把我们移过来了。我们的老主人是一个软心肠的人,脾气很好,——祝他升入天堂！可是监护人员呢,当然是办得正当的;看来总是非这样不可。"

"你们以前住在什么地方?"

"我们是美人梅奇河的人。"

"那地方离开这儿远吗?"

"大概二百俄里。"

"哦,那儿比这儿好吗?"

"比这儿好,……比这儿好。那儿是自由自在的地方,有河流,是我们的老家。可是这儿地方很窄,又少河水。……我们到了这儿就孤苦伶仃了。在我们那儿,在美人梅奇河上,你爬上小山冈去,爬上去一看,我的天哪,这是什么啊? 嗳? ……又有河流,又有草地,又有树林;那边是一个礼拜堂,那边过去又是草地。可以望见很远很远的地方。望得可真远,……你望着,望着,啊呀,实在太好了! 这里呢,土壤的确好些,是沙质粘土,庄稼汉都说是很好的沙质粘土;我的谷物到处都长得很好。"

"喂,老人家,你老实说,你大概想到故乡去一趟吧?"

"是的,想去看看。不过,到处都好。我是一个没有家眷的人,喜欢走动。实在嘛! 坐在家里有什么好处呢? 出门走走,走走,"他提高声音接着说,"精神的确爽快些。太阳照着你,上帝也更加清楚地看得见你,唱起歌来也和谐些。这时候,你看见长着一种草;你看清楚了,就采一些。这里还有水流着,譬如说泉水,是圣水;你看见了水,就喝个饱。天上的鸟儿歌唱着。……库尔斯克的那边还有草原,出色的草原,叫人看了又惊奇,又欢喜,真是辽阔自在,真是上帝的惠赐! 据人家说,这些草原一直通到暖海,那儿有一只声音很好听的鸟叫做'格马云'[1],树上的叶子无论冬天、秋天都不掉下来,银树枝上长着金苹果,所有的人都过着富裕而正直的生活。……我就想到那边去。……我走的地方实在不少了! 我到过罗姆内,也到过美好的新比尔斯克城,也到过有金色圆屋顶的莫斯科;我到过'乳母奥卡河',也到过'鸽子茨那河',也到过'母亲伏尔加河',我看见过许多人,许多善良的教徒,我游历过体面的城

---

〔1〕 据基督教传说,"格马云"是一只住在天堂里的鸟。

市。……所以我真想到那边去，……而且……真想……还不单是我这个有罪孽的人……别的许多教徒都穿了草鞋，一路乞讨着，去找求真理……是啊！……坐在家里有什么意思呢，啊？人间是没有正义的，就是这么一回事……"

这最后的几句话，卡西央说得很快，几乎听不出来；以后他又说了些话，我简直听不清楚，他脸上显出那么奇怪的表情，使我不由地想起了"疯子"这名称。后来他低下头，咳嗽一下，仿佛清醒过来了。

"多么好的太阳！"他轻声地说，"多么好的惠赐，上帝啊！树林里多么温暖！"

他耸一耸肩膀，沉默了一会，漫不经心地望望，低声地唱起歌来。我不能听出他那悠扬的歌曲的全部词句；我只听到下面两句：

> 我的名字叶做卡西央，
> 我的绰号叫做跳蚤……

"啊！"我想，"是他自己编的……"突然他哆嗦一下，停止了唱歌，眼睛凝视着树林深处，我回转头去，看见一个年约八岁的农家小姑娘，穿着一件蓝色的无袖长衣，头上包着一条格子纹头巾，太阳晒黑的、赤裸裸的手臂上挽着一只篮子。她大概决没有料到会遇见我们，她正是所谓"撞着"了我们，就一动不动地站在青葱的榛树丛中阴暗的草地上了，用她那双乌黑的眼睛慌张地对我看。我才得看清楚她，她立刻躲到树背后去了。

"安奴喜卡！安奴喜卡！到这儿来，别害怕。"老头儿亲切地叫唤。

"我怕。"传来一个尖细的声音。

"别怕,别怕,到我这儿来。"

安奴喜卡默默地离开了她的隐避所,悄悄地绕了一个圈子,——她那双小小的脚踏在浓密的草地上不大有声音,——从靠近老头儿的丛林里走了出来。这并不是像我起初依照矮小身材而推测的八岁的小姑娘,却有十三四岁了。她身材瘦小,但是体态匀称,模样儿很伶俐,漂亮的小脸蛋异常肖似卡西央的脸,虽然卡西央不是一个美男子。同样尖削的颜貌,同样奇妙的目光,狡狯而信任,沉思而锐敏,举止也相同。……卡西央对她打量了一下;她站在他旁边了。

"怎么,你采蘑菇吗?"他问。

"是的,采蘑菇,"她羞怯地微笑着回答。

"采得多吗?"

"多的。"(她很快地对他看一眼,又微笑一下。)

"有白的吗?"

"白的也有。"

"让我看,让我看,……(她把篮子从手臂上拿下来,把一张遮盖蘑菇的阔大的牛蒡叶子揭开一半。)啊!"卡西央俯身在篮子上,说,"好极了!安奴喜卡真不错!"

"卡西央,这是你的女儿吗?"我问。(安奴喜卡的脸微微地泛起红晕。)

"不是,唔,是亲戚,"卡西央装出漫不经心的样子说。"好,安奴喜卡,你去吧,"他立刻接着说,"你回去吧。当心点……"

"为什么让她步行回去!"我打断了他的话。"我们可以载她回去……"

安奴喜卡的脸像罂粟花一般红了,她两手抓住篮子上的绳,惊慌地看着老头儿。

"不,她会走回去的,"他用同样淡然的、懒洋洋的声音回答。"她有什么关系,……会走回去的。……去吧。"

安奴喜卡迅速地走进树林里去了。卡西央在后面目送她,后来低下了头,微笑一下。在这悠长的微笑中,在他对安奴喜卡所说的不多几句话中,在他和她谈话时的声调中,有一种说不出的热烈的慈爱和温柔。他又向她走去的方面望望,又微笑一下,摸摸自己的脸,点了几次头。

"你为什么这样快就打发她走了?"我问他。"我要向她买蘑菇呢。……"

"您如果要买,到我家里还是可以买的。"他回答我,第一次用"您"字。

"你这小姑娘很可爱。"

"不,……哪里……嗯……"他不情愿似地回答,就从这瞬间起,他又陷入了和以前一样的沉默。

我看出要使他再讲话的一切努力都成了徒劳,就出发到开垦地去。这时候炎热已经减退了些;然而我打猎的失败,或者像我们那里所谓"晦气",还是照旧,我就带了一只秧鸡和一个新车轴回到移民村去。马车开近院子的时候,卡西央突然向我转过身来。

"老爷,啊,老爷,"他说,"我真对不起你了;是我念个咒把你的野禽全都赶走了。"

"这是怎么的?"

"我懂得这方法。你的狗又聪明又好,可是它一点办法都没有。你想,人啊,人真是了不得,啊? 就像这畜生,人把它训练成了什么?"

我想说服卡西央,使他相信"念咒"驱除野禽的不可能,但这是徒然的,因此我什么也没有回答他。况且这时候我们的车子立刻就转进大门里去了。

安奴喜卡不在屋里;她早已回来过,把一篮蘑菇留在那里了。叶罗菲装配新车轴,一开始就给它苛刻而不公正的评价;过了一个钟头,我们就出发了。临走时我拿些钱给卡西央,他起初不肯受,可是后来想了一想,在手里拿了一会,揣在怀里了。在这一个钟头内,他差不多一句话也不说;他照旧靠着大门站着,不回答我的马车夫的非难,极冷淡地和我告别。

我刚刚回来的时候,就注意到我的叶罗菲又在那里闷闷不乐了。……的确,他在这村子里没有找到一点食物,马的饮水场又不好。后来我们出发了。他带着连后脑上也表示出来的不满意,坐在驾车台上,一心想同我谈话,但是他要等我先发问,而在这等待的期间,他只是低声地发出些怨言,对马说些有教训意义的、有时刻毒的话。"村子!"他喃喃地说,"还说是村子! 要点克瓦斯,连克瓦斯都没有。……嘿,天晓得! 水呢,简直糟透了! (他大声地啐一口。)黄瓜也好,克瓦斯也好,什么都没有。哼,你呀,"他向着右面的副马,大声地继续说,"我认得你,你这滑头! 你大概想贪安闲。……(他抽了它一鞭。)这匹马完全变得狡猾了,以前这畜生是那么听话的。……哼,哼,你敢回头瞧! ……"

"叶罗菲,我问你,"我开始说,"这卡西央是怎么样的一个人?"

叶罗菲不立刻回答我,他一向是一个有思虑而从容不迫的人;但是我立刻猜测到,我的问题使得他快慰了。

"跳蚤吗?"终于他扯一下缰绳,说起话来,"真是一个怪人,简直是一个疯子,这样奇怪的人,还不容易找到第二个呢。他就跟,喏,就跟我们这匹黄灰色的马一模一样,也是不听话的,……就是说,不肯干活。

唔,当然,他干活干得很不好,——他身体很虚弱,不过总归……。他从小就是这样的。起初他跟他的伯叔们当运送人——他们是驾三套车的;可是后来大概厌烦了,不干了。他就住在家里,可是在家里也住不长久,他是那么不定心的人,——活像一个跳蚤。幸亏他的主人是个好心肠的人,并不勉强他。从这时候起他就一直荡来荡去,像一只没有管束的羊。这个人那么稀奇古怪,天晓得他是怎么一回事,有时候像树桩一样不作声,有时候又突然说起话来,——说些什么呢,那只有天晓得。这像样的吗?这不像样。他真是一个不合情理的人。唱歌倒唱得很好。的确唱得好——不坏,不坏。"

"他会治病,真的吗?"

"治什么病!……啊,他哪里会治病!他这样的人。不过我的瘰疬腺病倒是他治好的。……"他静默一下之后,又说:"他哪里会治病!他是一个十足的傻瓜。"

"你早就认识他的吗?"

"早就认识的。在美人梅奇河的时候,我和他们同住在塞乔甫卡作邻居的。"

"那么她是谁,我们在树林里碰到的那个女孩子安奴喜卡,她是他的亲属吗?"

叶罗菲回头向我一看,露出满口的牙齿笑着。

"嘿!……是的,算是亲属。她是一个孤儿,没有母亲的,而且也不知道谁是她的母亲。呃,应该是亲属吧,因为相貌很像他。……她就住在他那里。是一个伶俐的姑娘,没有话说;是一个好姑娘,老头儿宠爱她,她真是一个好姑娘。而且他,您不会相信的,他也许还想教安奴喜卡识字呢。他真会干得出这个来的,他真是一个特特别别的人。他这人那么没常心,简直不成体统。……嗳——嗳——嗳!"我的马车夫突然打断了自己的话,勒住了马,把身子弯向一边,在空气中嗅起来。

"不是有焦味儿吗? 一点也不错! 新车轴真讨厌。……我好像涂过很多油了啊。……要去拿点水来,这儿正好有一个池塘。"

于是叶罗菲慢吞吞地从驾车台上爬下去,解下水桶,到池塘里去打了水回来,当他听到车轮的轴衬突然受到水而发出吱吱声的时候,他觉得很高兴。……在不过十俄里的路程上,他在灼热的轮轴上浇了六次水。当我们回到家里的时候,天色已经很晚了。

总　　管

在离开我的领地大约十五俄里的地方,住着一个我所熟悉的人——青年地主、退职近卫军官阿尔卡季·巴甫勒奇·宾诺奇金。他的领地里有许多野禽,房屋是依照一个法国建筑家的设计而建造的,仆役们都穿英国式服装,饭食很讲究,招待客人很殷勤,然而你总还是不喜欢到他家里去。他为人审慎而积极,照例受过良好的教育,担任过职务,在上流社会中厮混过,现在经营产业,颇有成就。阿尔卡季·巴甫勒奇,照他自己所说,为人严格而公正,关心他属下的幸福,惩罚他们也是为了他们的幸福。"对待他们必须像对待孩子一样,"在谈起这些的时候他这样说,"他们是没有知识的,mon cher; il faut prendre cela en considération。[1]"他到了所谓免不了不愉快的时候,避免暴躁剧烈的动作,不喜欢提高声音,而大都是伸出手来直指着那人,冷静地说:"仁兄,我不是这样要求过你吗?"或者:"你怎么啦,我的朋友,想想清楚吧。"这时候他只是轻轻地咬着牙齿,撇着嘴巴。他身材不高,风姿翩然,相貌很不坏,手和指甲都保持十分清洁;他的红润的嘴唇上和面颊上显示着健康之色。他的笑声响亮而轻松,和蔼地眯着一双明亮的、褐色的眼睛。他的服装体面而有风格;他订阅法国的书籍、图画和报纸,但是他不大喜欢看书:一册《流浪的

犹太人》〔1〕好容易读完。玩纸牌他是能手。一般地说来,阿尔卡季·巴甫勒奇算是我们省里最有修养的贵族和最可羡的风流男子中的一个;女人们为他神魂颠倒,尤其称赞他的风采。他持身处世异常谨慎,像猫一样小心,他有生以来从未沾惹过任何事端;然而有机会时也喜欢卖弄自己,欺侮怯弱的人。他非常嫌恶不良的交际——恐怕损害自己的名誉;而在高兴的时候,自称为伊壁鸠鲁〔2〕的崇拜者,虽然他对于哲学往往没有好评,称之为德国学者的虚无的食粮,有时竟称之为妄语。他也喜欢音乐;玩纸牌的时候常常含糊地、然而有感情地唱歌;《卢西阿》和《松那蒲拉》〔3〕中的曲子他也记得一些,但是不知为什么取音都很高。每逢冬天他就到彼得堡去。他家里收拾得异常整齐;连马车夫们也受他的影响,每天不但擦马轭,刷上衣,又洗自己的脸。阿尔卡季·巴甫勒奇家的仆人们的眼色的确有点阴郁,但是在我们俄罗斯,懊恼和睡眠不足原是分别不出的。阿尔卡季·巴甫勒奇说话时声音柔和悦耳,抑扬顿挫,仿佛每一个字都是乐愿地从他那漂亮的、洒满香水的髭须中吐出来的;他又常常应用法语的辞句,例如:"Mais c'est impayablel"〔4〕"Mais comment donc!"〔5〕等等。由于这种种原因,我至少不很喜欢去访问他,要不是为了他那里有松鸡和鹧鸪,我也许完全同他绝交了。在他家里,有一

––––––––––

〔1〕 法国小说家欧仁·苏(1804—1857)所著的长篇小说。

〔2〕 伊壁鸠鲁,纪元前三四二至二七〇年的古希腊哲学家。伊壁鸠鲁主张,人应当在合理的生活享受中找寻幸福。在当时,尤其是在俄罗斯贵族阶级之间,伊壁鸠鲁的这种思想往往被利用来为自己的游手好闲辩护。

〔3〕 《卢西阿》和《松那蒲拉》是意大利作曲家所作的歌剧,前者是多尼采蒂(1797—1848)所作,后者是贝里尼(1802—1835)所作。这两部歌剧流行于一八三〇至一八四〇年间。

〔4〕 法语:真滑稽!

〔5〕 法语:可不是!

种奇怪的不安支配着你;即使生活很舒服也不能使你快乐,每天晚上,当一个穿着有纹章钮扣的浅蓝色号衣的鬈发侍仆出现在你面前,开始卑躬屈节地替你拉下长统靴来的时候,你就感觉到:假使这个苍白而瘦削的人突然换了一个颧骨阔得可惊而鼻子扁得稀奇的、体格强壮的年青小伙子(这人刚刚由主人从田间拉来,而不久以前赏赐他的土布衣服已有十处绽裂)出现在你面前,你将说不出地高兴,而乐愿蒙受和长统靴一起拉掉你的小腿的危险。……

虽然我对阿尔卡季·巴甫勒奇不怀好感,有一次我却在他家里过了一夜。第二天一清早,我就吩咐套好我的四轮马车,但是他不愿意让我不吃英国式的早餐就离去,便领我走进他的书房。和茶一起拿出来给我们的有肉饼、半熟的鸡蛋、奶油、蜜糖、干酪等等。两个侍仆戴着洁白的手套,机警而肃静地、无微不至地侍候我们。我们坐在一只波斯式的长沙发上。阿尔卡季·巴甫勒奇穿着宽大的绸裤、黑色的丝绒短大衣,头戴一顶有蓝色流苏的漂亮的非斯卡帽[1],脚踏一双没有后跟的中国式黄拖鞋。他喝茶,笑着,欣赏着自己的指甲,吸着烟,把坐垫衬在腰部,总之,觉得心情非常愉快。阿尔卡季·巴甫勒奇吃饱了早餐,样子显然很满足,给自己倒了一杯红酒,把酒杯拿到嘴唇边,忽然皱起眉头。

"为什么酒没有温?"他用十分刺耳的声音问侍仆之中的一个。

那个侍仆着慌了,一动不动地站着,脸色发白了。

"仁兄,我在问你话呀!"阿尔卡季·巴甫勒奇冷静地继续说,眼睛一直盯着他。

这不幸的侍仆踟蹰不安地站着,拧着餐巾,一句话也不说。阿尔卡

---

〔1〕 非斯卡帽是一种平顶圆锥形的帽子,某些亚非国家戴这种帽子。

季·巴甫勒奇低下头,沉思地蹙着眉头对他看看。

"Pardon, mon cher,"[1]他带着愉快的笑容说,同时亲切地用手碰碰我的膝,然后重又目不转睛地望着那侍仆。"哼,去吧,"略微沉默了一会之后他这样补说一句,然后扬起眉毛,按一按呼铃。

一个身体肥胖、肤色浅黑、头发黑色、额角低低而眼睛浮肿的人走进来。

"费多尔的事……去处理吧,"阿尔卡季·巴甫勒奇泰然自若地低声说。

"知道了,"那胖子回答,就出去了。

"Voilà, mon cher, les désagréments de la campagne,"[2]阿尔卡季·巴甫勒奇愉快地说。"嗳,您要到哪儿去呀?别去了吧,再坐一会儿吧。"

"不,"我回答,"我该走了。"

"老是打猎!唉,你们这些猎人啊!您现在到哪儿去呢?"

"离开这儿四十俄里,到略波伏去。"

"到略波伏去?哈,好极了,那么我陪您一同去。略波伏离开我的领地希比洛夫卡不过五俄里,我很久不到希比洛夫卡去了,总是抽不出时间。这回真巧极了:您今天到略波伏去打猎,晚上回到我那儿来。Ce sera charmant.[3]我们一起吃晚饭,——我们带一个厨子去,——您就在我那儿过夜。好极了!好极了!"他不等我回答,就这样说:"C'est

----

〔1〕 法语:失礼了,亲爱的先生。
〔2〕 法语:您瞧,亲爱的先生,乡村生活的没趣。
〔3〕 法语:妙极了。

arrangé[1]……喂，谁在那边？吩咐替我们套马车，要快些。您没有到过希比洛夫卡吗？我实在不好意思请您在我的总管家里过夜，可是我知道您是很不讲究的，您在略波伏也许会在干草棚里过夜哩。……我们去吧，我们去吧！"

于是阿尔卡季·巴甫勒奇唱起一只法国的浪漫曲来。

"您也许不知道，"他摆动着两脚，继续说，"我在那儿有缴代役租的农人呢。现在讲宪法了，有什么办法呢？可是他们倒能如数付给我代役租。老实说，我早就想叫他们改成劳役租制了，可是地皮很少！我一直觉得奇怪，他们怎样敷衍过去的呢。不过，c'est leur affaire.[2]我那边的总管是一个能干的人，une forte tête,[3]做大事业的人！您看见了就会知道。……这真是一个好机会！"

真是没有办法。本来我早上九点钟就要出发的，但是我们直到两点钟才出发。猎人同志们一定都能体会我的心焦。阿尔卡季·巴甫勒奇，像他自己所说，喜欢乘机享乐一下，他携带了无数的衬衫裤、食物、饮料、香水、枕垫以及各种化妆用品箱，这些物资在某些俭朴自持的德国人足够一年之用呢。每次从山坡上驶下去的时候，阿尔卡季·巴甫勒奇总要对马车夫说一番简短而有力的话，由此我可以断定这位朋友是一个十足的胆小鬼。然而这次旅行十分平安地完成了；只是在一座刚修好的小桥上，载厨子的马车翻倒了，后轮子压住了他的胃。

---

〔1〕 法语：准定如此。
〔2〕 法语：这是他们的事。
〔3〕 法语：一个聪明人。

　　阿尔卡季·巴甫勒奇看见他那家养的卡列姆[1]翻倒了,这一吓非同小可,连忙叫人去问他:手有没有跌伤?得到了满意的回音,立刻放心了。因为有这一切事,我们在路上走了很长久;我和阿尔卡季·巴甫勒奇同坐在一辆马车里,到了旅行快终了的时候,我觉得苦闷得要命,尤其是因为在几小时的过程中,我的朋友已经完全松懈下来,开始显出自由主义作风了。我们终于到达了,不过不是到略波伏,而是直接到了希比洛夫卡;不知怎么一来弄成这样了。反正我在这一天里不能打猎了,于是只得勉强地顺从我的命运。

　　厨子比我们早到几分钟,而且显然已经安排好,预先通知过有关的人了,因此正当我们的车子开进村子的栅门去的时候,村长(总管的儿子)就来迎接了。他是一个身材高大、体格强壮、头发棕黄色的汉子,骑着马,脱着帽,穿着新上衣,不扣纽扣。"索夫龙在哪儿?"阿尔卡季·巴甫勒奇问他。村长先敏捷地跳下马来,向主人深深地鞠一个躬,说:"您好,阿尔卡季·巴甫勒奇老爷。"然后微微抬头,抖擞一下身子,报告说:索夫龙到彼罗夫去了,但是已经派人去叫他了。"好,你跟我们来吧,"阿尔卡季·巴甫勒奇说。村长为了表示礼貌,把马拉在一边,爬上马,踏着小速步跟在马车后面,手里拿着帽子。我们的马车在村子里走。我们碰见了几个坐在空货车里的农人;他们是从打谷场来的,一路唱着歌,全身颠动着,两条悬空的腿摇摇摆摆;但是一看见我们的马车和村长,突然默不作声了,脱下他们的冬帽(这时候是夏天),欠身而起,仿佛在听候命令。阿尔卡季·巴甫勒奇亲切地对他们点点头。惊慌的骚扰显然传遍

---

　　〔1〕 卡列娜是一八二〇至一八四〇年间巴黎一个有名的厨师。曾经写过几部关于烹饪的书。

了全村。穿格子裙的农妇用木片投掷那些感觉迟钝的或者过分热心的狗;一个胡子从眼睛底下生起的跛足老头儿把一匹还没有喝饱水的马从井上拉开,不知为什么在它肚子上打了一下,然后鞠躬行礼。穿长衬衫的男小孩都啼啼哭哭地跑进屋里去,把肚子搁在高门槛上,挂下了头,翘起两只脚,就这样很敏捷地滚进门里,到了黑洞洞的前室里,不再从那里出现了。连母鸡也都急急忙忙地加快步子走向大门底下的缝隙里去;只有一只黑胸脯像缎子背心而红尾巴碰着鸡冠的、大胆的公鸡,停留在路上,已经完全准备叫出来了,忽然困窘起来,也逃走了。总管的屋子和其他屋子相隔离,建立在茂密的绿色大麻田中央。我们在大门前停车。宾诺奇金先生站起身来,姿态入画地脱下了斗篷,从马车里走出来,和蔼可亲地环顾着四周。总管的妻子深深地鞠着躬迎接我们,又走过来吻主人的手。阿尔卡季·巴甫勒奇让她恣意地吻够了,然后走上台阶去。在前室的黑暗的角落里,站着村长的妻子,她也鞠躬,但是不敢走过来吻手。在所谓冷室[1]里——在前室的右面——已经有另外两个女人在那里张罗着;她们把各种废物、空罐子、僵硬的皮袄、油钵、装着一堆乱布头和一个肮脏的婴孩的摇篮从那里搬出,用浴室帚子来打扫灰尘。阿尔卡季·巴甫勒奇把她们赶了出去,就在圣像下面的长凳上坐下了。马车夫们开始把大小箱笼和其他应用物件搬进来,走路的时候尽力减轻他们的沉重的靴子的踏步声。

　　这期间阿尔卡季·巴甫勒奇便询问村长关于收获、播种和其他农作的事情。村长的回答还算使他满意,但是似乎态度萎靡而不爽快,仿佛用冻僵的手指去扣外套的钮扣一般。他站在门边,常常留心张望着,给

---

〔1〕　指不生暖炉的夏天用的房间。

动作敏捷的侍仆让路。我通过他的强壮的肩膀，看见总管的妻子正在前室里悄悄地殴打另一个女人。忽然听见马车声，它在台阶面前停下来，总管走进来了。

这个阿尔卡季·巴甫勒奇所谓做大事业的人，身材不高，肩膀宽阔，头发苍白，体格结实，长着一个红鼻子、一双浅蓝色的小眼睛和扇形的胡子。我要顺便说一说：自有俄罗斯以来，国内尚未有过发福发财的人没有浓密的大胡子的前例；有的人一向只有一点稀薄的尖胡子，忽然满面生须，同光轮一样，这种毛不知道从哪儿来的！总管大概在彼罗夫喝得醉醺醺了，他的脸相当浮肿，而且散播着酒气。

"啊，您哪，我们的好老爷，我们的大恩人，"他扯着调子说起话来，脸上表示非常的感动，仿佛就要迸出眼泪来似的，"好容易赏光！……请您的手，老爷，请您的手。"他说这话时，嘴唇早已突出着了。

阿尔卡季·巴甫勒奇满足了他的愿望。

"唔，索夫龙老弟，你的业务搞得怎么样？"他用亲切的声音问。

"啊，您哪，我们的好老爷！"索夫龙叫起来，"业务怎么会不好呢！您哪，我们的好老爷，我们的大恩人，您这一来啊，我们这个小村子可就有光彩啦，您给我们带来了一辈子的幸福！上帝保佑您，阿尔卡季·巴甫勒奇，上帝保佑您！托您的福，一切都很顺利。"

说到这里，索夫龙沉默了一会，向老爷看看，然后仿佛又感情冲动起来（同时酒醉也在发作），再次要求吻手，说起话来扯调子扯得比以前更厉害了。

"啊，您哪，我们的好老爷，大恩人，……咳……真是！我实在高兴得发疯了。……我看了简直不相信是真的。……啊，您哪，我们的好老爷！……"

阿尔卡季·巴甫勒奇向我看看，微笑一下，问道："N'est-ce pas que c'est touchant?"[1]

"啊，老爷，阿尔卡季·巴甫勒奇，"唠叨不休的总管继续说，"您这是怎么啦？您简直把我急坏了，老爷；您没有通知我您要来。今天晚上在什么地方过夜呢？瞧这儿多脏，全是灰尘……"

"不要紧，索夫龙，不要紧，"阿尔卡季·巴甫勒奇微笑着回答，"这里很好。"

"啊，我们的好老爷，——怎么算得上好？只配我们农人住住；可是您……啊，您哪，我的好老爷，大恩人，啊，您哪，我的好老爷！……请原谅我这傻瓜，我发疯了，真的，完全昏头昏脑了。"

这期间晚餐端出来了，阿尔卡季·巴甫勒奇开始用膳。老头儿把自己的儿子赶出去——他说，气息太重。

"喂，老人家，地界分好了吗？"宾诺奇金先生问，他显然要模仿农人的语调，向我眨眨眼睛。

"地界分好了，老爷，全是托您的福。前天清单已经开好了。赫勒诺夫的人起初硬不答应，……好老爷啊，真的，他们硬不答应。他们要求这样，……要求那样，……天晓得他们要求什么，简直是一群傻瓜，老爷，都是蠢货。可是我们，老爷啊，听您的话，表示了谢意，酬劳了经纪人米科莱·米科拉伊奇；一切都依照您的吩咐去做，老爷；您怎么吩咐，我们就怎么做，全都是得到叶各尔·德米特利奇的同意才做的。"

"叶各尔报告过我了。"阿尔卡季·巴甫勒奇郑重地说。

"可不是，老爷，叶各尔·德米特利奇报告过了，可不是。"

---

〔1〕 法语：这不是很动人的吗？

"那么,这样说来,你们现在都满意吗?"

索夫龙正是在等这一句话。"啊呀,我们的好老爷,我们的大恩人!"他又扯着调子说起来。……"那还用说吗,……我们的好老爷,我们日日夜夜在替您祈祷上帝呢。……土地么,自然是少一点……"

宾诺奇金打断了他的话:

"啊,好了,好了,索夫龙,我知道的,你是我的忠心的仆人。……那么,谷子打得怎么样?"

索夫龙叹一口气。

"唉,我们的好老爷,谷子打得不怎么好。是这样的,阿尔卡季·巴甫勒奇老爷,让我报告您,发生了这么一回事。(这时候他两手一摊,向宾诺奇金先生靠近些,弯下身子,眯住了一只眼睛。)我们地上发现了一个死尸。"

"这是怎么回事?"

"我也想不明白,我们的好老爷:准是仇人在那里捣鬼。幸亏发现在靠近别人地界的地方;不过,该说句实话,确是在我们的地上。我趁事情没有发觉,马上就叫人把它拖到了别人的地上,还派了人去看守,我预先嘱咐自己人,说:不许声张。为了妥当起见,我对警察局长说明了,说是这么一回事;又请他喝茶,又酬谢他。……老爷,您猜怎么着?这件事就卸在别人的肩膀上了;要不然,一个死尸,出两百卢布都不算一回事哩。"

宾诺奇金先生听了自己的总管的诡计,不住地笑,几次向他点着头对我说:"Quel gaillard, ah?"[1]

---

〔1〕 法语:多么能干的人,是不是?

　　这时候天完全黑了；阿尔卡季·巴甫勒奇吩咐收拾食桌，拿干草来。侍仆替我们铺好床单，放好枕头；我们躺下了。索夫龙领得了关于第二天的指示，回到自己屋里去了。阿尔卡季·巴甫勒奇临睡的时候，还谈了些关于俄罗斯农民的优秀品质的话，同时告诉我：自从索夫龙管理以来，希比洛夫卡的农人们不曾欠过一个钱的租税。……更夫敲起梆子来；那个婴孩，显然还未能体会应有的自我牺牲精神，在屋子的某处啼哭起来。……我们睡着了。

　　第二天我们起身很早。我准备到略波伏去了，但是阿尔卡季·巴甫勒奇想要给我看看他的领地，要求我留了下来。我自己觉得，这做大事业的索夫龙的优秀品质，让我在事实上确证一下，也是好的。总管来了。他穿着蓝色的外衣，束着一条红色的腰带。他说话比昨天少得多了，眼光锐利，一直盯着老爷看，答话有条有理，十分干练。我们和他一起到打谷场去。索夫龙的儿子，身材极其高大的村长，在各方面看来都是一个非常愚笨的人，他也跟我们去，还有一个地保费道塞伊奇也加入我们这一伙里，他是一个退伍的兵士，长着一大堆口髭，面部表情非常奇怪：他仿佛在很久以前对某种东西大大地吃了一惊，从此一直没有回复原状。我们参观了打谷场、干燥棚、烤禾房、库屋、风车、家畜院、苗秧、大麻田；的确一切都井然有条。只是农人们的沮丧的脸，使我觉得有些疑惑。除实用之外，索夫龙还顾到美观：所有的沟渠旁边都种爆竹柳；在打谷场上的禾堆中间开辟着几条小路，上面铺着沙；风车上装着一个风信子，形状像一只张开嘴巴、吐出红舌头的熊；在砖造的家畜院上，筑着一个有点像希腊风人字头的东西，在这人字头下面用白粉题着字："此家畜浣。壹仟捌佰肆拾年健造于希比各夫卞村。"〔1〕阿尔卡季·巴甫勒奇开心极了,就用法语对我叙述代役租制的好处,然而同时又指出,劳役租制对地主的好处更多,——不过这些也不必去计较!……他开始给总管出主意:怎样种马铃薯,怎样备办家畜的饲料等等。索夫龙用心地听取主人的话,有时反驳几句,但是不再称扬阿尔卡季·巴甫勒奇为好老爷或大恩人,而只管强调地说,他们的地太少,不妨再买些。"这有什么,买吧,"阿尔卡季·巴甫勒奇说,"用我的名义买吧,我不反对。"索夫龙听了这些话没有回答什么,只是摸摸胡子。"那么现在我们不妨到树林里去一趟,"宾诺奇金先生说。立刻有人给我们牵来了乘用的马;我们骑了马到树林里去,或者像我们那里所说,到"禁区"里去。我们在这"禁区"里看到了人迹不到的极其荒僻的景象,阿尔卡季·巴甫勒奇为此称赞索夫龙,拍拍他的肩膀。宾诺奇金先生关于造林,抱着俄罗斯人的见解,这时候便对我讲了一件他所谓非常有趣的事:说有一个爱开玩笑的地主开导他的守林人,把他的胡须拔掉了一半光景,用以证明砍伐是不能使树林繁茂起来的。……可是在别的方面,索夫龙和阿尔卡季·巴甫勒奇两人都不反对新办法。回到村子里之后,总管领我们去看他最近从莫斯科定购来的簸谷机。这簸谷机的确很好,但是如果索夫龙知道这最后的散步中有多么不愉快的事情在那里等候他和主人。他大概要和我们一起留在家里了。

发生了这样的事。我们从库屋里走出来,看到了下述的光景:离开门若干步的地方,有一个污秽的水坑,三只鸭子正在其中逍遥自在地拍

---

〔1〕 这题词的原文有许多拼音上的错误,译文为保留原意,也用了几个错字。正确的题词应该是"此家畜院。一千八百四十年建造于希比洛夫卡村"。

水,水坑旁边跪着两个农人:一个是大约六十岁的老头儿,另一个是大约二十岁的小伙子,两个人都穿着打补丁的麻布衬衫,光着脚,腰里系着绳子。地保费道塞伊奇在那里起劲地同他们周旋。假使我们在库屋里多耽搁一会,他大概可以把他们劝走了,但是他看见了我们,就挺直身子笔直地站着,一动也不动了。村长张开了嘴巴,握着怀疑的拳头,也站在那里。阿尔卡季·巴甫勒奇皱起眉头,咬紧嘴唇,走近那两个请愿人。两个人默默地向他叩一个头。

"你们要什么? 你们请求什么?"他用严厉而略带鼻音的声音质问。(两个农人互相看一眼,一句话也不说,只是怕太阳似的眯起眼睛,呼吸急促起来。)

"喂,怎么啦?"阿尔卡季·巴甫勒奇继续说,立刻转向索夫龙,"这是哪一家的人?"

"是托波列叶夫家的。"总管慢吞吞地回答。

"喂,你们怎么啦?"宾诺奇金先生又说,"你们没有舌头的吗? 你说,你要什么?"他向那老头儿点一点头,继续说。"别怕呀,傻瓜。"

老头儿伸长了他那暗褐色的、有皱纹的脖子,歪斜地张开了发青的嘴唇,用嘶哑的声音说:"老爷,照顾我们!"说着,又在地上叩一个头。年轻的农人也叩下去。阿尔卡季·巴甫勒奇尊严地望望他们的后脑,把头一仰,把两只脚稍微摆开些。

"怎么回事? 你控告谁?"

"老爷,发发慈悲! 让我们透一口气。……给折磨得苦死了。"老头儿费力地说。

"谁折磨了你?"

"是索夫龙·亚科夫里奇啊,老爷。"

阿尔卡季·巴甫勒奇沉默了一会。

"你叫什么名字?"

"安底钵,老爷。"

"这是谁?"

"是我的小儿子,老爷。"

阿尔卡季·巴甫勒奇又沉默了一会,翘翘髭须。

"唔,他怎样折磨了你呢?"他说时,轻蔑地从口髭上望下去看着那老头儿。

"老爷,人家完全被他拆败了。老爷,两个儿子没有轮到就给他拉去当新兵,现在又要夺我第三个儿子了。老爷,昨天他把我最后一头母牛从院子里拉了去,又狠狠的打了我老婆一顿——喏,就是这位先生。"(他指指村长。)

"嗯?"阿尔卡季·巴甫勒奇说。

"不要让我们的人家完全被拆败,恩人。"

宾诺奇金先生皱起了眉头。

"这究竟是怎么一回事呀?"他带着不满意的神情低声问总管。

"禀告老爷,这是个醉汉,"总管第一次用最恭敬的语气回答,"不肯做工的。欠租已经有五年了。"

"索夫龙·亚科夫里奇替我付了欠租,老爷,"老头儿继续说,"已经付了五年了,付过之后,就把我当作奴隶,老爷,还有……"

"那么你为什么欠租呢?"宾诺奇金先生厉声地问。(老头儿低下了头。)"大概是爱喝酒,在酒店里混日子吧?(老人张开嘴巴,要说话了。)我知道你们的,"阿尔卡季·巴甫勒奇暴躁地继续说,"你们的事情就是成天喝酒,躺在炕上,让规矩的农人替你们负担。"

"他又是一个无赖的人。"总管在主人的话里插进一句。

"嗯,这还用说吗。往往是这样的;我看到已经不止一次了。一年到头放荡,无赖,现在就叩头求饶。"

"老爷,阿尔卡季·巴甫勒奇,"老头儿绝望地说,"发发慈悲,照顾我们,——我哪里是无赖的人? 我在上帝面前发誓,我实在忍不住了。索夫龙·亚科夫里奇讨厌我,为什么讨厌我——让上帝审判他吧! 人家完全被他拆败了,老爷。……就连这最后一个儿子……就连这个……(老头儿的一双黄色的、有皱纹的眼睛里泪水闪闪发光了。)发发慈悲,老爷,照顾照顾……"

"还不止我们一家呢。"年轻的农人开始说话了……

阿尔卡季·巴甫勒奇忽然动起怒来:

"谁来问你,啊? 不问你,就不许你说话。……这是怎么啦? 不许你说话,听见了没有? 不许说话! ……啊,天哪! 这简直是造反了。不行,老弟,在我这里是不准造反的,……在我这里……(阿尔卡季·巴甫勒奇跨上前一步,然而,大概是想起了我的在场,就别过脸去,把手插在裤袋里了。)Je vous demande bien pardon, mon cher,[1]"他勉强装出微笑,显著地降低了声音说。"C'est le mauvais côté de la médaille[2]……喂,好啦,好啦,"他继续说,并不看着那两个农人,"我会吩咐下去,……好啦,去吧。(农人不站起来。)咦,我不是对你们说过……好啦。去呀,我会吩咐下去的,听见了没有?"

阿尔卡季·巴甫勒奇背向了他们。"永远不满足,"他从牙齿缝里喃

---

〔1〕　法语:请原谅我,亲爱的先生。
〔2〕　法语:这是奖章的反面。

喃说出,就大踏步走回家去。索夫龙跟在他后面走。地保突出了眼睛,仿佛准备跳到很远的地方去似的。村长把鸭子从水坑里赶走。两个请愿者又在那地方站了一会,互相看看,然后慢吞吞地走回家去,并不回转头来。

大约两个钟头之后,我已经在略波伏,同我所熟悉的农人安巴季斯特准备出猎了。在我离开以前,宾诺奇金一直对索夫龙表示不满。我和安巴季斯特谈起希比洛夫卡的农人们,谈起宾诺奇金先生,问他认不认识那边的总管。

"索夫龙·亚科夫里奇吗?……噢!"

"这个人怎么样?"

"这是一只狗,不是人;这样的狗,走到了库尔斯克也找不到的。"

"怎么呢?"

"希比洛夫卡村只不过名义上是那个……他到底姓什么呀,喏,就是那个宾金的产业;实际上这村子并不是他掌管的,而是索夫龙掌管的。"

"真的吗?"

"他当作自己的财产掌管着。那边的农人全都借满了他的债;像雇农一样替他做工:派这个赶货车,派那个到那里,……把他们折磨得好厉害。"

"他们的地好像不多吧?"

"不多？光是在赫勒诺夫的农人那里,他就租了八十俄亩,在我们这里也租了一百二十俄亩;他全部有一百五十俄亩。他不单靠田地,又贩卖马匹,还有牲口,还有柏油,还有牛酪,还有大麻,还有这样、那样。……能干,真能干,发财了,这家伙！可恶的是,他要打人。这是畜生,不是人;人家都说他是一只狗,恶狗,真是一只恶狗。"

"那么他们为什么不控告他呢?"

"啊呀! 他们的老爷才不管这些事呢! 只要没有欠租。他还管什么? 嗯,你去试试控告他,"他略停一下又说,"哼,他就把你……嗯,你去试试,……不行,他会给你点厉害瞧瞧……"

我想起了安底钵,就把所看见的情形告诉了他。

"瞧吧,"安巴季斯特说,"这回他要吃掉他了;要把他一古脑儿吞下去了。村长现在要打他了。你想,这个可怜的人真倒霉! 他凭什么该受这份罪。…… 他在村会上跟他吵过嘴,跟那个总管,一定是忍不住了。……这件事有什么大不了! 可是他就折磨起安底钵来。现在就要把他折磨死了。他真是一只狗,一只恶狗,——上帝原谅我的口孽,——他懂得哪些人可以欺压。有些老头儿有几个钱,家里人比较多,他就不敢碰,这个秃头鬼,可是这一回他就放肆了! 所以安底钵的儿子没有轮到就给他拉去当新兵,这蛮不讲理的骗子,恶狗,——上帝原谅我的口孽。"

我们出发去打猎了。

一八四七年七月于西里西亚萨尔茨勃伦

事 务 所

　　这是秋天的事。我背着枪在野外徘徊已有几小时了。库尔斯克大道上的旅店里有我的三套车在等候着我。非常细密而寒冷的雨从清早起就像老处女一般絮絮不休地、毫不顾惜地缠住我,终于使我不得不在附近地方找寻一个隐避处——即使是暂时的也好;要不是这样的话,我在傍晚以前恐怕不会回到旅店里去的。我正在考虑向哪一方面走,忽然豌豆田旁边一所低低的草棚映入了我的眼中。我走近这草棚去,向草檐底下一望,看见一个非常衰弱的老头儿,使我立刻想起了鲁滨逊在他的孤岛上某一个山洞里所发现的那只垂死的山羊。老头儿蹲在地上,睐着他那双晦暗的小眼睛,像兔子那样急促而又小心地(这可怜的人一个牙齿也没有了)咀嚼着干燥坚硬的豌豆粒,不断地在嘴里把它移到这边,又移到那边。他那么专心于这工作,竟没有注意我的来到。

　　"老人家!喂,老人家!"我叫唤着。

　　他停止了咀嚼,高高地挺起眉毛,努力睁开眼睛。

　　"什么?"他用嘶哑的声音含糊地说。

　　"这附近哪儿有村子?"我问。

　　老人又咀嚼起来。他听不清楚我的话。我更大声地重复了我问的话。

　　"村子吗?……你有什么事?"

"我要去躲雨。"

"什么?"

"躲雨。"

"哦!(他搔搔他那晒黑的后脑。)喏,你啊,喏,这么走,"他突然这样说起来,一面漫无秩序地挥着手。"喏……喏,沿着林子走,走着走着,那里就会有一条路;你别走上去,别走上这条路去,要一直向右走,一直走,一直走,一直走……喏,那儿就是阿纳涅伏村啦。也可以通到西托夫卡村。"

我听起老头儿的话来很费力。他的髭须妨碍他说话,而且他的舌头很不灵便。

"你是哪儿人?"我问他。

"什么?"

"哪儿人,你是?"

"阿纳涅伏村的人。"

"你在这儿做什么?"

"什么?"

"你做什么,在这儿?"

"在这儿看守。"

"你看守什么呀?"

"看守豌豆。"

我禁不住笑了。

"得了吧,你有多大年纪啦?"

"不知道。"

"大概你眼睛不好吧?"

"什么?"

"眼睛不好吧?"

"不好。有时候一点也听不出。"

"那你怎么能看守呢? 真是天晓得!"

"这要问上头的人了。"

"上头的人!"我想,不免带着怜悯之心看看这可怜的老头儿。他摸索了一会,从怀中取出一块硬面包来,就像小孩子一般啃食起来,用力缩进他那本来就已凹进的两颊。

我向林子方面走去,向右转弯,依照老人的忠告,一直走,一直走,终于走到了一个大村子,这村子里有一个石造礼拜堂,是新式的,即有柱廊的;还有一所宽广的地主邸宅,也是有柱廊的。通过了密密的细雨,我从远处就看见一所有两个烟囱的、板顶的屋子,比别的屋子高些,多分是村长的住宅,我就向那屋子走去,希望在他那里找到茶炊、茶、糖和不十分酸的鲜奶油。我带着我那打寒噤的狗登上台阶,走进前室,推开门一看,没有普通人家的陈设,却只见几张堆着文件的桌子、两个红色的柜子、龌龊的墨水瓶、十分沉重的锡制吸水砂匣、很长的羽毛笔等物。在其中一张桌子上坐着一个二十岁左右的小伙子,面孔发肿而带病容,眼睛极小,前额肥胖,鬓毛极多。他整整齐齐地穿着一件灰色土布外套,领上和襟上都有油光。

"您有什么事?"他仿佛一匹马突然被人把鼻子一拉似地仰起头来,问我。

"这儿是管家住的……还是……"

"这儿是地主的总事务所,"他打断了我的话,"我是值班员。……您没有看见招牌吗? 我们特为钉着招牌呢。"

"这里有什么地方可以烤干衣服？这村子里哪一家有茶炊？"

"怎么会没有茶炊呢，"穿灰色外套的小伙子神气地回答，"您可以到齐莫费神父那儿，或者到仆人的屋子里，或者到拿萨尔·塔拉塞奇那儿，或者到看家禽的阿格拉菲娜那儿去。"

"你在跟谁讲话，你这蠢货？害我睡不着觉，这蠢货！"邻室里传出话声来。

"有一位先生来问，哪儿可以烤干衣服？"

"哪一位先生？"

"我不认识。带着狗和枪的。"

邻室里发出床铺的轧轧声。门开了，走出一个年约五十岁的人来，身材矮胖，脖子像公牛，眼睛突出，两个面颊滚滚圆，满面发光。

"您有什么事？"他问我。

"我想烤干衣服。"

"这儿不是烤衣服的地方。"

"我不知道这儿是事务所；不过我预备付钱……"

"那么，这儿或许也可以，"那胖子说，"来，请到这边来吧。（他领我到另一个房间里，但不是他走出来的那个房间。）在这里您看好吗？"

"好，……可不可以给我些茶和鲜奶油？"

"可以，马上就来。您先脱下衣服休息一下，茶立刻就可以准备好。"

"这是谁的领地？"

"女主人叶列娜·尼古拉叶芙娜·洛斯涅科娃的。"

他出去了。我向周围一看：我的房间和办公室之间的板壁旁边，摆着一只很大的皮面长沙发；两只靠背极高的椅子，也是皮面的，矗立在开向街道的唯一的窗子两旁。糊着粉红色纹样的绿色底子的壁纸的墙上，挂着三幅很大的油画。一幅画里画着一只带蓝色脖套的猎狗,上面写着字:"这是我的慰藉";狗的脚边有一条河,河对岸的松树下面,坐着一只大得不合尺度的兔子,竖起一只耳朵。另一幅画里画着两个老头儿在吃西瓜;西瓜后面远远的地方有一个希腊式的柱廊,上面写着"如意殿"。第三幅画里画的是一个躺着的半裸体女人,画成透视缩狭形,膝盖红润润的,脚后跟很胖。我的狗立刻异常用力地爬到长沙发底下去,但显然是在那里碰到了许多灰尘,因此接二连三地大打起喷嚏来。我走到窗口,看见从地主邸宅到事务所,斜穿过街路,铺着些板:这是很有益的设计,因为我们这地带是黑土,加之连绵不断地下雨,周围泥泞得厉害。这地主庄园是背向着街道的,在这庄园附近所见的情状,就同一般地主庄园附近的情状一样:穿着褪色的印花布衣服的姑娘们前前后后地钻来钻去;男仆们在泥泞中费力地跨着步,时时立定了,满腹心事地搔搔背脊;甲长的马系着,懒洋洋地摇着尾巴,高高地抬起头来啃那栅栏;母鸡咯咯地叫着;患肺病似的火鸡不断地互相呼应。在一间坍损了的晦色的屋子(大约是澡堂)的小台阶上,坐着一个强壮的小伙子,手里拿着六弦琴,正在起劲地唱着一只有名的浪漫曲:

　　嗳——我离开繁华世界,

　　远赴荒凉地带……

胖子走进我的房间来。

"给您端茶来了。"他带着愉快的微笑对我说。

穿灰色外套的小伙子,就是事务所的那个值班员,把茶炊、茶壶、衬着破茶碟的茶杯、一罐鲜奶油和一串像燧石一样坚硬的波尔霍夫面包圈放在一张玩纸牌用的旧桌子上了。胖子走了出去。

"这是什么人,"我问值班员,"管家吗?"

"不是,他从前是会计主任,现在升作事务所主任了。"

"难道你们没有管家的?"

"没有。我们有总管,米海拉·维库洛夫,可没有管家。"

"那么执事有吗?"

"当然有的。一个德国人,卡洛·卡勒奇·林达曼道尔;不过他不当家的。"

"那么你们这儿谁当家呢?"

"女主人自己。"

"原来是这样的!……那么你们事务所里人多吗?"

小伙子想了一想。

"有六个人。"

"哪六个人?"我问。

"喏,是这么些人:首先是伐西里·尼古拉伊奇,是会计主任;还有彼得是事务员,彼得的兄弟伊凡是事务员,另外一个伊凡是事务员;孔斯坦丁·拿尔基则奇也是事务员,还有我,——但是另外还有不少。"

"你们女主人仆人大概很多吧?"

"不,不很多……"

"那么有多少人呢?"

"一共大概有一百五十个人。"

我们两个人都沉默了一会。

"那么,你写字写得很好吧?"我又开始说话。

小伙子满面笑容,点点头,到办公室去拿了一张写满字的纸来。

"这是我写的。"他说时,一直微笑着。

我一看:一张灰色的四开纸上用漂亮而粗大的笔迹写着下列的字。

命令

阿纳涅伏村领主邸宅总事务所指令总管米海拉·维库洛夫。第二百零九号。

仰该总管奉令后速即侦查:何人昨夜醉入英国式花园歌唱猥亵小调,惊扰法籍家庭教师安瑞尼夫人安眠?守夜人所司何事,何人在园内守夜,而容许此等乱暴之事?上记一切,仰该总管详细查明,速即呈报本事务所。

事务所主任尼古拉·赫伏斯托夫

这命令上盖着一个很大的图章。"阿纳涅伏村领主邸宅总事务所之印",下面批着:"切实奉行。叶列娜·洛斯涅科娃。"

"这是女主人亲笔批的吗?"我问。

"可不是,是她批的,她总是亲笔批的。不然这命令就不能发生效力。"

"那么,你们要把这命令送去给总管吗?"

"不,他自己会来念的。不是,是我们念给他听;我们这总管是不识字的。(值班员又沉默了一会。)你看怎么样,"他接着说,得意地微笑着,"写得好吗?"

"很好。"

"不过不是我起稿的。在这方面孔斯坦丁是能手。"

"怎么?……你们写命令先起稿的?"

"可不是吗？不起稿写不清楚的。"

"你有多少工钱？"我问。

"三十五卢布,还有靴子钱五卢布。"

"你满意吗？"

"当然满意。我们这儿不是随随便便的人都能进事务所的,老实说,我是有来历的:我叔叔是当听差长的。"

"你生活过得好吗？"

"很好。不过老实说,"他叹一口气继续说,"像我们这种人,譬如说,在商人那儿日子过得更好些。我们这种人在商人那儿好得多。昨天晚上有一个商人从维涅甫到我们这里来,他的雇工就对我这样说。……好得很,没有话说,好得很。"

"怎么,商人给的工钱多些吗？"

"得了吧！你如果跟他要工钱,他就抓住你的脖子赶你出去。不,在商人那儿做事要讲信用,而且要负责。他给你吃,给你喝,给你穿,给你一切。称他的心,他就多给你些。……你要工钱做什么！根本不需要。……而且商人生活简单,是俄罗斯式的,跟我们一样:你跟他一道出门去,他喝茶,你也喝茶;他吃什么,你也吃什么。商人……怎么好比:商人跟地主老爷不同。商人直爽;他生起气来,打你一下就完事了。不难为你,不嘲骂你。……跟地主老爷在一起可受罪了！什么都不中意:这样不好,那样不对。你拿一杯水或者一些食物给他,'啊呀,水发臭的！啊呀,食物发臭的！'你拿出去,在门外头站一会儿,再拿进来。'唔,现在好了,唔,现在不发臭了。'讲到那些女主人啊,我告诉您,那些女主人更难伺候！……还有小姐呢！……"

"费玖希卡!"办公室里传来胖子的声音。

值班员敏捷地走了出去。我喝干了一杯茶,躺在长沙发上睡着了。我睡了大约两小时。

我醒过来,想起身,却被懒惰所困;我闭上眼睛,但是不再入睡了。隔壁办公室里有人在轻声地谈话。我不由得倾听起来。

"是啊,是啊,尼古拉·叶列美奇,"一个声音说,"是啊。不能不考虑到这个;不能不考虑到,的确⋯⋯啊哼!"(说话的人咳嗽一声。)

"您相信我吧,加甫利拉·安东内奇,"胖子的声音回答,"您想哪,我难道还不知道这儿的规矩。"

"要是您不知道,还有谁知道呢,尼古拉·叶列美奇:您在这儿可说是老大了。那么这究竟怎么办呢?"我所不熟悉的声音继续说,"我们怎样决定呢,尼古拉·叶列美奇? 我倒要听听。"

"怎样决定,加甫利拉·安东内奇? 这件事可说全在于您:您好像不乐意吧。"

"得了吧,尼古拉·叶列美奇,您说哪里话? 我们的事情就是做生意,做买卖;我们的事情就是买货。我们可说是以此为业的。尼古拉·叶列美奇。"

"八卢布。"胖子一个字一个字地说出来。

只听见一声叹息的声音。

"尼古拉·叶列美奇,您讨价太高了。"

"加甫利拉·安东内奇,不能再少了;天地良心,不能再少了。"

大家都默不作声了。

我悄悄地抬起身子来,向板壁缝里张望。胖子背向我坐着。他对面坐着一个商人,年纪大约四十岁,消瘦而苍白,宛如面有菜色。他不断地摸自己的胡子,十分敏捷地眨着眼睛,扭动嘴唇。

"今年的苗秧可说是好极了,"他又说起话来,"我一路欣赏着。从沃罗涅日起全都是极好的苗秧,真可说是一等的了。"

"苗秧的确不坏,"事务所主任回答,"可是您知道,加甫利拉·安东内奇,秋天长得好,春天难预料。[1]"

"的确是这样的,尼古拉·叶列美奇:一切都是上帝的意旨;您说的一点也不错。……你们的客人恐怕醒了吧。"

胖子转过身来,……倾听一下。……

"没有醒,睡着的。不过也许,这个……"

他走到门口来。

"没有醒,睡着的,"他又重复说一遍,回到了原来那地方。

"那么,怎么办呢,尼古拉·叶列美奇?"商人又开始说,"这点小生意总得做成它。……这样吧,尼古拉·叶列美奇,这样吧,"他不断地眨着眼睛,继续说,"两张灰的和一张白的[2]送给您老人家,那边呢(他用头指点一下地主的邸宅),六个半卢布。打个手照吧,好不好?"

"四张灰的。"事务所主任回答。

"那么,三张吧!"

"四张灰的,不要白的。"

"三张,尼古拉·叶列美奇。"

"三张半,一戈比也不能再少了。"

"三张,尼古拉·叶列美奇。"

"别多讲啦,加甫利拉·安东内奇。"

---

〔1〕 这里是指秋播春收的作物。

〔2〕 俗语用钞票的颜色来代表它的数目。灰色的是五十卢布。白色的是二十五卢布。

"你这人门槛太精,"商人咕哝地说。"那我还不如自己去同女主人解决。"

"请便吧,"胖子回答,"早就可以这样做。其实,您何必来找麻烦呢?……那样做好得多!"

"唉,算了,算了,尼古拉·叶列美奇。您这就生气了! 我不过这样说说罢了。"

"不,到底怎么样……"

"算了吧,我对你说,……我说过了,是闹着玩的。好吧,你就拿三张半吧,对你有什么办法呢。"

"拿四张是应该的,可是我这傻子,性急了,"胖子喃喃地说。

"那么那边,女主人那里,是六个半,尼古拉·叶列美奇,……谷子卖六个半卢布肯吗?"

"六个半已经讲定了。"

"那么,打个手照,尼古拉·叶列美奇(商人叉开手指在事务所主任的手掌上打了一下)。上帝保佑您! (商人站起身来。)那么我,尼古拉·叶列美奇老爷,我现在就到女主人那里去求见,我就说尼古拉·叶列美奇已经跟我讲定六个半卢布了。"

"您这样说吧,加甫利拉·安东内奇。"

"现在就请您收下。"

商人把一小叠票据递给事务所主任,鞠一个躬,摇一摇头,用两根手指拿起他的帽子,扭一扭肩膀,使自己的身子做出一个波浪形的动作,走了出去,他的靴子发出适当的嘎吱嘎吱声。尼古拉·叶列美奇走到墙边,据我所能看到的,他在那里检点商人交给他的票据。门口伸进一个有浓密的连鬓胡子和火红头发的头来。

"怎么样?"那个头问,"一切都办妥了吗?"

"一切都办妥了。"

"多少?"

胖子懊恼地挥一挥手,指指我的房间。

"啊,好好!"那个头回答,就不见了。

胖子走到桌子边,坐下了,翻开簿子,拿过算盘来,开始把算盘珠拨上拨下,不用右手的食指而用中指,因为这样更神气些。

值班员进来了。

"你有什么事?"

"西道尔从戈洛普辽克来了。"

"啊! 好,叫他进来。等一下,等一下,……先去看看,那位老爷怎么样了,睡着呢,还是醒了。"

值班员小心地走进我的房间。我把头放在代替枕头的猎袋上,闭上眼睛。

"睡着的。"值班员回到办公室,轻轻地说。

胖子叽哩咕噜地说了些埋怨的话。

"好,叫西道尔进来吧。"最后他说。

我又抬起身子来。走进来的是一个身材高大的农人,年纪大约三十岁,体格强壮,双颊红润,长着淡褐色的头发和短短的卷曲的胡子。他在圣像面前祷告了一番,然后向事务所主任鞠一个躬,两手拿着帽子,直挺挺地站着。

"你好,西道尔,"胖子一面拨着算盘,一面说。

"您好,尼古拉·叶列美奇。"

"嗯,路上怎么样?"

"好的,尼古拉·叶列美奇。稍微泥泞些。"(农人说话慢吞吞的,也不高声。)

"你老婆身体好吗?"

"她自然很好!"

农人喘一口气,一只脚踏上前些。尼古拉·叶列美奇把笔搁在耳朵上,擤了擤鼻涕。

"唔,你来做什么呢?"他继续问,一面把格子纹手帕放进衣袋里去。

"是这样的,尼古拉·叶列美奇,上头问我们要木匠。"

"怎么,难道你们没有木匠吗?"

"我们怎么会没有木匠呢,尼古拉·叶列美奇,我们是森林地区呀——大家都知道的。不过现在是工忙的时候,尼古拉·叶列美奇。"

"工忙的时候! 这就对啦,你们都喜欢替别人做工,不喜欢替自己的女主人做工。……还不是一样的嘛!"

"工作的确是一样的,尼古拉·叶列美奇,……不过……"

"什么?"

"工钱太……那个……"

"这有什么不可以! 嘿,你们太放肆了,还有什么可说的!"

"事情摆得清清楚楚,尼古拉·叶列美奇,一个礼拜就可以做完的活儿,总要叫我们延长到一个月。一会儿木料不够了,一会儿又派你到花园里去扫路了。"

"这有什么不可以! 女主人亲自吩咐下来,我和你就没有话可说。"

西道尔默不作声了,交替地踏着两只脚。

尼古拉·叶列美奇歪着头,专心地拨起算盘珠来。

"我们那儿的……庄稼汉……尼古拉·叶列美奇……"西道尔终于

说起话来，每个字都是格格不吐的，"叫我给您老人家……这儿……有……"（他把他那粗大的手揣进上衣的怀里，从那里掏出一个红花纹手巾包来。）

"你怎么啦，你怎么啦，傻瓜，你疯了吗？"胖子连忙打断他的话。"去吧，到我家里去吧，"他说着，几乎把那惊讶的农人推了出去，"你到那儿去找我老婆……她会请你喝茶，我马上就来，你去吧。别怕呀，听见吗？快去吧。"

西道尔出去了。

"真是个……冒失鬼！"事务所主任在他后面咕哝着，摇摇头，又打起算盘来了。

忽然街上传来一片喊声："库普略！库普略！库普略惹不得了！"这喊声迫近台阶上来，过了不久，事务所里走进一个人来，这人身材矮小，样子像有肺病似的，他的鼻子特别长，一双大眼睛呆滞不动，神态非常高傲。他穿着一件绵绒领子的、钮扣极小的破旧的常礼服。他肩上背着一捆柴。他的周围聚集着五六个仆人，大家嚷着："库普略！库普略惹不得了！库普略当火夫了！当火夫了！"但是，穿绵绒领礼服的人一点也不注意他的同伴们的喧哗吵闹，脸色丝毫不变。他跨着整齐的步子走到炉子边，卸下肩上的重物，抬起身子，从后面的袋里取出一只鼻烟匣来，睁大了眼睛，开始把搀灰的草木樨末塞进鼻子里去。

这一群喧哗吵闹的人进来的时候，胖子皱着眉头，从座位里站起来；但是他知道了是怎么一回事之后，便微笑了，只是吩咐他们别大声叫嚷，因为隔壁房间里有一位猎人在睡觉。"什么样的猎人？"两个人同声地问。

"是一位地主。"

"啊!"

"让他们去闹吧,"绵绒领的人摊开了两手说,"不关我事! 只要不来惹我。我当了火夫了……"

"当了火夫了,当了火夫了!"众人高兴地接着说。

"这是女主人的命令,"他耸一耸肩膀,继续说,"可是你们等着吧,……还要派你们当看猪的呢。我本来是一个裁缝,是一个好裁缝,在莫斯科一等的师傅那里学出来的,替将军们缝过衣服,……我这点本领谁都不能夺去。可是你们有什么了不起呢? ……有什么了不起呢? 你们难道已经摆脱了主人的权势吗? 你们都是吃白食的人,懒汉,还有什么呢! 要是放我出去,我不会饿死,我不会完蛋;给我公民证,我会好好地付代役租,使主人满意。可是你们呢? 死掉,像苍蝇一样死掉,就是这样罢了!"

"胡说八道,"一个戴红领带而衣袖的肘部破烂的、毛发淡黄色的麻脸小伙子打断了他的话,"你带了公民证出去过,结果主人看不见你一戈比的代役租,你自己也赚不到一文钱:勉强拖着两条腿回家,从此只剩下一件破衣裳。"

"有什么办法呢,孔斯坦丁·拿尔基则奇!"库普略回答,"人有了恋爱,就倒霉了,完蛋了。你先活到我的年纪,孔斯坦丁·拿尔基则奇,那时候再批评我吧。"

"你算是爱上谁啦! 简直是个丑八怪!"

"不,你不能这么说,孔斯坦丁·拿尔基则奇。"

"谁能相信你呢? 我看见过她的;去年在莫斯科,我亲眼看见的。"

"去年她的确稍微差些。"库普略说。

"不,诸位,"一个满面粉刺、头发卷曲而涂油的、身材瘦长的人(大概是侍仆)用轻蔑而随便的声音说,"让库普略·阿发拿西奇把他那只小曲唱给我们听听。喂,开始唱吧,库普略·阿发拿西奇!"

"对呀,对呀!"别的人接着说。"好一个亚历山德拉!——把库普略难倒了,没有话说,……唱吧,库普略!……亚历山德拉真有办法!(仆人们为了要表示更亲昵,称呼男人的时候往往用阴性词尾。[1])唱吧!"

"这里不是唱歌的地方,"库普略坚决地回答,"这里是主人的事务所。"

"这跟你有什么关系呢?大概你自己在想当事务员吧!"孔斯坦丁带着粗野的笑声回答。"一定是这样的!"

"一切都在主人的权力之下。"那可怜的人说。

"瞧,瞧,他在打主意啦,瞧他这样子?呜!呜!啊!"

大家都哈哈大笑起来,有的人跳起来。一个十五岁模样的男孩子笑得最响,他大概是仆役中的贵族的儿子。他穿着有黄铜钮扣的背心,戴着一条淡紫色的领带,肚子已经长得很肥胖了。

"喂,库普略,说老实话,"尼古拉·叶列美奇显然是被逗得开心了,得意扬扬地说,"当火夫不见得好吧?恐怕是很无聊的事吧?"

"得了吧,尼古拉·叶列美奇,"库普略说,"您现在的确是当上了我们的事务所主任;这的确没有话说;可是您也曾经倒过霉,也住过农家的屋子呢。"

"在我面前,你可得留神点儿,别太放肆啦,"胖子暴躁地打断了他的话,"你这傻瓜,人家是在跟你开玩笑,你这傻瓜应该懂得;人家肯理睬你

---

〔1〕　亚历山大是男人的名字,亚历山德拉是女人的名字。此外原文中还有用阴性词尾的地方,但译文中无法表达。

这傻瓜,你应该感谢。"

"我是随口讲讲的,尼古拉·叶列美奇,对不起……"

"随口讲讲,那还没有什么。"

门开开了,跑进一个小厮来。

"尼古拉·叶列美奇,女主人叫你去。"

"谁在女主人那里?"他问这小厮。

"阿克西尼亚·尼基底希娜和一个从维涅甫来的商人。"

"我马上就来。喂,你们诸位,"他用坚决的声音继续说,"最好和这新任的火夫一起离开这儿吧。万一那个德国人跑来,又要去告诉。"

胖子整理一下自己的头发,用那差不多全被大衣袖子遮盖了的手掩着嘴巴咳嗽一声,扣好钮扣,大踏步地到女主人那里去了。不一会儿,这一群人和库普略也一同跟着他出去了。留在这里的只有我那老相识的值班员。他刚开始削羽毛笔,就坐在那里睡着了。几只苍蝇立刻利用这幸运的机会,团团地围住了他的嘴巴。一只蚊子停在他的额上,正确地摆开了两只脚,慢慢地把它的刺全部插进他的柔软的肉里去。以前那个火红头发而有连鬓胡子的头又出现在门口,张望了一会,便带着它那很丑陋的身体走进事务所来。

"费玖希卡! 喂,费玖希卡! 老是睡觉!"那个头说。

值班员睁开眼睛,从椅子上站起来。

"尼古拉·叶列美奇到女主人那儿去了吗?"

"到女主人那儿去了,伐西里·尼古拉伊奇。"

"哦! 哦!"我想,"他就是会计主任。"

会计主任开始在房间里走来走去。可是他与其说是走来走去,不如说是溜来溜去,样子像一只猫。他穿着一件肥大的、后襟极狭的、黑色的旧燕尾服;他的一只手放在胸前,另一只手不断地去拉他那马毛做的又高又窄的领带,紧张地把头转来转去。他的靴子是山羊皮制的,走路很轻快,没有嘎吱嘎吱的声音。

"今天雅古希金地主来找过您。"值班员又说。

"唔,来找过我? 他说了些什么?"

"他说,他晚上到丘丘列夫那里去等您。他说'我有一件事情要同伐西里·尼古拉伊奇商谈一下',什么事他可没有说。他说'伐西里·尼古拉伊奇知道的'。"

"嗯!"会计主任回答,就走到窗口。

"喂,尼古拉·叶列美奇在事务所里吗?"前室里传来很响的声音,一个高个子的人跨进门槛来,他显然正在发怒,他的脸长得不端正,却富有表情而勇敢,服装很整洁。

"他不在这儿?"他迅速地向四周一望,这样问。

"尼古拉·叶列美奇在女主人那儿,"会计主任回答。"您有什么事,对我说吧,巴维尔·安德列伊奇。您可以对我说,……您要什么?"

"我要什么? 你想知道我要什么?(会计主任虚弱无力地点点头。)我要教训教训他,这个不要脸的大肚子。卑鄙龌龊的挑拨是非的家伙。……就为了他挑拨是非,我要给他点颜色看看!"

巴维尔一屁股坐在椅子上了。

"您怎么啦,您怎么啦,巴维尔·安德列伊奇? 安静些吧! ……您怎么好意思? 您别忘了您说的是谁,巴维尔·安德列伊奇!"会计主任嘟嘟囔囔地说起来。

"说的是谁? 他升了事务所主任,跟我有什么相干! 嘿,没有什么可说的,任用了一个好家伙! 简直可以说是把山羊放进了菜园子里!"

"算了,算了,巴维尔·安德列伊奇。算了吧！别提了……这种小事提它干吗呀？"

"哼,老狐狸,摇尾巴去了！……我要等他来,"巴维尔愤怒地说,拍一下桌子,"啊,大驾到了,"他向窗子里一望,接着这样说,"说起他他就来了,我们恭候着呢！"(他站起身来。)

尼古拉·叶列美奇走进事务所来。他脸上得意扬扬,但是一看见巴维尔,便有些着慌。

"你好,尼古拉·叶列美奇,"巴维尔慢慢地迎上前去,意味深长地说,"你好。"

事务所主任一句话也不回答。门口出现了商人的脸。

"你为什么不回答我呀?"巴维尔继续说。"哦,不……不,"他又说,"这不是办法；叫骂是无济于事的。不,你还是好好地说出来吧,尼古拉·叶列美奇,你为什么迫害我？你为什么想毁灭我？喂,说呀,说呀。"

"这里不是跟你辩理的地方,"事务所主任不免慌张地回答,"而且也不是时候。不过有一点我实在觉得奇怪:你何以见得我想毁灭你,或者在迫害你？况且我怎么可能迫害你呢？你不是我这事务所里的人。"

"还用说吗,"巴维尔回答,"就差这一点。可是你何必装腔作势呢,尼古拉·叶列美奇？……你明明懂得我的话的。"

"不,我不懂得。"

"不,你懂得的。"

"不,我当着上帝说,我不懂得。"

"还对天发誓呢！既然这样,我问你,你不怕上帝吗？啊？你为什么不让那可怜的姑娘活下去？啊？你要她怎么样？"

"你说的是哪一个呀,巴维尔·安德列伊奇?"胖子装出惊奇的样子问。

"嘿！他真的不知道吗？我说的是塔佳娜。你应该怕上帝，——你为什么要报复？你不害臊吗？你是有老婆的人,你的孩子已经有我这般高大了。我并没有别的意思,……我要娶她,我的行为是正当的。"

"在这点上我有什么过失呢,巴维尔·安德列伊奇？女主人不许你结婚:这是主人家的意思！跟我有什么关系？"

"跟你有什么关系？你不是跟那老鬼婆,跟那女管家串通的吗？你不是在那里挑拨是非吗,嗳？你说,你不是拿种种胡言乱语来诬害这个没有保护的姑娘吗？她不是为了你的缘故才从洗衣的变成了洗碗的吗？她挨打,穿粗布衣服,不也是为了你的缘故吗？……不要脸,不要脸,你这老头子！眼见得你就要中风,……要你去见阎王。"

"你骂吧,巴维尔·安德列伊奇,你骂吧,……看你能骂多久！"

巴维尔激怒起来。

"什么？你想威胁我？"他愤怒地说。"你以为我怕你吗？不,老兄,你看错人了！我怕什么？……我到处都找得到饭吃。你啊——你可不是那么回事了！你只能住在这儿,说说鬼话,揩揩油……"

"瞧他好神气,"事务所主任打断他的话,他也忍不住了,"一个蹩脚医生,简直是一个蹩脚医生,没用的医生;你们听他说说,——呸！倒像是个了不起的人！"

"哼,蹩脚医生,要没有这个蹩脚医生,你老人家早就在坟墓里烂光了。……我真不该治好他的病。"他又恨恨地补说这一句。

"你治好了我的病？……不,你想毒死我;你给我吃芦荟。"事务所主任接着说。

"可是,除芦荟之外,别的药对你都没有效用,那又怎么办呢？"

"芦荟是卫生局禁用的,"尼古拉继续说,"我还要去控告你呢。你想害死我——就是这么回事! 可是上帝没有容许你。"

"你们算了吧,算了吧,两位……"会计主任开始说……

"你别管!"事务所主任叫起来。"他想毒死我! 你懂不懂?"

"我何必毒死你……你听我说,尼古拉·叶列美奇,"巴维尔绝望地说,"我最后一次请求你……你逼得我这样——我实在忍不住了。你别再和我们为难了,听见吗? 要是不然,我当着上帝说,我们里头总有一个人要遭到不利,我告诉你。"

胖子怒不可遏。

"我不怕你,"他叫喊起来,"听见没有,你这黄口小儿! 我打倒过你父亲,我杀了他的威风,这是你的榜样,留神点儿!"

"别跟我提父亲的事,尼古拉·叶列美奇,别提这个!"

"滚开! 我为什么要听你吩咐?"

"我关照你,别提这个!"

"我要关照你,你别太放肆了。……你以为女主人真的少不了你,如果要她从我们两个人里头挑选一个,你是保不住的,我的宝贝! 谁都不许捣乱! 你留神点儿! (巴维尔愤怒得发抖了。)至于塔佳娜这姑娘,是她自作自受。……你等着瞧吧,她还要受苦呢!"

巴维尔举起双手,扑上前去,事务所主任沉重地跌倒在地板上了。

"拿镣铐来铐住他,铐住他。"尼古拉·叶列美奇呻吟着……

这一场的结局我不想描写了;我生怕我已经伤害了读者的感情。

当天我就回去了。过了一星期,我听说女主人洛斯涅科娃把巴维尔和尼古拉两个人都留用下来,而把塔佳娜这姑娘打发走了。显然是用不着她了。

孤　　狼

　　傍晚,我独自坐了竞走马车打猎回来。离家大约还有八俄里;我那匹很会跑路的驯良的母马精神勃勃地在尘埃道上奔驰,有时打着鼻儿,微微地摇动两只耳朵;那只疲劳的狗一步也不离开后轮,仿佛缚住在那里一般。暴风雨就要来了。前面有一大片淡紫色的乌云,慢慢地从树林后面升起来,长长的灰色的云在我头顶疾驰,向我涌过来;爆竹柳惊慌地骚动并絮语。窒息的暑热忽然变成了潮湿的寒气;阴影很快地浓重起来。我用缰绳把马打一下,向溪谷里跑下去,穿过一条丛生着柳树的、干枯的小川,跑上山,驶进了一个树林里。道路蜿蜒地伸展在我面前昏暗的茂密的榛树林中;我的马车困难地向前行进。百年老橡树和菩提树的坚硬的根处处横断着马车轮子所碾成的深沟;马车一跳一跳地从这上面经过,我的马绊跌起来。狂风突然在上空怒吼,树木咆哮起来,大粒的雨点剧烈地敲打树叶。电光一闪,雷电大作,雨流如注。我的车子慢步走着,走了不久,不得不停下来:我的马陷在泥泞里,前面一片漆黑了。我好容易躲进了一丛宽广的灌木下面。我屈着身子,遮住脸,耐性地等候雷雨的终止。忽然,电光一闪,我瞥见路上有一个高大的人体。我就向这方面仔细注视,——这人体仿佛是从我马车旁边的地上升起来的。

　　"是谁?"一个宏亮的声音问。

　　"你是谁?"

"我是这里的守林人。"

我说出了我的姓名。

"噢，我知道的！您是回家去吗？"

"回家去。可是你瞧，这么大的暴风雨……"

"是啊，暴风雨。"那个声音回答。

白晃晃的电光把这守林人从头到脚照亮了；一声短促的霹雳立刻跟着它响出来。雨势加倍地大起来。

"不会马上就停的。"守林人继续说。

"怎么办呢！"

"或者，让我领您到我家里去吧。"他断断续续地说。

"那费心了。"

"请您坐着吧。"

他走到马头旁边，拉住了笼头，把它从那地方拉了出来。我们就开车了。马车像"海里的独木舟"一般摇摆着，我抓紧马车的垫子，呼唤着狗。我那可怜的母马艰苦地在泥泞中跨步，有时滑了一滑，有时跌了一跌；守林人在车辕前面向左右摇晃，仿佛幽灵一般。我们走了相当长久；最后我的向导站定了。"我们到家了，老爷，"他用安闲的声音说。篱笆门轧轧地开了，几只小狗齐声叫起来。我抬起头来，在闪电光中，看见围着篱笆的宽广的院子里有一所小屋。从一扇窗子里发出幽暗的火光来。守林人把马拉到台阶旁，便敲门。"就来了，就来了！"传出一个尖细的声音，听见光脚板的踏步声，门闩嘎的一声拔开了，一个穿着破旧衬衫、腰里系着布条子的十二岁模样的小姑娘手里提着一盏灯，出现在门槛上。

"给老爷照路，"他对她说，"我把您的马车放到屋檐下去。"

小姑娘向我看看，就走进屋里去。我跟着她走。

守林人的屋子只有一间熏黑的、低矮而空落落的房间,没有高板床,也没有间壁。墙上挂着一件破烂的皮袄。长板凳上放着一支单筒枪,屋角里堆着一堆破布;炉子旁边摆着两只大瓦罐。松明在桌子上燃烧着,凄惨地亮起来又暗下去。在屋子的正中央,一根长竿子的一端上挂着一只摇篮。小姑娘熄灭了提灯,坐在一只小凳子上,开始用右手摆动摇篮,用左手整理松明。我向四周望望,——我的心郁结起来:夜晚走进农家屋子里来是一件不愉快的事。摇篮里的婴孩沉重而急促地呼吸着。

"你是一个人住在这里的吗?"我问小姑娘。

"一个人。"她的声音几乎听不出来。

"你是守林人的女儿吗?"

"是守林人的女儿。"她轻声说。

门轧轧地响了,守林人低着头,跨进门槛来。他从地上把提灯拾起,走近桌子边,把灯芯点着了。

"恐怕您不习惯点松明吧?"他说着,摇摇他的鬈发。

我望望他。这样强壮的汉子是难得看到的。他身材高大,肩膀宽阔,体格匀称。湿透了的麻布衬衫下面显著地露出他的丰伟的筋肉来。鬈曲的黑须髯遮住了他的严肃而刚勇的脸的一半;一双紧接的阔眉毛底下,露着一对勇敢的褐色的小眼睛。他把一双手轻轻地叉在腰里,站在我面前了。

我向他道谢,又问他的名字。

"我的名字叫做福马,"他回答,"我的绰号叫做孤狼〔1〕。"

"啊,你就是孤狼!"

---

〔1〕　奥廖尔省的人称孤独而阴郁的人为孤狼。——原注。

　　我带着加倍的好奇心对他望望。我从我的叶尔莫莱和别人那里，常常听见关于守林人孤狼的话，附近所有的农人都像怕火一样怕他。据他们说，世界上从来不曾有过这样能够尽职的人，"一束枯枝都不让人家拿走；如果拿了他的，无论在什么时候，即使在半夜里，他也会突如其来地出现在你的面前，而你休想抵抗，因为他气力大，而且像魔鬼一般敏捷。……毫无办法收服他，请他喝酒，送他钱，都没有用，无论怎样诱惑他都不行。有些人不止一次地想弄死他，可是不行——办不到。"

　　邻近的农人们对于孤狼就是这样评论的。

　　"原来你就是孤狼，"我重复说，"老弟，我听见人家说起过你。听说你是一点也不让人的。"

　　"我尽我的职，"他阴沉沉地回答，"白吃主人家的饭是不行的。"

　　他从腰里拿出一把斧头来，坐在地上劈起松明来了。

　　"你没有老婆吗？"我问他。

　　"没有。"他回答，用力挥了一下斧头。

　　"死了吧？"

　　"不，……是的，……死了，"他说着，别过脸去。

　　我不再说话；他抬起眼睛来看看我。

　　"跟过路的商人逃跑了。"他带着苦笑说。小姑娘低下了头；婴孩醒了，哭起来；小姑娘走到摇篮边去。"喂，给他吧。"孤狼一面说，一面把一个肮脏的奶瓶塞在女孩子手里。"就把他丢下了，"他指着婴孩低声地继续说。他走到门口，站定了，转过身来。

　　"老爷，您大概，"他说，"不要吃我们那种面包的吧，可是我这儿除了面包……"

　　"我不饿。"

"好，那就算了。我应该替您生个茶炊，可是我没有茶叶。……让我去看看您的马怎么样了。"

他出去了，碰上了门。我再度向四周观看。我觉得这屋子比刚才更加凄凉了。冷却的烟烬的苦味不愉快地压迫着我的呼吸。小姑娘一动不动地坐在那地方，也不抬起眼睛来；她有时摆动摇篮，怯生生地把滑下来的衬衫拉到肩上去；她那双赤裸裸的脚一动不动地挂着。

"你叫什么名字？"我问。

"乌丽塔。"她说时，悲哀的小脸儿更加低下了。

守林人走进来，坐在板凳上了。

"暴风雨快要过去了，"略微沉默一下之后他说，"如果您要回去，我就送您出树林。"

我站起身来。孤狼拿了枪，检看一下火药池。

"拿这个干吗？"我问。

"林子里有人在捣鬼，……在偷砍马谷地方的树木。"他补说后面这句，用以回答我的疑问的眼色。

"从这里听得见的吗？"

"从院子里听得见。"

我们一同走出去。雨停止了。远处还有一团团沉重的乌云聚集着，有时发出长长的电光；但是在我们头顶某些地方已经显出深蓝色的天空，星星通过了稀薄的、疾驰的飞云闪闪发光。被雨淋湿、被风摇撼的树木的轮廓，开始在黑暗中显露出来。我们倾听起来。守林人脱下帽子，低着头。"喏……喏，"他忽然说，伸出一只手来指点着，"瞧，挑选了这样一个晚上。"我却除树叶的潇潇声之外什么也没有听见。孤狼把马从屋檐底下牵出来。"我这么一来，"他又出声地说，"也许会给他逃走的。"我跟你一块儿去,……好吗?"行,"他回答,就把马拉回去,"我们马上把他捉住,然后我再送您去。走吧。"

　　我们就走:孤狼走在前面,我跟着他。天晓得他怎么会认识路径的,但是他只有难得几次停下来,而且也是为了倾听斧劈的声音。"喏,"他低声含糊地说,"听见吗? 听见吗?""在哪儿呀?"孤狼耸一耸肩膀。我们走下溪谷去,风静止了一会儿,均匀的斧劈声清楚地传到我的耳朵里。孤狼对我看看,摇摇头。我们在淋湿的羊齿植物和荨麻中间一直向前走去。传来一阵沉重而持续的响声。……

　　"砍倒了……"孤狼喃喃地说。

　　这时候天空更加清澄了;林子里稍微明亮了些。我们终于走出了溪谷。"请在这儿等一下。"守林人悄悄地对我说,弯下身子,举起枪杆,就消失在树丛里了。我开始紧张地倾听。在不绝地呼啸着的风声中,我听见不远的地方有轻微的声音:斧头小心地砍树枝的声音,车轮的轧轧声,马打响鼻的声音……"往哪儿走? 站住!"突然响出孤狼的钢铁一般的声音。另一个声音像兔子一般哀哀地叫着。……搏斗开始了。"坏蛋,坏蛋,"孤狼喘息着,反复地叫,"你走不了……"我向喧吵的方面赶去,一步一跌地跑到了搏斗的地方。在那棵砍倒的树木旁边的地上,守林人正在蠢动着;他按住那贼,用腰带把他的两手反绑起来。我走近去。孤狼站起身,把他拉了起来。我看见一个衣衫褴褛的、长着乱蓬蓬的长胡子的、湿淋淋的农人。一匹半身盖着凹凸不平的席子的蹩脚马和一辆货车一起站在那里。守林人一句话也不说;那农人也不作声,他的头不时地抖动着。

　　"放了他吧,"我在孤狼耳朵边轻声说,"我来赔这棵树。"

　　孤狼默不作声,左手抓住马的鬃毛,右手拉着贼的腰带。"嘿,转过身子来,这笨家伙!"他厉声说。"把那斧头捡起来吧。"农人喃喃地说。
"当然要捡起它!"守林人说着,就捡起了那把斧头。我们就走了。我走
在后面。……又开始疏落落地下起雨来,不久就转为倾盆大雨。我们好
容易走到了屋子那里。孤狼把那匹抓来的马推在院子中央了,把农人带
进屋里,放松了腰带的结,叫他坐在屋角里。那小姑娘已经在炉子旁边
睡着了,这时候就跳起来,带着沉默的恐怖向我们注视。我坐在板凳
上了。

"啊,好大的雨啊,"守林人说,"只好再等一会了。您要不要躺
一下?"

"谢谢你。"

"因为您在这儿,我本来想把他关到贮藏室里去的,"他指着那农人
继续说,"可是那门闩……"

"让他在这里吧,不要难为他。"我打断了孤狼的话。

那农人皱着眉向我看看。我在心里起誓,无论如何必须释放这可怜
的人。他一动不动地坐在板凳上。在灯光中,我能够看清楚他那憔悴而
多皱纹的脸、挂下的黄眉毛、神色不安的眼睛、瘦削的肢体。……小姑娘
躺在他脚边的地板上,又睡着了。孤狼坐在桌子旁边,两手托着头。蚱
蜢在屋角里叫响,……雨打着屋顶,沿着窗子流下来;我们大家默不
作声。

"福马·库齐米奇。"农人突然用低钝而破碎的声音说,"啊,福马·
库齐米奇。"

"什么事?"

"放了我吧。"

孤狼不回答。

"放了我吧……我只是为了肚子饿……放了我吧。"

"我知道你们的,"守林人阴沉沉地反驳他,"你们村子里全都是些窃贼偷儿。"

"放了我吧,"农人反复地说,"管家……把我们的家拆败了,真的……放了我吧!"

"拆败了!……偷东西总是不应该的。"

"放了我吧,福马·库齐米奇,……别把我毁了。你是知道的,你们的主人会要我的命,真的。"

孤狼转过脸去。农人全身抽搐起来,仿佛患热病而发着抖。他的头颤动着,呼吸不均匀了。

"放了我吧,"他带着悲哀的失望重复说,"放了我吧,看上帝面上,放了我吧!我赔钱,真的,看上帝面上。实在是为了肚子饿,……孩子们在哭,你知道。真是走投无路了。"

"可是你总不该偷东西。"

"那匹马,"农人继续说,"那匹马,就把它……我只有这个畜生……放了吧!"

"不行的,听见吗?我也是不能作主的人:我要受处罚的。而且也不该放纵你们。"

"放了我吧!我穷得没办法,福马·库齐米奇,穷得没办法,实在是那个……放了我吧!"

"我知道你们的!"

"放了我吧!"

"嘿,跟你多讲有什么用;安安静静地坐着吧,不然我可要……你知道吗?你不看见老爷在这里吗?"

那可怜的人低下了头。……孤狼打一个呵欠,把头靠在桌子上了。雨还是下不停。我等候着,且看以后怎样。

农人突然挺直身子。他的眼睛里冒着火,满脸通红了。"哼,好,你吃了我吧,好,看你吞得了我,好,"他说起话来,眯住眼睛,挂下了嘴唇角,"好,你这可恶的凶手,你喝基督徒的血吧,喝吧……"

守林人转过身去。

"你这蛮子,吸血鬼,我对你说话你听见没有!"

"你喝醉了吗,怎么骂起人来了?"守林人惊奇地说。"你疯了吧?"

"喝醉了! …… 也没有用你的钱,你这可恶的凶手,畜生,畜生,畜生!"

"嘿,你……我把你这! ……"

"我怕什么? 反正一样是死;没有马叫我到哪里去? 你杀了我吧,一样是完结;饿死,这样死,反正都一样。都完蛋吧:老婆,孩子,都死光吧。……可是你呀,你等着吧,会跟你算账的!"

孤狼站起来。

"打吧,打吧,"农人用凶狠的声音接着说,"打吧,来,来,打吧……(小姑娘急忙从地上跳起来,盯着他看。)打吧! 打吧!"

"不许说话!"守林人大喝一声,向前跨了两步。

"算了,算了,福马,"我喊起来,"饶了他,……由他去吧。"

"我偏要说话,"那不幸的人继续说。"反正一样死掉。你这凶手,畜生,你怎么不死啊! ……等着吧,你的威势不长久了! 人家会把你绞死,你等着吧!"

孤狼抓住了他的肩膀。……我冲上前去帮助那农人。……

"别动手,老爷!"守林人喝住我。

我并不怕他的威胁,已经伸起手来了;但是我非常惊奇,原来他一下子把带子从农人的胳膊肘上抽去,抓住了他的衣领,把他的帽子拉到眼睛上,开开门,一把推了他出去。

"带了你的马滚蛋吧!"他在他后面叫喊,"可是你得留神,下次我可要……"

他回到屋里,在屋角里摸摸索索起来。

"喂,孤狼,"最后我说,"我真想不到你会这样做,我看出你是一个好汉。"

"唉,别提了,老爷,"他懊恼地打断了我的话,"只是请您不要说出去。还是让我送您出去吧,"他接着说。"这点小雨您要等它停是等不到了。……"

院子里响起了农人的马车轮子的声音。

"听,他走了!"他喃喃地说,"下回我可要给他点颜色瞧瞧! ……"

过了半小时,他在林子旁边同我告别了。

两 地 主

　　知音的读者诸君,我已经有过把我邻近几位绅士介绍给你们的荣幸了;现在请让我乘机(在我们作家看来一切都是乘机的)再介绍两位地主和你们相识。我常常到他们那里去打猎,他们都是很可敬的、安分守已的人,受着好几县人们的普遍的尊敬。

　　我先给你们描写退职陆军少将符亚契斯拉夫・伊拉利奥诺维奇・赫伐伦斯基。请想象一个高个了的人,从前曾经体态修整,现在皮肤略微松弛了些,但是绝不衰老,竟不是老年人,而是壮年人,即所谓正当盛年。的确,他那曾经很端正而现在还使人感到愉快的面貌略微有些变动了,双颊松弛了,眼睛旁边像光线放射一般起了密密的皱纹,有几个牙齿,像普希金所引证的萨迪的话,已经不在了;[1]淡褐色的头发,至少现在所留下的那些,都已经变成了淡紫色,这全赖于从罗姆内马市上一个自称亚美尼亚人的犹太人那里买来的混合剂的功效;可是符亚契斯拉夫・伊拉利奥诺维奇脚步勇健,笑声响亮,靴距发出叮当声,拈着髭须,而且自称为老骑兵。其实大家都知道:真的老人决不自称为老人的。他平时穿常礼服,钮扣一直扣到上面,戴着结得很高的领带和浆过的硬领,

---

　　〔1〕　普希金著《叶甫盖尼・奥涅金》第八章第五十一节:"有的已经不在,有的到了远方,像萨迪曾经说过的那样。"原来的意思是指朋友,现在借用来指牙齿,是谐谑的说法。

穿着军装式的灰色撒花裤子,帽子简直戴在前额上,后脑完全露出。他为人很善良,但是有些很奇怪的见解和习惯。例如,对于并不富裕或者没有官衔的贵族,他决不能看作和自己平等的人。跟他们说话的时候,他总是把面颊紧紧地撑在白色的硬领上,侧着头看他们,或者突然用明亮而呆滞的目光瞥他们一眼,默不作声,头发底下的皮肤全部动起来;说话的时候,发音也另有一套,例如,他不说"谢谢你,巴维尔·伐西里奇",或者"请到这里来,米海洛·伊凡内奇",而说作"谢你,巴尔·阿西里奇",或者"请这来,米哈尔·伐内奇"。对于社会地位低的人们,他的态度更加奇妙:他完全不向他们看,在对他们说出自己的愿望或者发命令以前,带着担心而沉思的样子,一连几次反复地说:"你叫什么名字?……你叫什么名字?"把头上一个字说得特别强,而把其余的字说得很快,这使得他的话十分像雄鹌鹑的叫声。他喜欢奔忙,又十分吝啬,但并不是一个善于当家的人:用一个退伍的骑兵司务长——一个非常愚笨的小俄罗斯人[1]——当管家。不过,讲到管理产业,我们这里还没有一个人能比得上彼得堡的一个显宦:他从他的管家的报告中看到,他领地里的烤禾房常常遭火灾,因此损失许多谷物。他就发出极严格的命令:今后在火没有完全熄灭的期间,不准把禾捆放进烤禾房里去。这位显宦又曾经想把自己的全部田地都播种罂粟,这显然是出于一种极简单的打算:罂粟比黑麦贵,所以种罂粟更有利。他又命令他的农妇都戴上根据彼得堡寄来的样式制成的头巾;果然,直到现在,他领地里的农妇们还都戴着这种头巾,……不过是戴在帽子上面的。……可是我们要回过来谈符亚契斯拉夫·伊拉利奥诺维奇。符亚契斯拉夫·伊拉利奥诺维奇十

———————————

〔1〕 小俄罗斯人是旧时对乌克兰人的蔑视的称呼。

分好色,他在自己县城里的林荫道上一看见漂亮的女人,马上就跟着她走,但是走起路来立刻就一瘸一拐了,这光景真好看。他喜欢玩纸牌,但是只同身份比他低的人作对手;他们称呼他为"大人",他却任意叱骂他们。当他同省长或其他官吏玩纸牌的时候,他的态度就发生可惊的变化了:他微笑,点头,窥伺他们的眼色——浑身表出甜蜜的样子。……即使赌输了,他也不懊恼。符亚契斯拉夫·伊拉利奥诺维奇很少看书,看书的时候,髭须和眉毛不断地动着,仿佛把一阵波浪从脸的下部推向上部去似的。符亚契斯拉夫·伊拉利奥诺维奇脸上这种波浪式的动作,当他偶尔(自然是在客人面前)浏览《评论报》(*Journal des Débats*)中各栏的时候,尤为显著。选举的时候,他担任极重要的角色,但是因为惜钱,辞谢了贵族长这个尊荣的称号。"诸位先生,"他常常对劝请他就任的贵族们说,声音中充满着体谅和自尊的语气,"我深深地感谢美意;但是我决心在孤独中度我的余暇。"说过这些话之后,把头向左右转动几次,然后尊严地把下巴和面颊用力靠在领带上。他年轻时候曾经当过某要人的副官,他称呼这要人只用名字和父称;据说,他所担任的似乎不限于副官的职务,譬如说,他似乎曾经穿上全套仪仗服装,甚至扣上钩钮,在澡堂里替他的上司敲背——不过传闻是不可尽信的。可是赫伐伦斯基将军自己也不喜欢说起他的服务经历,这确是很奇怪的事。他似乎并没有参加过战争。赫伐伦斯基将军独自住在一所小房子里;他一生没有经验过夫妇生活的幸福,因此直到现在还算是未婚者,甚至是优越的未婚者。然而他有一个女管家,这人年约三十五岁,黑眼睛,黑眉毛,长得丰满,娇嫩而有髭须。她平日穿浆硬的衣服,到了礼拜天就套上细纱袖。符亚契斯拉夫·伊拉利奥诺维奇在地主们招待省长和其他要人的大宴会上很有风趣:在这里他可说是得其所哉了。这时候他倘不是坐在省长右边,总是坐在离开他不远的地方;在宴会开始的时候,他还保持自尊感,身体靠向后面,但是不转动头,斜着眼睛望着客人们的圆圆的后脑和竖立的硬领;可是到了宴会终了的时候,他就愉快起来,开始向各方面微笑,(对省长方面,他从宴会开始时就微笑的,)有时竟提议,为了庆祝他所谓"地球的装饰"的女性而干杯。赫伐伦斯基将军在一切庄严的和公开的典礼上、考试会上、教会典礼上、集会上和展览会上也很出风头;在祝福的时候他也是好手。符亚契斯拉夫·伊拉利奥诺维奇的仆役们在拥挤的地方,在渡头上,以及在其他类乎此的场合下,决不骚扰,也不叫喊;却在拨开人群或者呼唤马车的时候,用悦耳的喉声的男中音说:"对不起,对不起,请让赫伐伦斯基将军过去。"或者:"赫伐伦斯基将军的马车……"赫伐伦斯基的马车确是十分旧式的;仆役们的号衣十分破旧(自不必说,这是红镶边的灰色号衣);那几匹马也十分年老,服务了一生一世。但是符亚契斯拉夫·伊拉利奥诺维奇不主张豪华,而且认为装阔气是不适合于他的身份的。赫伐伦斯基说话没有特殊的才能,不过或许是他没有机会表露他的口才,因为他不但对于争论,就是对于普通的辩驳,也不耐烦;他努力避免一切冗长的谈话,尤其是跟青年人之间的谈话。这样做的确是有道理的;不然,对付起现今的人们来真糟糕:他们一不服从,就会对他失却尊敬。赫伐伦斯基在地位高的人面前,大都是默不作声的,但是对于地位低的、显然是他所轻蔑而仅乎交往而已的人,他说话简短而生硬,老是应用这样的语句:"可是,您说的是毫无价值的话。"或者:"归根结底,阁下,我不得不警告您。"或者:"可是,毕竟,您应该知道,您是在跟谁打交道。"诸如此类。邮政局长、常任议员和驿站长们,特别怕他。他家里不招待任何人,据说他是守财奴。虽然如此,他总是一个出色的地主。邻近的人们说他是"一个老军人，大公无私的人，守规矩的人，vieux grognard[1]"。只有一个省检察官，当人们在他面前说起赫伐伦斯基将军的优秀而庄重的品质时，独自在那里冷笑，——但是嫉妒使人什么都做得出！……

可是，现在让我们来谈另一个地主吧。

马尔大利·阿波洛内奇·斯捷古诺夫一点也不像赫伐伦斯基；他恐怕不曾在什么地方服务过，也从来没有被认为美男子。马尔大利·阿波洛内奇是一个矮胖的小老头，头发秃秃的，有二重下巴，一双手很柔软，肚子相当大。他非常好客，而且性情诙谐，所谓随心所欲地度着日子；不论冬天和夏天，他都穿着一件条子纹的棉寝衣。他只有一点和赫伐伦斯基将军相同：他也是独身者。他有五百个农奴。马尔大利·阿波洛内奇处理自己的领地非常注重表面；为了要不作时代落伍者，大约十年前他就向莫斯科的布捷诺泼公司买了一架打谷机，把它关闭在储藏室里，这就安心了。只有在晴明的夏日，他才吩咐套竞走马车，坐了到田野里去看看谷物，采些矢车菊。马尔大利·阿波洛内奇的生活完全是古风的。他的房子也是旧式造法的：在前室里，有很浓烈的克瓦斯、兽脂烛和皮革的气味；这房间里右面有一个餐具橱，里面有烟斗和毛巾；食堂里有家族的肖像、苍蝇、一大盆天竺葵和一架蹩脚钢琴；客堂里有三张长沙发、三张桌子、两面镜子和一架声音嘶哑的自鸣钟，这自鸣钟的珐琅已经发黑，上面有两只雕花的青铜指针；书房里有一张桌子，上面堆着些文件；一个蓝色的屏风，上面贴着从前世纪各种著作物中剪下来的图画；几个柜子，里面有发臭的书籍、蜘蛛和黑灰尘；还有一把庞大的安乐椅，一扇意大利

---

〔1〕 法语：老不平家。

式的窗子,以及一扇通往花园的、堵塞了的门。……总而言之,一切应有尽有。马尔大利·阿波洛内奇有许多仆役,都穿老式服装:高领子的蓝色长外套、暗色的裤子和黄色的短背心。他们称呼客人为"先生"。经理他的产业的,是一个胡子遮掩着全部皮袄的、农奴出身的总管;管家的是一个包着褐色头巾的、满脸皱纹的、吝啬的老太婆。马尔大利·阿波洛内奇的马厩里有三十匹各种各样的马;他出门时乘坐自制的一百五十普特重的四轮马车。他招待客人很殷勤,款待得很丰盛,这就是说,由于俄罗斯烹调的令人麻醉的特性,使他们直到晚上除了玩朴烈费兰斯以外绝不可能做一点别的事情。他自己从来不做任何事情,连一本"占梦书"也不看了。但是这样的地主在我们俄罗斯还多得很;也许有人要问,我由于什么原因,为了什么目的,要在这里讲起他呢?……好,让我把我有一次访问马尔大利·阿波洛内奇的情形告诉你们,用以代替回答吧。

我在夏天晚上七点钟光景来到他家里。他刚刚做完晚祷,神甫——一个青年人,样子非常羞怯,大约是新从神学校里出来的,——坐在客堂的门边一张椅子的边上。马尔大利·阿波洛内奇照例十分亲热地接待我:他对于每一个客人都真心地喜欢,他的为人大体上是极善良的。神甫站起身来,拿了帽子。

"等一下,等一下,神甫,"马尔大利·阿波洛内奇说时没有放开我的手,"别走。……我叫他们去拿烧酒给你喝了。"

"我不会喝酒。"神甫忸怩不安地喃喃地说,脸红到了耳朵上。

"笑话! 你们这种人怎么会不喝酒呢!"马尔大利·阿波洛内奇回答,"尤希卡! 尤希卡! 拿烧酒给神甫喝!"

尤希卡,一个年约八十岁的高高瘦瘦的老头儿,端了一只盛着一杯烧酒的满是肉色斑痕的深漆盘子走进来。

神甫开始辞谢。

"喝吧,神甫,别扭扭捏捏,这样不好。"地主带着责备的口气说。

可怜的青年人就服从了。

"好,神甫,现在你可以去了。"

神甫就鞠起躬来。

"啊,好了,好了,去吧,……真是个好人,"马尔大利·阿波洛内奇目送着他,继续说,"我对他非常满意;只是一点:还年轻。老是说教,连酒都不喝。嗳,您怎么样,我的先生?……您怎么样,您好吗?我们到凉台上去吧,——瞧,多么可爱的黄昏。"

我们走到凉台上,坐下来,开始谈天了。马尔大利·阿波洛内奇向下面望望,突然惊慌起来。

"这是哪家的鸡?这是哪家的鸡?"他喊起来,"哪家的鸡在我们花园里走?……尤希卡!尤希卡!快去看看,哪家的鸡在花园里走?……这是哪家的鸡?我禁止过多少次了,说过多少次了!"

尤希卡跑去了。

"这么乱七八糟!"马尔大利·阿波洛内奇反复地说,"真要命!"

不幸的鸡,我现在还记得,两只斑花的和一只白色而有冠毛的,正在苹果树底下悠闲地漫步,有时用几声延长的咯咯声来表现自己的感情;突然,头上不戴帽子而手里拿着棍子的尤希卡和另外三个壮年的仆人,大家协力同心地向它们猛扑过来。这一下叮热闹了:母鸡叫着,拍着翅膀,跳着,大声地咯嗒咯嗒;仆人们跑来跑去,磕磕绊绊,跌倒在地;主人从凉台上狂暴地叫喊:"抓住,抓住!抓住,抓住!抓住,抓住,抓住!……这是哪家的鸡,这是哪家的鸡?"最后,一个仆人把那只有冠毛的鸡的胸脯按在地上,居然把它捉住了。正在这时候,一个蓬头垢脸的、年约十一岁的小姑娘手里拿着一根长竿,从街上跳过花园的篱笆来。

"啊,原来是她家的鸡!"地主得意扬扬地叫起来,"是马车夫叶尔米尔家的鸡! 瞧,他派他的娜塔尔卡来赶它们回去了。……倒没有派巴拉霞来。"地主又轻声地补说了最后一句,意味深长地微笑一下。"喂,尤希卡,不要管鸡了,给我把娜塔尔卡抓来。"

但是,气喘喘的尤希卡还没有跑到那受惊的小姑娘身旁,不知从哪里出现了女管家,她拉住了小姑娘的手,在她背上打了几下。……

"对啦,嗳,对啦,"地主接着说,"好好好! 好好好! ……"他又大声地说:"把鸡扣留下来,阿富多佳。"然后满面光辉地对我说,"先生,这一次打猎打得怎么样,嗳? 我汗都出来了,您瞧。"

于是马尔大利·阿波洛内奇哈哈大笑起来。

我们仍旧留在凉台上。这黄昏的确非常美好。

有人端出茶来给我们。

"请问,"我开始说,"马尔大利·阿波洛内奇,移住在那边溪谷后面大路上的那几份农家,是您的吗?"

"是我的……怎么?"

"您为什么这样做呢,马尔大利·阿波洛内奇? 这真是罪过。分配给他们的屋子又肮脏又窄小;四周看不见一棵树;连养鱼池都没有;只有一口井,而且毫无用处。难道您就不能找个别的地方吗? ……还听说您把他们以前的大麻田也取去了?"

"地界这样划分,你拿它有什么办法呢?"马尔大利·阿波洛内奇回答我。"划分地界真伤脑筋。(他指指他的头脑。)我从这划分地界看不出一点好处来。至于我取去他们的大麻田呀,没有给他们那边挖一个养鱼池呀,——关于这些,先生,我自有道理。我是一个朴实的人,照老例行事。照我的意思,老爷总归是老爷,农人总归是农人。……就是这么回事。"

对于这样清楚而断然的理由,自然是没有话可以回答的。

"况且,"他继续说,"那些农人都很坏,受过惩罚的。尤其是那边有两份人家;先父——祝他升入天堂——在世的时候,就不喜欢他们,很不喜欢他们。告诉您,我有这样的体会:如果父亲是贼,那么儿子也是贼;随您怎么说。……唉,血统,血统,——这是很重要的事!坦白告诉您吧,我把那两份人家家里没有轮到的人都送去当兵,就这样把他们向各处遣散了;可是不能根除,有什么办法呢?这些可恶的人繁殖起来很快。"

这时候四周完全肃静了。只有风偶尔一阵阵地吹来,最后一次在屋子附近停息下来的时候,从马厩那边发出一种均匀而频频的敲打声,传到我们耳朵里。马尔大利·阿波洛内奇刚刚把倒满茶的碟子[1]端到嘴唇边,已经张开鼻孔,想喝茶了,——大家都知道,土著的俄罗斯人,没有一个不是这样喝茶的,——但是他停止了,倾听一下,点点头,喝了一大口茶,然后把碟子放在桌子上了,带着最仁慈的微笑,仿佛本能地配合着那敲打声喊着:"嚓嚓嚓!嚓嚓!嚓嚓!"

"这是什么?"我惊奇地问。

"那儿,照我的命令,正在惩罚一个顽皮家伙。……那个管餐室的华西亚,您知道吗?"

"哪一个华西亚?"

"就是前两天伺候我们吃饭的。还长着一脸的大胡子呢。"

---

〔1〕 旧式的俄罗斯人喝茶的时候先把茶杯里的茶倒在衬碟里,然后用衬碟喝。

最剧烈的愤慨,对于马尔大利·阿波洛内奇的明朗而柔和的目光,也是抵挡不住的。

"您怎么啦,青年人,您怎么啦?"他摇着头说。"您这样盯住我看,难道以为我是个坏人吗? 为了爱而惩罚,您也知道的吧。"

过了一刻钟,我向马尔大利·阿波洛内奇告别。我的车子经过村子的时候,我看见了管餐室的华西亚。他正咬着核桃,在街上走。我吩咐马车夫把马勒住了,就叫他过来。

"喂,老兄,你今天受罚了吗?"我问他。

"您怎么知道?"华西亚回答。

"你家老爷告诉我的。"

"老爷自己告诉您的?"

"他为什么惩罚你呢?"

"这是我应得的,先生,是我应得的。我们这儿为了一点小事是不会受罚的;我们没有这种规矩——绝对没有。我们的老爷不是那样的人;我们的老爷……这样的老爷是全省里找不出的。"

"走吧!"我对马车夫说。"这就是旧俄罗斯!"我在归途上这样想。

列 别 强

　　我的亲爱的读者诸君,打猎的主要益处之一,是它使得你不断地乘了马车从一个地方到另一个地方,这在空闲的人是极愉快的事。可是有时(尤其是雨天)的确不很愉快,例如在乡间的道路上迤逦前进,穿过没有路径的原野,遇见随便哪个农人,就叫住了问他:"喂,朋友! 我们要到莫尔道夫卡去,是怎样走的?"而到了莫尔道夫卡,又探问一个愚钝的农妇(雇工们都下地去了);到大路上的旅店路远不远? 怎样走法? 车子开了十来俄里,并没有旅店,却来到了地主家的七零八落的呼道布勃诺甫村里,把一大群猪吓得要命——它们齐耳朵没在街路中央的暗褐色的泥泞里,绝没有料到会有人去惊扰它们。还有不愉快的,是通过不坚固的小桥,向溪谷中驶下去,走浅濑渡过两岸都是沼地的小川;还有不愉快的,是整整一昼夜行驶在漫天绿野之中的大路上,或者,——但愿千万不要碰到,——在一面写着数字"22"一面写着数字"23"的斑色里程标前面的泥泞里一连陷上几小时;还有不愉快的,是一连几星期都是吃的鸡蛋、牛奶和人们所赞扬的黑麦面包。……但是这一切不便和倒霉,都被另一种益处和满足所抵偿了。现在就开始叙述故事的本文吧。

　　有了上述的一切话,我在大约五年以前怎样来到列别强集市的杂沓中,不需对读者叙述了。我们猎人往往在某一天早上乘着马车从多少是祖传的领地里出发,打算第二天晚上就回来,可是渐渐地、渐渐地、不停地射击鹬鸟,结果可能就来到了幸福的彼乔拉河岸;况且凡是喜欢枪和狗的人,也都是世界上最高尚的动物马的热烈的崇拜者。因此,我来到了列别强,息足在旅馆里,换了衣服,就到集市上去。(旅馆的茶房,一个有甘美的鼻音、男高音嗓子的、二十来岁的瘦长小伙子,已经告诉过我,说某公爵大人,即×××联队的马匹采购员,住在他们这旅馆里;另外还来了许多绅士;又说每天晚上有茨冈人唱歌,剧院里正在上演《特伐尔道夫斯基老爷》;又说马的价格很高,但马都是好的。)

在这集市的广场上,停着无数排大车,大车后面有一切种类的马匹:跑大步的马、养马场的马、比曲格马、拉货车的马、驿马和普通的农家马。另外还有肥润的马,依毛色归类,盖着各种颜色的马衣,用短缰绳系住在高高的架木上,胆怯地斜转眼睛来看它们的马贩子老板手里拿着的它们所太熟悉的鞭子;草原贵族们从一两百俄里外送出来的家养的马,由一个衰老的马车夫和两三个迟钝的马夫监视着,摇晃着它们的长长的颈子,跺着脚,不耐烦地啃着木桩子;黄褐色的维亚特卡马紧紧地互相偎倚着;尾巴波浪形而脚掌上毛茸茸的、臀部宽阔的跑大步的马,有灰色带圆斑点的,有乌黑的,有枣红色的,都像狮子一般庄严稳静地站着。识货的人们恭敬地站在它们面前。在一排排的大车所造成的路上,聚集着各种身份、各种年龄和各种样子的人们:穿着蓝外套、戴着高帽子的马贩子,狡狯地窥视并等待着买主;眼睛突出的、鬈发的茨冈人发疯似地奔来奔去,看看马的牙齿,扳起马的腿和尾巴来,叫骂着,替人家做中人,抽签,或者拼命缠住一个戴军帽、穿海狸领军装大衣的马匹采购员。一个结实的哥萨克人高高地骑在一匹颈子象鹿的、消瘦的骟马上,要"整个儿"卖掉它,这就是说连马鞍和笼头一起卖掉。穿着腋下破烂了的皮袄的农人们,拼命向人丛里钻进去,成群地挤到套着"试用"马的大车旁去;或者,在一旁靠着灵巧的茨冈人的帮助,精疲力尽地在那里讲价钱,一连拍了一百遍手掌,各人坚持自己的价格;这期间他们所争论的对象——一匹蹩脚马——身上盖着翘曲的席子,管自在那里眨眼睛,仿佛事情同它无关似的。……在实际上,谁来打它,在它还不是一样的! 有些宽额角的地主,髭须染着颜色,脸上带着威严的表情,戴着波兰式四方帽,穿着厚呢外衣,只套上一只袖子,正在同戴着绒毛帽子和绿手套的大肚子商人谦逊地谈话。各团队的军官也在这里闲逛;一个身材非常高的德国籍胸甲骑兵正在冷静地询问一个瘸腿的马贩子:"这匹栗毛马要卖多少钱?"一个十九岁模样的淡黄发骠骑兵正在替一匹瘦健的并步马挑选一匹副马;一个驿站车夫,戴着有孔雀毛的低低的帽子,穿着褐色的上衣,一条狭狭的绿腰带里塞着一双皮手套,正在找求一匹辕马。马车夫们在替自己的马编尾巴,把马的鬃毛弄湿,向绅士们作恭敬的忠告。已经完成交易的人们,视各人境况不同,或者跑到大酒家里去,或者跑到小酒店里去。……所有这些人都在那里纷忙,叫喊,蠢动,争吵,和解,骂,笑,大家泥污满膝。我想替我的四轮马车买三匹像样一点的马,因为我的马快不中用了。我找到了两匹,第三匹还没有来得及挑选。吃过了我现在不要描写的一餐饭之后(爱尼[1]早已知道,回想过去的悲哀是多么不愉快的事),我就走到每晚聚集着马匹采购员、养马场主任和其他来客的所谓咖啡室里去。在弥漫着烟草的灰色烟雾的台球房里,有二十来个人。这里面有穿匈牙利式轻骑兵短上衣和灰色裤子的、鬈发很长而髭须上涂油的、落拓不羁的青年地主,正在神气活现地向周围观望;还有穿哥萨克装的、脖子很短而眼睛浮肿的别的贵族,也在那里苦闷地喘息;商人们坐在

---

〔1〕　爱尼是希腊神话中的英雄。

一旁,即所谓"另席"上;军官们在那里随意不拘地交谈着。那位公爵正在打台球,他是一个年约二十二岁的青年人,脸上现出愉快而略带骄矜的神气,穿着没有扣上钮扣的常礼服、红色的绸衬衫和宽大的丝绒灯笼裤;他正在和一个退职的陆军中尉维克托尔·赫洛巴科夫打台球。

退职陆军中尉维克托尔·赫洛巴科夫是一个年约三十岁的、肤色黝黑而身材瘦小的人,长着黑色的头发、深棕色的眼睛和扁扁的狮子鼻。凡是选举会和集市,他总是热心地到场的。他走路跳跳蹦蹦,昂然地展开一双圆弧形的手臂,歪戴着帽子,卷起他那灰蓝色细棉布衬里的军装大衣的袖子。赫洛巴科夫先生善于巴结彼得堡的豪富的纨袴子,跟他们一起抽烟,喝酒,玩纸牌,对他们称兄道弟。他们为什么赏识他,却很费解。他并不聪明,而且也不滑稽,并不适宜供人笑乐。的确,他们也只不过是随随便便地亲近他,像对待一个善良而毫无价值的人那样;同他交往了两三个星期之后,忽然不招呼他了,他也不招呼他们了。陆军中尉赫洛巴科夫的特点,是他在一年、有时两年的期间,经常说同样的一句话——恰当的或不恰当的,这句话一点也不有趣,然而天晓得为什么,大家听了都要笑。大约在八年之前,他无论到哪里都说这句话:"我向您致敬,衷心地感谢。"他那时的爱顾者们每次都笑得要命,而且要他重复说"我向您致敬";后来他改用一句很复杂的话:"不,您真是,侃斯侃赛[1]——结果是这样。"这句话也获得辉煌的成功;大约过了两年,他又发明了新的俏皮话:"您不要性急,[2]上帝的人,裹着羊皮。"诸如此类。可是真奇怪! 您瞧,这些毫无趣味的话,能够给他吃,给他喝,给他穿。

---

〔1〕　这是法语译音,意思是:这是什么。

〔2〕　此句原文是"не ву горяче па",是法语和俄语混合着说的。

（他的财产早已浪费光了，现在他单靠朋友过日子。）您得注意，除此以外，他对别人就绝对不再有任何效劳之处了；的确，他每天能抽一百筒"茹科夫"烟，而且打起台球来右脚举得比头还高，瞄准了，发狂似地抡着手里的台球杆，——可是这种优点毕竟不是人人都喜欢的。他也很会喝酒，……但是在俄罗斯靠喝酒是不容易出名的。……总而言之，他的成功，在我觉得完全是一个谜。……只有一点：他很谨慎，不宣扬人家的家丑，不讲别人的坏话。……

"嘿，"我看见赫洛巴科夫时心里想，"他现在的口头语是什么呢？"

公爵打中了白球。

"三十对零，"一个脸色发黑、眼睛下面有青痕的患肺病的台球记分员大喊起来。

扑的一声，公爵把一个黄球打进了边上的袋里。

"嗨！"坐在屋角里一张摇晃的独脚桌子旁边的一个肥胖的商人，从丹田里发出一声赞扬的叫声，叫出了又羞怯起来。幸而没有人注意到他。他透一口气，摸摸胡子。

"三十六对零！"记分员用鼻音喊起来。

"喂，老弟，怎么样？"公爵问赫洛巴科夫。

"怎么样？不用说啦，是勒勒勒拉卡利奥奥翁[1]，十足的勒勒勒拉卡利奥奥翁！"

公爵扑哧一笑。

"怎么，怎么？再说一遍！"

"勒勒勒拉卡利奥奥翁！"退职陆军中尉得意地重复说了一遍。

---

〔1〕　勒勒勒拉卡利奥奥翁（ppppaкaлиooон），是paкaлия（坏蛋，无赖）的讹音。

"哦,这就是他的口头语了!"我想。

公爵把红球打进了袋里。

"嗳! 不要这样,公爵,不要这样。"一个眼睛发红、鼻子很小、脸上有婴儿般的睡态的淡黄发小军官突然嘟嘟囔囔地说起来。"不要这样打……应该……不要这样!"

"怎么样呢?"公爵回过头去问他。

"应该……那个……用双回球的打法。"

"是吗?"公爵咬着牙齿喃喃地说出。

"怎么样,公爵,今天晚上去听茨冈人吗?"狼狈的青年人连忙接着说。"斯交希卡要唱歌呢,……还有伊留希卡……"

公爵并不回答他。

"勒勒勒拉卡利奥奥翁,老弟,"赫洛巴科夫狡猾地眯住了左眼说。

公爵哈哈大笑起来。

"三十九对零。"记分员宣告。

"零,零,……瞧我打这黄球……"

赫洛巴科夫手里抢着台球杆,瞄准了打去,但是滑了一杆。

"嗳,勒拉卡利奥翁。"他懊恼地叫起来。

公爵又笑了。

"怎么,怎么,怎么?"

但是赫洛巴科夫不肯重复说他那句话:应该撒娇一下的。

"您滑了一杆,"记分员说。"请让我把球杆涂些白粉。……四十对零!"

"对啦,诸位先生,"公爵向全体在场的人说,但是不特别注视着某一个人,"你们知道,今天晚上在剧院里一定要叫费尔任比茨卡雅出来谢幕。"

"当然，当然，一定要把费尔任比茨卡雅……"以回答公爵的话为莫大荣幸的几个绅士争先恐后地叫起来。

"费尔任比茨卡雅是出色的女演员，比索普涅科娃好得多。"一个长着髭须、戴着眼镜的可怜相的人从屋角里尖声尖气地说出。这不幸的人！他心里其实是非常爱慕索普涅科娃的，而公爵竟不赏赐他一眼。

"茶房，拿烟斗来！"一个身材高大、容貌端正、气度高贵的绅士对着自己的领带说出，在各方面看来他是一个玩纸牌的欺诈手。

茶房跑去拿烟斗了，回来的时候报告公爵大人，说驿站车夫罢克拉格要见他。

"啊！好，叫他等一等，拿点烧酒给他喝。"

"是。"

后来有人告诉我，罢克拉格是一个年轻、漂亮而极受宠爱的驿站车夫；公爵喜欢他，送他马匹，同他赛马，常常和他一起度过一连好几个夜晚。……这位公爵从前曾经是一个淘气而好挥霍的人，现在你们不认识他了。……现在他身上洒着许多香水，衣服穿得笔挺，多么骄傲！多么忙于职务，而主要的是多么审慎！

然而烟草的烟气开始刺激我的眼睛了。最后一次听过了赫洛巴科夫的叫声和公爵的大笑之后，我就回到自己的房间里；在那里的一张有高高的弯靠背的、狭小而坍损了的鬃垫长沙发上，我的茶房已经给我铺好被褥了。

第二天我到各家院子里去看马，先从有名的马贩子西特尼科夫那里看起。我走进便门，来到一个撒着沙的院子里。在马厩的敞开的门前，站着老板本人，他是一个年纪已经不轻的、高大而肥胖的人，穿着一件有

高翻领的兔皮外套。他看见了我,就慢慢地迎上前来,双手把帽子在头上举了一会,拖长了声音说:

"啊,您好。您大概是来看马的吧?"

"是的,我来看看马。"

"请问要怎么样的马?"

"给我看看,你有些什么马。"

"好,好。"

我们走进马厩里。有几只白色的哈巴狗从干草里站起身,摇着尾巴,向我们跑来;一只长胡须的老山羊带着不满意的神气走了开去;三个穿着坚硬而油污了的皮袄的马夫默默地向我们鞠躬。右边和左边,在做得比地面高些的马栏里,站着大约三十匹养得很好、洗得很干净的马。横木上有鸽子飞来飞去,咕咕叫着。

"您要作什么用的马:乘用的,还是作种马用?"西特尼科夫问我。

"也要乘用的,也要作种马的。"

"知道了,知道了,知道了,"马贩子抑扬顿挫地说。"彼佳,把银鼠带出来给这位先生看看。"

我们走到院子里。

"要不要我从屋里端一张凳子出来? ……不要? ……那就请便吧。"

马蹄得得地敲打着木板,鞭子咔嚓一声响,彼佳,一个麻脸的、肤色黝黑的、年约四十岁的男子,带着一匹体态匀称的灰色母马,从马厩里跳出来,让它用后脚站起来,又带它在院子里跑了两圈,然后敏捷地把它勒住在陈列的地方了。银鼠挺一挺身子,嘶嘶地喷出鼻息,翘起尾巴,转动着头,向我们瞟了一眼。

"这家伙训练得真不错!"我心里想。

"让它自由活动,让它自由活动,"西特尼科夫说着,目不转睛地盯住我看。

"您看怎么样?"最后他问我。

"这匹马不坏,可是前面两条腿不大可靠。"

"腿很出色!"西特尼科夫确信地回答,"还有臀部……您瞧,……宽得像炕一样,简直可以在上面睡觉。"

"蹄腕骨长了些。"

"哪里长! 天地良心! 让它跑,彼佳,让它跑,走快步,快步,快步,……别让它跳。"

彼佳又带着银鼠在院子里跑。我们都不作声。

"好,带它回去吧,"西特尼科夫说,"把鹰带出来给我们看看。"

鹰是一匹像甲虫一样乌黑的荷兰种母马,臀部下垂,身休瘦健,的确比银鼠好些。它是属于猎人们所谓"斩、砍、掳"的马之类的,这就是说,走路的时候前脚向左右一弯一踢,而很少向前进。中年的商人们偏爱这种马,因为它们跑起路来好像伶俐的茶房的堂皇的步态;饭后出门闲逛的时候,叫这种马独匹拉车是很适宜的:它们走路很神气,弯着脖子,热心地拉着粗制的轻便马车,车子里载着饱得动弹不得的马车夫,患胃灼热的肥胖的商人,和穿着浅蓝色绸外衣、戴着淡紫色头巾的虚胖的商人妻子。这鹰我也拒绝了。西特尼科夫又给我看几匹马。……最后,一匹灰色而有圆斑点的伏叶科大种母马使我中意了。我不能自制,欢喜地拍拍它的脖子。西特尼科夫立刻装出淡然的样子。

"那么,它拉车拉得好吗?"我问。(说起跑大步的马时,往往不说跑得好不好。)

"拉得好。"马贩子泰然地回答。

"可以试试吗？……"

"当然可以。喂，库兹亚，把追儿套上车。"

驯马师库兹亚是这一行的能手，他驾着马在街上从我们面前经过了两三次。这马跑得很好，步调不乱，臀部不耸动，运脚很自由，尾巴翘起，走路稳健。

"这匹马你要卖多少钱？'

西特尼科夫讨价非常高。我们就在街上讲价钱，忽然一辆由选配得很出色的三匹马拖着的驿马车从街角上隆隆地飞驰过来，昂然地停在西特尼科夫家的大门口了。在这辆狩猎用的华丽的马车上坐着那位公爵，赫洛巴科夫高耸在他旁边。罢克拉格驾着车，……样子多么神气！仿佛可以驾着车穿过耳环似的，这家伙！两匹枣红色的副马小巧而活泼，乌黑的眼睛，乌黑的腿，神态那么活跃，行动那么敏捷；只要呼啸一声，就会跑掉的！那匹深褐色的辕马像天鹅一般仰着颈子，挺起胸脯，两条腿像箭一般站定着，不断地摇晃着头，骄傲地眯着眼睛。……好极了！伊凡·瓦西里耶维奇[1]沙皇在复活节上才坐这样漂亮的马车出游呢！

"大人！欢迎！"西特尼科夫喊起来。

公爵跳下马车，赫洛巴科夫慢慢地从另一面爬下车来。

"你好，老弟。……有马吗？"

"大人要，怎么会没有呢！请进来……彼佳，把孔雀牵出来！叫他们把赞美也准备起来。先生，您的事，"他向着我继续说，"我们以后再决定吧。……福姆卡，给大人端一张凳子来。"

从我以前未曾注意到的一个特殊的马厩里，彼佳牵了孔雀出来。这

---

〔1〕　即伊凡四世，又称伊凡雷帝。

匹强壮的、深红色的马四只脚都腾空了。西特尼科夫竟扭转头,眯起眼睛来了。

"呜,勒拉卡利奥翁!"赫洛巴科夫欢呼起来。"瑞姆萨(我爱这个)。"

公爵笑了。

拉住孔雀很不容易;它反而拖着马夫在院子里跑呢;终于把它推向墙边了。它打着鼻儿,颤抖着,畏缩起来,可是西特尼科夫还撩惹它,扬起鞭子来威吓它。

"你往哪儿瞧?我把你这!呜!"马贩子带着亲切的威吓对它说,一方面不由自主地欣赏着自己的马。

"多少钱?"公爵问。

"大人要买,算五千吧。"

"三千。"

"不行哪,大人,请原谅……"

"对你说,三千,勒拉卡利奥翁。"赫洛巴科夫接着说。

我没有等到交易完成就走了。在街路尽头的转角上,我看见一所灰色的小房子,大门上贴着一大张纸。纸的上方用钢笔画着一匹马,尾巴像烟囱,颈子极长,在马蹄下面,用古体字写着如下的文句:

此处出卖各种毛色之马匹,此种马匹系由唐波夫地主阿拿斯塔赛·伊凡内奇·且尔诺拜之著名草原养马场运到列别强集市者。此种马匹体态优美,驯育完全,性情温良。诸位买主惠顾,请径向阿那斯塔赛·伊凡内奇本人接洽;如阿拿斯塔赛·伊凡内奇不在,请向驭者拿萨尔·库勃希金接洽可也。诸位买主,请惠顾老人!

我站定了。我想,让我看看且尔诺拜先生的著名的草原养马场的马吧。

我想从便门里走进去,但是这便门异乎寻常,是关闭着的。我就敲门。

"是谁?……买主吗?"一个女人尖声地说。

"买主。"

"就来了,先生,就来了。"

便门开了。我看见一个年约五十岁的妇人,没有戴帽子,穿着靴子和不扣钮扣的皮袄。

"主顾,请进来,我马上去通知阿拿斯塔赛·伊凡内奇。……拿萨尔,喂,拿萨尔!"

"什么事?"一个七十岁的老年人的声音从马厩里含糊地响出。

"把马准备好;买主来了。"

老妇人跑进屋里去了。

"买主,买主,"拿萨尔用埋怨的口气回答她。"我替它们洗尾巴还没洗完呢。"

"啊,好一个世外桃源!"我想。

"你好,先生,欢迎,"我背后慢慢地传来一个滋润悦耳的声音。我回头一看:在我面前站着一个穿蓝色长裾大衣的、中等身材的老头儿,白发苍苍,一双浅蓝色的眼睛很美丽,脸上现出亲切的微笑。

"你要马吗? 好的,先生,好的。……要不要先到我那儿去喝杯茶?"

我辞谢了。

"好,那就请便吧。先生,请你原谅我:我是照古风的。(且尔诺拜先生说话从容不迫,而且把 O 全都发 б 的音[1]。)你可知道,我这里一切都很简朴。……拿萨尔,喂,拿萨尔,"他并不提高嗓子,只是拖长了声音叫唤。

拿萨尔,一个长着鹰鼻子和尖胡子的满面皱纹的小老头,出现在马厩门口了。

"先生,你要怎么样的马?"且尔诺拜先生继续说。

"不要太贵的,套篷马车用的。"

"好,……有的,好,……拿萨尔,拿萨尔,把那匹灰色的骟马给老爷看看,知道吗,站在边上的那一匹,还有那匹额上有白斑的枣红色马,或者另一匹枣红色马,美人生的那匹,知道吗?"

拿萨尔回进马厩里去了。

"你就这样拉着笼头牵它们出来吧。"且尔诺拜先生在他后面叫喊。"先生,我这里,"他用明亮而温和的眼光望望我的脸,继续说,"不像那些马贩子一样,——他们真可恶!他们用各种姜,还用盐、酒糟,[2]这些真是见鬼!……可是我这里,你看见的,一切都坦白,没有欺诈。"

马牵出来了。它们都不能使我中意。

"好,把它们带回去吧,"阿拿斯塔赛·伊凡内奇说。"把别的带出来给我们看看。"

别的马带出来了。最后我选定了一匹比较便宜的。我们就开始讲价钱。且尔诺拜先生并不急躁,说话很审慎,郑重地召请上帝来作证人,这就使我不得不"惠顾老人":我付了定钱。

---

〔1〕　标准俄语,非重音的 o 发音近似 a。但某些方言则把所有的 o 都发成 б 音。

〔2〕　给马吃酒糟和盐,马会很快地胖起来。——原注。

"好,现在,"阿拿斯塔赛·伊凡内奇说,"请让我按照旧习惯,用衣裾裹着缰绳把这匹马交到你的衣裾里。……为了这匹马,你一定会感谢我的,……这是一匹多么少壮的马呀! 结实得像胡桃一样,……没有使用过的,……草原出产的! 任何马具都配得上。"

他划了十字,把自己大衣的衣裾衬在手上了,牵住了笼头,把马交给我。

"现在是你所有的了。……要喝杯茶吗?"

"不,多谢你,我该回去了。"

"请便吧……叫我的马车夫现在就跟着你把马送去吗?"

"唉,如果可以的话,现在就送。"

"可以,亲爱的,可以,……伐西利,喂,伐西利,跟老爷一块儿去;把马送去,把钱收来。那么,再见了,先生,上帝保佑你。"

"再见,阿拿斯塔赛·伊凡内奇。"

马送到了我家里。第二天一看,原来是一匹有气肿病的瘸腿的马。我想把它套上车,但是我这匹马向后倒退;用鞭子打它,它就倔强起来,用脚踢着,而且躺倒了。我马上到且尔诺拜先生那里去。我问:

"在家吗?"

"在家。"

"您这是怎么回事,"我说,"您把一匹有气肿病的马卖给了我。"

"有气肿病的? ……哪有这事!"

"还是瘸腿的,而且脾气又倔强。"

"瘸腿的? 我不知道,一定是你的马车夫不知怎么的把它弄伤了,……我在上帝面前起誓……"

"说实在的,阿拿斯塔赛·伊凡内奇,您应该收回这匹马。"

　　"不行，先生，请别见怪：马一出院子，就完结了。你要事先看清楚的啊。"

　　我明白是怎么回事了，只得顺从自己的命运，笑着走了。幸而我为这教训没有偿付太高的代价。

　　过了两三天，我离开了。一星期之后，我又在归途上经过列别强。我在咖啡室里遇到的几乎还是从前那几个人，又碰见那位公爵在打台球。但是赫洛巴科夫先生的命运已经发生了照例的变化。淡黄发小军官代替他受着公爵的宠幸。可怜的退职陆军中尉在我面前又把自己的口头语试了一次，——以为或许还能像从前一样讨人欢喜，——但是公爵不但不笑，竟皱起眉头，耸一耸肩膀。赫洛巴科夫先生低下了头，畏缩起来，钻到屋角里，开始悄悄地装起他的烟斗来了。……

塔佳娜·鲍利索夫娜和她的侄儿

亲爱的读者,让我牵着您的手,一同乘车出游去吧。天气晴明;五月的天空显出柔和的蔚蓝色;爆竹柳的平滑的嫩叶闪闪发光,仿佛洗刷过似的;宽阔而平坦的大路上长满着绵羊最爱啃食的红茎小草;左右两边,在平坦的小丘的长长的斜坡上,青葱的黑麦轻轻地荡漾着;小块的浓云投射下淡淡的影子来,在它上面移动。远处是一片片黑蒙蒙的树林,一些亮闪闪的池塘和几个黄橙橙的村庄;无数的云雀飞升起来,唱着歌,俯冲下来,伸长了颈子,矗立在土堆上;白嘴鸦停在路上,向您望着,身子紧贴在地面上,等您的车子开过去了,就跳了两下,笨重地飞向一旁;溪谷那边的山上,有一个农人在那里耕地;一匹短尾巴的鬃毛蓬松的花斑小马鼓着不稳健的脚,跟在母亲后面走,可以听见它的尖细的嘶声。我们的车子开进了一个白桦树林里;浓烈而新鲜的气息愉快地压迫着呼吸。村庄的栅门到了。马车夫走下车来,马打着响鼻,副马扭回头来望望,辕马甩着尾巴,把头靠在轭上,……栅门轧轧地开了。马车夫坐上车。……走吧! 我们的眼前就是村庄了。大约经过了五个院落,我们就向右转弯,开到一片洼地里,又驶上堤坝。在小小的池塘的那边,在苹果树和丁香树的圆形的树梢后面,望得见一个板屋顶,上面有两个烟囱,这屋顶以前曾经是红色的;马车夫沿着围墙向左驶,在三匹很老的长毛狗的尖锐而嘶哑的吠声中,驶进了敞开的大门,威风地在广大的院子里兜一个圈子,经过马厩和库屋旁边,他向一个横着身子跨过高门槛走进贮藏室的敞开的门里去的管家婆婆漂亮地行一个礼,终于在一间壁面晦暗而窗子明亮的小屋的台阶面前停了车。……我们来到塔佳娜·鲍利索夫娜家里了。瞧,她已经亲自开了通风窗,在那里向我们点头了。……伯母,您好啊!

塔佳娜·鲍利索夫娜是一位年约五十岁的女人,一双灰色的大眼睛突出着,鼻子扁扁的,面颊红润,有二重下巴。她的脸上表示着和爱和亲切。她曾经结过婚,但是不久就寡居了。塔佳娜·鲍利索夫娜是一个非常出色的妇人。她住在自己的小领地里,从来不出门,很少和邻居往来,只是喜欢招待青年人。她出身于很穷的地主家,没有受过任何教育,这就是说不会讲法国话;连莫斯科也从来没有去过,——但是不管这一切缺憾,她为人却很质朴善良,感情和思想很大方,很少沾染小地产的地主太太所常有的那些病痛,这的确是不得不令人惊异的。……老实说:一个女人终年住在乡村里,住在穷乡僻壤,不搬嘴弄舌,不怨长怨短,不行屈膝礼,不凄凄惶惶,不紧张,不由于好奇心而战栗,……这真是奇迹!她通常穿着灰色的塔夫绸连衫裙,头上戴着挂雪青带子的白色便帽;她喜欢吃吃东西,但是不过度;蜜饯、干果、腌菜,都叫女管家去做。您会问,她一天到晚做些什么事呢?看书吗?不,她不看书;老实说,书不是为她刊印的。……如果没有客人,我的塔佳娜·鲍利索夫娜冬天就坐在窗子底下织袜子;夏天就到花园里去,种种花,浇浇水,和小猫一连逗玩几小时,喂喂鸽子。……家事她很少管。但是如果有客人——她所喜欢的邻近的青年人——到她家里,塔佳娜·鲍利索夫娜就兴致勃勃了;她请他坐,请他喝茶,听他讲话,对他笑,有时拍拍他的面庞,但是她自己不大讲话;有人遭到灾难,遇到不幸,她就安慰他们,给他们善意的忠告。

有不少人把自己家庭的内幕、心中的隐情信任地向她诉说,伏在她手里哭泣!她常常和客人对面坐着,轻轻地支着胳膊肘,十分同情地望着他的眼睛,亲切地微笑,使得客人不由地想:"您是多么可爱的女子,塔佳娜·鲍利索夫娜!让我把我心里的话讲给您听吧。"在她家的精小而安适的房间里,使人感到舒服和温暖;她家里的天气常常是晴朗的,如果可以这样说的话。塔佳娜·鲍利索夫娜是一位可惊的女人,然而没有一个人对她感到惊异:她的健全的思想、坚强的性格和大方的态度、对别人的不幸和欢喜的热烈同情,总而言之,她的一切美德,仿佛是她生来就有的;她获得这些,不费任何劳力和辛苦。……对于她不可能有别种看法;所以根本不须感谢她。她特别喜欢看青年人玩耍和淘气;她把两手交叉在胸前,仰着头,眯住眼睛,微笑着坐在那里,忽然叹一口气,说:"啊,我的孩子们,孩子们!……"人们往往很想走近她去,握住她的手,对她说:"您听我说,塔佳娜·鲍利索夫娜,您不知道您自己的价值,您无论怎样简朴而没有学问,您却是一位非凡的人物!"只要说起她的名字,就使人感到稔熟可亲,人们都喜欢称道她的名字,她的名字可以引起人们亲切的微笑。例如,我曾经好几次叩问途遇的农人,譬如说:"老兄,到格拉乔甫卡去怎样走法?""先生,您先到符亚左伏叶,从那里到塔佳娜·鲍利索夫娜那里,塔佳娜·鲍利索夫娜那里的人都会告诉你的。"提到塔佳娜·鲍利索夫娜的名字时,这农人就意味深长地点头。她用的仆人不多,适应于她的身份。住宅、洗衣房、贮藏室和厨房,她都交给曾经当过她的保姆的女管家阿格菲亚去照料,这是一个软心肠的、好哭的、没有牙齿的老妇人;脸庞像安东诺夫苹果一般结实而泛红的两个强壮的姑娘,受着她的使唤。担任侍仆、听差长和餐室管理人的职务的,是一个七十岁的男仆宝利卡尔钵,这人非常古怪,博学多识,是一个退职的小提琴手、维俄提[1]的崇拜者,拿破仑——或者像他所说:波那巴底希卡[2]——的私人仇敌、夜莺的热烈爱好者。他房间里常常喂着五六只夜莺;早春的时候,他一连好几天坐在鸟笼旁边,等候第一声"莺啼",等着了,就双手遮住脸,呻吟起来;"唉,可怜,可怜!"接着就痛哭流涕。宝利卡尔钵身边有一个助手,就是他的孙子,名叫华西亚,是一个十二岁模样的男孩子,长着一头鬈发,一双眼睛十分灵活,宝利卡尔钵非常钟爱他,一天到晚和他缠个不休。他又管他的教育。"华西亚,"他说,"你说一声:波那巴底希卡是强盗。""说了给我什么呢,公公?""给你什么? ……什么也不给你。……你是哪儿人? 你不是俄罗斯人吗?""我是安姆钦人,公公,我是生在安姆钦斯克[3]的。""啊,傻子! 安姆钦斯克在什么地方呢?""那我怎么知道?"安姆钦斯克在俄罗斯,傻子。""在俄罗斯又怎么样呢?""怎么样?已经故世的斯摩棱斯克郡王米海洛·伊拉利奥诺维奇·果列尼雪夫—库图佐夫得到上帝的帮助,把波那巴底希卡从俄罗斯国境里赶了出去。关于这件事还编了一只歌:'波那巴特不能跳舞了,他的吊袜带丢了……'懂吗:郡王救了你的祖国。""这关我什么事?""嘿,你这傻孩子,傻瓜! 如果米海洛·伊拉利奥诺维奇郡王不把波那巴底希卡赶出去,现在就会有一个麦歇拿棍子来打你的脑袋。他会走到你跟前,说:'贡芒·芙·波尔推一芙? (你好吗?)'就扑扑地打你。""可是我用拳头打他的肚

---

〔1〕　维俄提(1753—1824),意大利小提琴家。

〔2〕　波那巴特,拿破仑的名字。波那巴底希卡是其卑称。

〔3〕　民间称姆岑斯克城为安姆钦斯克,称其地居民为安姆钦人。安姆钦人都很勇敢机敏;所以我们那里的人常常对仇人说这样的咒语:"安姆钦人要上你家门来了。"——原注。

子。""他会对你说:'蓬茹,蓬茹,维内·伊西。(你好,你好,到这儿来。)'就抓住你的头发,抓住你的头发。""我就打他的腿,打他的腿,打他的长满疙疸的腿。""这倒是真的,他们的腿都是长满疙疸的。……那么,他来绑你的手,你怎么办呢?""我不让他绑;我叫马车夫米海来帮我。""可是,华西亚,你和米海两个人对付不了这法国人,怎么办呢?""哪里会对付不了! 米海气力可大呢!""那么,你们把他怎么样呢?""我们打他的背,打他的背。""那他就要喊巴尔东(饶恕)了:'巴尔东,巴尔东,瑟芙泼莱!(请你饶恕我吧,饶恕我吧!)'""我们就对他说:'不给你瑟芙泼莱,你这个法国佬! ……'""华西亚是好汉! ……那么你喊一声:'波那巴底希卡是强盗!'""可是你要给我吃糖!""好家伙! ……"

塔佳娜·鲍利索夫娜同女地主们不大往来;她们不喜欢到她这里来,她也不善于同她们周旋,她们絮絮不休地说起话来,她就打瞌睡,抖擞一下,努力睁开眼睛,却又打瞌睡了。一般说来,塔佳娜·鲍利索夫娜是不喜欢女人的。她的朋友之中有一个性格温良的好青年,他有一个姐姐,是一个三十八岁半的老处女,心地善良,但是性子乖戾、矫情而热狂。她的弟弟常常把他的邻人塔佳娜的情形讲给她听。有一天早晨,我的老处女一句话也不说,就吩咐给她备马,骑了到塔佳娜·鲍利索夫娜家去。她穿着一件长长的连衫裙,头上戴着一顶帽子,盖着绿色的面纱,披散了鬓发,走进前室里,在把她当作人鱼而吃惊的华西亚旁边经过,一直跑进了客堂里。塔佳娜·鲍利索夫娜吓了一跳,想站起来,但是两腿发软。"塔佳娜·鲍利索夫娜,"客人用哀求的声音说起话来,"请原谅我的唐突;我是您的朋友阿列克塞·尼古拉叶维奇·克××的姐姐,我从他那儿听到了许多关于您的情况,因此决心要来和您相识。""我很荣幸。"吃惊的女主人含糊地说。客人把帽子脱下来丢在一旁,摇一摇鬈发,在塔佳娜·鲍利索夫娜旁边坐下了,握住了她的手。……"这就是她,"她用若有所思的神经质的声音开始说,"这就是那个善良、光明、高尚而神圣的人! 这就是她,那个纯朴而又深刻的女人! 我多么高兴! 我多么高兴! 我们一定会互相爱慕! 我这才松了口气!……我所想象的她正是这样。"她把眼睛盯住塔佳娜·鲍利索夫娜的眼睛,轻声地补说这最后一句。"您真的不生我的气吗,我的善人,我的好人?""说哪儿话,我很高兴……。您要喝茶吗?"客人谦逊地微笑一下。"Wie wahr, wie unreflectirt,"〔1〕她轻声地说,仿佛是在自言自语。"亲爱的,请让我拥抱您!"

　　老处女在塔佳娜·鲍利索夫娜那里一刻也不停嘴地坐了三个钟头。她努力向这位新相识者说明她自己的长处。这不速之客一走之后,可怜的女主人立刻去洗澡,喝了些椴树花茶,躺在床上了。但是第二天这老处女又来了,坐了四个钟头,临走的时候表示以后每天要来访塔佳娜·鲍利索夫娜。看样子,她是想要充分发展并培养这个她所谓天分那么丰富的人。这样下去,塔佳娜势将被她折磨得疲惫不堪,幸而情况变更了:首先,过了大约两星期之后,她对于她弟弟的女朋友感到了"完全的"失望;其次,她爱上了一个过路的青年学生,她立刻同他勤勉而热情地通起信来;在她的信里,无非是祝福他神圣而美好的生活,表示愿意奉献"全身心",只要求他称她为姐姐,还大写特写自然界,论及歌德、席勒、培堤那和德国哲学,——终于使这可怜的青年陷入了悲观的失望。但是青春的力量占了上风:有一天早晨他醒来,对于他的"姐姐和好朋友"感到了非常激烈的憎恨,一时气愤,几乎打了他的侍仆,此后长时期内,他只要

---

〔1〕　德语:多么真诚,多么直爽。

稍稍听到一点暗示着崇高纯洁的爱情的话,就恨之入骨。……从此以后,塔佳娜·鲍利索夫娜比以前更加不愿意接近邻近的女人们了。

呜呼!人世间尽是无常的。我讲给您听的关于我这位善良的女地主的日常生活,已经是过去的事了;支配着她家的清静,永远被破坏了。现在她家里住着一个侄儿,是从彼得堡来的美术家,已经住了一年多了。这件事是这样发生的:

大约八年前,塔佳娜·鲍利索夫娜家里住着一个父母双亡的年约十二岁的孤儿,是她的已故的哥哥的儿子,名叫安德柳霞。安德柳霞有一双明亮的水汪汪的大眼睛、小小的嘴巴、端正的鼻子和漂亮的高高的前额。他说话时声音幽静悦耳,经常保持整洁,态度彬彬有礼,对客人亲切而殷勤,常常带着孤苦伶仃的情感吻姑母的手。往往你一来到,他就把椅子端给你了。他一点也不淘气,平时没有声音;坐在屋角里看书,那么谦恭而温顺,甚至不靠在椅背上。有客人进来了,我的安德柳霞就站起来,彬彬有礼地微笑一下,脸红了;客人出去了,他又坐下,从衣袋里拿出一个有镜子的刷子来,梳理着自己的头发。他从小就喜欢画画。他只要得到了一小块纸,立刻就向女管家阿格菲亚要一把剪刀,仔细地把纸剪成正确的长方形,在四周画上一道边,然后开始工作:画一只瞳孔很大的眼睛,或者一个又高又直的鼻子,或者一间有烟囱喷出螺旋形烟气来的房子,画一只像长凳一样的,"en face"〔1〕的狗、停着两只鸽子的小树,然后题款:"安德烈〔2〕·别洛夫左罗夫画,某年某月某日,于小勃勒基村。"在塔佳娜·鲍利索夫娜的命名日之前,他特别热心地工作了约两个星

---

〔1〕　法语:面孔正对着。
〔2〕　安德烈是正式的名字,安德柳霞是其小名。

期:他第一个出来祝贺,并且呈上一个束着粉红色带子的手卷。塔佳娜·鲍利索夫娜吻了侄儿的额角,解开结来:手卷展开了,在观者的兴味津津的目光之下现出一所圆形的、大胆地涂着阴影的殿堂来,这殿堂有一排柱廊,中央有一个祭坛;祭坛上放着一颗燃烧似的心、一个花冠;在上面,在曲折的封带上,用工整的文字写着:"侄儿献给敬爱的姑母和恩人塔佳娜·鲍利索夫娜·波格达诺娃,以表眷恋之诚。"塔佳娜·鲍利索夫娜又吻他,给他一个银卢布。然而她对他并不感到多大的眷恋,因为她不很喜欢安德柳霞的卑躬屈节的性情。后来安德柳霞渐渐长大,塔佳娜·鲍利索夫娜开始担心起他的前程来了。一个意外的机会使她摆脱了困难。……

事情是这样的:大约八年前,有一次,有一个六级文官和勋章获得者彼得·米海勒奇·别涅伏连斯基先生来访问她。别涅伏连斯基先生以前曾经在附近的县城里服务过,那时常常来访问塔佳娜·鲍利索夫娜;后来他迁移到彼得堡,进了内阁,获得了很重要的地位,他屡次因公出差,有一次他想起了他这位旧时的相识者,就带着"在幽静的乡村生活的怀抱里"休息两天以调剂公务的烦劳的企图顺便来到她家。塔佳娜·鲍利索夫娜用她所例有的殷勤来招待他,于是别涅伏连斯基先生……但是在继续叙述之前,亲爱的读者,请让我先把这个新人物介绍给您。

别涅伏连斯基先生是一个胖胖的人,中等身材,态度温和,有短短的腿和圆肥的手;他穿着一件宽大的十分整洁的燕尾服,戴着一个系得很高的阔领带,衬衫像雪一样白,绸背心上挂着一根金链条,食指上戴上一只宝石戒指,装着淡黄色的假眼;他说话确切而温和,走路没有声音,愉快地微笑着,愉快地转动眼睛,愉快地把下巴埋在领带里:总之,是一个样子很愉快的人。天赋予他的心也很善良:他容易流泪,容易狂喜;加之对艺术燃烧着纯朴的热情,——这是真正纯朴的热情,因为加涅伏连斯基先生在艺术上,如果说真话,实在是一窍不通的。说也奇怪:他这热情是从哪里来的,是由于怎样神秘莫测的原由而获得的?看来他是一个实际的、甚至平凡的人,……不过在我们俄罗斯,这样的人多得很。……

对美术和美术家的爱好,给这些人以一种说不出的呕腥的气味;和他们往来,同他们谈话,是一件苦事:他们真像涂蜜的木头人。例如,他们从来不把拉斐尔叫做拉斐尔,从来不把科累佐叫做科累佐,而总是说成"神圣的桑齐奥,无匹的德·阿莱格利斯"[1],而且说起来必定把 O 全都发 ó 的音。凡是不高明的、自傲的、狡狯的和没有才气的人,都被他们尊崇为天才;"意大利的碧空","南国的柠檬树","布伦塔河畔的芬芳之气",是不离开他们的嘴的。"啊,华尼亚,华尼亚,"或者"啊,萨霞,萨霞[2],"他们互相含情地说,"我们应该到南国去,到南国去,……我们的心灵都是希腊人的,古希腊人的!"在展览会里某些俄罗斯画家的某些作品前面,可以观察到他们的样子(必须指出:这些绅士大部分是热烈的爱国者)。他们有时退后两步,仰起了头,有时再走近画去;他们的眼睛上盖着一层油光。……"啊,我的天哪,"最后他们慷慨激昂地说,"有灵魂,有灵魂! 啊,心灵,心灵! 啊,灵气充斥,灵气磅礴! ……构想多么出色! 多么巧妙!"可是他们自己客堂里的画怎么样呢! 每天晚上到他们家里来喝茶、听他们讲话的是怎么样的美术家呢! 他们呈献给这班美术家看的、自己房间里的透视图景是怎样的呢:右面有一把地板刷子,擦亮的地板上积着一堆垃圾,窗边桌子上有一个黄色的茶炊,主人穿着晨衣,戴着

---

〔1〕 拉斐尔·桑齐奥(1483—1520),科累佐·德·阿莱格利斯(1494—1534),意大利文艺复兴期的画家。

〔2〕 华尼亚是伊凡的爱称;萨霞是亚历山大的爱称。

便帽,面颊上发出明亮的辉点。来访问他们的、热狂而轻蔑地微笑的、长头发的缪斯之徒,是怎样的人!面色发青的小姐在他们的钢琴旁边怎样尖声怪气地叫!又因为在我们俄罗斯已经有了这样的习惯:一个人不能醉心于一种艺术,一切艺术都要染指。所以毫不足怪:这班爱美的绅士们对俄罗斯文学——尤其是戏剧文学——也大加赏识。……《雅可勃·萨拿塞尔》就是为他们写的:千篇一律地描写的、世所不承认的天才对人类及全世界的斗争,使他们感动到心灵深处。

别涅伏连斯基先生来到后的第二天,塔佳娜·鲍利索夫娜在喝茶的时候叫侄儿把他的图画拿出来给客人看。"他会画画的?"别涅伏连斯基先生不免惊奇地说,怀着同情转向安德柳霞。"可不是吗,他会画画的,"塔佳娜·鲍利索夫娜回答。"他非常喜欢画画!自己画,没有老师的。""啊,给我看看,给我看看。"别涅伏连斯基先生接着说。安德柳霞脸红了,微笑着把自己的画册递给客人。别涅伏连斯基先生装着内行的样子翻起画册来。"画得好,小朋友,"最后他说,"画得好,画得很好。"于是他摸摸安德柳霞的头。安德柳霞赶忙吻了吻他的手。"您瞧,多么有天才!……恭喜您,塔佳娜·鲍利索夫娜,恭喜您。""可是,彼得·米海勒奇,在这儿要替他请一个老师都请不到。从城里请来太贵;邻近的阿尔塔莫诺夫家里有一位画家,听说很高明,可是女主人不许他给别人教课。她说会损害自己的趣味的。""嗯。"别涅伏连斯基先生应了一声,沉思起来,蹙着眉头看看安德柳霞。"好,这件事我们再商量吧。"他突然这样说一句,搓搓自己的手。就在这一天,他请求塔佳娜·鲍利索夫娜和他单独谈话。他们两个人关起门谈了一会。过了半个钟头他们喊安德柳霞。安德柳霞进来了。别涅伏连斯基先生站在窗边,脸上微微泛红,两眼发光。塔佳娜·鲍利索夫娜坐在屋角里擦眼泪。

"唉,安德柳霞,"终于她说起话来,"谢谢彼得·米海勒奇:他照顾你,带你到彼得堡去。"安德柳霞呆若木鸡地站着。"你坦白对我说吧,"别涅伏连斯基先生用充满威严和慷慨的声音开始说,"小朋友,你是不是希望做美术家,你是不是感觉到对于艺术的神圣的使命?""我希望做美术家,彼得·米海勒奇。"安德柳霞战战兢兢地回答。"既然这样,那我很高兴。当然,"别涅伏连斯基先生继续说,"你离开你所尊敬的姑母,是一件痛苦的事;你对她一定怀着热烈的感谢。""我崇拜我的姑母。"安德柳霞打断了他的话,眨起眼睛来。"当然,当然,这是极其明显的事,这是很可赞许的;但是,请想象,将来多么欢喜……你的成功……""拥抱我吧,安德柳霞。"善良的女地主低声含糊地说。安德柳霞扑过去抱住了她的脖子。"好,现在去谢谢你的恩人吧……"安德柳霞便抱住了别涅伏连斯墓先生的肚子,踮起脚尖,好容易够着了他的手,恩人虽然缩回手去,但并不急急地缩回去。……他总得使这孩子高兴些,满足一下,同时自己也可以略微开开心。过了两天,别涅伏连斯基先生带着他的新门徒离开了。

安德柳霞在别后的最初三年中常常写信来,有时在信里附些图画。别涅伏连斯基先生有时也在信里添写几句话,大抵是赞扬的;后来信渐渐少起来,终于完全绝迹了。侄儿整整一年没有消息;塔佳娜·鲍利索夫娜不放心起来,忽然她收到了一封内容如下的短简:

　　亲爱的姑母!
　　三天前,我的保护者彼得·米海洛维奇逝世了。残酷的中风夺去了我的最后的依靠。当然,我现在已经二十岁了;在七年间我获得了显著的进步;我确信自己的天才,可以靠它生活;

我并不灰心，不过如果可能的话，还是请您即速汇给我二百五十卢布。吻您的手。恕不尽述。

塔佳娜·鲍利索夫娜把二百五十卢布汇给了侄儿。过了两个月他又来要求；她凑集了最后的钱，又汇了去。第二次汇出之后不到六个星期，他又作第三次要求，说什么要替捷尔捷列舍涅娃公爵夫人向他预定的一幅肖像画买颜料。塔佳娜·鲍利索夫娜拒绝了。"那么，"他写信给她说，"我想回到您的村子里来养病。"在这一年的五月间，安德柳霞果真回到了小勃勒基村。

塔佳娜·鲍利索夫娜起初不认识他了。依照他的来信，她推想他是一个病弱而瘦削的人，但看见的却是一个肩膀宽阔、身体肥胖、面孔又阔又红、头发鬈曲而丰腴的小伙子。纤弱而苍白的安德柳霞变成了一个壮健的安德烈·伊凡诺夫·别洛夫左罗夫。他不但外观上改变而已。当年的拘谨的羞涩、小心和整洁，变成了粗拙的鲁莽、难堪的肮脏；他走路的时候向左右摇摆，投身在安乐椅上，偃卧在桌子上，懒洋洋地伸展着四肢，尽情地张大了嘴巴打呵欠；对待姑母和仆人们态度粗鲁。他说，我是艺术家，自由的哥萨克人！应该认识我们！他常常好几天不执笔；一旦所谓灵感勃发，他就苦闷地、笨拙地、絮聒地装腔作势，仿佛喝醉了似的；他双颊通红，眼光蒙眬；大谈自己的天才、自己的成就、自己如何发展、如何进步。……而在事实上，平平常常的肖像画技能他也勉强具备。他完全不学无术，从来不看书，美术家何必看书呢？自然、自由、诗——这就是他的好尚。他常常摇动鬈发，像夜莺一般啭着，扑扑有声地抽着"茹可夫"烟！俄罗斯人的豪放性格是很好的，但并不是每个人都配得上;而没有天才的次等波列查耶夫[1]是令人难堪的。我们这个安德烈·伊凡内奇长住在姑母家里,不花钱的面包显然是合他的口味的。他使得客人们苦闷得要命。他常常坐在钢琴前面(塔佳娜·鲍利索夫娜家里也有一架钢琴),用一根手指摸索着弹出《勇敢的三套车》;配着和音,敲着键盘;一连几小时痛苦地哀号着伐拉莫夫的浪漫曲《孤松》或者《不,医生,不要来》,眼睛堆满着油脂,面颊像鼓一般发亮。……或者突然吼出"平息下来吧,热情的波涛"……塔佳娜·鲍利索夫娜哆嗦了一下。

"真奇怪,"有一次她对我说,"现在作的歌曲都是那么颓丧的,我们那时候就不是这样的:悲哀的歌曲也有,可是听起来还是悦耳的。……譬如:

> 请君来到草原上,
> 我在那里空伫候;
> 请君来到草原上,
> 我在那里泪常流……
> 呜呼,当你来到草原上的时候,
> 已经太迟了,亲爱的朋友。"

塔佳娜·鲍利索夫娜调皮地微笑一下。

"我好苦——闷,我好苦——闷。"侄儿在隔壁房间里哀号着。

"你唱得够了,安德柳霞。"

---

[1] 波列查耶夫(1804—1838),俄国诗人,曾作诗讽刺专制政治,触犯尼古拉一世。

"离别的时候,我的心发愁。"不肯安静的歌手继续唱着。

塔佳娜·鲍利索夫娜摇摇头。

"唉,这班艺术家真是!……"

从那时候起已经有一年了。别洛夫左罗夫现在还住在姑母那里,常常在准备到彼得堡去。他在乡村里身体更胖了。姑母——谁料得到呢——溺爱他,附近的姑娘们迷恋着他。……

从前的许多朋友不再到塔佳娜·鲍利索夫娜家里去了。

死

　　我有一个邻居,是一个青年地主,又是一个青年猎人。七月里有一天早晨,我骑了马到他家里,提议一同去打松鸡。他同意了。"不过,"他说,"让我们走我的小丛林,到助沙去;我顺便去看看恰普勒吉诺树林;您知道吗,我这个橡树林?现在正在砍伐呢。""好吧。"他就吩咐备马,穿上一件有野猪头青铜钮扣的绿色常礼服,挂了一只用毛线绣花的猎袋和一个银水壶,肩上背了一支崭新的法国枪,得意地向镜子里左照右照,向他的狗爱斯彼朗斯喊了一声,这只狗是他的表姐——一个心地善良而没有头发的老处女——送给他的。我们出发了。我的邻居带着两个人同行:一个是甲长阿尔希钵——面孔四方形而颧骨极高的又矮又胖的农人;另一个是新近从波罗的海沿岸的省份里雇佣来的管家果特里勃·封—德尔—科克先生——一个年约十九岁的青年,身体瘦削,头发淡黄色,眼睛非常近视,肩膀下垂,脖子很长。我的邻居是新近管理这块领地的。这是他的伯母——五等文官夫人卡尔东·卡塔叶娃当作遗产传给他的。这伯母是一个异常肥胖的女人,即使躺在床上,也老是愁苦地呻吟着。我们骑着马走进了小丛林。"你们在这块空地上等我一下!"阿尔达里翁·米海勒奇(我的邻居)对他的同行者说。那个德国人行一个礼,下了马,从衣袋里拿出一本书来,——似乎是约翰·叔本华的小说,——就坐在一棵灌木底下了;阿尔希钵仍旧留在阳光底下,而且在一小时之内一动也不动。我们两个人在灌木丛里兜了几圈,一窠鸟也找不到。阿尔达里翁·米海勒奇对我表示,他想到树林那里去了。我自己这一天也有点不相信打猎会成功,就跟了他去。我们回到那块空地上。德国人记住了书的页码,站起身来,把书藏进衣袋里,费力地爬上了他那匹瘸脚的短尾巴母马,这马是略微一碰就嘶叫而踢脚的;阿尔希钵猝然一振,一下子扯动两根缰绳,鼓着两只脚,终于策动了他那匹受惊的、负重的马。我们出发了。

　　阿尔达里翁·米海勒奇这树林,是我从小就熟悉的。那时我和我的法国家庭教师德齐雷·弗勒利先生——一个心地极善良的人(不过他要我每天晚上服列鲁阿药水,几乎损害了我终身的健康)——常常到恰普勒奇诺树林去玩。这树林全部约有两三百株巨大的橡树和桦树。它们的整齐而坚强的树干,雄壮地黑越越地耸立在榛树和花楸树的发金光而透明的绿叶上面;这些树干高高地上升,在明净的碧空中映出整齐的轮廓线,像天幕一般展开着它们的铺张的、多节的枝桠;鹞鹰、青鹰、茶隼在静止的树梢底下飞鸣着,杂色的啄木鸟用力啄着很厚的树皮;黑鸟的响亮的歌调突然在茂密的树叶丛中跟着黄鹂的抑扬婉转的叫声而响出;在下面,在灌木丛中,知更鸟、黄雀和柳莺啾啾地叫着,歌唱着;燕雀沿着小径敏捷地跑;雪兔小心地“一跷一拐”,悄悄地沿着树林边上走;红褐色的松鼠活泼地从这棵树跳到那棵树,突然把尾巴翘到头上,坐了下来。在草地里,在高高的蚁封周围,羊齿植物的雕刻似的美丽的叶子的淡影下面,开着紫罗兰和铃兰的花,长着伞蕈、粟蕈、乳蘑、橡蕈和红色的毒蝇蕈;在广阔的灌木丛林里的草地上,长着鲜红的草莓。……那时候树林里的荫凉地方多么好啊! 在正午最热的时候,竟和夜里一样:幽静,芬芳,凉爽。……我曾经在恰普勒奇诺树林里度过愉快的时光,因此,老实

说,我现在走进这个太熟悉的树林里的时候,不禁发生哀愁之情。一八
四〇年的摧残的、无雪的冬天,竟不饶赦我的老朋友——橡树和桦树;它
们枯萎了,凋零了,有几处还盖着消瘦的绿叶,悲哀地高耸在"取而代之,
但远不如昔"的小树林上面。〔1〕……有些树下面还生着叶子,它们的无
生气的、折断的枝条仿佛怨尤而绝望地向上矗立着;另一些树的树叶虽
然不像以前那样丰盛,却还很茂密,树叶中间伸出粗大而干枯的枝桠来;
有的树上树皮已经脱落;有的树简直全部倒下来了,像尸体一般在地上
腐烂着。当时谁能够预料到:在恰普勒奇诺树林里一点荫凉地方也找不
到了! 我望着垂死的树,心里想:"你们大概感到可耻和悲哀吧?"……我
想起了柯尔卓夫〔2〕的诗:

　　　高深的言论,

　　　骄傲的力量,

　　　王者的豪气,

　　　消失在何方?

　　　你的绿色的刚劲,

　　　现在也都不知去向!

　　"怎么,阿尔达里翁·米海勒奇,"我开始说,"这些树木为什么不在

---

　　〔1〕 一八四〇年冬天严寒,到了十二月底还不下雪;苗秧都冻死了,这无情的冬天又
摧毁了许多美好的橡树林。要恢复旧观很困难,因为土地的生产力显然减弱了;在"禁区"
的(曾经捧着圣像绕行过的)空地上,看不见从前的高贵的树木,却自然地生长着白桦和白
杨,因为我们还不懂得造林。——原注。
　　〔2〕 柯尔卓夫(1809—1842),俄国诗人。

去年斩伐呢？现在卖不到从前的价钱的十分之一了。"

他只是耸了耸肩膀。

"这要问我的伯母了；商人们来过，送钱来，纠缠不清。"

"Mein Gott！Mein Gott！[1]"封—德尔—科克走一步叫一声。"多么可笑！多么可笑！"

"怎么可笑？"我的邻居微笑着问他。

"不是，我的意思是说，多么可怜[2]。"（大家都知道，凡德国人费力地学会了我们的字母 л 的发音之后，就拼命把这字母读得重。[3]）

特别引起他怜惜的，是横在地上的橡树，——的确，有的磨坊主会出重价购买它们的。甲长阿尔希钵却保持着不动声色的安闲态度，一点也不悲叹；反之，他竟高兴地在它们上面跳过，又用鞭子抽打着它们。

我们走到了伐木的地方，忽然，在树木轰隆一声倒下之后，传来呼喊声和说话声，过了一会儿，一个脸色苍白、头发散乱的青年农人从密林里向我们奔来。

"什么事？你跑到哪儿去？"阿尔达里翁·米海勒奇问他。

他立刻站定了。

"啊呀，阿尔达里翁·米海勒奇老爷，闯祸了！"

"什么事？"

"老爷，马克西姆给树木打坏了。"

――――――――――

〔1〕　德语：我的天啊！我的天啊！

〔2〕　俄语 шалость（开玩笑，今姑译作可笑）与 жалость（可惜）发音相近似。这德国人发音不正确。把 ж 读成 ш，因此使听者误解其意。

〔3〕　这里是指那个德国人在说上面那句话时把其中的 хотел 一字末尾的字母 л 说得特别重，今附录上面那句话的原文如下：тои— исть，как шалко яскасать хотеллл。

"怎么打坏的？……包工师马克西姆吗？"

"是啊,老爷。我们砍一棵桦树,他站着看。……站着,站着,他走到井边去取水了:大概是想喝水了。这时候那棵桦树突然格格地响起来,一直往他身上倒下去。我们喊他:跑开,跑开,跑开。……他向旁边跑就好了,可是他一直向前跑,……大概是吓慌了。桦树的树梢就压在他身上。这棵树为什么倒得这样快,真是天晓得。……大概树心已经烂空了。"

"那么,马克西姆给打坏了？"

'给打坏了,老爷。"

"死了吗？"

"没有,老爷,还活着,——可是腿和手都压断了。我刚才就是跑去请赛里费尔斯特奇,请医生去的。"

阿尔达里翁·米海勒奇吩咐甲长骑马飞奔到村里去请赛里费尔斯特奇,自己快马向开垦地跑去。……我跟着他去。

我们看见可怜的马克西姆躺在地上。十来个农人站在他周围。我们下了马。他差不多没有呻吟声,有时睁大了眼睛,仿佛惊异似地向周围看看,咬着发青的嘴唇。……他的下巴发抖,头发粘住在额上,胸脯不均匀地起伏着:他快要死了。小菩提树的淡淡的影子在他脸上轻轻地掠过。

我们弯下身子去看他。他认出了阿尔达里翁·米海勒奇。

"老爷,"他说话时声音几乎听不出来,"请……派人……去叫牧师……上帝……罚我……脚,手,都断了……今天……礼拜天……可是我……可是我……喏……不让弟兄们空闲。"

他沉默了一会。他的呼吸迫促起来。

"我的钱……请交给……交给妻子……扣掉……喏,奥尼西姆知道的……我欠……欠谁的钱……"

"我们派人去请医生了,马克西姆,"我的邻居说,"也许你不会死的。"

他睁开眼睛,用力挺起眉毛和眼睑来。

"不,我要死了。瞧,在走近来了,瞧,死神走近来了。……弟兄们,请原谅我,如果我有什么……"

"上帝会饶恕你的,马克西姆·安德列伊奇,"农人们哄然地齐声说,大家脱下了帽子,"请你原谅我们。"

他忽然绝望地摇摇头,胸部苦恼地挺起来又低下去。

"可是总不能就让他死在这里,"阿尔达里翁·米海勒奇高声说,"弟兄们,把那边马车上的席子拿来,让我们把他送到医院里去。"

有两三个人跑到马车那里去了。

"昨天……我向塞乔甫的……叶菲姆……"这个将死的人含糊地说,"买了一匹马……付了定钱……这马是我的了……也把它……交给妻子……"

农人们把他放到席子上去,……他好像中了枪的鸟一般全身颤抖起来,接着就挺直了。……

"死了。"农人们含糊地说。

我们默默地骑上马,离开了那地方。

可怜的马克西姆的死,使得我陷入了沉思。俄罗斯的农人死得真奇怪! 他们临终前的心境,既不能说是漠然,也不能说是迟钝;他们好比行仪式一般地死去:冷静而简单。

几年之前,在我的另一个邻居的村子里,有一个农人在烤禾房里被火烧坏了。(他几乎被烧死在烤禾房里,幸亏一个过路的市商把他半死半活地拉了出来:这市商先把自己的身子在一桶水里浸一下,然后跑去打掉了燃着的屋檐底下的那扇门。)我到他家里去看他。屋子里黑洞洞的,气闷得很,而且充满烟气。我问:"病人在哪里?""在那边,老爷,在炕上。"一个抱头悲恸的农妇拉长了声音回答我。我走近去,看见这农人躺着,身上盖着一件皮袄,正在沉重地喘息。"你觉得怎么样?"病人在炕上蠢动,想坐起来,但是全身烫伤,就要死了。"躺着吧,躺着吧,躺着吧,……怎么样了? 嗯?""当然不好过。"他说。"你痛吗?"他不作声。"你需要什么吗?"他不作声。"要不要拿点茶给你?""不要。"我走开去,坐在板凳上了。坐了一刻钟,坐了半小时,——屋子里死一般的寂静。在屋角里,圣像底下的桌子边,躲着一个五岁模样的小姑娘,在那里吃面包。母亲有时威吓她。前室里有人在走动,敲响,谈话;弟媳妇在那里切白菜。"唉,阿克西尼亚!"终于病人说话了。"什么?""给我点克瓦斯。"阿克西尼亚拿了点克瓦斯给他。又是一片寂静。我低声问:"给他行过圣餐礼没有?""行过了。"这样看来,一切都准备好了:只是等死。我忍不住,就走了出去。……

　　我又回想起,有一次我到红山村的医院里去访问我所认识的助医卡比东——一位热心的猎人。

　　这医院原来是地主邸宅的厢房;这是女地主亲自创办的,这就是说,她吩咐在门框上面钉一块浅蓝色的板,板上写着白色的字"红山医院",又亲手交给卡比东一本很漂亮的册子,是登记病人的名字用的。这本册子的第一页上,由这位慈善的女地主的一个谄媚的奴仆题着如下的诗句:

Dans ces beaux lieux, où règne l'allégresse,

Ce temple fut ouvert par la Beauté;

De vos seigneurs admirez la tendresse,

Bons habitants de Krasnogoriè![1]

另外一位绅士在底下添写着：

Et moi aussi j'aime la nature!

Jean Kobyliatnikoff[2]

　　助医用自己的钱买了六张床铺,怀着顺利的希望开始医治上帝的子民们了。除了他以外,医院里还有两个人:患神经病的雕刻师巴维尔,和担任厨娘职务的、一只手残废的女人美丽基特利萨。他们两人调制药剂,把药草弄干或浸湿;他们还制服患热病的人。患神经病的雕刻师样子阴郁,很少说话;到了夜里就唱关于"美丽的维娜斯"的歌,又走到每一个过路人面前去,要求那人允许他同早已死去的马拉尼亚姑娘结婚。手臂残废的女人打他,要他看守吐绥鸡。有一次我坐在助医卡比东那里。我们刚开始谈到我们最近一次的打猎,忽然一辆大车开进院子里来,拖

---

〔1〕　法语：

　　　　在快乐所统治的妙境里，

　　　　美人亲自开辟这所殿堂；

　　　　看吧，你们的主人——

　　　　红山的优秀居民——心肠多善良！

〔2〕　法语：我也爱自然界！

伊凡·科贝略特尼科夫

车的是一匹只有磨坊主才有的、特别肥胖的瓦灰色的马。车子里坐着一个穿新上衣的、胡须杂色的、强壮的农人。"啊,华西里·德米特利奇,"卡比东从窗子里喊出去,"欢迎……"接着他低声对我说:"这是留波夫希诺的磨坊主。"这农人呻吟着下了车,走进助医的房间里,举眼找寻圣像,划了十字。"怎么样,华西里·德米特利奇,有什么新闻吗? ……你大概不舒服吧,你的脸色不好看呢。""是的,卡比东·蒂莫费奇,我有点不舒服。""怎么回事?""是这样的,卡比东·蒂莫费奇。新近我在城里买了几个磨石,载回家来,把它们从车子里搬出来的时候,大概太用劲了,只觉得肚子里一震,好像断了什么东西,……从此就不舒服。今天竟不舒服得厉害。""嗯,"卡比东应着,嗅了嗅鼻烟,"这是疝气病。你这病起了多久了?""已经第十天了。""第十天了?"(助医从牙齿缝里吸进一口气,摇摇头。)"让我检查检查。""唉,华西里·德米特利奇,"最后他说,"我同情你这可怜的人,你这件事不妙啊;你这病不是开玩笑的;住在我这里吧;我一定尽我的力量,不过决不敢担保。""那么厉害吗?"吃惊的磨坊主喃喃地说。"是的,华西里·德米特利奇,很厉害;你早两天到我这里来,就没事,马上就好全;可是现在已经发炎,眼看就要变成脱疽了。""不会这样的,卡比东·蒂莫费奇。""我对你说的是实话。""这怎么会呢! (助医耸一耸肩膀。)我难道为了这点小事会死吗?""我没有这么说,……只是请你留在这里。"农人想了又想,看看地上,后来又向我们望望,搔搔后脑,就伸手去拿帽子。"你到哪儿去呀,华西里·德米特利奇?""哪儿去?还会上哪儿去呢,既然病这么重,总不过回家去。既然这样,应该去安排一下。""你这样就害了你自己了,华西里·德米特利奇,得了吧;我已经在奇怪,你怎么会到了这里? 留下来吧。""不,老兄,卡比东·蒂莫费奇,既然要死,就得死在家里;死在这里怎么行,——天晓得我家里会发生什么事情。""情形怎么样,还不能确定,华西里·德米特利奇,……病当然是危险的,很危险的,没有疑问,……所以你应该留在这里。"(农人摇摇头。)"不,卡比东·蒂莫费奇,我不能留在这里,……至多请你开一个药方也就是了。""光是吃药没有用的。""我说过了,不能留在这里。""那就听便吧,……以后可别怪我啊!"

助医从册子上撕下一张纸来,开了个药方,关照了还应该做什么事。农人拿了药方,送卡比东半个卢布,走出房间,坐上车去。"再见了,卡比东·蒂莫费奇,过去要是有什么疏忽的地方,请多多原谅,万一怎么了,请你照顾我的孤儿们……""咳,留下来吧,华西里!"农人只是摇摇头,用缰绳把马打一下,就驶出院子去了。我走到街上,在后面目送他。道路泥泞而且崎岖;磨坊主小心地、从容不迫地驾着车,敏捷地控制着马匹,还同碰到的人打招呼。……第四天他死了。

俄罗斯人大抵是死得很奇怪的。有许多死者现在浮出到我的记忆中来。我记起了你,我的老朋友,没有毕业的大学生阿维尼尔·索罗科乌莫夫,优秀而高尚的人!现在我重又看见了你那肺病相的青色的脸、你那淡褐色的稀薄的头发、你那温和的微笑、你那狂喜的眼色、你那瘦长的肢体;听到了你那微弱而亲切的声音。你住在大俄罗斯的地主古尔·克鲁比雅尼科夫家里,教他的孩子福发和巢齐雅学俄文、地理和历史,耐性地忍受主人古尔的不快的戏谑、管家的粗暴的亲切、恶毒的男孩子们的庸俗的淘气;你带着苦笑而毫无怨言地接受无聊的女主人的刁钻古怪的要求;然而,每当晚餐之后,你休息下来,多么逍遥自在啊,那时你终于摆脱了一切责任和事务,坐在窗前,沉思地抽起烟来,或者贪婪地翻阅那本残缺而油污的厚杂志——是同你一样无家可归而命苦的土地测量员从城里带来给你的!那时你多么爱好所有的诗和小说,你的眼睛里多么容易流出眼泪来,你多么满足地笑着;对人类的真挚的爱、对一切美好事物的高尚的同情,渗透在你的孩子般纯洁的灵魂里! 应该说老实话:你并不是十分机智的人;你既没有天赋的记忆力,也没有生来的勤勉性;在大学里你是被看作劣等生之一的,上课的时候你睡觉,考试的时候你堂皇地不开口;然而,为了同学的进步和成功而欢喜得眼睛炯炯发光的是谁,激动得喘不过气来的是谁? ——是阿维尼尔。……谁盲目地相信自己朋友们的高尚使命,谁骄傲地捧他们,拼命地保护他们? 谁不嫉妒,又没有虚荣,谁慷慨地牺牲自己,谁乐愿地服从那些替你解靴带都不值得的人? ……都是你,都是你,我们的善良的阿维尼尔! 我记得:你为了履行"聘约"而离去时怀着悲伤的心情和朋友们分手;凶恶的预感使你痛苦。……果然,你到了乡村里就失意了;在乡村里你没有可以虔敬地恭听的人,没有可以惊叹的人,没有可以爱慕的人。……草原居民和受教育的地主,对待你就象对待一般教师一样:有的态度粗暴,有的随意不拘。加之你的模样并不动人;你胆怯,容易脸红,出汗,说起话来口吃。……乡村的空气竟不能恢复你的健康,你像蜡烛一般熔化着,可怜的人! 的确,你的房间面向着花园;稠李树、苹果树、菩提树把它们的轻盈的花朵撒在你的桌子上、墨水瓶上、书本上;墙上挂着一个蓝绸的时钟垫子,这是那善良而多情的德国女子——长着金色鬈发和碧蓝的眼睛的家庭教师——在临别时送给你的;有时老朋友从莫斯科来访你,拿出别人的或竟是自己的诗篇来,引起你的狂欢;然而孤独、教师职务的难堪的奴隶身份、自由的不可能、无穷尽的秋天和冬天、纠缠不已的疾病……可怜啊,可怜的阿维尼尔!

　　我在阿维尼尔逝世前不久去访问他。他已经差不多不能走路了。地主古尔·克鲁比雅尼科夫不把他从家里赶出去,但是停止发给他薪俸,替巢齐雅另外雇了一个教师,……让福发进了中等武备学校。阿维尼尔坐在窗边的一张旧的伏尔泰式安乐椅上。天气非常美好。明爽的秋日的天空,在一排深褐色的、落叶的菩提树上发出愉快的蔚蓝色;树上有些地方,最后几张发金光的叶子微微地抖动,簌簌地响着。凝寒的大地正在太阳底下冒出水汽来,渐渐地解冻;斜斜的、红色的阳光微微地落在淡白色的草上;空中飘来轻微的噼啪声;花园里传来雇工们的清晰分明的说话声。阿维尼尔穿着一件破旧的布哈拉宽袍;绿色的围巾在他的异常憔悴的脸上投射出死气沉沉的色调。他看见了我非常欢喜,伸出手来,开始说话,但接着就咳嗽起来。我让他安静下来,坐在他旁边了。……阿维尼尔膝上放着一册仔细抄写的柯尔卓夫的诗集;他微笑着用手轻轻地拍拍它。"他真是诗人,"他努力抑制了咳嗽,含糊地说,接着就用几乎听不出的声音诵读起来:

　　　鹰 的 翅 膀

　　　已 被 缚 住 了 吗?

　　　它 的 前 途

　　　都 被 阻 住 了 吗?

　　我止住了他,因为医生禁止他说话。我知道他的好尚。索罗科乌莫夫对于科学,从来没有所谓"追求"过,但是他喜欢知道,伟大的思想界现在已经达到了怎样的地步? 他往往在屋角里拉住了一个朋友,向他问长问短;他倾听着,惊诧着,相信他的话,以后就重复说他的话。他对于德国哲学特别有浓烈的兴趣。我就开始对他讲黑格尔(您可以想见,这是很久以前的事了)。阿维尼尔肯定地摇晃着脑袋,挺起眉毛,微笑着,轻声地说:"我懂得,我懂得! ……啊! 好极了,好极了! ……"这垂死的、无家可归的、孤苦伶仃的人的孩子气的求知欲,实在使我感动得流泪。必须指出,阿维尼尔同一切肺病人相反,关于自己的病况一点也不欺瞒自己。……可是他怎么样呢? ——既不叹息,又不悲伤,甚至从来没有一次提到过自己的情况。……

他集中精力,开始谈论关于莫斯科、关于同学们、关于普希金、关于戏剧、关于俄罗斯文学的话;他回想起我们的聚餐、我们小组里的热烈的辩论,惋惜地说出两三个已经死去的朋友的名字来。……

"你记得达霞吗?"最后他又说,"这可爱的人儿! 这心肝宝贝! 她多么爱我啊! ……现在她怎么样了? 这可怜的人,大概瘦损了,憔悴了吧?"

我不忍使病人失望,实际上,又何必让他知道呢,他的达霞现在胖得多了。跟商人们——孔达奇科夫弟兄——结交,擦粉,点胭脂,娇声娇气地说话,骂人。

"可是,"我望着他那疲惫不堪的脸,心里想,"能不能把他从这里搬出去呢? 也许还有医好他的希望……"但是阿维尼尔没有让我说完我的提议。

"不,老兄,谢谢你,"他说,"死在哪里,反正都是一样。我总是活不到冬天了。……为什么徒然地打扰人呢? 我在这里已经住惯了。虽然这里的主人……"

"都很恶毒吧?"我接着说。

"不,并不恶毒! 都是木头人。可是我不能抱怨他们。这里有邻居:地主卡萨特金有一个女儿,是一个受过教育的,亲切而善良的姑娘……不骄傲……"

索罗库莫夫又咳嗽不止了。

"什么都不在乎，"他休息一下，继续说，"只要允许我抽烟。……"他狡猾地眨眨眼睛，又说："我不会就这样死的。我要抽烟！谢天谢地，我活得够了，结识了不少好人……"

"你至少该写封信给你的亲戚。"我插嘴说。

"何必写信给亲戚呢？帮助——他们是不会帮助我的；我死了，他们自会知道。可是何必谈这些呢。……最好请你讲给我听听，你在外国看见些什么？"

我开始讲了。他出神地听我。傍晚我离去了，过了十来天，我从克鲁比雅尼科夫先生那里收到这样的一封信：

敬启者：贵友阿维尼尔·索罗科乌莫夫先生，即居住舍下之大学生，于三日前午后二时逝世，今日由鄙人出资，安葬于敝教区之礼拜堂内。贵友嘱鄙人送上书籍及手册，兹随函附奉。彼尚有款项二十二卢布又半，已连同其他物件送交其亲戚收讫。贵友临终时神志清明，可谓十分安泰，即与舍下全眷诀别之时，亦了无哀恋之色。内子克列奥巴特拉·亚历山大罗夫娜嘱笔道候。贵友之死，内子甚为悼惜，鄙人托庇粗健。敬请大安。

古尔·克鲁比雅尼科大顿首。

还有许多例子浮出在我的脑际，——但是不能尽述。只限再说一个。

一个年老的女地主快临终了，我正在她的床前。神甫开始替她念送终祈祷,忽然看见病人真个在断气了,连忙把十字架拿给她吻。女地主不满意地把身子挪开些。"你忙什么,神甫,"她用僵硬的舌头说,"来得及的……"她恭敬地吻了十字架,刚刚把手伸进枕头底下,就断气了。枕头底下放着一个银卢布:这是她想为自己的送终祈祷付给神甫的。……

啊,俄罗斯人死得真奇怪!

歌　　手

　　小小的科洛托夫卡村,曾经属于一个因为性情剽悍而被附近的人取绰号叫作泼婆(她的真名字不传了)的女地主,但是现在归彼得堡一个德国人所有了。这小村子位在一个光秃秃的山坡上,一个可怕的溪谷从上到下把这山坡切断,这溪谷像深渊一般张大了口子,处处带着崩裂和冲毁的痕迹,蜿蜒在街道中央,比河流——河流上至少还可以架桥,——更严格地把这可怜的小村子划分为两部分。几棵憔悴的爆竹柳胆怯地挂在它两岸的沙坡上;在干燥而像铜一般发黄的谷底上,横着粘土质的巨大的铺石。这是不愉快的光景,自不必说了;然而附近所有的居民却都很熟悉到科洛托夫卡去的道路,他们常常喜欢到这里来。

　　在这溪谷的顶上,离开溪谷开始处的狭缝若干步的地方,矗立着一间四方形的小木屋,孤零零地,和其他的屋子相隔离。这小木屋顶上盖着麦秆,有一个烟囱;一扇窗子好像一只锐利的眼睛似地望着溪谷;冬天晚上,窗子里面点了灯,远处都可以在朦胧的寒气中望见它,它向许多过路的农人闪烁,犹如一颗指路星。这小屋的门框上面钉着一块浅蓝色的板;这小屋是一家名叫安乐居的酒店。这酒店里的酒不见得比规定价格卖得便宜,然而生意却比附近所有同类的店兴隆得多。其原因在于酒保尼古拉·伊凡内奇。

　　尼古拉·伊凡内奇曾经是一个体态匀称、头发鬈曲、面颊红润的小伙子,现在却已经是一个身体异常肥胖的、头发白了的男子,面孔浮肿,眼睛狡狯而温和,前额肥胖,上面起着像线条一般的皱纹,——他住在科洛托夫卡村已经有二十多年了。尼古拉·伊凡内奇同大多数酒保一样,是一个机敏而伶俐的人。他对人并不特别亲昵,也不多说话,但是具有吸引顾客、留住顾客的本领,他们坐在他的柜台前面,在这位冷静的主人的虽然锐利却很安闲和蔼的眼光之下感到很愉快。他富有正确的见解;他很熟悉地主、农民和市商的生活;在困难的情形下,他可能给人相当聪明的忠告,但他是一个小心谨慎的人,而且是一个利己主义者,因此总是宁愿站在局外,至多只是用迂回的、仿佛毫无企图的暗示来引导他的客人——还得是他所喜欢的客人——走向真理之路。他对于俄罗斯人所喜爱而注重的一切事情都很在行:对于马和别的家畜、对于森林、对于砖头、对于器皿、对于布匹毛呢和皮革制品、对于歌曲和舞蹈。在没有顾客的时候,他总是盘着两只瘦小的腿,像麻袋一般坐在自己小屋门前的地上,用亲切的话和一切过路人打招呼。他一生见识得多,有几十个到他这里来买烧酒的小贵族,在他眼前变成了过去;他知道周围一百俄里内所发生的一切事情,但是从来不泄露秘密,甚至并不表示出他连眼光最锐利的警察局长都没有猜疑到的事也知道。他总是默不作声,有时微笑着,动动酒杯。邻近的人都尊敬他:县里身份最高的领主、文官谢列彼金科,每次经过他这屋子门口的时候总是谦恭地向他招呼。尼古拉·伊凡内奇是一个有势力的人:一个有名的盗马贼从他朋友家里偷去了一匹马,他要他还了出来;邻村的农人们不服帖新来的执事,他曾经说服了他们;诸如此类,不一而足。然而不应当认为他做这些事是由于爱好正义,由于替他所亲近的人热心服务——不!他只是为了预防可能破坏他安宁的一切事情。尼古拉·伊凡内奇已经结婚,而且有了孩子。他的妻子是一个机敏的、鼻尖眼快的市商女子,最近也同她丈夫一样身体有些肥胖了。他一切都信托她,银钱箱的钥匙也交给她。发酒疯的人都怕她;她不喜欢这种人,因为从他们所得的利益很少,吵闹得却很厉害;愁眉苦脸地默不作声的人,比较称她的心。尼古拉·伊凡内奇的孩子们还小;最初生的几个都死了,但是留下的几个都像起父母亲来了:看看这些健康的孩子们的聪明的小脸蛋,很是愉快。

七月里的炎热难堪的一天,我慢慢地跨着步,带着我的狗,沿着科洛托夫卡的溪谷,向安乐居酒店走上去。太阳猛烈地在天空燃烧;蒸闷和焦热固执不退;空气中弥漫着窒息的灰尘。羽毛发光的白嘴鸦和乌鸦,张开了嘴,可怜地望着行人,仿佛要求他们的同情;只有麻雀不忧愁,竖起了羽毛,比以前更加劲地吱吱喳喳叫着,在围墙上打架,有时一齐从尘埃道上飞起,像乌云一般翱翔在绿色的大麻田的上空。我口渴得很难过。附近没有水:在科洛托夫卡,像在其他许多草原村庄一样,农人们因为没有泉水和井水,都喝池塘里的浑水。……但是谁能把这种恶劣的饮料称为水呢?我想到尼古拉·伊凡内奇那里去要一杯啤酒或者克瓦斯。

老实说,科洛托夫卡一年四季没有令人悦目的光景;但是在这里,特别引起人们哀愁之感的,是七月里的炎阳的强光炽烈地照耀着的这些景色:褐色的半破的屋顶;深邃的溪谷;晒焦而充满灰尘的牧场上,瘦瘦的长脚鸡绝望地徜徉着;灰色的白杨木屋架子,窗子的地方只剩了几个窟窿,这是从前的地主邸宅的遗迹,现在周围长着荨麻、杂草和苦艾;盖着鹅毛的、黑糊糊的、炙热似的池塘,四周围着半干的污泥和倒向一边的堤坝;堤坝旁边踏成灰末的泥地上,有一些绵羊正在热得喘不过气来,而且打着喷嚏,它们悲哀地互相偎倚,带着颓丧的忍耐心尽量低下头,仿佛在等候这难堪的炎热到底什么时候离去。我拖着疲倦的脚,终于走近了尼古拉·伊凡内奇的酒店,照例引起了孩子们的惊奇,使他们紧张地、无意义地向我注视,又引起狗的愤慨,使它们吠叫得声音那么嘶哑而凶猛,仿佛它们的内脏都破裂了似的,后来它们自己也咳呛而喘不过气来了。正在这时候,酒店的门槛上忽然出现了一个高个子的男人,这人没有戴帽子,穿着一件厚呢大衣,低低地束着一条浅蓝色的腰带。看样子他是一个家仆;浓密的灰色头发蓬乱地矗立在他的干枯而起皱纹的脸的上部。他正在那里呼唤一个人,急急忙忙地挥着两只手,他的手显然挥动得比他自己所希望的厉害得多。可见他已经喝醉了。

"来,来呀!"他用力挺起一双浓眉毛,嘟嘟囔囔地说起话来,"来,眨眼,来! 老兄,瞧你这样慢吞吞的,真是。这不像话,老兄。人家在等你,可是你这样慢吞吞的。……来呀!"

"噢,来了,来了,"传来一个颤抖的声音,屋子右边走出一个矮胖的瘸腿的人来。他穿着一件十分整洁的呢外衣,套进一只衣袖;高高的尖顶帽一直盖到眉毛上,使他那圆胖的脸显出狡猾而嘲笑的表情。他那双黄色的小眼睛不断地转动,薄薄的嘴唇上永远浮着拘束而紧张的微笑,又尖又长的鼻子无耻地向前面突出,像一把舵。"来了,亲爱的,"他继续说,一跷一拐地向酒店方面走去,"你为什么叫我? ……谁在等我?"

"我为什么叫你?"穿厚呢大衣的人带着责备的口气说。"眨眼,你这人真怪,老兄,叫你到酒店里来,你还要问'为什么?',许多好朋友都在等你:土耳其人雅科夫呀,野老爷呀,还有日兹德拉来的包工师呀。雅科夫和包工师打赌:赌一大瓶啤酒——谁胜过谁,就是说,谁唱得好,……你懂吗?"

"雅科夫要唱歌了?"绰号叫作眨眼的人兴奋地说。"你不说谎吗,糊涂虫?"

"我才不说谎,"糊涂虫一本正经地回答,"你自己在瞎扯。既然打了赌,当然要唱,你这活死人,你这滑头,眨眼!"

"好,我们去吧,呆子。"眨眼回答。

"那么,至少要吻我一下,我的宝贝。"糊涂虫张大了两臂,喃喃地说。

"瞧你这个娇嫩的伊索[1]。"眨眼轻蔑地回答,用肘推开了他,两个人就弯下身子,走进那扇低低的门里去。

我所听到的这一番对话,剧烈地引起了我的好奇心。我已经不止一次地听说过,土耳其人雅科夫是附近一带最好的歌手,今天突然碰到了听他同另一个名于竞赛的机会。我就加紧脚步,走进酒店里去。

我的读者中,有机会看到乡村酒店的人大概不多;但是我们当猎人的,什么地方没有到过呢。这种酒店的构造极其简单。它们大都由一间黑洞洞的前室和一间有烟囱的内屋组成,这内屋用板壁隔分为两部分,板壁里面是无论哪个顾客都不可以走进去的。在这板壁上,在一张宽阔的橡木桌上方,开着一个直长的大洞。酒就在这桌子(也就是柜台)上发卖。正对着这壁洞的架子上,并排地摆着各种大小的封好的瓶头酒。内屋的前半部分是顾客用的,其中放着些长凳子和两三只空酒桶,屋角里放着一张桌子。乡村酒店大都是很黑暗的,而且你差不多从来不会在它的由圆木积叠成的墙壁上看到农舍中大都少不了的那种色彩鲜明的通

---

〔1〕 伊索是著名的古希腊寓言作家(纪元前六世纪);但"伊索"这名称在俄国旧时用作讽刺语,用以表示言语费解而行为古怪的人。

俗版画。

当我走进安乐居的时候,里面已经聚集着很多人了。

在柜台后面,照例站着尼古拉·伊凡内奇,他的身体差不多填充了整个壁洞;他穿着一件印花布衬衫,丰满的面颊上带着懒洋洋的微笑,正在用他的又白又胖的手替刚才进来的朋友眨眼和糊涂虫倒两杯酒;在他后面的屋角里,靠近窗子的地方,望得见他那位目光锐利的妻子;房间中央站着土耳其人雅科夫,他是一个身材瘦削而匀称的人,大约二十三岁,穿着一件蓝色的长裾土布外衣。他看来是一个活跃的工厂职工,身体似乎不能说是十分健康的。他的面颊凹进,一双灰色的大眼睛显出不安定的样子,鼻子正直,鼻孔细小而常常扇动,前额白皙而平坦,淡金色的鬈发梳向后面,嘴唇厚厚的,然而很漂亮,富有表情——他的整个脸表示着他是一个敏感而热情的人。他非常兴奋:眨着眼睛,不均匀地呼吸着,他的手像患热病似的发抖,——他正是患着热病,就是在群众面前讲话或唱歌的人都很熟悉的那种惶惑不安的、突如其来的热病。他旁边站着一个男子,这人年约四十岁,肩膀宽阔,颧骨突出,前额很低,眼睛狭小,像鞑靼人的眼睛,鼻子短而扁平,下巴是方形的,乌黑而光亮的头发像鬃毛一样刚硬。他那黝黑而带铅色的脸的表情,尤其是他那苍白的嘴唇的表情,要不是那么沉着安定的话,几乎可说是凶暴的。他差不多一动也不动,只是有时像轭下的公牛一般慢慢地向周围望望。他穿着一件有光滑的铜钮扣的破旧的常礼服;一条黑绸旧围巾围着他那粗大的脖子。他叫做野老爷。他的正对面,圣像下面的长凳上,坐着雅科夫的竞赛对手——日兹德拉来的包工师:这是一个年约三十岁的、身材不高而体格结实的男子,脸上有麻点,头发鬈曲,长着一个扁扁的狮子鼻,褐色的眼睛很生动,胡须稀薄。他把两只手衬在身子底下,机敏地环顾四周,穿着镶边的漂亮的长统靴的一双腿,悠悠然地摇摆着,敲打着。他穿着一件崭新的、薄薄的、有棉绒领的灰呢上衣,这棉绒领显著地衬托出那件紧紧扣住他喉头的红衬衫的边。在对面的一角里,门的右边,桌子旁边坐着一个农人,穿着一件灰色的旧长袍,肩膀上有一个大破洞。太阳的稀薄的黄色光带,穿过了两扇小窗子的积着灰尘的玻璃照射进来,似乎不能制胜房间里的经常的黑暗:一切物件上都映着极少的一块块的光。然而这里面很凉快,我一跨进门槛,窒息和炎热的感觉就像重担一般从我肩上卸下了。

我的来到——我能看出这一点——起初略微惊扰了尼古拉·伊凡内奇的客人们;但是他们看见他像对熟人一样地招呼我,就都安心下来,不再注意我了。我要了啤酒,坐在屋角里那个穿破长袍的农人的旁边了。

"喂,怎么样!"糊涂虫一口气喝干了一杯酒,突然高叫起来,同时用手的奇妙的挥动来伴着他的喊声,没有这种挥动他显然是一个字也说不出的。"还等什么呢? 要开始就开始。嗳? 雅科夫?……"

"可以开始了,可以开始了。"尼古拉·伊凡内奇赞成地接着说。

"我们就开始吧,"包工师带着自信的微笑冷静地说,"我准备好了。"

"我也准备好了。"雅科夫兴奋地说。

"好,开始吧,弟兄们,开始吧。"眨眼尖声地叫。

然而,尽管大家一致表示愿望,却没有一个人开始;包工师甚至没有从长凳上站起来,——大家都好像在等待什么似的。

"开始吧!"野老爷阴沉沉地断然说出。

雅科夫身体一抖。包工师站起身来,把腰带往下一拉,咳了几下。

"可是谁先唱呢?"他用略微变了样的声音问野老爷,野老爷还是一动不动地站在房间中央,大大地摆开了两条肥胖的腿,把两只粗壮的手插在宽裤的袋里,几乎没到了肘部。

"你先,你先,包工师,"糊涂虫喃喃地说;"你先,老兄。"

野老爷蹙着眉头瞅他一眼。糊涂虫轻微地尖叫一声,困窘起来,向天花板看看,耸耸肩膀,默不作声了。

"拿阄吧,"野老爷从容不迫地说,"把酒放在柜台上。"

尼古拉·伊凡内奇弯下身子,呼哧呼哧地从地板上拿起酒来,把它放在桌子上了。

野老爷向雅科夫一看,说:"来!"

雅科夫把手伸进口袋里去掏了一会,拿出一个半戈比铜币来,用牙齿在它上面咬一个印子。包工师从上衣的裾下掏出一只新的、皮制的钱包来,不慌不忙地解开带子,倒了许多零钱在手里,选了一个新的半戈比铜币。糊涂虫拿出他那帽檐已经破碎而脱落了的旧帽子来;雅科夫把他的铜币丢进帽子里,包工师也丢进了自己的铜币。

"你选一个吧。"野老爷对眨眼说。

眨眼得意地微笑一下,两手端着帽子,开始把它摇动。

刹那间屋子里鸦雀无声了,只听见两个铜币互相碰撞,发出轻微的叮当声。我注意地向四周观看:所有的人脸上都表现出紧张的期待的神情;野老爷自己也眯住了眼睛;就连我邻座那个穿破长袍的农人,也好奇地伸长了脖子。眨眼把手伸进帽子里,拿了包工师的铜币出来,大家透一口气。雅科夫脸红了,包工师用手摸摸头发。

"我早已说过了,你先,"糊涂虫高声说,"我早已说过了。"

"好了,好了,不要聒噪了!"野老爷轻蔑地说。"开始吧。"他继续说,向包工师点点头。

"我唱哪一只歌呢?"包工师陷入兴奋状态,这样问。

"唱你爱唱的歌,"眨眼回答。"你想到哪一只,就唱哪一只。"

"当然,唱你爱唱的歌,"尼古拉·伊凡内奇慢慢地把两手交叉在胸前,附和着说。"这个不能指定你。唱你爱唱的歌吧;只是要唱得好;然后我们凭良心判断。"

"当然喽,凭良心。"糊涂虫接着说,舐一舐空酒杯的边。

"弟兄们,让我清一清嗓子。"包工师说着,用手指摸摸上衣的衣领。

"好,好,不要耽搁了——开始吧!"野老爷断然地说,低下了头。

包工师略微想了一想,昂一昂头,走上前些。雅科夫的眼睛出神地盯住他。……

但是在我着手描写这场竞赛之前,先就我这故事中每一个登场人物略讲几句话,我认为不是多余的。他们里面有几个人的生活情况,我在安乐居酒店里碰到他们的时候早已知道了;关于别的几个人的情况,是我后来探听出来的。

先从糊涂虫讲起。这个人的真名字叫做叶甫格拉夫·伊凡诺夫;但是附近一带的人全都叫他糊涂虫,他自己也承认这个绰号,因为它对他非常合适。的确,对于他的貌不惊人和慌张狼狈,这绰号再适当没有了。这是一个放荡的独身家仆,他原来的主人早就抛弃他了,他一点职务也没有,一个铜子的工钱也没有,然而他有办法每天花别人的钱来大喝其酒。他有许多熟人,这些人都请他喝酒、喝茶,他们自己也不知道为的是什么;其实他不但不能使一座添兴,相反地,他的无聊的饶舌、难堪的纠缠、热狂的动作和不断的不自然的笑声,使大家都觉得讨厌。他既不会唱歌,又不会跳舞;有生以来不但不曾说过一句聪明的话,也不曾说过一句有用的话,老是絮絮叨叨,胡说八道——真是一个糊涂虫! 可是在周围四十俄里之内,没有一处酒会上没有他的又高又瘦的身子在客人们中间转来转去,——人们对他已经习惯,就像不可回避的灾祸一般容忍他在座。人们对他固然都很轻蔑,但是能制服他的狂妄的发作的,只有野老爷一人。

眨眼一点也不像糊涂虫。眨眼这个绰号对他也很合适,虽然他的眼睛并不比别人眨得多;大家都知道:俄罗斯人取绰号是能手。虽然我曾经努力探听这个人的比较详细的历史,但是在他的生涯中,我觉得——恐怕别的许多人也觉得——还有暧昧之点,即读书人所谓埋没在不可知的黑暗中的地方。我只打听得他曾经在一个年老而没有子女的女主人那里当过马车夫,带着托付他照管的三匹马逃走了,失踪了整整一年,后来大概体会到了流浪生活的无益和不幸,就自动回来,——但是已经变了瘸腿,——向他的女主人叩头哀求,在若干年之间,用模范行为来抵赎了自己的罪行,就渐渐地受到女主人的恩宠,终于完全获得了她的信任,当了管家;女主人死后,不知怎么一来,他获得了自由,变成了小市商,向邻人租些瓜地,发了财,现在度着逍遥的生活。这是一个阅世很深而心地狡猾的人,并不恶毒,也不慈悲,却是个节俭的人;这是一个老江湖,识得人头,善于利用人。他谨慎小心,同时又像狐狸一样会动脑筋,他像老妇人一样多嘴饶舌,可是自己从来不泄漏真情,却叫别人都坦白出来;然而,他不像别的同类的猾头那样假痴假呆,要他装假根本是很困难的;我从来没有见过比他那双狡猾的小眼睛更锐利聪明的眼睛。这双眼睛从来不单纯地看,总是张望着或者窥视着。眨眼有时一连几个星期考虑一件明明是很简单的事,或者突然决心做一件十分大胆的事,看来似乎他在这上面要倒霉了。……岂知完全成功,一切都非常顺利。他是一个走运的人,他相信自己的幸运,相信预兆。总之,他是很迷信的人。人们都不喜欢他,因为他对谁都不关心,但是人们都尊敬他。他的全部家属就只是一个儿子,他很溺爱这儿子,这儿子受这样的父亲的教养,想必是前程远大的。"小眨眼很像他父亲呢。"现在夏天的傍晚,老人们坐在土堡上闲谈的时候就已经在低声谈论他了;大家都懂得这话的意思,一句话也不须再补充了。

关于土耳其人雅科夫和包工师,没有详情可以叙述。雅科夫的绰号叫做土耳其人,因为他确系被俘的土耳其女子所生。他在心灵上是一个十足的艺术家,但是在身份上是一个商人的造纸厂里的汲水工人;至于包工师呢,老实说,他的身世我还不知道,我只觉得他是一个机敏而干练的城市小商人。但是关于野老爷,值得较详细地谈一谈。

这个人的样子所给与你的第一印象,是一种粗野、笨重、然而无法抵抗的力量的感觉。他的身体很笨拙,即我们那里所谓"粗蛮"的,然而显示出不可摧毁的健康,而且——说也奇怪——他那熊一般的身体,并不缺乏某种特殊的优雅,这种优雅大概是他对于自己的威力的泰然自若的信心所产生的。初见的时候,很难判断这个赫剌克勒斯[1]是属于什么阶层的:他不像家仆,也不像市商,也不像退职的贫穷书吏,也不像领地很少的、破产了的贵族——猎犬师和爱打架的人。他简直是一个特殊人物。没有一个人知道他是从哪里落到我们这县里来的。据传说,他是独院地主出身,以前曾经在某处担任职务,但是关于这一点没有人确实知道,也无从探悉,——从他本人是探询不出来的,因为比他更沉默、更阴涩的人是没有的了。也没有人能够确实地说出他是靠什么生活的;他并不从事任何手艺,也不到别人家里去,几乎不同任何人交往,可是他有

―――――――――――――

〔1〕　赫剌克勒斯,古希腊神话中的大力士。

钱;钱虽然不多,但是有的。他为人并不谦恭,——他根本谈不上谦
恭,——但是很安祥;他生活着,仿佛没有注意到自己周围的人,也绝不
需要任何人。野老爷(这是他的绰号;他的真名字叫作彼列夫列索夫)在
附近一带地方非常有势力;虽然他不但没有任何权力命令任何人,而且
甚至自己也绝不向偶然接触的人表示要求服从,但是人们总是立刻心服
情愿地顺从他。他说话,人们都听从,他的威力常常发生作用。他差不
多不喝酒,也不同女人交往,他热爱唱歌。这个人有许多神秘的地方;似
乎有一种巨大的力量阴沉地潜隐在他身上,这种力量仿佛自己知道,一
旦上升起来,一旦爆发出来,就会毁灭自己以及一切接触到的东西;如果
这个人的生涯中并没有发生过这一类的爆发,如果他不是受了经验教训
而仅免于毁灭,因而现在毫不放松地、极严格地掌握自己,那么我的话完
全说错了。特别使我惊奇的,是他这人身上混合着一种先天生成的凶暴
性和一种也是先天的高尚性,——这种混合是我在别的人那里从未看到
过的。

　　且说,包工师走上前来,半闭着眼睛,用极高的假嗓子开始唱歌了。
他的声音虽然略带沙嗄,但是十分甘美悦耳;他的歌声婉转回旋着,仿佛
陀螺一般,不断地从高音移向低音,又不断地回复到高音上,然后保持着
高音,尽力延长下去,终于停息了,接着又突然以豪迈而放肆的勇气接唱
以前的曲调。他的曲调的转折有时很大胆,有时很滑稽,这种唱法能使
内行人得到很大的快感;德国人听了是要愤慨的。[1] 这是俄罗斯的
tenore di grazia,ténor léger[2]。他唱的是一首愉快的舞曲,这曲子的歌

---

〔1〕　当时俄国人认为德国人是爱好典雅音乐的国民,不喜欢这种华丽的乐风。
〔2〕　意大利文和法文:抒情男高音。

词,我从它的无穷尽的装饰音、附加的辅音和叫声中所能够听到的,只是下面的几句:

> 我这青春的人儿
> 耕种小小的田地:
> 我这青春的人儿
> 播种鲜红的花儿。

　　他唱着;大家全神贯注地听他。他显然是感觉到正在内行人面前表演,因此真是所谓使尽了吃奶的气力。的确,在我们这一带地方,人们对于唱歌都很在行,无怪乎奥廖尔人道上的赛尔吉叶夫斯克村以它的特别和谐悦耳的歌调驰名于全俄国。包工师唱了很久,并没有在他的听众中引起特别强烈的感动,因为他缺乏合唱的助力;最后他唱到一个特别成功的转折处,使得野老爷也微笑了,这时候糊涂虫高兴之极,不禁叫将起来。大家抖擞一下。糊涂虫和眨眼开始轻轻地随声和唱,时而喊叫几声:"棒极了! ……着力呀,好小子! ……着力呀,拖长来,这坏蛋! 再拖长来! 再来一段出色的,你这狗儿! ……阎王要钩你的魂!"喊的都是这一套话。尼古拉·伊凡内奇在柜台后面赞许地把头向左右摇晃着。糊涂虫终于踱起脚来,扭扭捏捏地跨着小步,扭动着肩膀。至于雅科夫,眼睛像炭火一般发光,全身像树叶一般颤抖,异样地微笑着。只有野老爷脸上没有变化,照旧一动不动地站在原地方;但是他那凝视着包工师的目光稍稍柔和起来了,虽然嘴唇上还留着轻蔑的表情。包工师为全体听众的欢欣的表示所鼓舞,简直就像旋风似的呼啸起来,并且开始附加花腔,莺啼一般、打鼓一般地弄着舌头,发狂地鼓动着喉咙,终于疲倦了,脸色苍白,浑身都是热汗了,于是他全身仰向后面,放出最后一个不绝如缕的声音,全体听众疯狂地迸发出一片喝采声来报答他;糊涂虫奔过去挽住了他的脖子,用他那双长长的骨瘦棱棱的手臂搂得他喘不过气来;尼古拉·伊凡内奇的肥胖的脸上泛出红晕,他仿佛年轻了;雅科夫发狂似地叫喊着:"刮刮叫,刮刮叫!"连我邻座那个穿破长袍的农人也忍不住了,用拳头在桌子上敲一下,喊起来:"啊哈!好极了,见鬼,好极了!"然后毅然决然地向一旁吐一口唾沫。

"啊,老兄,痛快!"糊涂虫叫着,抱住精疲力尽的包工师不放,"痛快,没有话可说! 你赢了,老兄,你赢了! 恭喜你——酒是你的了! 雅科夫比你差得远哩。……我告诉你:差得远哩。……你相信我吧!"于是他又把包工师搂在胸前。

"喂,放了他呀;放手呀,纠缠不清的……"眨眼懊恼地说,"让他在凳子上坐一会吧;你瞧他累了。……你这傻瓜,老兄,真是个傻瓜! 干吗死缠住他?"

"好,那么让他坐下,我要为他的健康干一杯。"糊涂虫说着,就走向柜台去。"算你的账,老兄,"他又转向包工师补说一句。

包工师点点头,坐在长凳上了,从帽子里取出一条毛巾来,开始擦脸;糊涂虫连忙贪馋地喝干了一杯酒,按照酒鬼的惯例发出一阵咯咯的喉音,然后装出一副忧虑担心的神气。

"唱得好,老兄,唱得好。"尼古拉·伊凡内奇亲切地说。"现在轮到你了,雅科夫:当心点,别胆小。让我们来看看,究竟谁胜过谁,让我们来看看。……包工师唱得可真好,实在好。"

"好极了。"尼古拉·伊凡内奇的妻子说,带着微笑向雅科夫看看。

"好啊!"我邻座的人低声地重复一遍。

"啊,促狭鬼波列哈[1]!"糊涂虫忽然叫将起来,走近肩上有破洞的农人,用手指点着他,跳跳蹦蹦地,发出颤抖的笑声。"波列哈! 波列哈! 格,罢杰[2]滚出去吧,促狭鬼! 你来做什么,促狭鬼?"他边笑边叫。

可怜的农人慌张起来,已经打算站起来赶快逃跑,忽然听见野老爷的铜一般的声音:

"这畜生怎么这样讨厌?"他咬牙切齿地说。

"我没有什么,"糊涂虫喃喃地说,"我没有什么……我只是……"

"好吧,那就别作声啦!"野老爷说。"雅科夫,开始吧!"

雅科夫把手放在喉头了。

"哦,老兄……这个……嗯……我实在不知道,这个……"

"咳,得了,别害怕呀。你不害羞吗! ……干吗这么扭扭捏捏的? ……想着什么就唱什么吧。"

野老爷便低下头等候着。

雅科夫沉默一下,向四周看看,用一只手遮住了脸。大家用眼睛紧紧地盯住他,尤其是包工师,他的脸上除通常的自信和得意的神情之外,又显出一种不自觉的、轻微的不安。他把身子靠在墙上,重又把两手垫在身子底下,但是两只脚已经不再摆动了。终于,雅科夫露出脸来——这张脸像死人一样苍白;眼睛通过了下垂的睫毛微微发光。他深深地透一口气,然后唱歌了。……他最初唱出的一个音微弱而不平稳,似乎不

---

〔1〕 从波尔霍夫县和日兹德拉县的边境开始的一片绵长的森林地带即南部波列谢的居民,叫"波列哈"。他们的生活方式、性情和语言有很多特点。因为他们的性情多疑而吝啬,故被称之为促狭鬼。——原注。

〔2〕 波列哈说话时,差不多每一句上都加一种喊声:"格!"（ral）和"罢杰"（баде）。——原注。

是从他胸中发出,而是从远处传来,仿佛是偶然飞进房间里来的。这颤
抖的、银铃般的音,对于我们所有的人都发生奇怪的作用;我们大家面面
相觑,尼古拉·伊凡内奇的妻子竟挺直了身子。在这第一个音唱出之
后,第二个音就跟上来,这个音比较坚定而悠长,但是显然还是颤抖的,
仿佛弦线突然被手指用力一拨而响出之后终于急速地静息下去时的震
动声;在第二个音之后,又来第三个,然后渐渐地激昂起来,扩展起来,流
出凄凉的歌声。他唱着:"田野里的道路不止一条,"于是我们大家觉得
甘美而恐怖。我实在难得听到这样的声音:它稍稍有些破碎,仿佛零珠
碎玉的碰响;开头甚至还带有一种病态的感觉;但是其中有真挚而深切
的热情,有青春,有力量,有甘美的情味,有一种销魂而广漠的哀愁。俄
罗斯的真实而热烈的灵魂在这里面流露着,它紧紧地抓住了你的心,简
直抓住了其中的俄罗斯心弦。歌声飞扬起来,散布开来。雅科夫显然已
经如醉如狂了:他不再胆怯,他完全委身于幸福;他的声音不再战栗——
它颤抖着,但这是一种不很显著的、内在的、像箭一般刺入听者心中的热
情的颤抖,这声音不断地剧烈起来,坚强起来,扩大起来。记得有一天傍
晚,退潮的时候,海水的波涛在远处威严而沉重地汹涌着,我在海岸的平
沙上看见一只很大的白鸥:它那丝绸一般的胸脯映着晚霞的红光,一动
不动地坐在那里,只是偶尔对着熟悉的海,对着深红色的落日,慢慢地展
开它那长长的翅膀,——我听了雅科夫的歌声,就想起这只白鸥。他唱
着,完全忘记了他的竞赛者和我们所有的人,但显然是凭着我们的沉默
而热烈的同情的支援,像勇敢的游泳手凭着波浪的支援一样。他唱着,
他的歌声的每一个音都给人一种亲切和无限广大的感觉,仿佛熟悉的草
原一望无际地展开在你面前一样。我觉得泪水在心中沸腾,从眼睛里涌
出;忽然一个喑哑的、隐忍的哭声使我大吃一惊,……我回头一看,酒保

的妻子把胸脯贴在窗上，在那里哭。雅科夫急速地向她一瞥，唱得比以前更加响亮，更加甘美了，尼古拉·伊凡内奇低下了头，眨眼把脸扭向一旁；浑身软化了的糊涂虫呆呆地张开了嘴巴站着；那个穿灰色长袍的农人悄悄地在屋角里啜泣，悲戚地低语着，摇着头；连野老爷的铁一般的脸上，紧紧地靠拢的眉毛下面，也慢慢地流出大粒的眼泪来；包工师把紧握的拳头放在额前，身体一动也不动。……要不是雅科夫在一个很高的、特别尖细的音上仿佛嗓子崩裂了似的突然结束，我真不知道全体听众的苦闷怎样才能解决呢。没有一个人喊一声，甚至没有一个人动一动；大家都仿佛在等待着，是否他还要唱；但是他似乎对我们的沉默感到惊讶，睁大了眼睛，用疑问的眼光向所有的人环顾一下，他看到胜利是属于他的了。……

"雅科夫。"野老爷叫了一声，把手搭在他的肩膀上，不再说话了。

我们大家都仿佛呆住了。包工师悄悄地站起身来，走近雅科夫。"你……是你的……你赢了。"终于他费力地说出，从房间里奔了出去。……

他的迅速而坚决的行动仿佛打破了全场的迷梦：突然大家笑语喧哗地讲起话来。糊涂虫纵身一跳，嘴里喃喃地说着些话，两手像风车翅膀一般挥动起来；眨眼一跷一拐地走近雅科夫去同他亲吻；尼古拉·伊凡内奇站起身来，郑重地宣布：他自己再添出一瓶啤酒；野老爷那么和蔼地笑着，我从来没有想到他脸上会有这样的笑容；穿灰色长袍的农人用两只袖子擦着眼睛、面颊、鼻子和胡须，不时地在自己的一角里反复说着，"啊，好，真好，就算我是狗生的，真好！"尼古拉·伊凡内奇的妻子满脸通红，急速地站起身来走了开去。雅科夫像小孩一般享受着自己的胜利；他的脸完全变了样；尤其是他的一双眼睛，竟闪耀着幸福的光辉。人们把他拉到柜台边;他把哭不停的穿灰色长袍的农人也喊过来,又派酒保的小儿子去请包工师,但是他没有找到他,于是大家就开始喝酒了。"你还会给我们唱一曲哩,你会给我们一直唱到晚上哩。"糊涂虫高高地举起两手,反复地说。

　　我再向雅科夫看一眼,就走出去了。我不想留在这里,我生怕损坏了我所得的印象。但是炎热依旧难堪。它仿佛形成了浓重的一层笼罩在大地上;在深蓝色的天空中,似乎有一种微小的明晃晃的火花,通过了极细的、几近于黑色的灰尘而回旋着。万籁俱寂;在困疲的自然界的这片沉寂之中,有一种绝望的、压抑的感觉。我走到干草棚里,躺在刚才割下而差不多已经干燥的草上了。我很久不能入睡;雅科夫的不可抗拒的声音一直在我耳朵里响着,……终于炎热和疲劳占了优势,我像死去一般睡着了。当我醒来的时候,周围的一切都已经黑暗起来;散乱的草发出强烈的香气,而且有点潮湿了,通过半已破损的屋顶的细木条,无力地闪烁着苍白的星星。我走出去。晚霞早已消失,它的最后的余光在天边微微发白;但是在不久以前炙热的空气中,通过凉爽的夜气,还感觉到热烘烘的,胸中还渴望着凉风。没有风,也没有乌云;整个天空纯净、黑暗而清澈,静悄悄地闪烁着不可胜数却又不甚清晰的星星。村子里隐约地闪现着灯火;从附近的、灯烛辉煌的酒店里飘来一阵紊乱而模糊的喧哗声,其中我似乎听见雅科夫的声音。从那里时时迸发出剧烈的笑声来。我走近窗子去,把脸贴在玻璃上。我看见了一种虽然多样而生动、却很不愉快的光景;大家都喝醉了——从雅科夫开始,大家都喝醉了。他袒露着胸脯,坐在凳子上,正在用嘶哑的嗓子哼着一支庸俗的舞曲,一面懒洋洋地弹拨着六弦琴的弦线。汗水湿透的头发一束束地挂在他那苍白得可怕的脸上。在酒店中央,糊涂虫脱去了上衣,仿佛神经完全失常了似的,正在那个穿灰色长袍的农人面前跳跳蹦蹦地跳着花样舞;那个农人呢,也费力地把一双软弱的脚在地上跺着,磨擦着,蓬松的胡须中间露出无意义的微笑,有时挥着一只手,仿佛想要说:"就这么办吧!"比他的脸更可笑的是没有的了;无论他把眉毛挺得怎样高,那沉重的眼睑总是不肯揭起来,一直盖在不容易看出的、蒙眬的、却又极甘美的眼睛上。他正处在一种酩酊大醉的人的得意状态中,无论哪个过路人看看他的脸,必然会说:"好极了,老兄,好极了!"眨眼全身像虾一般发红,张大了鼻孔,在屋角里恶毒地笑着;只有尼古拉·伊凡内奇,到底是真正的酒保,保持着他的不变的冷静。这屋子里添了许多新人物,但是我没有看到野老爷。

我回转身,快步走下科洛托夫卡村所在的小山冈去。这小山冈的脚下扩展着一片广大的平原;这片平原沉浸在弥漫动荡的夜雾中,愈加显得广漠无边,仿佛同黑暗的天空融合在一起似的。我沿着溪谷旁边的道路大踏步地走下去,忽然远远地从平原上传来一个男孩子的响亮的声音:"安特罗泼卡! 安特罗泼卡——! ……"他带着顽强而哀怨的绝望的声调叫着,把最后一个字拉得很长很长。

他略微静默一下,又叫起来。他的声音在静止的、沉沉欲睡的空气中响亮地传布开来。他叫安特罗泼卡的名字至少叫了三十次,突然,从平原的那一端,仿佛从另一个世界里,传来不大听得清楚的回答:

"什——么——事?"

这男孩子立刻带着欢喜的愤怒叫起来:

"到这里来,小——鬼!"

"干——吗?"过了好一会,那人回答。

"因为爸爸要——打——你。"第一个声音急忙叫出。

第二个声音不再答应了,于是这男孩子重新开始呼吁似地叫安特罗泼卡。他的叫声愈来愈疏,愈来愈弱,到了天色全黑的时候,还传到我的耳朵里来,这时候我正绕着离开科洛托夫卡村四俄里的围住我的村子的那座树林旁边走去。……

"安特罗泼卡——!"这声音似乎一直还在充满夜色的空气中响着。

彼得·彼得罗维奇·卡拉塔叶夫

大约五年前的一个秋天,我在从莫斯科到图拉的路上,因为办不到马匹,在驿站的屋子里坐了差不多一整天。我这一次是打猎回来,没有考虑周到,把自己的三匹马先遣发去了。驿站长是一个上了年纪的人,样子阴气沉沉,头发一直挂到鼻子上,一双小眼睛蒙眬欲睡,他对于我的一切诉苦和要求,用断断续续的抱怨的话来回答,愤愤地碰门,仿佛在诅咒他自己的职务;接着他又走到台阶上去骂马车夫,这些马车夫手里端着很重的马轭在泥泞中慢吞吞地跨着步,或者坐在凳子上打呵欠,搔痒,对于他们的上司的愤怒的叫喊并不加以特别的注意。我已经喝了三次茶,几次想睡都不成功,把窗上和墙上的题字都念遍了:简直寂寞得要命。我带着冷淡而绝望的心情望着我的马车的翘起的车杆,忽然铃声响处,一辆驾着三匹疲惫不堪的马的小马车停在台阶面前了。来客从车子上跳下来,嘴里喊着:"赶快套马!"就走进房间里来。当他带着照例的惊奇听驿站长说"没有马"的时候,我已经用一个寂寞的人所有的全部贪婪的好奇心把我这位新同伴从头到脚打量了一下。他看样子靠近三十岁。痘疮在他脸上留下了不可磨灭的痕迹,这张脸枯瘦而发黄,有一种不愉快的铜色反光;蓝黑色的长头发,后面一卷一卷地挂在衣领上,前面卷成神气的鬈发;一双发肿的小眼睛没有一点表情;上嘴唇上翘着几根髭须。他的服装像赶马市的放浪不羁的地主:他穿着一件十分油污的有花纹的短上衣,戴着一条褪色的雪青绸领带,还有一件有铜钮扣的背心和有很大的喇叭口裤脚的灰色裤子,这裤脚底下略微露出没有擦亮的筒子的尖端。他身上发散出强烈的烟味和酒气;在他那几乎被上衣衣袖遮盖住的又红又胖的手指上,有几只银戒指和图拉戒指。这样的人物,在俄罗斯可以碰见不止几十,而有几百;必须说老实话,同这些人交往,毫无一点趣味;然而,尽管我抱着成见观察这位来客,我却不能不注意到他脸上的和善而热烈的表情。

"瞧,这位先生也在这里等了一个多钟头了。"驿站长指着我说。

"一个多钟头!"这家伙在拿我开玩笑。

"可是他也许不急需。"来客回答。

"这个我们可不知道了。"驿站长阴沉沉地说。

"难道毫无办法吗? 简直没有马吗?"

"没有办法。一匹马也没有。"

"唉,那么叫他们给我拿茶炊来。只得等一会儿,有什么办法呢。"

来客坐在凳子上了,把帽子丢在桌子上,用手摸摸头发。

"您喝过茶了吗?"他问我。

"喝过了。"

"要不要再一块儿喝一次?"

我同意了。——庞大的棕黄色茶炊第四次出现在桌子上。我拿出一瓶糖酒来。我把我的对话人看作一个小地产的贵族,并没有看错。他名叫彼得·彼得罗维奇·卡拉塔叶夫。

我们谈起话来。他来到后还没有经过半小时,已经开诚布公地把他的生平讲给我听了。

"现在我到莫斯科去,"他喝着第四杯茶,对我说,"我在乡下现在已经没有事可做了。"

"为什么没有事可做呢？"

"实在没有事可做了。家道衰败了,说实话,农人被我弄得破产了；碰到了荒年:收成不好,还有种种的不幸,您知道,⋯⋯"他沮丧地向旁边瞥一眼,接着又说:"不过,我怎么算得上当家人！"

"为什么呢？"

"不行,"他打断了我的话,"哪有像我这样的当家人！"他把头侧向一边,专心地吸着烟,继续说:"照您看来,也许以为我是那个⋯⋯可是我,老实告诉您,我只受过中等教育,又没有财产。请您原谅我,我是一个率直的人,而且⋯⋯"

他没有说完他的话,就挥一挥手。我开始向他声明,说他想错了,说我很喜欢同他会晤等等；后来又向他指出:管理地产似乎并不需要过分高深的教育。

"我赞同,"他回答,"我赞同您的话。不过总需要一种特殊的管理法。有的人随意对付农人,倒反没有什么！ 可是我⋯⋯请问,您是从彼得堡来的,还是从莫斯科来的？"

"我是从彼得堡来的。"

他从鼻孔里放出一缕很长的烟气来。

"我是到莫斯科去谋事的。"

"您打算找哪一种职务呢？"

"那我不知道；到了那里再说了。我老实告诉您,我怕就职,因为一有职务就要负责任。我一直住在乡下；住惯了,您知道,⋯⋯可是没有办法,⋯⋯生活穷困啊！ 唉,我穷得真没有办法！"

"您以后倒是要住在京城里了。"

"住在京城里,……唉,我不知道京城里有什么好。且看吧,也许是好的。……可是我似乎觉得没有比乡下更好的地方了。"

"您已经不可能再在乡下住下去了吗?"

他叹一口气。

"不可能了。村子现在差不多已经不是我的了。"

"怎么呢?"

"那边有一个好心人——一个邻居——在掌管着了,……一张票据……"

可怜的彼得·彼得罗维奇用手摸摸脸,想了想,摇摇头。

"唉,有什么办法呢!……"他略微沉默一会之后又接着说:"可是,老实说,我怨不得谁,是我自己不好。我爱胡闹!……真见鬼,爱胡闹!"

"您在乡下生活很愉快吗?"我问他。

"先生,"他直盯着我的眼睛,字字清楚地说,"我有十二对猎狗,这么好的猎狗,我告诉您,是不可多得的。(他扯着调子说出这最后一句话。)追起灰兔儿来劲头十足,对付起狐狸之类的珍贵野兽来,厉害得像蛇一样,简直是毒蛇。还有我那些波尔扎亚猎狗[1],也是可以夸扬的。现在已经成为过去的事了,用不着说谎。我也带着枪去打猎。我有一只狗叫作孔捷斯卡;这只狗发现猎物时装的姿势妙极了,它的空中嗅觉很灵敏。有时我走向沼地去,喊一声:'找!'如果它不肯找的话,你就是带了一打狗去也不行,一点也找不到! 可是如果它肯去找了,简直死在那里都高兴! ……而且它在家里很有礼貌。你用左手给它面包,说'犹太人吃过的',它就不要吃;要是用右手给它,说'小姐尝过的',它马上就要吃了。

---

〔1〕 是一种头部狭长、身躯强壮而四肢细长的猎狗。

我还有一只小狗,是它生的,真出色,我本来想带它到莫斯科去的,可是我的朋友把这小狗连同一枝枪向我要去了;他说:老兄,你在莫斯科哪里用得到这些;老兄,你到了那边情况完全两样了。我就把小狗送给他,把枪也送给他;全都留在那儿了,您知道。"

"其实您在莫斯科也可以打猎的。"

"不打了,打什么呀?以前不懂得节制,现在只有忍受了。还是让我请教您,莫斯科的生活程度怎么样,高吗?"

"不,不太高。"

"不太高?……请问,莫斯科有茨冈人吗?"

"怎么样的茨冈人?"

"喏,就是在集市上来来往往的?"

"有的,在莫斯科……"

"哦,那很好。我喜欢茨冈人,真见鬼,我喜欢……"

彼得·彼得罗维奇的眼睛发出大胆而愉快的光辉。但是他突然在凳子上不安地转动起来,然后陷入了沉思,低下了头,把空杯子递给我。

"请把您的糖酒给我一些,"他说。

"可是茶已经喝完了。"

"没关系,就这样,不用茶。……唉!"

卡拉塔叶夫把头托在两只手里,把手支在桌子上了。我默默地望着他,等候着酒醉的人所不惜的那种感伤的叫叹,或者竟是眼泪,岂知当他抬起头来的时候,他脸上那种沉痛的表情实在使我大吃一惊。

"您怎么了?"

"没有什么,……想起了往事。这样的一段逸事……我想讲给您听,可是不好意思打扰您……"

"哪儿的话!"

"嗯,"他叹一口气,继续说,"世间往往有这样的事,……譬如说,我也碰到过。如果您要听,我就讲给您听。不过,我不知道……"

"请讲吧,亲爱的彼得·彼得罗维奇。"

"这件事也许有点……喏,是这么回事,"他开始说,"可是我实在不知道……"

"啊,别多说了,亲爱的彼得·彼得罗维奇。"

"好,我就讲吧。我碰到过这样的一件事。我住在乡下。……忽然我看中了一个姑娘,啊,那么好的一个姑娘,……又漂亮,又聪明,而且心地很善良!她名叫马特缭娜。可是她是一个普通姑娘,这就是说,您懂吗,是个农奴,简直就是一个奴仆。而且她不是我家的,而是别人家的,——糟就糟在这里。于是我爱上了她,——这确是一个逸话,——她也爱上了我。马特缭娜就请求我,说要我替她向女主人赎身;关于这件事我也考虑过了。……可是她的女主人是一个很有钱的怪老太婆,住在离开我大约十五俄里的地方。终于,有这么一天,我吩咐给我套上一辆三套车,我的辕马是一匹并步马,特种亚细亚马,因此名字叫作朗布尔道斯,——我穿了讲究的衣服,坐车到马特缭娜的女主人那里去了。到了那里一看,房子很大,有厢房,有花园。……马特缭娜在路的转角上等我,想跟我说话,可是只吻了一下我的手,就走开了。于是我走进前室,问:'主人在家吗?……'一个高个子的听差对我说:'请教贵姓?'我说:'我是地主卡拉塔叶夫,到这里来有点事情要跟主人谈谈。'听差进去了;我等着,心里想:会不会有什么问题?也许那老鬼婆要讨重价,越富越要钱。也许要讨五百卢布。终于那个听差回来了,说:'请进。'我跟着他走进客堂。客堂里有一个瘦小的、脸色发黄的老太婆坐在一把安乐椅上,在那里眨眼睛。'您有什么贵干?'起初,您知道,我认为必须说几句'初次拜见,荣幸之至'的话。'您弄错了,我不是这里的女主人,我是她的亲戚。……您有什么贵干呢?'我就告诉她,我需要跟女主人谈谈。……'马利亚·伊里尼奇娜今天不见客,因为她身体不好。……您有什么贵干?'我心里想,没有办法,只得把我的事情对她说明了。老太婆听完了我的话。'马特缭娜? 哪一个马特缭娜?''马特缭娜·费多罗娃,库里克的女儿。''费多尔·库里克的女儿,……您怎么认识她呢?''偶然认识的。''她知道您的打算吗?''知道的。'老太婆沉默了一下,忽然说:'这贱货,我要给她点颜色看看! ……'老实说,我听了很吃惊。'您怎么说这个话! ……我准备为她出一笔钱,只是请指定数目。'这老家伙哑声哑气地咕哝起来。'你想拿这个来吓我们:我们才不稀罕你的钱! ……瞧着吧,我要给她点厉害瞧瞧,我要……我要打掉她的傻气。'老太婆恶狠狠地咳嗽起来。'她在我们这里还嫌不好吗? ……嘿,这鬼东西,上帝原谅我的口孽!'这一下我可实在冒火了。'你为什么威胁这可怜的姑娘? 她有什么过错?'老太婆划起十字来。'啊呀,我的上帝,耶稣基督! 难道我不能自由处置我的奴仆吗?''她又不是你的人!''这是马利亚·伊里尼奇娜的事,先生,跟你没有关系;我一定要给马特缭娜点厉害看看,让她知道她是哪家的奴仆。'说实话,我那时候差一点儿要冲过去打这可恶的老太婆了,可是想起了马特缭娜,就觉得双手无力了。我竟胆怯得难以形容;我开始央求老太婆:'随您要什么都可以。''可是你要她去做什么呢?''我喜欢她,好妈妈;请您替我着想吧。……请让我吻您的手。'我真的就吻了这鬼婆娘的手! '嗯,'这妖婆含糊地说,'让我告诉马利亚·伊里尼奇娜;看她怎样吩咐;你过两三天再来吧。'我惶惑不安地回到了家里。我渐渐觉察到:这件事办得不好,徒然让她们知道了我对她的爱慕,但是我想到这一点已经太迟了。过了两三天,我到女主人那里去。仆人领我走到书房里。这里有许许多多花,陈设非常漂亮,女主人坐在一张很别致的安乐椅上,她的头靠在一个枕头上;上次看见的那个亲戚也坐在那里,还有一个穿绿衣服的、歪嘴巴的、长着淡黄色毛发的姑娘,大概是女伴当。老太婆用鼻音说:'请坐。'我坐下了。她就问我:多大年纪啦,在哪里服务过,以后打算做什么事。她说话时样子很高傲,很神气。我详细地回答了。老太婆从桌子上拿起一块手帕来,在自己面前挥来挥去。……她说:'卡捷林娜·卡尔波夫娜已经把你的意思报告过我了,报告过我了,'她说,'但是我,'她说,'定下了一条家法:不放仆人出去侍候人。这种事有失体统,而且在大户人家很不相宜,因为这是不像话的。这件事我已经处理好,'她说,'你不必再费心了。''说什么费心,……大概是您需要马特缭娜·费多罗娃吧?''不,'她说,'我不需要她。''那么您为什么不肯把她让给我呢?''因为我不愿意,不愿意,就是这么回事。我已经处理好了:把她遣发到草原村庄里去。'我好像被雷击了一下。老太婆用法语对穿绿衣服的姑娘说了两句话,她便走了出去。'我,'她说,'是一个严守规矩的妇人,而且我的身体柔弱,不能忍受烦恼。你还是年轻人;我已经是老年人了,所以我有权利忠告你。你最好安排一个工作,娶一门亲,找一个门当户对的;有钱的未婚女子很少,但是清贫而德性善良的姑娘是可以找到的。'我望着这老太婆,完全不懂得她在那里胡扯些什么;只听见她在谈结婚,可是'草原村庄'这句话一直在我耳朵里响着。结婚! 真见鬼……"

讲话的人说到这里突然停止了,对我看看:

"您没有结婚吧?"

"没有。"

"当然,这是可想而知的。我忍不住了,就说:'得了吧,好妈妈,您在瞎扯些什么呀?现在谈什么结婚呢?我只是要问您,您肯不肯把您的马特缭娜姑娘让给我?'老太婆叹起气来。'啊呀,他打搅了我!啊呀,叫他走吧!啊呀!……'那个亲戚就跑到她身边,向我大声呵斥。老太婆还在那里唉声叹气:'我为什么碰到这样的事?……这样看来,我在自己家里已经不是主人了吗?啊呀,啊呀!'我抓起帽子,像发疯一般跑了出去。"

"也许,"讲话的人继续说,"您要责备我,因为我那样热烈地爱上了一个下层阶级的姑娘。我也不想替自己辩护,……反正已经是这么回事了!……您相信吗,我日日夜夜心情不安。……我痛苦极了!我想,为什么我害了这个不幸的姑娘!我一想起她穿了粗布衣服赶鹅,在主人的命令之下受虐待,村长——穿着涂柏油的长统靴的农人——百般地痛骂她,冷汗就从我身上一滴滴地流下来。我终于忍不住了,打听得她被遣送到哪一个村子里,就骑了马到那儿去。第二天傍晚才走到。他们显然没有预料到我会做出这么意外的事来,所以并没有发出关于我的任何命令。我一直到村长那里去,装作邻村的人一般;走进院子里一看:马特缭娜坐在台阶上,用手托着头。她喊叫起来,我连忙阻止了她,指了一下后院子那边的田野。我走进屋子里去,和村长聊了几句,向他胡编了一大套谎话,就找个机会跑出来,走到马特缭娜那里。这可怜的人儿搂住了我的脖子。脸色苍白了,面容消瘦了,我的心肝宝贝。于是,我就对她说:'不要紧,马特缭娜,不要紧的,你别哭。'可是我自己眼泪流个不住。……后来我觉得不好意思起来,就对她说:'马特缭娜,眼泪是不能解决痛苦的;我们必须坚决行动,你必须跟我逃跑,必须这样做。'——马特缭娜愣住了。……'那怎么行!我要完结了,他们会要我的命!''你这傻子,谁找得到你?''找得到的,一定找得到的。谢谢你,彼得·彼得罗维奇,我一辈子也忘不了你的恩情,可是现在请你丢开了我吧;看来我是命该如此的。''唉,马特缪娜,马特缪娜,我一向认为你是一个有气概的女子。'的确,她很有气概,……她有心灵,高贵的心灵!'你留在这里有什么意思呢! 反正是一样,不会更坏的。你说:村长的拳头你尝过了吗,啊?'马特缪娜满脸通红,她的嘴唇发抖了。'为了我,我家里的人活不成了。''你家里的人……会被流放出去吗?''会的;哥哥一定会被流放出去。''父亲呢?''父亲不会被流放,他在我们那里是一个好裁缝。''那就好了;至于你哥哥,决不会为了这件事完蛋的。'您信不信,我好容易说服了她;她还想起来,说是你将来要为这件事受累呢。……我说:'这不关你的事。'……我终于把她带走了,……不是在这一次,而是在另一次:夜里,我坐了马车来,把她带走了。"

"把她带走了?"

"带走了。……于是,她就住在我家里了。我的房子不大,仆人也少。我可以坦白告诉您,我的仆人是很尊敬我的;他们为了任何利益都不会出卖我。我就开始过逍遥自在的日子。可爱的马特缪娜休息之后,恢复了健康;我就和她眷恋难舍了。……这姑娘真好啊! 不知道哪里学来的:又会唱歌,又会跳舞,又会弹六弦琴。……我不让邻居们看见她,生怕他们多嘴! 可是我有一个朋友,一个知己朋友,名叫果尔诺斯塔叶夫·邦捷列伊——您认识他吗? 他简直热烈地爱慕她;像对一位夫人一样吻她的手,真的。我告诉你,果尔诺斯塔叶夫不像我那样:他是一个有学问的人,普希金的书他全都看过;有时候他跟马特缪娜和我谈起话来,我们都出神地听着。他教她学会了写字,他真是个怪人! 我给她穿怎么样的衣服呢,——简直比省长太太还讲究;我给她缝了一件毛皮镶边的深红色丝绒外套。……她穿着这外套多称身啊！这件外套是莫斯科一家时装店的女店东照新式样缝的，有褶襞的。但是这马特缭娜真奇怪！她有时陷入沉思，一连坐上几小时，眼睛望着地板，眉毛都不动一动。于是我也坐着，对她看，看不厌的，仿佛从来没有见过她似的。……她微微一笑，我的心就哆嗦一下，好像有人在呵我痒。有时她突然笑起来，说着笑话，跳起舞来；那么热情地、那么紧紧地拥抱我，弄得我头晕目眩了。我一天到晚只是考虑：什么可以博得她的欢心？您信不信，我送东西给她，只是为了要看：她——我的心肝——怎样欢天喜地，高兴得脸蛋通红了，怎样试用着我的礼物，怎样换了新装走到我面前来和我接吻。不知怎的，他的父亲库里克探听得了这件事；这老头儿就来看我们，他哭得多么厉害！……是为了欢喜才哭的，您以为怎么的？我们就笼络了库里克。她——我的亲爱的——后来亲自拿出五卢布钞票来给他，他就扑通一声给她叩一个头——这么奇怪的人！我们这样过了大约五个月；我多么希望永远和她在一起这样生活，可是我的命运真可恶！"

彼得·彼得罗维奇停止了。

"发生了什么事？"我怀着同情地问他。

他挥挥手。

"一切都完蛋了。还是我害她的。我的马特缭娜最喜欢乘橇车，她常常自己驾车；她穿了她的外套，戴了托尔若克城制的绣花手套，一路只管叫喊。我们总是傍晚出门，您知道，就是为了可以不碰到什么人。有一次选了一个很好的日子，天气寒冷而晴明，没有风，……我们就出发了。马特缭娜拿起缰绳。我看着，看她开到哪里去。难道开到库库叶夫卡去，开到她女主人的村子里去吗？正是开到库库叶夫卡去。我就对她说：'痴丫头，你要到哪里去？'她回头对我一看，笑了。她说：'让我去胡闹一下吧。''唉!'我想,'冒一次险吧!……'从主人的住宅旁边开过是好玩的吗?您倒是说说,是好玩的吗?我们就开过去。我的并步马走得像游水一般流畅,两匹副马呢,告诉您,完全像旋风似的飞驰,——一会儿,库库叶夫卡的礼拜堂望得见了;忽然看见一辆绿颜色的旧轿车在路上慢吞吞地行驶,一个仆人耸立在车身后面的脚镫上。……这是女主人,女主人坐着车来了!我胆怯起来,可是马特缭娜拼命用缰绳打马,向轿车直冲过去!那个马车夫呀,您知道,他看见我们的车子飞也似地冲上去,就想避到一旁,他转得太急,那辆轿车就翻倒在雪堆里了。窗玻璃打破了——女主人喊起来:'啊唷,啊唷,啊唷!啊唷,啊唷,啊唷!'那女伴当尖声地叫:'停车,停车!'可是我们溜之大吉了。我们一路飞奔着,我心里想:'糟了,我不应该让她开到库库叶夫卡去。'您知道怎么样?女主人认出了马特缭娜,也认出了我,这老家伙!她就控告我,说:我的逃亡女仆住在贵族卡拉塔叶夫家里;她还重重地送了一笔贿赂。果然,警察局长来找我了;这警察局长我认识的,叫作斯捷邦·赛尔盖伊奇·库佐夫金,是一个好人,这就是说,实际上是一个坏人。他来了,就如此这般地说明了情由,他说:'彼得·彼得罗维奇,您怎么干出这种事来?……这件事很严重,法律昭彰的呢。'我对他说:'好,关于这件事,我们当然要谈谈,不过,您路上辛苦了,要不要吃点东西?'他同意吃东西了,但是说:'公事公办,彼得·彼得罗维奇,您自己想一想吧。''这个,当然,公事公办,'我说,'这个,当然,……可是我听说,您有一匹黑毛小马,要不要交换了我那匹朗布尔道斯?……至于那个姑娘马特缭娜·费多罗娃,可并不在我这里呀。''嗯,'他说,'彼得·彼得罗维奇,姑娘确是在您这里,要知道我们不是住在瑞士啊,……至于拿我的马交换您的朗布尔道斯倒是可以的;或者干脆让我领受了这匹马也行。'这一次我好容易把他打发走了。但是那个老太婆闹得比以前更厉害了;她说,花一万卢布也不可惜。您知道吗,她当初见了我,顿时起了一个念头,想我娶她那个穿绿衣服的女伴当,——这是我后来才知道的,所以她才那么愤怒。这些太太们真是什么都想得出来!……大概是因为太寂寞了吧。我的情况糟糕起来了:我不惜金钱,而且把马特缭娜藏起来,——可是不行!他们老缠着我不放松,就像猎狗追赶兔子一样。我负了债,丧失了健康。……有一天夜里,我躺在床上想:'我的天,我为什么受这样的罪?叫我怎么办呢,既然我不能抛撇她?……唉,不能,决不能!'忽然马特缭娜走进我的房间来了。那时候我已经把她藏在离开我家两俄里的农庄里了。我大吃一惊。'怎么?你在那儿也给他们找到了?''不是,彼得·彼得罗维奇,'她说,'在布勃诺伏没有一个人来惊扰我;可是这件事能拖得长久吗?'她说,'我心里痛苦极了,彼得·彼得罗维奇;我可怜你,我的亲爱的;我一辈子也忘不了你的恩情,彼得·彼得罗维奇,现在我来向你告别。''你怎么了,你怎么了,痴丫头?……怎么告别?怎么告别?''是这样的,……我去自首。''我要把你这痴丫头锁在阁楼里。……你想毁了我吗?你要送掉我的命,是吗?'这姑娘不作声,眼睛望着地板。'喂,你说呀,你说!''我不愿再给你添麻烦,彼得·彼得罗维奇。'唉,同她真没有话可讲。……'可是你知道吗,傻子,你知道吗,痴……痴丫头……'"

彼得·彼得罗维奇伤心地号啕起来了。

"你猜怎么着?"他用拳头敲一下桌子,继续说,同时尽力蹙紧眉头,可是眼泪还是在他的火热的面颊上流下来,"这姑娘真的自首了,她真的去自首了……"

"马准备好了!"驿站长走进房间里来,得意扬扬地叫。

我们两个人都站起来。

"马特缭娜后来怎么样呢?"我问。

卡拉塔叶夫挥一挥手。

我和卡拉塔叶夫相逢后一年,我偶然来到莫斯科。有一次,我在午餐前来到猎人市场后面的一个咖啡店里——这是莫斯科的一家特殊的咖啡店。在台球房里,通过了烟气的波浪,隐约地显出一些通红的脸、小胡子、额发、老式的匈牙利外衣和新式的斯拉夫外衣。穿着朴素的常礼服的瘦小的老头儿在那里看俄罗斯报。仆人们端着盘子,轻轻地踏着绿色的地毯,敏捷地来来去去。商人们带着痛苦的紧张神情在那里喝茶。忽然从台球房里走出一个头发略微有点散乱而脚步不很稳健的人来。他把两手插在裤袋里,低着头,毫无表情地向周围望望。

"啊呀,啊呀,啊呀! 彼得·彼得罗维奇! ……您近来怎么样?"

彼得·彼得罗维奇几乎要扑上前来抱住我的脖子了,他拉住了我,微微地摇晃着身子,把我带进一个单独的小房间里。

"这里来,"他说着,殷勤地拉我坐在一张安乐椅上了,"在这里您可以舒服些。茶房,拿啤酒来! 不,拿香槟酒来! 啊,实在想不到,想不到。……到这里长久了吗? 打算久住吗? 这真是所谓天缘凑合……"

"是的,您可记得……"

"怎么不记得,怎么不记得,"他连忙打断了我的话,"这是过去的事了,……过去的事了。……"

"那么您现在在这里做些什么事呢,亲爱的彼得·彼得罗维奇?"

"就是这么生活着。这里生活很好,这里的人都亲切。我在这里很满足。"

他透一口气,抬起眼睛来望着上面。

"你担任职务吗?"

"不,还没有担任职务,可是我打算不久就要去就职。不过职务有什么意思呢? ……交朋友是主要的。我在这里认识了多么好的人啊! ……"

一个男孩子用一个黑盘子端着一瓶香槟酒进来了。

"瞧,这也是个好人。…… 对不对,华西亚,你是个好人? 祝你健康!"

男孩子站了一会,斯文地摇一摇头,微笑一下,就出去了。

"的确,这里的人都很好,"彼得·彼得罗维奇继续说,"有情感,有心灵。……要不要我给您介绍? 那么出色的朋友。……他们一定都高兴认识您。我告诉您,……波勃罗夫死了,真可惜啊。"

"哪一个波勃罗夫?"

"谢尔盖·波勃罗夫。是一个出色的人;他曾经照顾我这个没有知识的乡下人。果尔诺斯塔叶夫·邦捷列伊也死了。都死了,都死了!"

"你一直住在莫斯科吗? 没有到您的村子里去过吗?"

"到村子里……我的村子给卖掉了。"

"卖掉了?"

"是拍卖的……可惜您没有买!"

"您以后靠什么生活呢,彼得·彼得罗维奇?"

"我不会饿死,上帝会保佑的! 钱不会有,朋友是会有的。钱算得什么? ——尘土! 黄金是尘土!"

他眯住眼睛,用手在衣袋里摸索了一会,拿出两个十五戈比钱币和一个十戈比钱币来,放在手掌上给我看。

"这是什么? 是尘土! (钱飞落到地板上。)最好请您告诉我,您读过波列查耶夫的作品吗?"

"读过的。"

"看见过莫恰洛夫〔1〕扮演哈姆莱特吗?"

"没有,没有看见过。"

"没有看见过,没有看见过……(卡拉塔叶夫脸色发白了,眼睛不安地转动起来,他把脸扭向一旁;轻微的痉挛在他的嘴唇上掠过。)啊,莫恰洛夫,莫恰洛夫!'死了;睡着了。'"他用低钝的声音说。

> 什么都完了;要是在这一种睡眠之中,
> 我们心头的创痛,以及其他无数血肉之躯
> 所不能避免的打击,都可以从此消失,
> 那正是我们求之不得的结局。死了;睡着了……〔2〕

"睡着了,睡着了!"他喃喃地说了几遍。

"请问,"我开始说;但是他继续热心地念下去:

> 谁愿意忍受人世的鞭挞和讥嘲、
> 压迫者的凌辱、傲慢者的冷眼、
> 被轻蔑的爱情的惨痛、法律的迁延、官吏的横暴
> 和费尽辛勤所换来的小人的卑视,
> 要是他只要用一柄小小的刀子,
> 就可以清算他自己的一生? ……在你的祈祷之中,

---

〔1〕 莫恰洛夫(1800—1848),俄国优秀的悲剧演员。

〔2〕 见《哈姆莱特》第三幕第一场。此译文引用朱生豪译《哈姆莱特》,以下同。

不要忘记替我忏悔我的罪孽。〔1〕

于是他把头无力地俯向桌子上。他开始格格不吐地说些胡乱的话。
"过了一个月!"他重新提起精神说:

短短的一个月以前,
她哭得像个泪人儿似的,
送我那可怜的父亲下葬;
她在送葬的时候所穿的那双鞋子还没有破旧,
她就,她就——上帝啊! 一头没有理性的畜生
也要悲伤得长久一些……〔2〕

他把那杯香槟酒拿到嘴唇边,但是不喝酒,继续念:

为了赫卡柏!
赫卡柏对他有什么相干,他对赫卡柏又有什么相干,
他却要为她流泪? ……
可是我,一个糊涂颟顸的家伙……
我是一个懦夫吗? 谁骂我恶人? ……
谁当面指斥我胡说? ……
我应该忍受这样的侮辱,

〔1〕 见《哈姆莱特》第三幕第一场。
〔2〕 见《哈姆莱特》第一幕第二场。

　　因为我是一个没有心肝、

　　逆来顺受的怯汉……〔1〕

　　卡拉塔叶夫手里的酒杯掉了下去,他抓住了头发。我似乎觉得我已经了解他了。

　　"唉,算了,"最后他说,"旧事不必重提了,……对吗?(他笑起来。)祝您健康!"

　　"您要在莫斯科住下去吗?"我问他。

　　"我要死在莫斯科!"

　　"卡拉塔叶夫!"隔壁房间里传出一个声音来。"卡拉塔叶夫,你在哪儿? 到这儿来,亲爱的人儿啊!"

　　"有人在喊我了,"他说着,困难地从坐位里站起来,"再见;如果有空,请到我那里去弯弯,我住在×××。"

　　但是我为了意外的情况,下一天就必须离开莫斯科,就没有和彼得·彼得罗维奇·卡拉塔叶夫再见面。

---

　　〔1〕 见《哈姆莱特》第二幕第二场。

幽　会

　　秋天,九月半左右,我坐在白桦树林里。从清早起就下一阵一阵的细雨,其间又时时照射出温暖的阳光;这是变幻无常的天气。天空有时全部弥漫着轻柔的白云,有时有几处地方忽然暂时开朗,在拨开的云头后面露出青天来,明亮而可爱,好像一只美丽的眼睛。我坐着,眺望着周围,倾听着。树叶在我头上轻轻地喧噪;仅由这种喧噪声,也可以知道现在是什么季节。这不是春天的愉快而欢乐的颤栗声,也不是夏天的柔和的私语声和绵长的絮聒声,也不是晚秋的羞怯而冷淡的喋喋声,而是一种不易听清楚的、昏昏欲睡的闲谈声。微风轻轻地在树梢上吹过。被雨淋湿的树林的内部,由于日照或云遮而不断地变化着;有时大放光明,仿佛突然其中的一切都微笑起来:不很茂密的白桦树的细干突然蒙上了白绸一般的柔光,落在地上的小树叶忽然发出斑斓的、赤金的光辉,高大而繁茂的羊齿植物的优美的茎,已经染上像过熟的葡萄似的秋色,参差地掩映着,无穷地交互错综着,显示在你的眼前;有时四周一切忽然又都微微发青:鲜艳的色彩刹那间消失了,白桦树显出白色,不再有光彩,就像还没有被冬日的寒光照临过的、新降的雪一样白;于是树林里悄悄地、狡狯地撒下细雨来,发出潇潇的声响。白桦树上的叶子虽然已经显著地苍白了些,但几乎还是全部绿色的;只有某些地方,长着一棵孤零零的小白桦,全部是红色的或金色的,你可以看到,当太阳光突然迷离恍惚地穿过了新近由晶莹的雨水冲洗过的稠密细枝而溜进来的时候,这棵白桦树在阳光中是何等鲜艳夺目。鸟声一点也听不到:它们都栖息了,默不作声;只是偶尔听见山雀的嘲笑似的声音铜铃般响着。在我歇足于这白桦树林之前,我曾经带着我的狗穿过一个高高的白杨树林。老实说,我不很喜欢这种树——白杨树——及其淡紫色的树桩和尽量往上升的、像颤抖的扇子一般展开在空中的灰绿色的金属性叶子;我不喜欢它那些笨拙地吊在长叶柄上的圆圆的历乱的叶子不停地摇曳着的光景。只有在某几个夏天的傍晚,它在低矮的灌木丛中间孤零零地耸立着,正对着落日的红光,从根到梢浴着同样的火红色,闪耀着,振颤着;或者,在晴明而有风的日子,它整个儿在蔚蓝色的天空中喧哗地翻腾着,瑟瑟地絮语,它的每一张叶子都希望摆脱而飞到远处去似的——只有在这些时候,这种树是可爱的。但是我一般地说来还是不喜欢这种树,所以不在白杨树林里休息,而来到白桦树林里,在一棵枝条生得很低因而可以给我遮雨的树底下找到一个栖身之所,欣赏一下周围的景色之后,便享受只有猎人才能体会的安稳而温柔的睡眠了。

我不知道睡了多少时间,但是当我睁开眼睛来的时候,林子里面全部充满了阳光,四面八方,通过了欢欣地喧噪的树叶,透露出明蓝的亮闪闪的天空来;云被阵风吹散,消失不见了;这时候天朗气清,空气中有一种特殊的、干燥的凉爽之气,使人心中充满了蓬勃的感觉,这差不多常常是整日阴雨之后的明朗平静的夜晚的预告。我已经准备起身,再去试试我的运道看,忽然我的眼睛看到了一个不动的人形。我仔细一看,这是一个年轻的农家姑娘。她坐在离开我二十步的地方,正在低头沉思,两只手无力地放在膝上;一只手半开着,上面放着一束茂密的野花,这束花随着她的每一次呼吸慢慢地滑下到格子纹裙子上去。洁白的衬衫,领口和袖口都扣上,形成短短的柔和的皱襞包围着她的身体;大粒的黄色珠串盘成双行,从她的颈子上挂到胸前。这姑娘相貌很不错。带着漂亮的浅灰色的浓密的金发在一条狭狭的鲜红色发带底下撇成两个梳得很仔细的半圆形,这发带束得很低,几乎就复在象牙般白色的额上;她的脸庞的其他部分,因日晒而微微地显出金黄的黝黑色,这种颜色是只有细致的皮肤才有的。我看不见她的眼睛,因为她不抬起眼睛来;但是我清楚地看见她的高高的纤细的眉毛和长长的睫毛:这睫毛是润湿的,在她的一个面颊上有干燥了的泪痕,这泪痕一直达到略微苍白的嘴唇边,在阳光中闪耀着。她的头全部很可爱;就是稍稍圆肥了些的鼻子,对大体也无损害。我特别喜欢她脸上的表情:这表情那么纯朴温柔,那么悲哀,对于自己的悲哀充满着那么稚气的怀疑。她显然是在那里等候一个人;树林里有什么东西发出轻微的悉嗦声,她立刻抬起头来,回顾一下;在纯净的阴影里,她那双像扁角鹿一般畏怯的明晃晃的大眼睛在我面前迅速地闪现一下。她睁大了眼睛注视着发出轻微声音的地方,倾听了一会,叹一口气,慢慢地把头扭回,俯得比以前更低了,开始慢慢地摸弄着花朵。她的眼睑红了,嘴唇痛苦地颤动一下,浓密的睫毛底下重又流出眼泪来,停留在面颊上,闪闪发光。这样地经过了很多时间;这可怜的姑娘一动也不动,只是有时苦闷地挥动着手,倾听着,一直倾听着。……树林里又有什么东西发出声音来,她抖擞一下。这声音不停息,清楚起来,迫近起来,终于变成了果断而急速的脚步声。她挺直了身子,仿佛胆怯了;她的凝神的眼光由于期望而战栗起来,闪耀起来。通过密密的树木,迅速地闪现出一个男子的身影。她仔细一看,突然脸红了,欢乐而幸福地微笑着,想站起身来,又立刻低下了头,脸色苍白,神态慌张了,直到那人走近来站在她旁边了的时候,她才抬起颤抖的、近于恳愿的眼光来望着他。

　　我怀着好奇心从我的隐避所窥察他一下。老实说,他没有给我愉快的印象。这个人,从各方面看来,是豪富的青年地主的一个宠幸的侍仆。他的服装显示出他很讲究风趣和时髦的放浪:他穿着一件短短的古铜色大衣,——大概是从主人肩上脱下来的,——钮扣一直扣到上面,系着一条两头雪青色的粉红领带,戴着镶金边的黑色丝绒帽子,这帽子低到眉毛上。他的白衬衫的圆领毫不容情地支撑起他的耳朵,切着他的面颊,浆硬的套袖遮住他的手,一直遮到红润润的弯曲的手指,手指上戴着镶勿忘草形状的绿松石的银戒指和金戒指。他那红润、鲜艳而厚颜的脸,属于一种类型,这种类型的脸,据我所注意到的,差不多常常为男子所厌恶,但是不幸而屡屡为女子所喜爱。他显然是要在他的粗鲁的相貌上装出轻蔑而厌倦的表情来;他不断地眯着他那双本来就很小的乳灰色眼睛,皱着眉头,挂下嘴唇的两角,不自然地打着呵欠,带着漫不经心的、然而不很灵活的放肆态度,有时用手整理着卷曲得很神气的火红色鬈发,有时揪着矗立在厚厚的上嘴唇上的黄髭须,——总而言之,装模作样得使人难堪。他一看见正在等候他的那个农家姑娘,就装模作样起来;他慢吞吞地蹒跚着走近她去,在她面前站了一会,扭动一下肩膀,把两只手插进大衣袋里,略微赏给这可怜的姑娘粗忽而淡然的一瞥,便坐在地上了。

　　"怎么样,"他开始说,眼睛仍旧看着别处,摇晃着腿,打着呵欠,"你在这里很久了吗?"

　　那姑娘不能够立刻回答他。

　　"很久了,维克托尔·亚历山大勒奇。"终于她用不易听出的声音说。

　　"唉!(他脱下帽子,傲然地用手在几乎从眉边生起的、浓密的、卷得很紧的头发上摸摸,威严地向四周望望,又爱惜地把帽子盖在他的宝贵的头上了。)我竟完全忘记了。而且你瞧,天又下雨!(他又打一个呵欠。)事情多得很,要件件顾到是不行的,主人还要骂人呢。我们明天要动身了……"

"明天?"姑娘说着,吃惊的眼光直射着他。

"明天,……唔,得啦,得啦,你别哭呀,"他看见她全身战栗起来而慢慢地低下头去,就连忙懊恼地接着说,"阿库丽娜,你别哭呀,我求求你。你知道,我受不了这个。(他皱起他那扁扁的鼻子。)不然我马上就走了。……你真傻,哭什么呢!"

"好,我不哭,我不哭,"阿库丽娜急忙说,一面努力吞下眼泪去。"那么您明天动身了?"略微静默一下之后她又这样说,"我什么时候才能和您再见面呢,维克托尔·亚历山大勒奇?"

"我们会见面的,我们会见面的。不是明年,就是以后。老爷大概要到彼得堡去就职,"他漫不经心地略带鼻音继续说,"我们也许要到外国去呢。"

"您要忘记我了,维克托尔·亚历山大勒奇。"阿库丽娜悲哀地说。

"不,怎么会呢?我不会忘记你的:只是你要放聪明些,别傻里傻气的,要听你父亲的话。……我不会忘记你,不——会。"(他泰然地伸一个懒腰,又打一个呵欠。)

"别忘了我,维克托尔·亚历山大勒奇。"她用哀求的声音继续说。"我真是爱您到极点了,一切都为着您。……您刚才说,我应当听父亲的话,维克托尔·亚历山大勒奇。……可是我怎么能听父亲的话呢……"

"怎么?"他说时正仰卧着,把两手衬在头底下,这话仿佛是从胃里说出来的。

"我怎么能呢,维克托尔·亚历山大勒奇,您也知道的……"

她默不作声了。维克托尔玩弄着他的表的钢链条。

"阿库丽娜,你不是一个愚蠢的姑娘,"终于他说起话来,"所以不要说蠢话。我要你好,你懂得我的意思吗? 当然你并不傻,可以说,不完全是个乡下女子的样子;你的母亲也并不一直是个乡下女子。可是你到底没有受过教育,所以别人对你说话,你应该听从。"

"可是这是多么可怕,维克托尔·亚历山大勒奇。"

"咳,胡说,亲爱的,有什么可怕! 你这是什么?"他坐近她些,继续说,"是花吗?"

"是花,"阿库丽娜颓丧地回答。"这是我采来的艾菊,"她稍稍活跃地继续说,"给仔牛吃是很好的。这是鬼针草,可以医治瘰疬腺病的。您瞧,多么奇怪的花;这么怪的花我一生也没有看见过。这是琉璃草,这是香堇菜。……还有,这是我送给您的,"她说着,从黄色的艾菊底下拿出一小束用细草扎好的浅蓝色矢车菊来,"您要吗?"

维克托尔懒洋洋地伸出手来,拿了花,漫不经心地嗅嗅,用手指把这花束转动起来,时时带着沉思的傲慢态度向上面看看。阿库丽娜望着他。……她那悲哀的眼光里,充满着温柔的忠诚、虔敬的顺从和爱情。她怕他,又不敢哭,同时又要和他告别,又要对他表示最后一次的爱慕;而他呢,像土耳其皇帝一般伸手伸脚懒洋洋地躺着,带着宽大的耐性和迁就态度容忍她的崇拜。老实说,我怀着愤怒注视着他那张通红的脸:在这张脸上,通过了假装轻蔑的冷漠表情,显出一种得意而厌烦的自负之色。阿库丽娜这时候非常可爱:她的整个灵魂信任而热情地展开在他面前,倾心于他,向他表示亲热;而他呢……他把矢车菊掉落在草地上,从大衣的插手袋里拿出一片镶铜边的圆玻璃来,把它装到一只眼睛上去;但是,无论他怎样努力地皱拢眉毛,掀起面颊甚至鼻子来支持它,这玻璃片仍是跌出来,落在他手里了。

"这是什么?"惊讶的阿库丽娜终于问了。

"单眼镜。"他神气活现地回答。

"做什么用的?"

"戴了可以看得更清楚。"

"给我看看。"

"维克托尔皱起了眉头,但还是把玻璃片递给了她。

"当心,别打破。"

"放心,不会打破的。(她怯生生地把它放到一只眼睛上去。)我一点也看不见呢。"她天真地说。

"你要把这只眼睛眯起来啊。"他用不满意的老师的口气说。(她把对着玻璃片的那只眼睛眯起来了。)"不是这只,不是这只,傻瓜!是那一只呀!"维克托尔叫着,他没有让她矫正错误,就把单眼镜从她那里抢了回来。

阿库丽娜脸红了,微微地笑着,把脸扭开去。

"可见我们是不配用的。"她说。

"当然喽!"

这可怜的姑娘沉默了一会,深深地叹一口气。

"唉,维克托尔·亚历山大勒奇,没有了您,我们多么痛苦啊!"她突然说。

维克托尔用衣裾擦擦单眼镜,仍旧把它放在衣袋里了。

"是啊,是啊,"终于他说起话来,"起初你的确会痛苦的。(他体谅地拍拍她的肩膀;她悄悄地从肩上拉下了他的手,羞怯地吻了吻它。)唔,是啊,是啊,你的确是一个好姑娘,"他自满地微笑一下,继续说,"可是有什么办法呢？你自己想想！我和老爷决不能留在这里的;现在快到冬天了,乡下的冬天——你是知道的——真讨厌。在彼得堡就大不相同啦!在那儿,简直妙极了,像你这样的傻子是做梦也想象不到的。多么好的房子、街道,还有交际、文明——真是可惊! ……(阿库丽娜像小孩一样略微张开了嘴,带着贪婪的注意听他讲。)不过,"他补充说,就在地上翻来复去,"我何必讲这些给你听呢? 反正你是不会懂得这些的。"

"为什么呢,维克托尔·亚历山大勒奇? 我懂得的;我全都懂得。"

"瞧你这样子!"

阿库丽娜低下了头。

"您从前对我说话不是这样的,维克托尔·亚历山大勒奇。"她说,并不抬起眼睛来。

"从前? ……从前! 嘿! ……从前!"他说时似乎在发怒。

他们两人都默不作声了。

"我该走了。"维克托尔说着,已经用胳膊肘把身子撑起来。……

"再等一会儿吧。"阿库丽娜用恳求的声音说。

"等什么呢? ……我已经跟你告别过了。"

"等一会儿吧。"阿库丽娜重复说。

维克托尔又躺下了,吹起口哨来。阿库丽娜的眼睛一直不离开他。我看得出,她在渐渐地激动起来了:她的嘴唇抽搐着,她的苍白的面颊微微地泛红了。

"维克托尔·亚历山大勒奇,"她终于用断断续续的声音说起话来,"您太忍心了……您太忍心了,维克托尔·亚历山大勒奇,真的!"

"有什么忍心?"他皱着眉头问,略微抬起头来转向着她。

"太忍心了,维克托尔·亚历山大勒奇。在分别的时候,您总该对我说句好话呀;说一句也好,对我这孤苦伶仃的薄命人……"

"要我对你说什么呢?"

"我不知道;这个您知道得很清楚,维克托尔·亚历山大勒奇。您就要走了,说一句话也好。……我为什么要这样受苦呢?"

"你这个人真奇怪! 我有什么办法呢?"

"说一句话也好……"

"瞧,说的老是这一套。"他懊恼地说,站起身来。

"别生气,维克托尔·亚历山大勒奇。"她好容易忍住了眼泪,连忙说。

"我并不生气,只是你太傻。……你要求什么呢? 反正我是不能同你结婚的,不能同你结婚的,懂吗? 那么,你还要求什么呢? 要求什么呢?"他把脸突出些,仿佛在等候回答,同时又叉开了手指。

"我并不要求什么,……并不要求什么,"她吃吃地回答,勉强壮着胆向他伸出一双颤抖的手,"说一句话也好,在分别的时候……"

她的眼泪像泉水一般淌下来了。

"啊,你又哭起来了。"维克托尔冷淡地说,把帽子拉到了眼睛上。

"我并不要求什么,"她啜泣着,用两手遮住了脸儿,继续说,"可是叫我以后在家里怎么办呢,怎么办呢? 我会遭遇到什么呢,我这薄命人会遭遇到什么呢? 他们会把我这孤苦无依的人嫁给我不喜欢的人。……唉,我真命苦!"

"唠叨吧,唠叨吧!"维克托尔替换着脚站在那里,喃喃地低声说。

"他说一句话也好,只说一句话也好。……就说'阿库丽娜,我……'"

突然迸发的伤心的号哭不让她说完这句话,她倒下身子,把脸贴在草地上,悲戚地痛哭起来。……她全身痉挛地起伏着,后颈骨忽高忽低。……长久抑压在心里的悲哀终于滔滔不绝地迸发出来了。维克托尔在她面前站了一会,站了一会,耸耸肩膀,转过身子,大踏步离去了。

　　过了一会儿。……她安静下来,抬起头,跳将起来,回头望一望,惊讶地拍一下手;她想追上去,但是她两腿发软,跪在地上了。……我忍不住,就向她奔过去;但是她一看见我,不知道从哪里得来一股力量,立刻轻轻地叫一声,站起身来,消失在树木背后了,把散乱的花遗留在地上。

　　我站了一会,拾起那束矢车菊,走出林子,到了田野里。太阳低低地挂在淡白而明净的天空中,它的光线也似乎暗淡而冷却了。它们没有光辉,散布着一种平静的、几乎含有水分的光。离开黄昏不过半个钟头了,但是晚霞稀少得很。一阵一阵的风通过了黄色的、干燥的谷物残株,迅速地向我吹来;卷曲的小叶子在这些残株面前急促地飞扬起来,经过它们旁边,穿过道路,沿着林端飞舞而去;树林向着田野的茂密的一面,全部颤抖着,发出细碎的闪光,清晰而不耀目;在红橙橙的草木上,在草茎上,在麦秆上,到处都有秋蜘蛛的无数的丝一起一伏地闪烁着。我站定了。……我觉得哀愁起来;通过了凋零的自然景物的虽然清新却不愉快的微笑,似乎有即将来临的冬天的凄凉的恐怖悄悄地逼近来了。一只小心的老鸦,用翅膀沉重而剧烈地划破了空气高高地从我头顶飞过,又转过头来向我斜看一眼,接着就向上飞升,断断续续地叫着隐没在树林后面了;一大群鸽子从打谷场敏捷地飞来,突然盘成圆柱形,纷纷散落在田野中——这是秋天的特征! 有人驾着大车在光秃秃的小丘后面经过,大声地响出空车子的声音。……

　　我回到了家里。但是可怜的阿库丽娜的形象很久不离开我的脑际,她的矢车菊,久已枯萎了,到现在还保存在我这里。……

希格雷县的哈姆莱特

　　我在有一次旅行中,受到富裕地主兼猎人亚历山大·米海勒奇·格×××的宴会的招待。他的村庄离开我当时所住的小村约五俄里。我穿了燕尾服——我劝你们即使出去打猎也非穿这件衣服不可——到亚历山大·米海勒奇家去了。宴会约定在六点钟;我五点钟来到,已经有许许多多穿制服、便服和其他难以定名的各种服装的贵族先到着了。主人殷勤地迎接我,但是立刻又跑进餐室管理员的房间里去了。他正在等候一个显贵的大人物,心情有些兴奋,——这兴奋对于他的独立的社会地位和富裕是完全不相称的。亚历山大·米海勒奇没有结过婚,不喜欢女人;到他家里来的人都是独身者。他的生活很阔绰,他大规模地增筑并装修祖传的大厦,每年向莫斯科定购约一万五千卢布的酒,受到一般人的极大的尊敬。亚历山大·米海勒奇在很久以前就退职,并没有获得任何光荣头衔。……那么,什么原因使得他要强请这位显贵光临,并且在盛宴的这天从清早起就兴奋呢? 这正如我所认识的一位司法稽查官所说的话,别人问他拿不拿甘愿送他的贿赂时他回答说:不得而知。

　　我同主人分手之后,就在各个房间里走来走去。几乎全部客人都是我素不相识的;有二十来个人已经坐在纸牌桌旁了。在这些朴烈费兰斯的爱好者之中,有两个军人,相貌高贵而略带憔悴;有几个文官,系着又紧又高的领带,长着只有果断而安分守己的人才有的下垂的染色髭须

(这些安分守己的人整理纸牌时神气十足,并不转动头而只是侧目斜视着走近来的人);有五六个县城官吏,肚子圆肥,两手臃肿而多汗,两只脚规规矩矩地一动也不动。(这些先生们用柔软的声音说话,温和地向各方面微笑,把纸牌拿得紧靠着胸衣,出王牌的时候不敲拍桌子,反之,用波浪形的动作把纸牌飞送到绿呢桌面上,收取赢牌的时候发出轻微而极其彬彬有礼的声响。)其余的贵族有的坐在长沙发里,有的一群一群地挤在门口或窗边;一个年纪已经不轻而外貌像女人的地主,站在屋角里,打着哆嗦,红着脸,忸怩不安地在腰际捻弄他表上的坠饰,虽然并没有人去注意他;还有几位先生,穿着莫斯科裁缝(上等裁缝技师)非尔斯·克留兴所做的圆形燕尾服和格子纹裤子,肆无忌惮而兴致勃勃地在那里议长论短,同时随意地转动他们的肥润而光秃的后脑;有一个二十岁光景的、眼睛很近视的、头发淡黄色的青年,从头到脚浑身穿着黑衣服,样子显然很羞怯,但是在那里刻薄地微笑着。……

我渐渐地觉得有些寂寞起来,忽然有一个名叫伏伊尼春的人来招呼我了;这是一个没有毕业的青年学生,住在亚历山大·米海勒奇家里,算是一个……究竟算是什么,很难说了。他打枪打得很好,又善于训练狗。我还是在莫斯科的时候认识他的。他属于这样的一种青年:这种青年往往在每一次考试的时候都"装木头人",这就是说,对于教授的问话绝不回答一个字。为求音节的美丽,人们又称这些先生们为"巴铿巴尔季斯特"[1]。(您可以想见,这是很久以前的事了。)事情是这样的:例如叫到伏伊尼春的名字,——伏伊尼春在这以前挺直了身子一动不动地坐在自己的位子里,从头到脚直淌着热汗,眼睛慢慢地却又无意识地向周围眺

---

〔1〕 "巴铿巴尔季斯特",意思是生连鬓胡子的人。

望,——他就站起身来,急忙把制服的钮扣扣好,侧着身子走到考试桌旁边。"请拿一个考签,"教授和悦地对他说。伏伊尼春伸出手去,手指战战兢兢地碰到了那堆考签。"请不要挑选。"有一个外来参加监考而很容易激动的小老头——别系的教授——忽然憎恨起这不幸的巴铿巴尔季斯特来,用颤抖的声音这样说。伏伊尼春只得顺从自己的命运,拿了一个考签,把号码给教授看过,走过去坐在窗子旁边了,等候他前面的一个学生回答好自己的问题。伏伊尼春坐在窗子旁边,眼睛不离开考签,至多只是像刚才那样慢慢地向四周望望,然而身体一动也不动。可是他前面的那个学生回答完了,教授们按照他的才能对他说"好,你去吧",或者竟是"很好,好极了"。于是叫伏伊尼春了。伏伊尼春站起身来,用坚决的步调走近桌子旁边。"把你的考签念一遍。"教授对他说。伏伊尼春双手把考签捧到鼻子边,慢慢地念了,慢慢地挂下手去。"现在请你回答吧。"那教授懒洋洋地说,同时把身体向后仰,把两手交叉在胸前了。死一般的静寂支配了这考场。"你怎么啦?"伏伊尼春不开口。外来参加的小老头焦灼起来了。"多少讲一点儿呀!"我的伏伊尼春一声不响,仿佛已经麻痹了。他的剃光的后脑一动不动地矗立着,在那里迎接全班同学的好奇的目光。外来参加的小老头的眼睛几乎跳了出来,他对伏伊尼春恨极了。"这可奇怪了,"另一个监考人说,"你为什么像哑巴一样站着?你是不是回答不出? 回答不出就照实说啊。""请让我另外拿一个考签。"这不幸的人用低钝的声音说。教授们互相看看。"好,你拿吧。"主考人挥一挥手回答他。伏伊尼春重新拿一个考签,重新走到窗口,重新回到桌子边,重新一声不响,仿佛死人一般。外来参加的小老头恨不得把他活活地吞了下去。结果他们把他赶走了,打了个零分。你以为现在他至少总得走出去了吧? 没有这回事! 他回到自己的坐位里,照样一动不动地坐着,直到考试结束,走出去的时候叫着:"唉,受罪! 真倒霉!"这一天就整日在莫斯科街上徬徨,有时抓住了头发,悲痛地诅咒自己的愚昧的不幸。书本他当然碰都不去碰它,第二天上午再反复同样的情况。

就是这个伏伊尼春来招呼我了。我同他谈了一会关于莫斯科和关于打猎的话。

他突然低声对我说:"您要不要我介绍您认识此地最爱说俏皮话的一个人?"

"好,费心了。"

伏伊尼春领我走到一个穿咖啡色燕尾服、戴花领带、额发高耸而长着髭须的、身材矮小的人那里。他的暴躁而灵活的面貌,的确显示出机敏相和刻毒相。飘忽的、讥讽的微笑不断地扭歪他的嘴唇;一双黑色的眯缝的小眼睛在不整齐的睫毛下面表现出果敢的神色。他旁边站着一个地主,这个人身体宽阔,态度柔软而甜蜜,真正是个糖菩萨,而且是独眼的。他在这矮小的人还没有说俏皮话之前预先笑着,仿佛高兴得全身融化了似的。伏伊尼春把我介绍给这位爱说俏皮话的人,他的名字叫作彼得·彼得罗维奇·卢比兴。我们相识了,交换了初见的敬意。

"请允许我把我的一个好朋友介绍给您。"卢比兴抓住了这甜蜜的地主的手,突然用刺耳的声音说。"不要固执呀,基利拉·谢里发内奇,"他又说,"不会咬您的。来。"他继续说,这时候狼狈的基利拉·谢里发内奇笨拙地鞠着躬,仿佛他的肚子落下来了似的。"来,我来介绍:这是一位优秀的贵族。他五十岁以前身体一直很健康,忽然想起要医治自己的眼睛,因此就变成了独眼。从此以后他医治自己的农人,也得到同样的成功。……而他们呢,当然也表示着同样的忠诚。……"

"您这人真是。"基利拉·谢里发内奇含糊地说着,笑起来了。

"您说下去呀,我的朋友,嗳,说下去呀。"卢比兴接着说。"您恐怕免不了要给人家选作法官了,一定会选上的,您瞧着吧。当然喽,那时候会有陪审官来替您出主意的;可是无论如何,您总得会说话,即使说说别人的见解也好。万一省长来了,就会问:'为什么这个法官说起话来结结巴巴的?'别人就会回答他:'因为得了麻痹症。'省长就说:'那么给他放血吧。'这在您的地位是不像样的,您一定同意这话吧。"

甜蜜的地主笑得要命。

"瞧,他笑了,"卢比兴继续说,恶狠狠地望着基利拉·谢里发内奇的起伏的肚子,"他怎么不笑呢?"他又转向我说,"他吃得饱饱的,身体健康,没有孩子,他的农奴没有抵押出,——他还替他们医病哩,——他的太太傻头傻脑的。(基利拉·谢里发内奇把脸略微扭向一旁,装作没有听清楚的样子,但是一直笑着。)我也要笑,我的太太跟一个土地测量员逃跑了。(他露出牙齿装着笑容。)您不知道这回事吗?可不是!她不管三七二十一就逃跑了,留了一封信给我,信上写着:'亲爱的彼得·彼得罗维奇,请原谅我;我为爱情所吸引,跟我的心上人一同离去了……'她爱这测量师,只是为了他不剪指甲,而且穿紧身裤子。您觉得奇怪吗?您会说:'这个人真直爽。'唉,我的天!我们乡下人说的全是真话。可是我们还是走开些吧。……我们为什么要站在未来的法官旁边呢。……"

他拉住我的手臂,我们走到了窗边。

"这里的人都认为我是爱说俏皮话的,"在谈话之中他对我这样说,"您别相信这话。我只不过是一个脾气暴躁的人,要大声骂人:因此我毫无羁束。实际上,我又何必拘谨呢?无论是谁的意见,我都看得不值一文,我什么也不追求;我是一个恶人,——这又有什么关系呢?恶人至少是不需要智慧的。做恶人是一件很爽快的事呢,您不会相信的吧。……

喏,譬如说,喏,您看我们的主人!天晓得,他为什么要这样奔走,时时刻刻看表,微笑,出汗,装神气,而让我们饿肚子?一个显贵人物,有什么稀罕!瞧,瞧,他又在跑了——而且是一跷一拐的呢,您瞧。"

于是卢比兴尖声地笑起来。

"只是一个缺陷,没有太太们,"他深深地叹一口气,继续说,"这是独身者的宴会,——不然,我们这班人就得意了。您瞧,您瞧,"他突然叫起来,"科才尔斯基公爵来了——就是那个高个子的男人,长着胡子,戴黄手套的。一看就知道他是到过外国的,……总是这么迟到。我告诉您,他是一个傻瓜,就像商人的一对马一样;要是在别处,您可以看到,他对我们这班人讲起话来是多么谦虚,我们那些饥渴似的母亲们和女儿们恭维他的时候,他多么宽宏大量地微笑!……他有时也说几句俏皮话,虽然他只是顺便经过才住在这里的;他可真会说俏皮话!简直就像用钝刀来割纤索。他很讨厌我。……让我去招呼他一下。"

于是卢比兴跑去迎接公爵了。

"啊,我私人的仇敌来了,"他突然回到我这里,这样说,"您看见吗?那个胖子,面孔焦黄色的,头上长着硬毛,喏,就是手里抓着帽子、靠着墙壁走路、像狼一样探头探脑的那个人。我卖一匹马给他,只卖了四百卢布,这匹马却值一千,这个不声不响的家伙现在有充分的权利来轻视我了;其实他是那么缺乏思考力,尤其是在早晨,喝茶以前,或者刚吃饭以后,如果你对他说一声'您好',他就回答:'什么?'啊,文官来了,"卢比兴继续说,"退职的文官,破产的文官。他有一个甜菜糖的女儿,和一所生瘰疬腺病的工厂。……对不起,我说倒了,……可是您懂得的。啊!建筑师也到这里来了!是个德国人,可是生着髭须,而且不熟悉自己的业务,真是怪事!……其实他又何必熟悉自己的业务呢;他只要拿贿赂,替我们这些柱子贵族〔1〕多立几根柱子就好了！"

卢比兴又大笑起来。……忽然一种骚乱的兴奋散布在整个屋子里。大人物来了。主人马上奔到前室里。几个忠诚的家人和热心的客人跟着他跑。……嘈杂的谈话声变成了柔和而愉快的絮语声，好像春天的蜜蜂在自己蜂房里所发的嗡嗡声。只有一只不停不歇的黄蜂——卢比兴——和一只堂皇的雄蜂——科才尔斯基——没有把声音放低。……终于蜂王进来了——大人物进来了。人心雀跃地欢迎他，坐着的身体都站起来；甚至那个以廉价向卢比兴买马的地主，甚至这个地主也把下巴贴在胸前。大人物神气非常威严，无以复加了：他常把头向后面仰，仿佛在点头的样子，同时说几句嘉许的话，每一句话都用一个延长的带鼻音的"啊"字开头；他带着极度的愤慨看看科才尔斯基公爵的胡子；向有工厂和女儿的、破产的文官伸出左手的食指。过了几分钟，——在这几分钟内，大人物已经把他没有迟到而非常欣幸的话说了两遍，——大家走进餐厅去，有权势的人走在前面。

不须对读者详述：大人物如何被请坐在首位，文官和省贵族长的中间（这省贵族长脸上有自由而威严的表情，这表情同他的浆硬的胸衣、极其宽大的背心和装法国烟末的圆形鼻烟匣十分相称）；主人如何张罗，奔走，忙乱，敬客，经过大人物后面的时候向他的背脊微笑，像小学生一般站在屋角里，勿忙地接过一盘子汤或者一小块牛肉来吃；听差长如何端上一条嘴里插着一束花的、一个半阿尔申长的鱼来；穿号衣的仆役如何扳起了脸，阴郁地硬要把玛拉加酒或干马德拉酒呈给每一个贵族；差不多所有的贵族，尤其是年长的贵族，如何像勉强尽义务似地喝干一杯一

〔1〕柱子贵族是世袭贵族的意思。这里因为和建筑有关，所以照字面直译。

杯的酒;最后,如何砰砰地开香槟酒,开始举杯祝颂健康——这一切大概是读者所十分熟悉的。但是我觉得特别出色的,是大人物在全体的欢愉的肃静中所讲的一段逸话。有一个人,好像是那个破产的文官,他是熟悉新文学的,他提到了女性的一般影响,尤其是对青年人的影响。"对,对,"大人物接着说,"这是实在的;但是青年人应该严格地加以管束,不然,恐怕他们一看见女人的裙子就要发疯。"(全体客人的脸上都浮出孩子般愉快的微笑;有一个地主的眼色中竟露出感激的神情。)"因为,青年人是愚蠢的"。(这大人物大概是神气的缘故吧,有时改变单词的通行的重音。)[1]"就像我的儿子伊凡,"他继续说,"这傻子还只二十岁,可是他有一次突然对我说:'爸爸,让我讨个老婆吧。'我对他说:'傻子,先要担任职务啊……'于是他就失望,流眼泪,……可是我……才不管他呢……"(大人物说"才不管他呢"这句话的时候,仿佛不是从嘴唇上而是从肚子里说出来的;他沉默一下,威严地看看他邻座的文官,同时把眉毛挺得极高,高得出乎意料。文官愉快地略微把头倾侧些,把对着大人物的那只眼睛极迅速地眨动起来。)"结果怎么样呢,"大人物又说话了,"现在他自己写信给我,说:'父亲,谢谢你,开导了我这个傻子……'可见事情是应该这么办的。"全体客人当然对讲话的人表示十分同意,而且仿佛因为得到快感和教训而精神振作了。……宴会完毕之后,大家站起身来,走向客厅里去,发出较大的、然而仍是很规矩的、仿佛这时候所特许的嘈杂声。……大家坐下来玩纸牌了。

　　我好容易等到了晚上,吩咐我的马车夫在明天早上五点钟给我套车,就去睡觉了。但是我被注定着在这一天内还要认识一个特出的人。

————————

　　〔1〕 "因为"原文是 йбо,大人物说作 ибб。

　　因为来客很多,没有一个人有一间单独的卧室。亚历山大·米海勒奇的听差长领我走进一间绿色的有潮气的小房间里,这里面已经住着另一位客人,衣服都脱光了。他一看见我,就敏捷地钻进被窝里,把被一直盖到鼻子上,在松软的绒毛褥子上翻来复去了一阵子,安静下来,然后用锐利的眼光从他那绵布睡帽的圆边底下向我注视。我走向另一张床铺(这房间里共有两张床铺),脱了衣服,躺在潮湿的褥单上了。我的邻人在床上辗转反侧起来。……我向他道了晚安。

　　过了半个钟头。不管我怎样努力,我无论如何也睡不着,不必要的模糊的念头,形成了无穷尽的行列,顽强而单调地一个一个地移行,仿佛扬水机上的许多桶一般。

　　"您大概没有睡着吧?"我的邻人说。

　　"是啊。"我回答。"您也睡不着吧?"

　　"我从来就不想睡。"

　　"这是怎么回事?"

　　"就是这样。我自己也不知道为什么要睡;躺着,躺着,就睡着了。"

　　"您既然还不想睡,为什么要躺到床上去呢?"

　　"那么叫我做什么呢?"

　　我不回答我的邻人的问题。

　　"我觉得奇怪,"略微静默一会之后他继续说,"为什么这里没有跳蚤。这里没有的话,哪里有呢?"

　　"您好像可怜它们。"我说。

　　"不,不是可怜它们;不过我喜欢一切事情都合乎逻辑。"

　　"瞧,"我想,"他用这样的字眼。"

　　邻人又默不作声了。

"您肯跟我打赌吗?"他突然很响地说。

"赌什么?"

我的邻人开始使我感到兴味了。

"唔……赌什么? 就赌这个:我相信您一定把我当作傻瓜。"

"哪有这样的事?"我吃惊地含糊说。

"当作乡下人,当作无知识的人。……您老实说吧……"

"我还没有和您相识的荣幸,"我回答说:"为什么您能断定……"

"为什么! 单是听您说话的声音就可以知道:您这样随随便便地回答我。……不过我完全不是您所想象的人……"

"请听我说……"

"不,请您听我说。第一,我讲法国话讲得不比您差,讲德国话甚至还讲得比您好;第二,我在外国住过三年,光是柏林就住了八个月。我研究过黑格尔哲学,先生,我能够背诵歌德的作品;而且,我曾经长时期恋爱一位德国教授的女儿,回国以后娶了一个患肺病的小姐,是个秃头,然而人品优秀。可见我和您是同群之鸟;我并不是您所想象的乡下人。……我也拼命地反省,我一点也不鲁莽。"

我抬起头来,加倍注意地看看这个怪人。在寝灯的幽暗的光线中,我很不容易看清楚他的面貌。

"喏,您现在望着我,"他整理一下他的睡帽,继续说,"您大概在问自己:'怎么我今天没有注意到他?'我告诉您,为什么您没有注意到我,因为我不高声说话;因为我躲在别人后面,站在门背后,不跟任何人讲话;因为听差长端着盘子在我面前走过的时候,预先把手臂抬得同我的胸部一样高。……这一切都是为什么呢? 为了两个原因:第一,我是穷人,第二,我已经与世无争了。……请您老实告诉我,您没有注意到我吧?"

"遗憾得很,我的确没有……"

"嗳,对啦,嗳,对啦,"他打断了我的话,"我知道的。"

他坐起身来,交叉了两臂;他的睡帽的长长的影子从墙上打个曲折照到天花板上。

"请您坦白说,"他突然斜看我一眼,继续说,"您一定觉得我是一个很古怪的人,就是所谓奇人;或者,也许比这更坏:也许您以为我是佯装怪人吧?"

"我必须再度向您说明,我不熟悉您……"

他把头低了一会儿。

"为什么我跟您,跟我素不相识的人,这样唐突地说起话来呢——天知道,只有天知道!(他叹一口气。)并不是因为我们的心灵相接近啊!您和我两个都是正派人,也就是利己主义者:您对我毫无关系,我对您也毫无关系;是吗?可是我们两个人都睡不着。……那为什么不聊聊天呢?我现在精神饱满,这在我是很难得的。您看得出吗,我是很胆怯的,我胆怯并不是为了我是外省人、没有官职的人、穷人,而是因为我是一个自尊心非常强的人。可是有的时候,在我既不能确定、也不能预知的偶然发生的良好情况的影响之下,我的胆怯完全消失了,譬如现在就是这样。现在即使叫我同达赖喇嘛面对面,我还想跟他讨点鼻烟来嗅嗅呢。可是,也许您想睡觉了吧?"

"不,相反的,"我连忙回答,"我很高兴跟您谈话。"

"您的意思是说,我把您逗乐了,……那更好了。……那就让我告诉您吧,这里的人都叫我奇人,这就是说,在别的无聊话中间偶然提起我的名字的那些人,都这样称呼我。'我的命运绝没有一个人关心。'他们想要侮辱我。……唉,我的天!他们哪里晓得,……我所以倒霉,就是因为我一点也不奇特的缘故,除了像我现在跟您说话这样的唐突以外,一点也不奇特;但是这种唐突是一个铜子也不值得的。这是一种最廉价、最低级的奇特。"

他把脸转向我,把两只手挥动一下。

"先生!"他提高声音说,"我认为:通常只有奇人才能好好地生活在世界上;只有他们才有生活的权利。有一个人说:Monverre n'est pas grand,mais je bois dans mon verre.[1]您瞧,"他低声地插一句,"我的法国话说得多么清楚。我认为:即使你头脑大,装得下许多东西,即使你理解一切,知识丰富,追随时代,但如果你完全没有一点自己的、特殊的、固有的东西,有什么用处呢!这不过在世间增添了一个寻常事物的仓库罢了,谁能够从这里获得一点满足呢?不,即使愚笨也好,但必须是你自己的!要有自己的气息,自己固有的气息,这一点最重要!您不要以为我对这种气息要求很高。……决不!这样的奇人多得很:不论你往哪儿瞧,到处都是奇人;所有活着的人都是奇人,可是我不在其内!"

"其实,"他略微沉默了一会之后继续说,"我在青年时代曾经怀着多么大的抱负啊!我在出国之前以及回国后的最初一段时期里,对于我个人怀着多么高远的见解!在国外的时候我十分警惕,老是独来独往,我们这种人是应该这样做的,可是我们一直钻研着,钻研着,直到最后,竟连 ABC 都不懂得!"

"奇人,奇人!"他带着责备的口气摇摇头接着说。……"人家称我为奇人,……可是事实上,世界上比我再不奇特些的人是没有的了。我的出生大概也是为了模仿别人。……的确!我的生活也仿佛是模仿着我

―――――――

〔1〕 法语:我的杯子不大,可是我用我自己的杯子来喝。

所读过的各种作家,我辛辛苦苦地生活着;我曾经求学,曾经恋爱,最后曾经结婚,这仿佛不是出于我本人的意愿,而仿佛是履行一种义务,或者上一门功课,——谁分辨得出呢!"

他从头上拉下睡帽,把它丢在床里了。

"要不要我把我的生活讲给您听听?"他用断断续续的声音问我,"或者还是把我生活中的几个要点讲给您听听?"

"好,费心吧。"

"不,我还是把我结婚的情形讲给您听吧。结婚原是一件大事,是全部人生的试金石;在结婚中,好像在镜子里一样,能反映出……。可是这种比喻太陈腐了。……对不起,我要嗅一嗅鼻烟。"

他从枕头底下拿出鼻烟匣来,把它打开了,又讲起话来,一面摇晃着这打开的鼻烟盒。

"先生,请您设身处地替我想一想。……请您判断一下,我能从黑格尔的百科全书中得到怎么样的,怎么样的,您倒是说说,得到怎么样的利益?在这百科全书和俄罗斯生活之间,您倒是说说,有什么共通点?叫我怎样把它应用到我们的生活上去呢?而且不单是这百科全书而已,还有一般的德国哲学……说得过分些,甚至全部科学。"

他在床上跳起来,恨恨地咬着牙齿,低声喃喃地说:

"唉,原来是这么一回事! ……那你为什么要到外国去呢?为什么不坐在家里,就近研究你环境中的生活呢?这样你就可以知道生活的要求和前途,也可以弄清楚你自己的所谓使命了。……可是别那么想吧,"他又换一种声调继续说,仿佛在替自己辩护而胆怯起来了,"这种还没有经任何圣贤写在书本里的东西,叫我们到哪里去研究它呢! 我很乐愿向它——向俄罗斯生活——学习,可是它这宝贝不开口。它说,你就这样来理解我吧;可是我没有这能力:你必须给我作出一个结论,下一个断语。……断语吗？它说,这就是一个断语:你听听我们莫斯科人说话吧——不是像夜莺一样吗？可是困难就在这里:他们像库尔斯克的夜莺那么啭着,而不是像人一样说话。……于是我再三考虑,我想:'科学大概到处都是一样的,真理也是一样的。'我就打定主意动身到外国去,到异教徒那里去了。……有什么办法呢！青春和自负迷住了我。您知道吗,没有到相当的时候我不希望让自己肥胖起来,虽然人家说肥胖是健康的。不过,如果造物不给你肉,你的身体不会肥胖起来的!"

"可是,"他略微想了一想又说,"我好像曾经答应把我结婚的情形讲给您听。请您听吧。第一,我告诉您,我的妻子已经不在人世了;第二,……第二呢,我觉得我必须把我青年时代的情形讲给您听听,否则您一点也不能理解。……您不想睡觉吗？"

"不,我不想睡觉。"

"那好极了。您听听,……隔壁房间里康塔格留兴先生打鼾打得多难听！我是并不富裕的父母所生的,——我说父母,是因为根据传闻,我除母亲之外还有一个父亲。我已经不记得他了;据说,他是一个不大聪明的人,鼻子很大,脸上长着雀斑,头发是火红色的,用一个鼻孔吸鼻烟;我母亲的卧室里挂着他的肖像,穿着红色的制服,黑色的衣领碰着耳朵,相貌非常难看。我常常被带着经过他旁边去挨鞭打,这时候我母亲总是指着他说:'要是你父亲在世,他还不止给你这一点哩。'您可以想象,这对我有多么大的鼓励。我没有兄弟,也没有姐妹;不,说实在的,我有过一个不中用的兄弟,后脑上生了英国病[1],不久就痛苦地死去了。……

---

〔1〕 即佝偻病。

英国病为什么要侵入到库尔斯克省的希格雷县来呢？但是问题不在这里。母亲怀着乡下女地主的全部热忱来从事我的教养：她从我出世的那个辉煌的日子开始就教养我，一直到我满十六岁。……您是不是在听我讲？"

"当然喽，请讲下去吧。"

"唔，很好。到了我满十六岁的时候，我母亲立刻毫不踌躇地撵走了我的法国家庭教师——从涅仁的希腊区来的一个德国人，名叫斐里波维奇的；她带我到莫斯科，在大学里报了名，她的灵魂就归天了，把我留给我的一个嫡亲叔叔照看，这叔叔是一个司法稽查官，名叫可尔登·巴布拉，是不仅希格雷县一地闻名的人物。我的嫡亲叔叔，司法稽查官可尔登·巴布拉，依照惯例把我的财产洗劫一空。……但是问题也不在这里。我进大学的时候——应该为我母亲说句公道话——已经具有很好的素养；但是我的缺乏奇特性在那时候就已经显露出来了。我的童年时代跟别的青年们的童年时代毫无差别：我也是愚蠢地、萎靡地长大起来，好像在羽毛褥子里长大起来一样，也是很早就开始背诵诗篇，而且消沉起来，以喜欢幻想为口实，……幻想什么呀？——哦，对了，幻想美……及其他。我在大学里不走别的路：我立刻加入了学会[1]。那时候和现在不同。……可是您也许不知道，什么叫做学会？我记得席勒在有一首诗里说：

　　Gefährlich ist's den Leu zu wecken,

---

[1]　十九世纪的三十年代，莫斯科出现种种学会（或译"小组"）。有的崇奉德国的唯心主义哲学，主张主观的自我完成；有的崇奉法国的空想社会主义，否定了俄罗斯的现实。此人所加入的学会属于前者，但对于理想主义与俄罗斯现实的背驰感到绝望。

Und schrecklich ist des Tigers Zahn,

Doch das schrecklichste der Schrecken——

Das ist der Mensch in seinem Wahn!〔1〕

我向您保证:他要说的并不是这个;他要说的是:Das ein '学会' ⋯⋯in der Stadt Moskau!〔2〕"

"您认为学会有什么可怕的情形呢?"我问。

我的邻人抓住他的睡帽,把它拉到了鼻子上。

"我认为有什么可怕的情形?"他叫起来。"是这样的:学会,是一切独创发展的毁灭;学会,是社交、女性、生活的丑恶的代用品;学会⋯⋯唉,且慢;让我告诉你,什么叫做学会! 学会,是懒惰和萎靡的生活的共存并列,并且人们给它蒙上合理事业的名义和外形;学会用议论来代替谈话,使你习惯于毫无成果的闲谈,使你不得独自做有益的工作,在你身上种下文学的疥癣,终于剥夺了你的灵魂的清新之气和纯洁力量。学会,这是以亲睦和友爱为名义的庸俗和无聊,这是以坦白和同情为借口的倾轧和诛求的联合;在学会里,凭仗每个朋友的权利,无论何时何刻,都可以把自己的污秽的手指一直插进同伴的内心深处,无论何人的心灵上,都没有一处纯洁无瑕的地方;在学会里,人们都崇拜空头饶舌家、自命不凡的才子、少年老人,爱戴庸碌无才而有'隐秘'思想的诗人;在学会

---

〔1〕 德语:
　　唤醒狮子危险得很,
　　老虎牙齿多么狰狞,
　　但世间最可怕的,
　　是精神错乱的人。

〔2〕 德语:是莫斯科城里的"学会"!

里,十七岁的年轻小伙子狡狯地、巧妙地谈论女人和爱情,可是在女人面前一声不响,或者对她们谈话像对书本一样,——谈的都是些什么东西呀! 在学会里盛行着巧言舌辩;在学会里互相监视不亚于警察官。……啊,学会! 你不是学会,你是一个魔法圈,在这圈子里毁灭了不少正派的人!"

"唔,您太夸张了,请允许我指出。"我打断了他的话。

我的邻人默默地对我一看。

"也许是的,天晓得,也许是的。可是我们这种人只剩下一件乐事,那就是夸张。于是,我就这样在莫斯科住了四年。先生,我没法形容给您听,这一段时光过得多么快,快得不得了;回想起来,竟使我感到又悲哀又懊恼。往往早晨起来,就像乘了雪橇滑下山去一样,……眼睛一眨,已经飞到了山脚下;黄昏到了;于是一个睡眼蒙眬的仆人给你穿上一件紧绷绷的常礼服——你穿好衣服,不慌不忙地去到朋友那里,抽几筒烟,喝几杯淡茶,谈谈德国哲学、爱情、精神的永远的光明,以及其他辽远的主题。但是在那里我也碰到过奇特而有独创性的人:有的人无论怎样摧毁自己,压迫自己,可仍然保持着自己的本性;只有我这个不幸的人,像柔软的蜡一般捏塑自己,我的可怜的本性一点也不表示反抗! 这时候我已经二十一岁了。我接受了我的承继产,或者,更正确地说,接受了我的承继产中我的保护人认为可以留给我的那部分,我把全部世袭领地托付给一个已经赎身了的家仆华西里·库德略舍夫照管了,便出国去,到了柏林。我在外国,我已经对您说过了,住了三年。可是怎么样呢? 在那边,在外国,我仍旧是一个不奇特的人。首先,自不必说,我对于欧洲本身,对于欧洲的生活,丝毫也没有理解;我不过是在德国教授和德国书的诞生地点听德国教授讲课和读德国书罢了,所不同的就是这一点。我度着孤独的生活,像修道士一样;我和几个退职的俄罗斯陆军中尉们厮混着,这些人像我一样为渴望求知而苦闷,然而理解力极其迟钝,而且不善于辞令;我又结交一些从奔萨和其他丰腴的省份里来的愚钝的家族;有时我上咖啡店去坐坐,有时读读杂志,晚上去看看戏。我和当地人很少交往,同他们谈起话来似乎很紧张,他们之中没有一个人来访问我,除了两三个纠缠不清的犹太籍的骗子,他们时常跑到我这里来,向我借钱,贪图 der Russe[1] 的容易受骗。最后,一个奇妙的机会偶然把我带到了我的一个教授家里;事情是这样的:我到他那里去登记听讲,但是他忽然邀请我参加他家的晚会。这教授有两个女儿,年纪都在二十七岁左右,身体矮矮壮壮的——天晓得——鼻子那么魁伟,头发鬈曲,眼睛淡蓝色,红润润的手,淡白色的指甲。一个名叫林亨,另一个名叫明亨。以后我就常常到这教授家里去。我必须告诉您:这教授并不笨,可是好像有些颓唐,他在讲坛上讲起话来头头是道,但是在家里说话发音不清,而且老是把眼镜戴在额上;他还是一个博学的人。……于是怎么样呢?忽然我觉得我爱上了林亨,这种感觉整整继续了六个月。我跟她谈话的时候实在很少,老是对着她看;可是我把各种动人的作品朗诵给她听,偷偷地握她的手,到了晚上就和她一块儿幻想着,顽强地看着月亮,或者单看天空。而且她煮咖啡煮得好极了!……这样看来,还等待什么呢?只是有一点弄得我很窘:在所谓不可名状的幸福的瞬间,不知怎的,我的心窝里老是发痛,我的胃里通过一阵苦闷而寒冷的战栗。我终于忍受不了这种幸福,就逃走了。此后我又在外国过了整整的两年:我到过意大利,曾经在

---

〔1〕 德语:这俄罗斯人。

罗马的《基督变容》〔1〕面前站一会,又在佛罗伦萨的"维纳斯"〔2〕面前站过一会;我突然陷入了过分的狂欢中,仿佛着了魔一般;晚上我做做诗,而且开始写起日记来;总之,那时候我的生活也和大家一样。可是您瞧,作奇人是多么容易。譬如我对于绘画和雕塑是毫无知识的。……这一点我照理可以堂皇地说,……可是不,那怎么可以! 还是得找个向导,跑去看看壁画。……"

他又低下头,又脱下了睡帽。

"终于我回到了祖国,"他用疲倦的声音继续说,"来到了莫斯科。在莫斯科,我发生了可惊的变化。在外国我大都是沉默的,可是到了这里,忽然高谈阔论起来,同时天晓得为什么变得非常自负起来。碰到一些谦虚的人,几乎把我看作天才;太太小姐们同情地倾听我的夸夸其谈;但是我不善于保持我的声望。有一天早晨,发生了关于我的诽谤(谁造出来的,我不知道,一定是某一个男性的老处女,——这种老处女在莫斯科多得很),发生之后,就像草莓一样生芽抽须。我被纠缠住了,想跳出来,切断这些粘缠不清的线,可是不行。……我就离开了。在这一点上也表明了我是一个荒谬的人;我应该静静地等候这袭击的过去,像等候荨麻疹的痊愈一样;那么这班谦虚的人会重新欢迎我,这些太太小姐会重新带着笑容听我讲话。……但是糟糕的就在这里:我并不是奇人。您知道,我的良心忽然苏醒了,我觉得不好意思再饶舌,絮絮不休地饶舌,饶舌——昨天在阿尔巴特,今天在特卢罢,明天在西夫则维·符拉瑞克,讲的老是这一套。……但是别人要听这一套可又怎么办呢? 请看这方面

―――――――

〔1〕　中世纪意大利画家的作品。
〔2〕　古希腊雕像。

的真正的战士:他们对于这个满不在乎;相反的,他们就需要这种生活,有的人二十年靠舌头吃饭,而且老是这一套。……这就是自信心和自尊心! 我也有这种自尊心,直到现在都还没有完全熄灭。……但是坏就坏在这里:因为我,再说一遍,并不是奇人,我停留在中庸之道上;上苍应该赋给我更多的自尊心,或者索性完全不给我。但是在最初的时期,我的确弄得走投无路;加之旅居外国,彻底耗尽了我的财产,而要我娶一个年纪还轻而身体已经像果子冻一般松软了的商家女,我又不肯,——我就退避到自己的村子里去。"接着我的邻人又斜看我一眼,继续说:"关于乡村生活的第一印象、自然界的美、孤寂生活的幽静的魅力等等,我大概可以略去不谈了吧。"

"可以,可以。"我回答。

"况且,"谈话者继续说,"这些都是无聊的,至少我所接触到的是如此。我在乡村里很寂寞,仿佛一只被关闭的小狗;虽然,老实说,我春天第一次在归途上经过熟悉的白桦树林的时候,我的头晕眩了,我的心由于一种模糊而甜蜜的期望而怦怦地跳了。但是这种模糊的期望,您知道,是永远不会实现的;相反的,却实现了完全不期望的别的情形,例如:兽疫啦,欠租啦,拍卖啦,诸如此类。我由总管雅可夫帮助,一天一天地勉强混日子;这总管是代替以前的管家的,到后来就变成了比前者即使不更大至少也相等的掠夺者,外加用他那涂柏油的长统靴的气味来破坏我的安静生活;有一次我想起了邻近一家相识的人家——一个退职陆军上校的夫人和两个女儿,便吩咐套马车,去访问这邻家。这一天应该是我永志不忘的纪念日,因为过了六个月,我就娶了这位上校夫人的第二个女儿! ……"

讲话的人低下了头,把双手举向上面。

　　"不过,"他热心地继续说,"我不愿意使您对这个死去的女人有坏的看法。决不可以！这是一个极高尚、极善良的人,一个慈爱的、能忍受一切牺牲的人;虽然如此,我应当在您我之间说老实话:要是我没有遭逢到丧妻的不幸,我大概不可能在今天跟您谈话了,因为我家的库屋里的梁木至今还在,我曾经不止一次准备悬梁自尽呢！"

　　"有些梨子,"他略微沉默一会之后又开始说,"要放在地窖里过一些时候,然后它们的所谓真滋味出来了,我的已故的妻子看来也是属于这一类造物的。只有到了现在。我才能为她说句完全公道的话。只有到了现在,譬如说,我回想起结婚前同她在一起度送的几个黄昏,非但不引起我一点苦楚,反而使我感动得几乎流下眼泪来。她们的家境并不富裕;她们的房子很老式,是木造的,但是很舒适,建造在山上,位在一个荒芜了的花园和一个草木丛生的院子之间。山下面有一条河,通过茂密的树叶,隐约地望得见河水。一个大凉台从屋子里通向花园,凉台前面有一个长满蔷薇花的椭圆形的花坛鲜艳夺目;花坛的每一端都长着两棵相思树,已故的主人当它们还嫩的时候就把它们绕成螺旋形。稍远的地方,在荒芜了的野生的树莓丛中,有一个亭子。这亭子的内部粉刷得很精巧,但是外貌那样陈旧衰朽,使人看了心里怪不舒服的。凉台上有一扇玻璃门通到客厅里;在客厅里,有这样的光景呈现在观者的好奇的眼前:屋角里都砌着瓷砖火炉;右面有一架蹩脚钢琴,上面堆积着些手抄的乐谱;一张长沙发上罩着褪色的白花纹浅蓝色沙发缎;一张圆桌;两个玻璃橱,上面放着叶卡捷琳娜时代的磁器玩具和琉璃珠玩具;墙上挂着一幅有名的肖像画,上面画着一个淡黄发少女,胸前抱着一只鸽子,眼睛注视上方;桌子上放着一个花瓶,瓶里插着新鲜的蔷薇花。……您瞧,我描写得多么详细。就在这客厅里,在这凉台上,表演着我的恋爱的一切悲喜剧。这女邻居本人是一个凶恶的女人,说话常常带着凶狠的嘶哑声,是一个强横的泼妇;两个女儿之中一个名叫薇拉,同普通县城里的小姐没有什么两样;另一个名叫索菲亚,我爱上了索菲亚。姐妹俩另外还有一个房间,是她们共同的卧室,这里面有两张纯洁的木床,有黄颜色的纪念册,有木犀草,有画得很拙劣的、男女朋友的铅笔肖像画(其中有一个绅士的肖像很特出,他脸上的表情特别富有精神,画上的签字更有精神,他在青年时代曾经使人对他怀着过高的期望,但是结果同我们大家一样——一事无成),还有歌德和席勒的胸像,德文书,干枯了的花冠以及其他留作纪念的东西。但是这房间里我难得进去,而且不喜欢进去:我在那里不知道为什么透不过气来。还有——真奇怪! 当我背着索菲亚坐的时候,觉得她最可爱,或者,当我在凉台上,尤其是在黄昏,思念她或是幻想她的时候,尤其觉得可爱。那时候我望望晚霞,望望树木,望望已经黑暗而还清楚地显出在蔷薇色天空中的细碎的绿叶;在客厅里,钢琴旁边,坐着索菲亚,她正在不停地弹奏贝多芬作品中她所喜欢的充满热情的沉思的一个乐句;那凶恶的老太婆坐在长沙发上安稳地打鼾;在充满着夕照的餐室里,薇拉忙着准备茶;茶炊发出奇妙的咝咝声,仿佛有什么乐事;脆饼折断的时候发出愉快的爆裂声,勺子碰着茶杯的时候发出清朗的声音;金丝雀顽强地啭了一整天,突然静息下去,只是难得啾啾地叫几声,仿佛有什么要求;从透彻的轻柔的云层中偶尔掉下几点疏落落的雨滴来。……我坐着,坐着,听着,听着,望着,我的胸襟开朗起来,我又感觉到我在恋爱了。于是,就在这样的黄昏的影响之下,我有一次向老太婆请求娶她的女儿,大约过了两个月,我就结婚了。我似乎觉得我是爱她的。……到现在这时候,应该知道了,可是我实在到现在也还不知道我到底爱不爱索菲亚。她是一个善良、聪明而沉默寡言的人,她有一颗温暖的心;但是天晓得是为了什么缘故,是为了久居乡村的缘故还是另有别的缘故,在她的心底上(倘使心有底的话)有一个创伤潜隐着,或者不如说,有一个伤口在溃烂着,这个伤口没有办法医好,而且她和我都说不出它的名称来。关于这个创伤的存在,我当然是在结婚之后才猜测到的。我为它费尽心机,都没有用! 我在童年时代养过一只黄雀,有一次给猫抓住了,终于被救了出来,医好了伤处,但是我这只可怜的黄雀不能复健;它闷闷不乐了,憔悴了,不再唱歌了。……结果,有一天半夜里,一只大老鼠钻进了它的开着的笼子里,咬掉了它的嘴,它这才决心死了。不知道一只什么样的猫把我的妻子也抓住了一会,她也闷闷不乐起来,憔悴起来,像我那不幸的黄雀一样。有时她自己显然想振作一下,在新鲜空气中、阳光底下、自由天地里振奋起来;她尝试一下,又萎缩了。她是爱我的,她曾经好几次向我保证,她更无别的愿望了,——呸,见鬼! 她的眼光黯然失色了。我想,会不会过去有过什么事情? 我就调查,但是结果毫无所得。好,现在请您判断:如果是奇人,大概会耸一耸肩膀,叹两口气,照旧过自己的生活;可是我,因为不是一个奇人,就要想到悬梁。我的妻子深深地沉浸在老处女的一切习气中——爱好贝多芬、夜游、木犀草、和朋友们通信、纪念册等等,——因而对于任何其他生活方式,尤其是对于主妇的生活,她无论如何也不能习惯;然而,一个已经出嫁的女人困于无名的烦恼,每天晚上唱《你不要在黎明时候唤醒她》,实在是可笑的。"

"于是,我们就这样享了三年福;第四年上索菲亚由于初产而死了,而且——真奇怪——我仿佛早就觉得,她是不可能赏给我一个女儿或儿子,赏给大地一个新居民的。我记得她殡葬时候的情景。那时候是春天。我们教区的礼拜堂并不大,已经很旧了,圣幛发黑了,墙壁上光秃秃的没有什么装饰,砖地有好几处破损了;每一个唱诗班席位上供着一个古老的大圣像。棺材抬进来了,它被安放在圣幛正门前面正中央的地方,罩上了褪色的盖棺布,周围摆着三个蜡烛台。仪式开始了。一个衰老的教堂执事后面拖着一个小小的发辫,低低地系着一条绿色的腰带,在读经台前悲哀地诵读经文;神甫年纪也老了,相貌和善,眼睛眯眯细的,穿着黄色花纹的紫色法衣,兼任着助祭的职务作祈祷。在敞开的窗子里,满是垂枝白桦的新鲜的嫩叶在那里摇曳着,发出籁籁的声音;院子里飘进草的香气来;蜂蜡烛的红色的火焰在明丽的春光中变成淡白色了;整个礼拜堂里都听得见麻雀的吱喳吱喳声,有时圆屋顶下面飞进一只燕子来,发出响亮的叫声。在金粉似的太阳光里,几个农人的淡褐色的头敏捷地一起一伏,正在热心地为死者祈祷;香炉的洞孔里喷出一缕淡蓝色的烟来。我看看我妻子的死气沉沉的脸。……我的天! 就是死,就是死神亲自来到,也不能解救她,不能医好她的创伤;还是这么一副病态的、胆怯的、不露声色的表情,——她仿佛到了棺材里也还不自在……我心中充满了悲恸。她是一个心地很善良的人;可是为她自己着想,还是死了的好!"

讲话的人双颊通红,眼睛黯淡无光了。

"终于,"他又说起话来,"我摆脱了我妻子死后我所感到的沉重的颓丧,我就打算去从事所谓事业。我在省城里就了职;但是在官家机关的大房间里,我觉得头痛得厉害,眼力也不好起来;正好发生了其他的事由,……我就辞职。我想到莫斯科去一趟,可是第一,钱不够用;第二,……我已经对您说过,我是与世无争了。这与世无争可说是突如其来的,也可说不是突如其来的。在精神上,我早已与世无争了,可是我的头还不肯低下去。我认为我的思想感情的质朴,是受了乡村生活和不幸事件的影响而来的。……在另一方面，我早就注意到：差不多所有我的邻居，年轻的和年老的，起初由于我有学问、到过外国，以及我的教养的其他优点而感到惶恐，现在不但已经完全看惯了，竟开始对我粗暴或者轻率起来，不再爱听我的议论，对我说话也不再用敬语了。我还忘记告诉了您：在我结婚后的第一年中，因为寂寞，我曾经尝试写作，还寄了一篇文章到一个杂志社里去，要是我不记错的话，那是一个中篇小说；但是过了一些时候，收到编辑者一封彬彬有礼的信，在这封信里有一段是说：我的智慧是不能否定的，但是缺乏天才，而在文学中需要的就是天才。还有，我听人家说：有一个过路的莫斯科人，却是一个善良的青年人，在省长的晚会上顺便批评了我，说我是一个才能涸竭而毫无价值的人。但是我的半自发的蒙蔽性还是继续存在着，因此，您知道，我不愿意给自己'打耳光'；终于有一天早晨，我睁开了眼睛。是这么一回事：县警察局长到我家里来了，他的目的是要我注意我领地里有一座坍损的桥，而这座桥是我绝对没有能力修理的。这个宽宏大量的秩序监督者用一块鲟鱼干来下一杯烧酒，同时用长辈的口吻责备我的疏忽，然而也体谅我的境遇，劝我只要叫农人们堆些粪料上去就行了；接着他就吸起烟来，和我谈论着即将来到的选举。那时候，有一个叫作奥尔巴萨诺夫的人正在图谋省贵族长这个荣誉的称号；他是一个空头饶舌家，外加又是一个贪污分子。况且他在财富上和声望上都不是特出的人。我发表了关于他的意见，而且说得很不客气；老实说，我看不起这位奥尔巴萨诺夫先生。县警察局长对我看看，亲切地拍拍我的肩膀，和气地说：'喂，华西里·华西里叶维奇，我和您是不应该议论这种人的——我们哪里配呢？……安分守己些吧。''得了吧，'我懊恼地反驳，'我和奥尔巴萨诺夫先生之间有什么差别呀？'警察局长把烟斗从嘴里拿出，睁大了眼睛，突然大笑起来。

'哈，这人真滑稽，'最后他流着眼泪说，'说出这样的话来，……啊！怎么啦？'直到离去为止，他不断地嘲笑我，有时用胳膊肘推推我的身体，而且竟直呼我的名字。他终于去了。这是我所缺少的最后一滴；我的杯子满得要溢出来了。我在房间里踱来踱去好几回，在镜子面前停下来，长久长久地注视着自己的狼狈的脸，慢慢地伸出舌头来，带着苦笑摇摇头。我眼睛上的翳落下来了，我清楚地看到，比在镜子里看自己的脸更清楚地看到，我是一个多么无聊的、不足道的、没有用的、不奇特的人！"

　　讲话的人沉默了一会。

　　"在伏尔泰的一出悲剧里，"他颓丧地继续说，"有一个贵族因为达到了不幸的极点而感到欢喜。在我的命运中虽然没有一点悲剧性的事件，但是老实说，我也体味过这一类心情。我感到了冷酷的绝望中的毒辣的狂喜；我曾经整个早晨从容不迫地躺在自己的床上，诅咒自己的诞生时日，这时候感到多么甜蜜；我还不能立刻与世无争。而实际上，请您想想，贫穷把我困住在我所痛恨的乡村里了；产业、职务、文学——都不来缠着我；我避免和地主们来往，书读厌了；至于那些抖动着鬈发而热狂地絮聒着'生命'这个字眼的、身体水肿而精神异常敏感的小姐们，自从我停止了饶舌和赞叹以来，她们对我一点也不感兴趣了；我不善于而且也不可能完全离群索居。……我就开始，您知道怎么着？我就开始到邻居们那里去闲逛。我好像醉心于自轻自贱似的，故意去招致各种琐碎的屈辱。食桌上仆人送菜的时候漏掉我，人们冷淡地、傲慢地对待我，终于完全不注意我；他们竟不让我加入共同的谈话，于是我往往就故意在屋角里向一个极愚蠢的饶舌家唯唯称是，这种饶舌家当我在莫斯科的时候是乐愿吻我脚上的灰尘和大衣的边缘的。……我竟不愿意想起我正在委身于讽刺的痛苦的快感。……算了吧，在孤独中还谈什么讽刺！瞧，我就是这样地一连过了好几年,而且直到现在还是这样……"

"这太不成样子了,"邻室里康塔格留兴先生的瞌睡懵懂的声音埋怨说,"哪一个傻瓜半夜里在谈天?"

讲话的人迅速地钻进被窝里,胆怯地探出头来望着,举起一根手指来警告我。

"嘘……嘘……"他低声说,接着,仿佛是向康塔格留兴说话的方向道歉和陪礼,恭敬地说:"知道了,知道了,对不起……"继而又低声地说:"应该让他睡觉,他需要睡觉,他要恢复力量,那么,至少明天吃起东西来,可以照样地满意。我们没有权利打扰他。况且我所要谈的,似乎都对您谈过了;您大概也想睡了。祝你晚安。"

讲话的人极迅速地转过脸去,把头埋在枕头里了。

"至少让我请教尊姓……"我问。

他敏捷地抬起头来。

"不,看上帝面上,"他打断了我的话,"请您不要问我姓名,也不要向别人打听。就让我在您心目中成为一个无名的人——为命运所伤害的华西里·华西里叶维奇吧。况且我是一个不奇特的人,所以也就不配有独特的姓名。……但是如果您一定要给我一个称呼,那您就称呼……称呼我为希格雷县的哈姆莱特[1]吧。无论在哪个县份里,都有不少这样的哈姆莱特,不过别的您也许没有碰见过。……再见吧。"

他又钻进他的绒毛被褥里去了;第二天早晨他们来叫醒我的时候,他已经不在房间里了。他在黎明之前就离去了。

---

〔1〕　哈姆莱特是指一种长于作无益的反省而又缺乏意志、不善于实践的人。

且尔托泼哈诺夫和聂道比斯金

夏天,有一个炎热的日子,我坐了马车打猎回来;叶尔莫莱坐在我旁边点着头打盹。睡着的狗都像死了一般躺在我们脚边,跟着车子跳动。马车夫不断地用鞭子驱赶马身上的牛虻。白茫茫的灰尘像轻云一般在车子后面飞扬。我们开进了灌木丛林里。道路凹凸不平起来,车轮常常碰着树枝。叶尔莫莱抖擞一下,向周围看看。……"嗳!"他说,"这里一定有松鸡。我们下车吧。"我们停了车,走到树木丛密的地方。我的狗碰到了一窝鸟。我开了一枪,正要重新装弹药,忽然我后面发出很大的窸窸窣窣的声音,一个骑马的人用手分开树枝,向我走来。"请问,"他用傲慢的声音说,"您有什么权利可以在这里打猎,先生?"这不相识的人说话特别快,断断续续的,而且带鼻音。我对他看看:我有生以来没有见过这样的人。亲爱的读者,请想象一个身材矮小的人,头发淡黄色,长着一个红润润的狮子鼻,和极长的火红色髭须。一顶深红色呢顶了的尖头波斯帽戴在前额上,一直遮盖到眉毛边。他穿着一件破旧的黄色短上衣,胸前有黑色棉天鹅绒的弹药袋,衣缝里全部镶着褪色的银带;他肩上背着一个号角,腰带上挂着一把短剑。一匹瘦弱的、鼻子凸出的栗毛马在他身子底下发疯似地折腾着;两只瘦削的弯脚波尔扎亚猎狗也在马蹄旁边打转。这个陌生人的面貌、眼光、声音、每一个动作,全部都表现着狂妄的勇敢和见所未见的过度的傲慢;他那双淡蓝色的、没有神气的眼睛像醉汉一样东转西晃;他仰起头,鼓起两颊,鼻子里嗤嗤作响、浑身震颤着,仿佛威势过盛似的——样子活像一只吐绶鸡。他重复了他的问话。

"我不知道这里是禁止打猎的。"我回答。

"先生,"他继续说,"您是在我的土地上啊。"

"好,我马上就离开这儿。"

"可是请问,"他说,"您是贵族吗?"

我说出了我的姓名。

"那么,请您打猎吧。我自己也是贵族,很乐愿为贵族服务。……我叫作邦捷列·且尔托泼哈诺夫。"

他弯下身子,大喝一声,在马的脖子上抽了一鞭;马摇着头,用后脚站起来,冲向一旁,踩着了一只狗的脚。那只狗尖声地叫嗥起来。且尔托泼哈诺夫激怒了,嘴里咕哝着,用拳头在马的两耳中间的头上打了一下,比闪电更迅速地跳到地上,察看一下狗的脚,在伤口上吐些唾液,在狗肚子上踢了一脚,叫它不要叫,然后抓住马的鬃毛,把一只脚插进马镫里。那匹马昂起头,竖起尾巴,侧着身子冲进丛林里去;他一只脚一跳一跳地跟着它走,然而终于坐上了鞍子,发狂似地挥着皮鞭,吹着号角,驰骋而去了。我吃惊于且尔托泼哈诺夫的突如其来的出现,还没有恢复自在的时候,忽然一个年约四十岁的、身体胖胖的人骑着一匹小黑马,差不多毫无声息地从丛林里走出来。他站定了,从头上脱下绿色的皮帽子,用尖细而柔和的声音问我,有没有看见一个骑栗毛马的人? 我回答他说,看见的。

"这位先生往哪一方面去的呢?"他用同样的声音继续问,并不戴上帽子。

"往这边。"

"多谢您啦。"

他用嘴唇发出啧啧的声音,两只脚在马肚子上敲敲,跨着小步子得得地走向我所指示的方向去了。我目送着他,直到他的出角的帽子隐没在树枝后面为止。这个新来的陌生人在外表上一点也不像他前面的那个人。他的脸像球一样圆肥,表现出羞涩、和善而温顺的神情;鼻子也很圆肥,上面全是青筋,表明他是一个好色之徒。他的头上,前面一根头发也不剩了,后面簇着稀疏的淡褐色发卷;一双小眼睛好像是用芦苇叶子切出来似的,亲切地眨动着;红润的嘴唇甜蜜地微笑。他穿着一件有硬领和铜钮扣的常礼服,这衣服已经穿得很破旧了,但是很干净;他的呢裤子吊得很高;在长筒靴的黄贴边上面露出肥胖的小腿肚。

"这个人是谁?"我问叶尔莫莱。

"这个? 是吉洪·伊凡内奇·聂道比斯金。住在且尔托泼哈诺夫家里的。"

"怎么,他是个穷人吗?"

"没有什么钱;可是且尔托泼哈诺夫也是一个铜子也没有的。"

"那么他为什么要住在他那里呢?"

"他们才要好呢,两个人随便到哪儿都在一起。……真是穿连裆裤的……"

我们走出了丛林;突然我们附近有两只共恰亚猎狗〔1〕吠叫起来,一只壮大的雪兔跳进了已经长得很高的燕麦田里。几只共恰亚猎狗和波尔扎亚猎狗跟着它从树林里跳出来,且尔托泼哈诺夫本人在狗的后面冲将出来。他不叫喊,不向狗发号令要它们去追捕;他气喘吁吁的,上气不

---

〔1〕 猎狗之一种,善于从树林里跳出来追捕野兽。

接下气了;他那张开的嘴巴里有时发出些断断续续的、毫无意义的声音来;他突出了眼睛奔驰着,发狂地用皮鞭抽打那匹不幸的马。波尔扎亚猎狗追上了那只雪兔,……雪兔蹲踞一下,迅速地向后转,经过叶尔莫莱面前,钻进树丛里去了。……波尔扎亚猎狗和它交手而过。"快——跑,快——跑!"失神的猎人口齿不清地用力叫喊,"老兄,帮个忙!"叶尔莫莱开了一枪。……受伤的雪兔倒栽在平坦而干燥的草上,往上一跳,在袭击过来的猎狗的牙齿里悲惨地叫号起来。共恰亚猎狗立刻都跑拢来了。

且尔托泼哈诺夫像翻斤斗似的跳下马来,拔出短剑,又开了两条腿跑到狗旁边,怒气冲冲地咒骂着,攫取了被它们撕碎的兔子,然后抽搐着整个脸,把短剑插进兔子的喉咙里,直到剑柄为止,……插进之后,就咯咯地叫喊起来。吉洪・伊凡内奇在树林边上出现了。"咯咯咯咯咯咯咯咯!"且尔托泼哈诺夫又叫一次。……"咯咯咯咯,"他的同伴从容不迫地附和着。

"夏天照理是不应该打猎的。"我指着被踏倒的燕麦对且尔托泼哈诺夫说。

"这是我的田。"且尔托泼哈诺夫气喘地回答。

他割下兔子的脚,把胴体挂在鞍子后面的皮带上了,把脚分给狗吃了。

"朋友,我叨光你的弹药了。"他按照打猎的规矩对叶尔莫莱说。"还有您,先生,"他又用那种断断续续的生硬的声音对我说,"也多谢了。"

他跨上马。

"请教……我忘记了……您尊姓大名?"

我又说了我的姓名。

"我能和您相识,非常荣幸。倘有机会,欢迎您到我家来玩。……"

继而他又愤怒地说:"那个福姆卡到哪里去了,吉洪·伊凡内奇? 追捕雪兔的时候他不在这里。"

"他骑的马倒毙了。"吉洪·伊凡内奇微笑着回答。

"倒毙了? 奥尔巴桑倒毙了? 嘿,呸! ⋯⋯他在哪里,在哪里?"

"在那边,林子后面。"

且尔托泼哈诺夫用皮鞭打一下马的嘴脸,急速地奔驰而去。吉洪·伊凡内奇向我鞠了两次躬——一次为他自己,一次为他的同伴,然后又跨着小步子,徐徐地走进树林里去了。

这两位先生强烈地引起了我的好奇心。⋯⋯这两个性情完全不同的人的牢不可破的友谊是凭什么结合起来的呢? 我就开始调查。我所探得的情形如下。

邦捷列·叶列美奇·且尔托泼哈诺夫是附近一带到处闻名的一个凶险而狂妄的人,头等的傲慢人和鲁莽汉。他在军队里服务过极短的一个时期,因为发生"不快事件",就以当时人们所谓"母鸡不是鸟"的官衔[1]的名义退了职。他出身于一家曾经富裕的世家;他的祖先们生活很阔气,依照草原居民的习俗,这就是说,邀请的和没有邀请的客人都招待,请他们大吃大喝,分发给客人的马车夫每三匹马一俄石[2]的燕麦,家里养着乐师、歌手、帮闲和狗,在节庆日款待众人喝葡萄酒和麦酒,每逢冬天用自己的马驾着沉重的大马车到莫斯科去;有时却一连几个月没有一文钱,靠家禽来糊口。邦捷列·叶列美奇的父亲所得到的家产,已经衰败了;到他手里又被尽情地挥霍一番,他死的时候,留给他唯一的承

───────────

〔1〕　当时俄罗斯谚语:"母鸡不是鸟,准尉不是军官。"可知他的官职是准尉,是极小的官职。

〔2〕　俄石是俄国旧容量单位,等于209.91公升。

继人邦捷列的,只是已经抵押出的贝松诺伏村连同三十五个男农奴和七十六个女农奴,还有科洛勃罗道伐荒原上十四又四分之一俄亩不适用的土地,不过在先人的文件中并没有找到关于这土地的任何契纸。这位先人实在是由于非常奇怪的方式而破产的:是"经济核算"毁灭了他。照他的见解,贵族们不应该依靠商人、市民和类乎此的他所谓"强盗";他在自己的领地内创设了各种各样的手艺作坊;"又体面,又便宜,"他常常这样说,"这就是经济核算!"他终身没有放弃这种致命的思想;正是这种思想使他破产了。然而他因此博得了一时期的欢乐! 他所有的奇怪想头都被实行了。在种种发明之中,有一次他依照自己的想法建造了一辆庞大的家庭马车,这辆马车笨重极了,尽管他把整个村庄里所有的农家马连同马的主人们都赶了来,叫他们齐心协力地来拖,但是它在第一个斜坡上就倾倒而坍损了。叶列美・卢基奇(邦捷列的父亲名叫叶列美・卢基奇)吩咐在这斜坡上立一个纪念碑,心里却一点也不懊丧。他又曾想出来建造一个礼拜堂,当然是自己设计,不要建筑师帮助。他把整个树林的木材拿来烧成砖瓦,奠定了基础——大得不得了! 竟同省里的大礼拜堂的基础一样;他造好墙壁,开始建造圆屋顶,圆屋顶落了下来。他再造,圆屋顶又坍塌了;他第三次造,圆屋顶第三次崩溃了。我的叶列美・卢基奇就寻思起来:这事情不妙,……一定是可恶的巫术在那里捣蛋,……突然下个命令:鞭打全村的老太婆。老太婆都被鞭打过了,但是圆屋顶还是造不起来。于是他开始依照新计划来替农人改建住屋了,一切都根据经济核算;他把每三家农户筑成三角形聚在一起,中央立一根竿子,竿子上装置一只油漆的椋鸟笼和一面旗。他往往每天想出一个新鲜花样来:有时用牛蒡叶来煮汤,有时把马尾毛剪下来给家仆做帽子,有时打算用荨麻来代替亚麻,用蘑菇来喂猪……。然而他不单是爱搞经济上的花样,又关心他属下的福利。有一次他在《莫斯科时报》上读到了哈尔科夫的地主赫略克－赫鲁表尔斯基的一篇关于农民日常生活中的道德效果的文章,第二天就发出命令:所有的农人必须立刻把哈尔科夫地主的这篇文章熟读到会背诵。农人们把文章读熟了;主人问他们是否懂得这里面所写的话。管家回答说:"怎么不懂呢!"就在那时候,他为了维护秩序和便于经济核算起见,命令把他所有的属下编起号码来,每个人在衣领上缝着他的号码。遇见主人的时候,每个人都要喊一声:"我是第×号!"主人就和气地回答:"你去吧!"

然而,不管怎样地讲究秩序和实行经济核算,叶列美·卢基奇渐渐地陷入了极困难的境况中,起初他把自己的几个村子抵押出了,后来又卖掉了;最后的祖居地,就是那个有一所未完成的礼拜堂的村庄,是由公家来卖的,幸而不在叶列美·卢基奇生前,——他一定吃不消这种打击的,——而在他逝世后两星期。他总算还能够死在自己家里、自己的床上,有自己人围绕在旁边,由自己的医生照料着;但是可怜的邦捷列所得到的只是一个贝松诺伏村。

邦捷列知道父亲生病的消息的时候,已经在就职了,正在前述的"不快事件"的高潮上。他还只十九岁。他从童年时代起就没有离开过家庭,一向由他母亲养育着。他母亲是一个心地善良而十分愚蠢的女人,名叫华西里萨·华西里叶夫娜,她把他养成了一个宠子和纨袴儿。她一手包办他的教养;叶列美·卢基奇专心于他的经济设计,无暇及此。有一次他固然也曾亲手鞭打他的儿子,为了他把字母 рцы(尔则)读作了 арцы(阿尔则),但是这一天叶列美·卢基奇心里深深地怀着隐痛,因为他的一只最好的狗在树上撞死了。不过华西里萨·华西里叶夫娜对于邦捷列的教养的操心,也只限于一次艰苦的努力:她费了九牛二虎之力替他请到一个家庭教师——阿尔萨斯的一个退职军人,名叫比尔科普夫的。直到她死为止,她一看见这家庭教师就像树叶一般发抖。她想:"啊,要是他不干了,我就糟了! 叫我怎么办呢? 哪里找得到别的家庭教师呢? 这一个还是好不容易从邻妇家里挖来的!"比尔科普夫是一个机敏的人,立刻利用了自己地位的优越,拼命地喝酒,一天到晚睡觉。邦捷列结束了"学科",就去就职。这时候华西里萨·华西里叶夫娜已经不在世间了。她是在这重大事件发生之前半年受惊而死的:她梦见一个穿白衣服的人骑着一只熊,胸前标着"反基督者"的字样。叶列美·卢基奇不久也追随他的配偶去了。

　　邦捷列一听到父亲生病的消息,骑着马火速赶回家里,但是已经来不及同父亲见面了。当这个孝子突然从富裕的承继人变成穷人的时候,他是多么吃惊啊! 这样剧烈的转变,没有几个人吃得消的。于是邦捷列的性情粗野起来,冷酷无情起来。他原来是一个虽然暴躁放肆,却很正直、慷慨又善良的人,现在变成了一个傲慢而鲁莽的汉子;同邻居们不往来了,——他羞见富人,又厌恶穷人,——他对所有的人态度都非常粗卤,甚至对地方当局也如此,他说:"我是世袭贵族。"有一次警察局长没有脱帽走进他的房间里来,险些儿被他开枪打死了。当局方面当然也不放松他,有机会的时候也叫他知道当局的厉害;然而人们还是有点怕他,因为他的脾气异常暴躁,一句话不合,便白刃相见。别人稍有一点反抗,且尔托泼哈诺夫的眼睛就骨溜溜地乱转,声音断断续续了。……"啊呀—呀—呀—呀—呀,"他嚷起来,"我不顾死活了!"……简直要发疯了! 他又是一个清白的人,从来不沾染一点坏事。当然没有一个人去访问他。……虽然如此,他的心地却是善良的,甚至有他自己的伟大之处:他路见不平和欺压,就不能忍受;他尽力庇护他的农人。"怎么?"他发狂似地敲着自己的头说,"想触犯我的人,触犯我的人?除非我不是且尔托泼哈诺夫……"

吉洪·伊凡内奇·聂道比斯金的出身不像邦捷列·叶列美奇那么可以自傲。他的父亲出身于独院地主,经过四十年的服务,才获得了贵族的地位。世间有一种人,灾难像对私人仇敌一般毫不放松地紧紧追逐着他——老聂道比斯金先生便是属于这一种人的。这可怜的人在整整六十年的生活过程中,从出生到死去,一直同小人物所特有的一切贫困、疾病和灾祸作斗争;他像鱼碰在冰上一般挣扎,吃不饱,睡不足,平身低头,东奔西走,忧愁疲劳,为每一个戈比而发抖,他的确是为了职务而"无辜地"受罪;终于没有为自己或孩子们赚得起码的粮食,就死在阁楼里或地窖里了。命运像猎狗追逐兔子一般折磨他。他是一个善良而诚实的人,可是"按照职位"而受一点贿赂——从十戈比到两个卢布。老聂道比斯金曾经有一个瘦弱的、患肺病的妻子;还有许多孩子;幸而不久就死掉了,只剩下吉洪和一个女儿,这女儿名叫米特罗道拉,绰号叫作"商家花",经过许多可悲的和可笑的事件之后,嫁给了一个退职的司法稽查官。老聂道比斯金先生总算在生前替吉洪安顿了一个事务所的编外官员的职位;但是父亲一死,吉洪立刻就退职了。永远的提心吊胆,对饥寒的艰苦斗争、母亲的忧愁苦闷、父亲的绝望的奔忙,房东和店主东的粗暴的压迫,——这些日常不断的痛苦,在吉洪的性情中养成了一种说不出的胆怯:一看见上司的影子,他就发抖而失神,好像一只被捕的小鸟。他放弃了职位。漫不经心的、也许是开玩笑的造物,往往把各种能力和嗜好赋给人们而完全不考虑到他们的社会地位和财产;它用它所固有的关心和亲爱,把吉洪这个穷官吏的儿子塑造成一个多情善感、游手好闲而性格温柔的人——一个特别适宜于享乐的、具有极灵敏的嗅觉和味觉的人，……它精工地塑造完成之后，就让它这个作品靠酸白菜和腐臭的鱼生长起来。这个作品长大了，就开始所谓"生活"。于是精彩的光景来了。毫不让步地折磨老聂道比金斯的命运，照样地折磨起这儿子来：它显然是吃出滋味来了。但是它对付吉洪的办法不同：它并不虐待他，而是拿他来寻开心。它从来不使他陷入绝望，从来不让他感受到饥饿的可耻的痛苦，却驱使他在全俄罗斯漂泊，从维利基－乌斯秋格到察辽伏－可克舍斯克，从一个卑鄙可笑的职位到另一个：有时照顾他在一个爱吵闹而脾气暴躁的贵族女善人家里当"听差长"；有时安插他在一个富裕而吝啬的商人家里作食客；有时派他替一个头发剪成英国风的、眼睛突出的贵族老爷当秘书长；有时委任他替一个从事犬猎的人当半家仆、半小丑的职务。……总而言之，命运强迫可怜的吉洪一滴一滴地喝干寄生生活的苦味的毒汁。他终生替游手好闲的贵族们的难堪的奇想和带睡意而恶毒的烦闷服务。……有好几次，一群客人任情地拿他来玩笑取乐之后，终于释放他独自回到自己的房间里，这时候，他的羞耻心燃烧起来，眼睛里噙着绝望的冷泪，立誓明天一定偷偷地逃走，到城里去碰碰自己的运气看，即使找到一个抄写员的小职位也好，否则，索性一下子饿死在街上。然而第一，上帝没有赋给他力量；第二，他生性胆怯；还有第三，到底怎样去替自己谋职位，去请托谁呢？"他们不会要我的，"这苦命人常常悲伤地在床上翻来覆去，轻声地说，"他们不会要我的！"于是第二天重新去做这枯燥乏味的工作。有一个原因使他的境况更加显得困苦了，那就是：这位用尽心计的造物竟不肯赋给他至少限度的、吃滑稽饭所几乎非有不可的能力和天才。例如，他不善于反穿着熊皮大衣跳舞跳到累得要倒下来；他不善于在鸣鞭的近旁说笑话和献殷勤；在零下二十度的时候要他裸体，他有时会伤风；他的胃既不能消化搀着墨水和其他污物的酒,又不能消化加醋的极细小的毒蝇蕈和伞蕈。要不是他的最后的恩人——一个发了财的专卖商人——偶尔高兴在他的遗嘱中添写这一笔,吉洪的前途真是不堪设想呢。那遗嘱里写着:"将我自购的贝赛林杰叶夫卡村及其一切属地交与巢齐亚(即吉洪)·聂道比斯金,作为他的永远世袭的财产。"过了几天,这恩人在吃鲟鱼汤的时候突然中风而死。一时骚动起来;法院里突然来了人,把财产都严密地查封了。亲戚们会集拢来,打开遗嘱来宣读了,就找寻聂道比斯金。聂道比斯金来了。大部分在场的人都知道聂道比斯金在恩人这里是当什么差使的,因此纷纷用大声的叫嚣和嘲笑的祝辞来迎接他。"地主来了,看呀,他是新地主!"别的承继人这样叫喊。"真的,"一个有名的爱说俏皮话的滑稽家接着说,"一点也不错,……的的确确……这个……可以称为……这个……承继人。"大家都哄的一声大笑起来。聂道比斯金很久不肯相信自己的幸福。人们把遗嘱给他看,他脸红了,眯住眼睛,挥着两手,号啕大哭起来。众人的笑声变成了一片稠密而模糊的喧嚣声。贝赛林杰叶夫卡村一共只有二十二个农奴,人们都不大可惜它,所以何不乘此机会寻寻开心呢?只有一个彼得堡来的承继人,是一个有希腊风鼻子和高贵的面部表情的仪表堂堂的男子,名叫罗斯底斯拉夫·阿达牟奇·希托彼尔的,忍不住了,横着身子走向聂道比斯金,骄傲地转过头去看看他。"先生,据我所知道,"他轻蔑而随便地说,"你不是在这位可敬的费多尔·费多罗维奇家里担任所谓凑趣的家奴的职务吗?"这位彼得堡绅士的话说得异常清晰、锐利而正确。心慌意乱的聂道比斯金没有听清楚这位不相识的绅士的话,但是别的人立刻都默不作声了,那个爱说俏皮话的人谦逊地微笑一下。希托彼尔先生搓搓手,重复了他的问话。聂道比斯金吃惊地抬起眼睛来,张开了嘴巴。希托彼尔刻薄地眯着眼睛。

"恭喜你,先生,恭喜你,"他继续说,"自然喽,用这种方式来替自己赚得起码的粮食,可以说不是任何人都愿意的;但是 de gustibus non est disputandum——这就是说,各人有各人的趣味,……对不对?"

后面有一个人迅速地、然而斯文地发出一声惊喜的尖叫声。

"请问,"希托彼尔先生大大地被众人的微笑所鼓励,接着说,"你有什么特殊的才能,而有资格享受你的幸福? 不,不要怕难为情,说吧,我们这里可以说都是自家人,en famille。〔1〕对不对,诸位先生,我们都是en famille?"

希托彼尔偶然问到这几句话的那个承继人,可惜是不懂法语的,所以只能发出些表示赞成的轻微的支吾声。可是另外一个额上有黄斑点的年轻的承继人连忙接着说:"乌衣,乌衣,〔2〕当然喽。"

"也许,"希托彼尔先生又说,"你会两脚朝天用于走路?"

聂道比斯金苦恼地向四周看看——所有的脸都表出恶意的笑容,所有的眼睛都被欢喜的眼泪濡湿了。

"或许你会学公鸡叫吧?"

四周发出一阵哄笑,立刻肃静了,等候下文。

"或许你会在鼻子上……"

"停止!"突然一个响亮刺耳的声音打断了希托彼尔的话。"你欺侮弱者,怎么不害臊!"

大家回过头去一看。门口站着且尔托泼哈诺夫。他是已故的专卖商人的远房侄儿,所以也收到亲戚会议的请帖。在读遗嘱的期间,他像

---

〔1〕 法语:自家人。

〔2〕 乌衣,乌衣(oui,oui),是法语"是的,是的"的音译。

往常一样,为了骄傲,一直远远地离开别人。

"停止。"他傲然地抬起了头,又说一遍。

希托彼尔先生迅速地转过身去,看见一个衣衫褴褛、相貌不扬的人,就低声地问旁边的一个人(小心总是不错的):

"这是谁?"

"且尔托泼哈诺夫,不是什么了不起的人物。"那个人在耳朵边回答他。

希托彼尔就装出高傲的神气。

"你是谁,敢在这里发号施令?"他用鼻音说,眯住了眼睛。"请问,你是什么东西?"

且尔托泼哈诺夫像火药碰着火花一般爆发起来。他愤怒得透不过气来了。

"嗤——嗤——嗤——嗤,"他叫着,仿佛喉咙被叉住了似的,突然雷鸣一般喊起来:"我是谁? 我是谁? 我是邦捷列·且尔托泼哈诺夫,是世袭贵族,我的祖先曾经替沙皇服务,而你是谁?"

希托彼尔脸色苍白,向后退了一步。他没有料到这样的回击。

"我是一个,我,我是一个……"

且尔托泼哈诺夫冲上前米;希托彼尔大吃一惊,连忙向后退,客人们都向着这个激怒了的地主跑来。

"决斗,决斗,马上在一块手帕的距离上决斗!"怒气冲冲的邦捷列喊着,"否则向我道歉,再向他道歉……"

"道歉吧,道歉吧。"惊慌的承继人们在希托彼尔周围唧唧呱呱地说,"他是那么疯狂的人,会动刀的呢。"

"请原谅,请原谅,我是不知道的缘故,"希托彼尔吃吃地说,"不知道的缘故……"

"再向他道歉!"不肯罢休的邦捷列大声叫喊。

"请你也原谅我。"希托彼尔又向着聂道比斯金说,聂道比斯金正在像患热病似的发抖。

且尔托泼哈诺夫安静下去了,走向聂道比斯金,拉住了他的手,勇猛地向四周望望,并没有接触到任何人的眼光,就在鸦雀无声的静默中带着死者自购的贝赛林杰叶夫卡村的新领主威风凛凛地走出房间去了。

就从这一天起,他们两人不再分离了。(贝赛林杰叶夫卡村离开贝松诺伏村只有八俄里。)聂道比斯金的无限的感谢立刻变成了卑屈的爱慕。怯弱、柔顺而不完全纯洁的吉洪,拜倒在大胆无畏而公正无私的邦捷列脚下了。"真是不容易的事!"他有时暗地这样想,跟省长谈话,直盯着他看,……真的啊,简直就这样盯着他看!

他不可思议地、精疲力尽地赞叹他,尊崇他为非凡的、聪明博学的人。当然喽,且尔托泼哈诺夫所受的教育无论怎样差,然而比较起吉洪的教育来,可算得是辉煌的了。且尔托泼哈诺夫俄文书实在读得很少,法文也学得不好,不好到这样的程度:有一次有一个瑞士家庭教师问他,"Vous parlez français, monsieur?"〔1〕他回答说:"热不会。"想了一下,又加上一个"巴"字〔2〕。然而他总算记得世界上有一个富于机智的作家伏尔泰,又记得普鲁士国王腓特烈一世在军界也是一个有功勋的人。在俄

---

　　〔1〕　法语:先生,您会讲法国话吗?

　　〔2〕　法语"我不会"是 Je ne comprends pas. 第一个 Je(我)发音如"热",最后一个 pas(否定的语助词)发音如"巴"。他把俄语和法语混杂了说,又漏脱了一个 pas。

罗斯作家中,他崇拜杰尔查文[1],又爱好马林斯基[2],曾经把一只最好的雄狗取名叫作阿马拉特·贝克[3]……

我同这两位朋友初次见面之后几天,我就到贝松诺伏村去访问邦捷列·叶列美奇。他那小小的屋子从远处就望得见;这屋子矗立在离开村庄半俄里的荒地上,即所谓"巍然独立",仿佛站在耕地上的一只鹞鹰。且尔托泼哈诺夫的整个庄园共有四所大小不同的破旧的屋子,即厢房、马厩、棚屋和澡堂。每一所屋子都独立,自成一体,没有围墙,也不见大门。我的马车夫犹豫地把车子停在一个井栏半已腐烂而淤塞了的井旁边了。在棚屋旁边,有几只瘦瘦的乱毛波尔扎亚小狗在那里咬一匹死马,大概就是奥尔巴桑了;其中有一只狗抬起染着血的嘴脸来,匆忙地叫了几声,重又去啃食那些露出的肋骨了。马的旁边站着一个年约十七岁的小伙子,面孔浮肿而发黄,穿着小厮的服装,赤着脚;他正在一本正经地看守交给他照管的狗,有时用鞭子把那些最贪吃的狗抽打几下。

"老爷在家吗?"我问。

"谁知道他!"那小伙子回答。"你敲门吧。"

我跳下马车,走到厢房的台阶上。

且尔托泼哈诺夫先生的住宅样子很凄凉:圆木条颜色发黑而向前凸出了,烟囱坍塌了,屋角有点霉烂,而且歪斜了,灰蓝色的小窗在蓬松而低垂的屋顶下面显得异常萎靡,好像某些荒淫的老妇人的眼睛。我敲敲门;没有人答应。可是我听见门里面有刺耳的声音:

"a,б,в,喂喂,笨家伙,"一个嘶哑的声音说,"a,б,в,г……不对! г,

---

[1] 杰尔查文(1743—1816),俄国诗人。

[2] 马林斯基(1797—1837),俄国浪漫派作家。

[3] 阿马拉特·贝克是马林斯基的代表作《阿马拉特·贝克》中的主角。

д,e! e! ……喂喂,笨家伙!"

我又敲门。

就是刚才那个声音喊起来:

"进来,是谁?"

我走进一间空落落的、小小的前室里,通过开着的门,看见且尔托泼哈诺夫。他穿着油污的布哈拉长袍和宽大的灯笼裤,戴着红色的头巾,坐在椅子上,一只手抓住一只年轻的狮子狗的嘴脸,另一只手里拿着一块面包,伸在狗的鼻子上面。

"啊!"他威严地说着,照旧坐在那里,"欢迎欢迎。请坐。我正在跟文左尔打交道。……"接着他又提高了声音叫唤:"吉洪·伊凡内奇,到这里来。客人来了。"

"就来了,就来了,"吉洪·伊凡内奇在隔壁房间里回答。"玛霞,把领带给我。"

且尔托泼哈诺夫重新转向文左尔,把那块面包放在它鼻子上了。我向四周看看。在这房间里,除了一张可以拉开来的、弯曲了的、有十三只长短不齐的脚的桌子,和四只坐坍了的麦秆椅子,没有别的家具;很早以前粉刷过的墙壁上,显出一块块青色的星形斑点,有许多地方壁面已经剥落了;两扇窗子中间挂着一面镶在很大的红木框里的破碎而模糊了的镜子。屋角里放着些长烟管和枪;天花板上挂下又粗又黑的蜘蛛丝来。

"a,б,в,г,д,"且尔托泼哈诺夫慢慢地念,突然激烈地叫起来:"e! e! e! ……这笨畜生! ……e! ……"

但是这只倒霉的狮子狗只是抖着身子,始终不张开嘴巴来;它照旧坐在那里,痛苦地蜷拢了尾巴,扭歪着嘴脸,没精打采地眨眨眼睛,又把眼睛眯起来,仿佛在默默地说:"当然随您的便!"

"吃吧,来！抓住！"这个絮聒不休的地主反复地说。

"您把它吓坏了。"我说。

"那么,让它去吧！"

他踢它一脚。这可怜的东西慢慢地站起来,掉落了鼻子上的面包,十分委屈地、仿佛踮起脚尖似地走向前室里去了。它的确是委屈了:陌生客人第一次来到,主人就这样对待它。

通向另一个房间的门小心地打开了,聂道比斯金先生笑容可掬地鞠着躬走出来。

我站起身来鞠了一个躬。

"不敢当,不敢当,"他含糊地说。

我们都坐下来。且尔托泼哈诺夫到隔壁房间里去了。

"您来到我们这地方很久了吧?"聂道比斯金用手遮着嘴巴小心地咳嗽一下,用柔和的声音说起话来。为了表示礼貌,说话时把手指在嘴唇上放了一会。

"一个多月了。"

"唔,是的。"

我们静默了一会。

"这几天天气真好,"聂道比斯金继续说,同时带着感谢的神情看看我,仿佛天气好是由于我的关系,"谷子可说是好极了。"

我点点头,表示同意。我们又静默了一会。

"邦捷列·叶列美奇的猎狗昨天追着了两只灰兔,"聂道比斯金不免费力地说,显然是想要使谈话生动起来,"啊,很大的灰兔。"

"且尔托泼哈诺夫先生的猎狗好吗?"

"好极了！"聂道比斯金高兴地回答,"可说是全省第一。(他向我移近些。)哎呀！邦捷列·叶列美奇真了不起！他只要希望什么,只要想到什么,立刻就做到,什么事都劲道十足。我告诉您,邦捷列·叶列美奇……"

且尔托泼哈诺夫走进房间里来了。聂道比斯金笑笑,不说下去了,他用眼色指着他给我看,仿佛要说:"您自己看了就知道。"我们就开始谈打猎。

"要不要把我的猎狗给您看看?"且尔托泼哈诺夫问我,不等我回答,就叫唤卡尔泼。

走进一个结实的小伙子来,这人穿着一件有浅蓝色衣领和号衣钮扣的绿色土布外套。

"吩咐福姆卡,"且尔托泼哈诺夫断断续续地说,"叫他把阿马拉特和萨依加带过来,要整整齐齐的,懂吗?"

卡尔泼满面笑容地发出一个含糊的声音,就出去了。福姆卡来了,他的头发梳得光光的,衣服束得紧紧的,穿着长统靴,带着几条狗。我为了礼貌关系,对这些愚蠢的畜生赞赏了一番(波尔扎亚猎狗都是极其愚蠢的)。且尔托泼哈诺夫吐了几口唾沫在阿马拉特的鼻孔里,然而这显然没有使这只狗得到一点儿快感。聂道比斯金也从后面抚摸着阿马拉特。我们又扯起闲谈来。且尔托泼哈诺夫的态度渐渐地变得很温和了,不再作威作福;他脸上的表情变更了。他望望我,又望望聂道比斯金……

"嗳!"他突然叫起来,"为什么让她一个人坐在那里?玛霞!喂,玛霞!到这里来。"

隔壁房间里有人动作的声音,但是没有回答。

"玛——霞,"且尔托泼哈诺夫又亲昵地叫一声,"到这里来。没有关系的,不要怕。"

门慢慢地开了,我看见一个年约二十岁的女子,身材苗条而匀称,有一张茨冈人的浅黑色的脸、一对黄褐色的眼睛和一条漆黑的辫子;又大又白的牙齿在丰满红润的嘴唇里面闪闪发光。她穿着一件白色的连衫裙;戴着一个浅蓝色的披肩,紧靠喉头的地方用一只金别针扣住,这披肩把她的纤丽而壮健的手臂遮住了一半。她带着村野女子的羞涩不安的态度向前跨了两步,站定了,低下了头。

"我来介绍,"邦捷列·叶列美奇说,"说她是妻子,又不是妻子,但是几乎同妻子一样。"

玛霞微微地脸红了,忸怩不安地微笑一下。我向她低低地鞠一个躬。我很喜欢她。纤细的鹰鼻和张开的半透明的鼻孔,高高的眉毛的刚强的轮廓,苍白而略微凹进的面颊,——她的全部相貌表现出一种任性的热情和无所顾忌的勇敢。盘好的辫发底下有两排亮闪闪的短发在宽阔的颈子上一直生向下面——这是血统和力量的特征。

她走到窗子旁边,坐下了。我不愿意增加她的困窘,就同且尔托泼哈诺夫谈起话来。玛霞微微转过头来,偷偷地、羞怯地、迅速地向我瞅了两眼。她的眼光像蛇舌一般闪耀着。聂道比斯金坐到她身旁,在她耳朵边轻声地说了些什么。她又微笑了。她笑的时候微微皱着鼻子,翘起上嘴唇,使她脸上显出一种又像猫又像狮子的表情。……

"啊,你是含羞草。"我心里这样想,就也偷偷地看看她那纤细柔软的身躯、凹进的胸部和生硬而敏捷的动作。

"喂,玛霞。"且尔托泼哈诺夫问,"应该拿点东西出来请请客人吧,啊?"

"我们有果酱。"她回答。

"好,把果酱拿来,顺便拿点烧酒来。喂,玛霞,你听我说,"他在她背后叫起来,"把六弦琴也拿来。"

"要六弦琴做什么? 我不唱歌。"

"为什么呢?"

"不愿意。"

"哎,哪里,你会愿意的,只要……"

"什么?"玛霞立刻皱拢了眉头问。

"只要请求你。"且尔托泼哈诺夫说完了这句话,不免有点狼狈的样子。

"啊!"

她走出去了,不久就拿了果酱和烧酒回来,仍旧坐在窗子旁边了。她的额上还看得出一条皱纹;两条眉毛有时挺起来,有时低下去,好像黄蜂的触须。……读者注意到吗,黄蜂的脸是多么凶狠? "唔,"我想,"暴风雨要来了。"谈话不接气了。聂道比斯金一声不响,勉强微笑着;且尔托泼哈诺夫气喘吁吁的,面红耳赤,瞪着一双眼睛;我预备走了。……玛霞突然站起来,豁的一下把窗子打开,探出头去,怒气冲冲地喊一个过路的农妇:"阿克西尼亚!"那农妇吓了一跳,想转过身来,岂知滑了一脚,啪哒一声沉重地跌倒在地上了。玛霞仰着身子,哈哈大笑起来,且尔托泼哈诺夫也笑了,聂道比斯金高兴得尖叫起来。我们大家精神振奋了。一个闪电,雷雨就过去了,……空气又澄清了。

过了半个钟头之后,谁都认不得我们了:我们像小孩一般谈笑取乐。玛霞最会戏要,且尔托泼哈诺夫贪婪地望着她。她脸色发白,鼻孔张开,眼睛一会儿炯炯发光,一会儿又黯然失色。这村野女子玩得入迷了。聂道比斯金拖着他那两条矮胖的腿在她后面蹒跚着,仿佛雄鸭追赶雌鸭一般。连文左尔也从前室中的板凳底下爬出来,在门口站了一会,看看我们,突然跳起来,吠叫起来。玛霞飞奔到另一个房间里,拿来了六弦琴,从肩上卸下披肩,迅速地坐下来,抬起头,唱起茨冈歌曲来了。她的声音响亮而颤抖,好像一只有碎缝的玻璃铃;歌声一会儿昂奋起来,一会儿又沉静下去,……使人听了心中觉得又美妙,又恐怖。"啊,燃烧吧,说吧! ……"且尔托泼哈诺夫跳起舞来了。聂道比斯金跺着脚,走着小步子。玛霞全身扭动,仿佛火里的桦树皮一般;纤细的手指在六弦琴上敏捷地移动,浅黑色咽喉在双重的琥珀项链底下慢慢地一起一伏。有时她突然默不作声了,困惫地坐下来,仿佛不愿意地弹拨着弦线;于是且尔托泼哈诺夫站定了,只是耸动着肩膀,在原地替换着脚站着;聂道比斯金像中国的瓷器人像一般摇着头。有时她又发狂似地迸出歌声,挺起身子,突出胸脯,于是且尔托泼哈诺夫又蹲到地上,高高地跳得几乎碰着天花板,他像陀螺一般旋转,嘴里喊着:"快!"……

"快,快,快,快!"聂道比斯金很快地接着叫。

到了很迟的晚上,我才离开贝松诺伏村。……

且尔托泼哈诺夫的末路

1

自从我访问邦捷列·叶列美奇之后过了两年，他开始遭到灾难——真正的灾难。在这以前他就遇到过不如意、失败、甚至不幸的事，但是他不去注意这些，照旧"统治"着一切。最初来袭击他的灾难，是他感到最伤心的：玛霞离开了他。

她在他家里似乎已经很习惯了，是什么原因使得她离开这里呢？这很难说。且尔托泼哈诺夫直到他一生最后的日子为止，始终确信玛霞变节的原因在于邻近的一个青年人，一个退职的枪骑兵大尉，绰号叫做亚富的。据邦捷列·叶列美奇说，他所以能博得玛霞欢心，只是因为他不断地拈髭须，拼命地涂香油，并且时常发出意味深长的哼声；然而，在这方面起作用的，更可能是玛霞血管里含有的流浪的茨冈人血液。不管怎样，总之，有一个夏天的傍晚，玛霞把一些零星物件打了一个小包裹，便走出了且尔托泼哈诺夫的家。

在这以前，她约有三天坐在屋角里，身子痉挛着紧靠在墙壁上，好像一只受伤的狐狸，对任何人也不说一句话，只是转动着眼睛，沉思梦想，有时挺挺眉毛，微微地咧着嘴露出牙齿来，徐徐地移动着两手,仿佛要把她自己遮蔽起来。她以前也有过这样的情绪,但从来不继续长久。且尔托泼哈诺夫知道这一点,所以他并不担心,也不去惊扰她。有一天他的猎犬管理人告诉他,说最后两只共恰亚猎狗死了,但是当他到狗棚里去看了回来的时候,他碰见一个女仆,她用发抖的声音报告他说:玛利亚·阿金菲叶夫娜叫她向他致意,并转言祝他幸福,可是她不再回到他这里来了。且尔托泼哈诺夫在原地方转了两个圈子,发出一阵嘶哑的咆哮声,立刻去追赶这个逃亡女子去了,并且还随手拿了手枪去。

　　他在离开他家两俄里一个白桦树林旁边通向县城的大道上追着了她。太阳低低地挂在天边,四周的草木和大地全都突然变成了深红色。

　　"你是到亚富那里去! 到亚富那里去!"且尔托泼哈诺夫一看见玛霞就呻吟着说,"到亚富那里去!"他重复说着,几乎一步一跌地向她跑过去。

　　玛霞站定了,把脸转向他。她背着光站着,因此全身黑色,仿佛用乌木雕成的。只有她的眼白像银色的扁桃仁一般突出着,而眼睛的瞳孔也就显得更加黑了。

　　她把她的包裹丢在一边,交叉了两臂。

　　"你想到亚富那里去,你这没出息的女人!"且尔托泼哈诺夫重复说着,想抓住她的肩膀,然而一碰到她的眼光就心慌意乱了,踌躇地站在那里。

　　"我并不是到亚富先生那里去,邦捷列·叶列美奇,"玛霞坦然地小声回答,"可是我不能再跟你住在一起了。"

　　"为什么不能跟我住在一起? 为什么缘故呢? 难道我有什么地方得罪了你?"

玛霞摇摇头。

"你并没有得罪我,邦捷列·叶列美奇,只不过是我在你家里住得不耐烦了。……我感谢你过去的好意,可是我不能再住下去了——决不能了!"

且尔托泼哈诺夫吃了一惊;他竟用两手拍一拍自己的大腿,跳了起来。

"这是怎么一回事?你住在我这里一向过着安乐幸福的生活,现在却突然不耐烦了!你想要丢掉我!不管三七二十一,包上头巾就走了。你享受的一切尊荣不比夫人差呢……"

"这些我一点也不在乎。"玛霞打断了他的话。

"怎么不在乎?从一个无赖的茨冈女人变成了夫人,还说不在乎?怎么不在乎,你这贱种?这能叫人相信吗?你一定偷偷地变节了,变节了!"

他又发出愤怒的咝咝声。

"我一点也没有想到过变节,从来没有想到过,"玛霞用她那嘹亮而清楚的声音说,"我已经对你说过:我厌烦了。"

"玛霞!"且尔托泼哈诺夫大叫一声,用拳头打一下自己的胸脯,"唉,别再那样了,算了吧,你折磨得我好苦,……唉,够了!真的啊!你只要想想吉洪会说些什么;你至少可怜可怜他吧!"

"请你替我向吉洪·伊凡内奇问候,对他说……"

且尔托泼哈诺夫挥动两手。

"不行,胡说八道,你走不了!你的亚富一定是白白地等你的!"

"亚富先生。"玛霞开始说……

"什么亚富先生,"且尔托泼哈诺夫模仿着她的语调说。"他是一个十足的骗子,诡计多端,他那副嘴脸就像个猴子!"

且尔托泼哈诺夫和玛霞相持了足足半个钟头。他有时向她走近去,有时又跳回来,有时举手想打她,有时又向她深深地鞠躬,哭泣,叫骂……

"我受不住了,"玛霞重复地说,"我痛苦极了。……厌烦得要命。"她脸上渐渐显出非常冷淡的、几乎昏昏欲睡的表情,竟使得且尔托泼哈诺夫问她,是不是有人给她吃了麻醉药?

"厌烦。"她第十次说。

"那么我打死你,好吗?"他突然叫出,从袋里拿出手枪来。

玛霞微笑了;她的脸生动起来。

"有什么呢? 打死我吧,邦捷列·叶列美奇,随你的便;回去我是不回去了。"

"你不回去了吗?"且尔托泼哈诺夫扳起了手枪的扳机。

"不回去了,亲爱的。一辈子也不回去了。我的话是坚决的。"

且尔托泼哈诺夫突然把手枪塞在她手里,坐在地上了。

"还是你打死了我吧! 没有了你,我不要活了。你讨厌我,我对世间一切就都觉得讨厌了。"

玛霞弯下身子,拾起她的包裹,把手枪放在草地上,使枪口不向着且尔托泼哈诺夫,然后挨近他坐下来。

"唉,亲爱的,你何必伤心呢? 你难道不知道我们茨冈女人的脾气吗? 我们的性格生来就是这样的。只要'厌烦'这个离间者一来到,灵魂就被召唤到别的遥远的地方去,哪里还肯留下来呢? 请你记住你的玛霞,这样的女朋友你再也找不到第二个了;我也不会忘记你——亲爱的。可是我们一起生活已经结束了!"

"我一向爱你,玛霞。"且尔托泼哈诺夫用手蒙着脸,通过手指中间喃喃地说。……

"我也一向爱你,我的知心人邦捷列·叶列美奇!"

"我一向爱你,我现在爱得你发狂了,神魂颠倒了。我现在想想,你这样无缘无故、好端端地抛弃了我,要到处去流浪,我就觉得如果我不是一个倒霉的穷光蛋,你大概不会丢掉我吧!"

玛霞听了这些话只是微微一笑。

"你以前还说我是不爱金钱的女人呢!"她说着,举起手在且尔托泼哈诺夫的肩上打了一下。他跳了起来。

"那么至少让我给你些钱,一个钱也没有怎么行呢?不过最好你还是打死了我!我明白告诉你:你马上把我打死了吧!"

玛霞又摇摇头。

"打死你?亲爱的,我为什么要被流放到西伯利亚去呢?"

且尔托泼哈诺夫身子一抖。

"原来你只是为了这个,为了怕服苦役刑……"

他又倒在草地上了。

玛霞默默地在他旁边站了一会。"我可怜你,邦捷列·叶列美奇,"她叹一口气说,"你是一个好人,……可是没有办法了。再见吧!"

她转过身去,走了两步。夜色已经来临,到处涌起晦暗的阴影来。且尔托泼哈诺夫敏捷地站起身,从后面抓住了玛霞的两条胳膊肘。

"你就这么走了,你这狠心的人?到亚富那里去!"

"再见吧!"玛霞富有表情地、决断地重复说一遍,便挣脱他的手去了。

且尔托泼哈诺夫目送了她一阵,接着跑到放手枪的地方,拿起枪来,瞄准了,开了一枪。……但是他在扳动枪机以前,先把手向上一翘,因此枪弹从玛霞头上飞鸣而过。她一边走,一边回转头来向他看看,接着就继续前进,不慌不忙地摇摆着身子,仿佛在撩惹他。

他用手遮住了脸,急忙跑了……

但是他还没有跑到五十步,突然一动不动地站定了。一个熟悉的、太熟悉的声音向他飘来。玛霞在唱歌。她唱着:"美好的青春时代……"每一个音都在黄昏的空气中飘扬开来,悲哀而又热烈。且尔托泼哈诺夫倾耳而听。歌声渐渐地远去;有时消失了,有时又飘过来,不大听得清楚,然而还是热辣辣的。……

"她这是故意来恼我呢,"且尔托泼哈诺夫这样想,但是他立刻又呻吟起来:"唉,不是的,她这是向我诀别。"他的眼泪滚滚地流下来了。

第二天他来到亚富先生家里。亚富先生作为一个真正的交际家,不赏识乡村的孤独生活,而住在县城里,像他自己所说,可以"靠近小姐们些"。且尔托泼哈诺夫没有遇见亚富。据他的侍仆说,他上一天到莫斯科去了。

"这就对了!"且尔托泼哈诺夫激怒地叫起来,"他们有密约;她跟他逃走了,……但是且慢!"

他不管侍仆的拦阻,闯进这青年骑兵大尉的书房里去。书房里的长沙发上面,挂着穿枪骑兵制服的主人的油画肖像。"嘿,你在这里,你这没有尾巴的猴子!"且尔托泼哈诺夫大叫着,跳上沙发去,用拳头在那紧绷着的画布上打一下,打破了一个大洞。

"告诉你那混账的主人,"他对那侍仆说,"因为他那副丑恶的嘴脸不在这里,所以贵族且尔托泼哈诺夫毁坏了他的画像;如果他要我赔偿,他是知道贵族且尔托泼哈诺夫的住处的！要不然,我自己会来找他！就是到了海底上,也要找到这不要脸的猴子!"

且尔托泼哈诺夫说了这些话,就从沙发上跳下来,昂然地去了。

但是骑兵大尉亚富并没有向他要求任何赔偿,——他甚至没有在任何地方遇到过他,——且尔托泼哈诺夫也不想去找寻他的仇敌,他们之间就不再有下文了。玛霞本人从此不知下落。且尔托澄哈诺夫起初沉湎于酒,后来倒也"清醒"了。然而这时候他又遭到了第二次灾难。

2

这便是他的知友吉洪·伊凡内奇·聂道比斯金的逝世。他在逝世前两年身体就不健康起来:他患了气喘病,老是沉睡,醒来的时候,神志不立刻清楚。县里的医生说他患的是"小中风"。在玛霞出走以前的三天内,即在她"开始不耐烦"的三天内,聂道比斯金正躺在自己的贝赛林杰叶夫卡村里,他患重伤风了。玛霞的行径更出乎意料之外地打击了他。这件事对他的打击,几乎比对且尔托泼哈诺夫的打击更重。他素性柔顺而胆怯,因此除了对于他的朋友的最温柔的怜悯和他自己的病态的疑虑,并没有显露出什么来,……但是他灰心而颓丧了。"她挖出了我的心,"他坐在他所喜欢的漆布沙发上捻弄着自己的手指,轻轻地这样自言自语。甚至后来且尔托澄哈诺夫恢复正常之后,聂道比斯金也还没有恢复过来,他仍旧感觉到"内部虚空"。"喏,就在这里。"他指点着胸部中央比胃高些的地方这样说。他这样地挨到了冬天。初期严寒的时候,他的气喘病减轻些,然而跟着来的已不再是"小中风",却是真正的中风了。他不立刻失却知觉,他还能辨认且尔托泼哈诺夫;他的好朋友绝望地叫喊:"怎么,吉洪,你怎么不得到我的允许就丢下了我,同玛霞一样?"这时候他还能用僵硬的舌头回答:"我,邦……列·叶……奇,永远听……你……的话。"虽然如此,他终于等不得县里的医生来到,就在这一天死去了。这医生看见了他的刚刚冷却的身体,只得怀着人世无常的哀愁之感,要求些"烧酒和鲟鱼干"罢了。可想而知,吉洪·伊凡内奇把自己的产业遗赠给了他最尊敬的恩人和慷慨的保护者"邦捷列·叶列美奇·且尔托泼哈诺夫";但是这产业并没有给这最尊敬的恩人带来多大的利益,因为不久就被拍卖了——其一部分钱是用以抵偿墓碑建筑——一个雕像——的费用,这雕像是且尔托泼哈诺夫(他身上显然表现出了他父亲的习性!)主张建立在他的好友的遗骸上的。这雕像是他从莫斯科定购来的,照理应该表现出一个正在祈祷的天使;但是人家介绍给他的那个经纪人,知道外省地方对于雕塑少有识者,就不给他天使,而把多年装饰在莫斯科附近一个荒芜了的、叶卡捷琳娜朝代的花园里的一座花神[1]像给了他——况且这雕像是这经纪人免费弄到的,不过样子倒是十分优美,是罗可科[2]式的,有圆肥的手臂和蓬松的鬈发,袒裸的胸前有一串玫瑰花瓣,体态袅娜。直到现在,这个神话中的女神还优雅地伸起了一只脚,站在吉洪·伊凡内奇的坟墓上,装着真正的彭巴杜[3]式的扭捏姿态眺望着在她周围散步的小牛和绵羊——我们的乡村墓地上的这些经常的访问者。

---

〔1〕 花神,即富洛拉,罗马神话中司花的女神。
〔2〕 "罗可科",十八世纪在西欧盛行的建筑和装饰式样。
〔3〕 彭巴杜夫人,是法国国王路易十五的最宠爱的情妇。

3

　　且尔托泼哈诺夫失去了他的忠实的朋友,又沉湎于酒了,而且这回情况严重得多。他的境况完全衰落了。他已经没有钱打猎,最后的钱用完了,最后的仆人走散了。邦捷列·叶列美奇完全孤独:他连谈一句话的人都没有,更不必说谈衷曲了。只有他的骄傲没有减低。反之,他的境遇越是不好,他就越是傲慢,越是自高自大,越是使人难于接近。结果,他的性情完全变得粗野了。他还剩有一点慰藉,一件乐事,那就是一匹绝妙的乘用马,灰色的,顿河种的,他给它起名为马列克-阿杰尔,这确是一头出色的牲口。

　　他获得这匹马的经过如下:

　　有一次且尔托泼哈诺夫骑着马经过邻村,听见酒店附近有一群农人在那里喧哗叫喊。在这人群中央,有几只强壮的手臂在同一地方不断地一起一落。

　　"那边发生了什么事?"他用他所特有的长官的语气问一个站在自家门口的老妇人。

　　这老妇人靠在门边上,仿佛正在打瞌睡似的,有时向酒店的方面望望。一个浅色头发的男孩子穿着印花布衬衫,袒露的胸前挂着一个柏木十字架,叉开了两只小脚,捏紧了小拳头,坐在她的两只草鞋中间;一只小鸡就在近旁啄食一块硬得像木头似的黑麦面包皮。

　　"谁知道呢,老爷,"老妇人回答,接着就向前弯下身子,把她的一只有皱纹的黝黑的手放在男孩子的头上了,"听说,我们那些小伙子在打一个犹太人。"

"犹太人？什么样的犹太人？"

"谁知道呢，老爷。我们这里来了一个犹太人；谁知道他是从哪里来的！华西亚，到妈妈这里来，老爷……嘘，嘘，这畜生！"

老妇人赶走了小鸡，华西亚拉住了她的裙子。

"他们就是在打他呀，我的老爷。"

"打他？为什么要打他？"

"我不知道，老爷。总是有原因的。怎么不要打呢？老爷，是他把耶稣钉在十字架上的啊！"

且尔托泼哈诺夫大叫一声，用鞭子在马的颈子上抽了一下，一直奔向人群去。他挤进了人群之后，不分清红皂白，就用那根鞭子左一下右一下地把农人们乱打一阵，同时断断续续地喊着："横行……不法！横行……不……法！应该由法律来惩办，怎么可以私……自……动……刑！法律！法律！！法……律！！！"

不到两分钟，这一群人全都向四面八方散开了，在酒店门前的地上，出现一个瘦小的、皮肤黝黑的人体，身上穿着一件土布外套，头发散乱，衣衫破碎。……苍白的脸，向上翻的眼睛，张开的嘴巴，……这是怎么一回事？吓伤了呢，还是已经死了？

"你们为什么打死这个犹太人？"且尔托泼哈诺大厉声叫喊，威吓地挥动着鞭子。

众人发出微弱的含糊声回答他。有的农人摸着肩膀，有的农人摸着腰部，还有的摸着鼻子。

"打得好厉害！"后面有人这样说。

"用鞭子打，这谁都会的！"另一个声音说。

"为什么打死这个犹太人？我问你们呀，你们这些野蛮人！"且尔托泼哈诺夫又问。

但是这时候，那个躺在地上的人体敏捷地跳起来，跑到且尔托泼哈诺夫后面，抖抖擞擞地抓住了他的马鞍的边。

人群里面迸出一阵齐声的哄笑。

"真是打不死的！"后面又有人这样说。"活像一只猫！"

"大人，教顾[1]我，救救我！"这时候不幸的犹太人把整个胸脯靠在且尔托泼哈诺夫脚上了，喃喃地说，"不然他们会把我打死，把我打死，大人！"

"他们为什么打你？"且尔托泼哈诺夫问。

"系在不基道为歇么！他们有些家畜死了，……他们就疑心……可系我……"

"好！这个我们以后再来查明！"且尔托泼哈诺夫打断了他的话，"现在你抓住了马鞍子跟我走。喂，你们！"他又转向众人说，"你们知道我吗？我是地主邦捷列·且尔托泼哈诺夫，住在贝松诺伏村，倘使你们想要控告我，就去控告吧，还可以控告这个犹太人！"

"为什么要控告，"一个端庄的白胡子农人深深地鞠着躬说，他的样子活像一个古代族长。（然而打犹太人的时候他并不比别人让步。）"邦捷列·叶列美奇先生，我们很熟悉您；您教训了我们，我们十分感谢您！"

"为什么要控告！"别的人接着说。"至于那个反基督的人，我们自有办法处置！他逃不脱我们！我们对付他，就像对付田野里的兔子一

---

〔1〕　这犹太人说俄语发音不正确，把 Ж 读作 З，把 Ш 读作 Ç。现在为求表达原意，也用几个音讹的字眼，例如把"照顾"说成"教顾"，把"知道"说成"基道"等等。凡字旁加重点的，都表示音讹。

样……"

且尔托泼哈诺夫翘一翘小胡子,哼了一声,就骑着马带了那个犹太人缓步走回自己村里去了。他从迫害者手里救出这个犹太人,正同从前救出吉洪·聂道比斯金一样。

4

过了几天,且尔托泼哈诺夫家里剩下的唯一的小厮来报告他:来了一个骑马的人,想要跟他谈几句话。且尔托泼哈诺夫走到台阶上,看见他所认识的那个犹太人,骑着一匹出色的顿河产的骏马,这马一动不动地、骄傲地站在院子当中。那犹太人不戴帽子,他把帽子挟在腋下,他的两只脚不插在马镫里,却插在马镫的皮带里;他的外套的破碎的衣裾挂在马鞍子的两旁边。他一看见且尔托泼哈诺夫,就用嘴唇发出啧啧的声音,鼓动两肘,摇摆着两脚。可是且尔托泼哈诺夫不但没有回礼,竟动起怒来,他突然浑身冒火了:这个卑鄙的犹太人敢骑这样出色的马,……简直不成体统!

"喂,你这副丑嘴脸!"他叫喊起来,"赶快爬下马来,如果你不愿意被摔进泥污里去的话!"

犹太人立刻服从,就像一只袋子似的从马鞍子上翻了下来,一只手轻轻握住缰绳,微笑着,鞠着躬,走近且尔托泼哈诺夫来。

"你有什么事?"邦捷列·叶列美奇威严地问。

"大人,请您看看,揭匹马怎么样?"犹太人说着,不断地鞠躬。

"嗯……好的……这是一匹好马。你从哪里弄来的? 大概是偷来的吧?"

"怎么可以,大人!我系一个规规矩矩的犹太人,我不系偷的,我的的确确系为您大人办来的!我费了不晓的力,费了不晓的力!才弄到揭匹马。揭样的好马在紧个顿河区无论如何绞不到第二匹。请看,大人,揭样好的马!请到揭里来!吁!……吁!……马儿扭过头来,侧过欣子来!我们把马鞍子拿掉吧。怎么样,大人?"

"是一匹好马。"且尔托泼哈诺夫装出淡然的样子重复说,其实他的心在怦怦地乱跳了。他是热爱马的人,识得马的好坏。

"大人,您抚摩抚摩它吧!抚摩一下它的颈子,嘿嘿嘿!对呀。"

且尔托泼哈诺夫不愿意似地把手放在马的颈子上,拍了两下,然后用手指从颈上隆起的地方一直沿着背脊摸过去,摸到了肾脏上部的某一个地方,就在这地方像内行人那样轻轻地按一下子。那匹马立刻拱起背脊骨来,用它那骄傲的黑眼睛向且尔托泼哈诺夫斜看一下,吹一口气,踏着前脚。

犹太人笑了,轻轻地拍拍手。

"它在认主人了,大人,它在认主人了!"

"嘿,胡说,"且尔托泼哈诺夫懊恼地拦住了他的话。"我要向你买这匹马吧……又没有钱;至于赠送呢,我不但没有受过犹太人的礼物,就是上帝的礼物也没有受过。"

"我怎么敢送您一点东西呢,别那么想吧!"犹太人高声说。"您就买了吧,大人,……钱以后再付。"

且尔托泼哈诺夫寻思了一下。

"你要多少钱?"最后他从牙缝里含糊说出。

犹太人耸耸肩膀。

"就依我买进的价钱,两百卢布。"

这匹马的价值其实有这数目的两倍——也许三倍。

且尔托泼哈诺夫把脸扭向一旁,热狂地打了一个呵欠。

"那么什么时候……付钱呢?"他问,故意紧蹙着眉头,并不向犹太人看。

"随您大人的方便。"

且尔托泼哈诺夫把头向后一仰,但是并不抬起眼睛来。

"这不算回答。你要说清楚,伊罗德[1]的子孙! 我难道要承你的情?"

"那么,揭样吧,"犹太人连忙说,"再过六个月,……好吗?"

且尔托泼哈诺夫什么也不回答。

犹太人注意窥看他的眼色。"好吗? 让我把马牵进马厩里去吧?"

"鞍子我不要。"且尔托泼哈诺夫断断续续地说。"把鞍子拿去,听见吗?"

"好,好,我拿去,我拿去。"犹太人很高兴,喃喃地说着,就把鞍子背在肩上了。

"钱呢,"且尔托泼哈诺夫继续说……"再过六个月。不是两百,而是两百五十。不许你说话! 两百五十,我对你说! 我欠你的。"

且尔托泼哈诺夫一直没有勇气抬起眼睛来。他的骄傲从来没有委屈得这么厉害。"这显然是礼物,"他心里想,"这家伙是为报恩才送来的!"他又想拥抱这个犹太人,又想打他……

"大人,"犹太人鼓足勇气,咧开嘴巴笑着,开始说,"应该照俄罗斯的习惯,用衣裾裹着缰绳把这匹马交到您的……"

"亏你想得出! 犹太人……说什么俄罗斯习惯! 喂! 谁在那边? 把

---

[1] 纪元前四十至四年的犹太国王。

马牵去,带到马厩里,给它倒些燕麦。我马上亲自来看了。它的名字——就叫作马列克-阿杰尔吧!"

且尔托泼哈诺夫刚刚走上台阶,突然又转过身来,跑到犹太人跟前,紧紧地握住了他的手。犹太人弯下身子,已经突出嘴唇来想吻他的手了,但是且尔托泼哈诺夫向后一跳,低声地说:"不要对任何人说!"便走进门里去了。

5

自从这一天起,且尔托泼哈诺夫生活上的主要的事情、主要的操心、主要的乐趣,是马列克-阿杰尔了。他爱它,比爱玛霞还深;他亲近它,比亲近聂道比斯金还甚。这匹马可也真好! 性烈如火,真像火一样,简直是火药;而态度又像贵族一般端庄! 它不知疲倦,刻苦耐劳,无论要它到哪里都唯命是从;而喂养它又不需要什么费用:如果没有别的东西吃,自己脚底下的泥也会啃来吃。它走慢步的时候,仿佛抱着你一样稳;走速步的时候,好像在摇篮里摇摆你;飞奔起来,风也追不着它! 它从来不气喘,因为气孔多。它的腿像钢铁一样! 至于绊跌,那是压根儿不曾有过! 无论跳过壕沟,跳过栅栏,它都不当一回事;而且它又很聪明! 你一叫它,它立刻抬起头跑过来;你叫它站着,自己走开去了,它就一动也不动;你一回来,它就轻轻地嘶叫,仿佛在说:"我在这里。"它什么都不怕:在最黑暗的地方,在暴风雪中,它都能找到路径;他决不让陌生人走近身边,它会用牙齿咬! 狗也不能走近它去,一走近它,它就用前脚来踢它的额角,踢得它休想活命! 这是一匹有自尊心的马;鞭子只是当作装饰品在它头上挥动罢了,决不能碰它一碰! 但是这又何必多说呢,总之,这是一件宝贝,不是一匹马!

　　且尔托泼哈诺夫夸奖起自己的马列克-阿杰尔来,真真滔滔不绝!他那么关怀它,疼爱它! 它的毛上泛着银色——不是旧的银色,却是新的、带着暗沉沉的光泽的银色;用手抚摩起来,简直同天鹅绒一样! 鞍子、鞍褥、笼头——所有的马具都配得非常称身,又整齐,又清爽,简直可以入画! 且尔托泼哈诺夫对它的爱护无以复加了,竟亲手替他的爱马编额鬃,用啤酒替它洗鬣毛和尾巴,甚至不止一次地用润滑油来涂它的蹄。……

　　他常常骑了马列克-阿杰尔出门去,但并不到邻近的人家去,——他照旧不同他们往来,——却穿过他们的田地,经过他们的庄院。……他说,让这些傻瓜远远地欣赏一下我的马吧! 有时他听说某地方有人出猎——富裕的地主准备到远离庄园的原野上去打猎——他立刻就到那地方去,在远处的地平线上表演驰骋的雄姿,使得全体观者都惊讶他的马的漂亮和神速,然而他不让任何人走近来。有一次有一个猎人竟带了他的全部侍从去追他;他看见且尔托泼哈诺夫避开他,就全速力地赶上去,向他大声疾呼:“喂,你听我说! 你把马卖给我,无论你要多少钱! 几千个卢布我也不惜! 我把老婆给你,还有孩子! 全部财产都拿去吧!”

　　且尔托泼哈诺夫突然勒住了马列克-阿杰尔。那猎人向他飞奔过来。

　　“先生!”他嚷着,“你说,你要什么? 我的亲爸爸!”

　　“如果你是皇帝,”且尔托泼哈诺夫从容不迫地说(其实他有生以来没有听见过莎士比亚[1]),“你拿你的全部国土来换我的马,我也不要

---

　　〔1〕 莎士比亚历史剧《理查三世》中有一处说:“来一匹马! 来一匹马! 拿我的王国换一匹马!”

它!"说罢,哈哈大笑,把马列克-阿杰尔拉起来,让它后脚着地,在空中像陀螺一般转一圈,然后驰骋而去! 但见那匹马在收割后的田地上一闪一闪地跑着。那猎人(听说是一个很富裕的公爵)把帽子丢在地上,噗的一下把脸钻进帽子里! 就这样躺了半个钟头光景。

且尔托泼哈诺夫怎么不爱惜他这匹马呢? 他之所以能在所有的邻居面前重新表现出他的显然的、最后的优势,不是全赖于这匹马吗?

6

时间过去,付款的日期迫近了,可是且尔托泼哈诺夫不但没有两百五十卢布,竟连五十也没有。怎么办呢,用什么方法来对付呢?"有什么关系!"终于他打定主意,"要是那个犹太人不讲情,不肯再缓期,我就把房子和土地给他,自己骑了马到处流浪! 情愿饿死,决不放弃马列克-阿杰尔!"他心慌意乱得很,甚至魂思梦想起来;然而这时候命运——最初一次,也是最后一次——怜悯他,对他微笑了,有一个远房姑母,且尔托泼哈诺夫连她的名字都不知道的,在遗嘱中留给他一笔在他看来数目极大的款子,足足两千卢布! 而且他收到这笔钱,正是在所谓紧要关头上:犹太人来到的前一天。且尔托泼哈诺夫快乐得几乎发狂,但是并不想起烧酒:自从得到马列克-阿杰尔的一天起,他一滴酒也不进口了。他跑到马厩里,吻吻他的好朋友鼻孔上方的两侧面、马的皮肤十分柔软的地方。"这一下我们就不再分离了!"他高声说着,拍拍马列克-阿杰尔的梳整齐的鬣毛下面的颈子。他回到房间里,就数出两百五十个卢布来,封在一个纸包里了。然后他仰卧了,抽着烟,考虑如何处置其余的钱——这就是说,他将要买怎样的狗:要道地的科斯特罗马种的,而且一定要红斑的！他甚至同彼尔非希卡谈话,允许他一件衣缝里都镶嵌黄丝带的新的哥萨克上衣,然后怀着怡然自得的心情就寝。

他做了一个不祥的梦:梦见他骑着马出去打猎,但是所骑的不是马列克-阿杰尔,而是一只形似骆驼的奇怪的牲口;有一只雪白的狐狸向他迎面跑来。……他想挥动鞭子,想派狗去追赶,但是他手里拿着的不是鞭子,而是一束树皮;于是狐狸在他面前跑着,伸出舌头来揶揄他。他从他的骆驼上跳下来,绊了一绊,跌倒了,……一直跌到一个宪兵手里;这宪兵带他到总督那里,他一看,这总督就是亚富……

且尔托泼哈诺夫醒来了。房间里很黑;第二批鸡刚刚啼过。……

很远很远的地方有马嘶的声音。

且尔托泼哈诺夫抬起头来。……接着又听到一声很微弱的马嘶声。

"这是马列克-阿杰尔在嘶叫!"他想。……"这是它的嘶叫声! 可是为什么这样远呢? 我的天! ……这是不可能的……"

且尔托泼哈诺夫突然全身发冷,霍的一下从床上跳下来,摸着了长筒靴和衣服,穿好了,再从枕头底下抓起马厩的钥匙,飞奔到院子里。

7

马厩位在院子的尽头;它的一堵墙壁向着田野。且尔托泼哈诺夫不立刻把钥匙插进锁里,——他的手颤抖了,——不立刻旋转钥匙。……他屏着气息,一动不动地站了一会:门里面总要有一点声息才好啊!"马列克! 马列克!"他低声地叫唤。死一般的静寂! 且尔托泼哈诺夫不由自主地抽动钥匙:那扇门呀的一声,便开开了。……原来没有上锁。他跨进门槛,又叫唤他的马,这回叫出全部名字:"马列克-阿杰尔!"但是这个忠实的伴侣没有回答,只有一只老鼠在草堆里悉索悉索地响。于是且尔托泼哈诺夫冲进马厩的三间槽房中马列克-阿杰尔所住的一间里。虽然四周黑得伸手不见五指,他却一直闯进了这槽房中。……空空如也,且尔托泼哈诺夫头脑晕眩;他的脑子里仿佛有一只钟嗡嗡地响起来。他想说些什么,但是只发出了一些咝咝的声音,于是他用手上上下下、左右前后地摸索着,喘着气,曲着两膝,从一个槽房走到另一个槽房,……再走到干草堆积得几乎碰顶的第三个槽房,撞在一堵墙壁上了,又撞在另一堵墙壁上了,跌了一跤,翻了一个斤斗,爬起身来,突然从半开的门里仓皇地闯出来,跑到了院子里。……

"失窃了!彼尔非希卡!彼尔非希卡!失窃了!"他大声疾呼。

小厮彼尔非希卡只穿一件衬衫,从他睡着的储藏室里踉跄地飞奔出来。……

主人和唯一的仆人——两个人像醉汉一般在院子中央碰到了;他们发狂似地相对着转圈子。主人也说不清楚是怎么一回事,仆人也不懂得叫他来做什么。

"糟糕!糟糕!"且尔托泼哈诺夫喋喋地叫着。"糟糕!糟糕!"那小厮也跟着他叫。

"拿灯来!点起灯来!火!火!"且尔托泼哈诺夫的麻痹的胸中终于迸出这样的话来。彼尔非希卡飞奔到屋子里去。

但是要点灯,要得到火,不是容易的事,因为黄磷火柴那时候在俄罗斯还是稀罕东西;而厨房里的最后的火烬早已熄灭了。火刀火石好容易才找到,而且不大灵便。且尔托泼哈诺夫咬牙切齿地从惊慌失措的彼尔非希卡手里把它们夺过来,便亲自打火:迸发出很多火星来,迸发出更多的咒骂声甚至呻吟声来。但是火绒有时点不着,有时立刻熄灭,四个膨

胀的面颊和突出的嘴唇同心协力地想吹着它来,却是徒然！终于经过了
大约五分钟——并没有更快——才点着了那盏破灯底上的蜡烛头。于
是且尔托泼哈诺夫由彼尔非希卡陪伴着,奔向马厩里,把灯高高地提在
头上,向周围察看。……

全部空空如也！

他跳到院子里,跑遍了院子各处,都没有马！邦捷列·叶列美奇的
庄园四周的篱笆早已破旧了,有许多地方倾斜了,倒卧在地上。……马
厩旁边的篱笆,足有一阿耳申阔的一段完全坍塌了。彼尔非希卡把这地
方指给且尔托泼哈诺夫看。

"老爷！您瞧这里:白天不是这样的。桩头都从地里露出来了,一定
是有人把它们拔出来的。"

且尔托泼哈诺夫提着灯跳过去,在地上照着。……

"马蹄,马蹄,马蹄铁的痕迹,痕迹,新鲜的痕迹！"他很快地嘟哝着。
"它是从这里被牵出去的,这里,这里！"

转瞬之间,他跳过篱笆,喊着"马列克-阿杰尔！马列克-阿杰尔！"一
直跑向田野里去了。

彼尔非希卡困惑地留在篱笆旁边。灯的光圈立刻在他眼前消失,被
没有风月的浓黑的暗夜所吞没了。

且尔托泼哈诺夫的绝望的叫声越来越微弱了。……

8

他回家的时候,朝霞已经出现。他不像一个人的样子了,衣服上全
是泥污,脸上带着粗野可怕的神色,目光阴涩而迟钝。他用嘶哑的低语

声赶走了彼尔非希卡,便独自关闭在自己的房间里了。他疲倦得几乎站不住脚了,但是他不躺到床上去,却坐在门边的椅子上,抓住自己的头。

"失窃了! ……失窃了!"

但是这偷儿是用怎样巧妙的方法在半夜里从锁好的马厩里把马列克-阿杰尔偷去的吗? 马列克-阿杰尔在白天都不让一个陌生人走近它来,怎么能够没有一点声息地把它偷走呢? 一只看家狗都不叫,这是什么缘故呢? 看家狗固然一共也只有两只,是两只小狗,而且它们由于饥寒交迫都潜伏在地里了。可是总应该觉察的啊!

"现在没有了马列克-阿杰尔,叫我怎么办呢?"且尔托泼哈诺夫心里想。"我现在失去了最后的欢乐——死的时候来到了。好在有钱,另外买一匹马吧? 但是哪里再找得到这样好的马呢?"

"邦捷列・叶列美奇! 邦捷列・叶列美奇!"门外传来胆怯的叫声。

且尔托泼哈诺夫跳将起来。

"是谁?"他用变了样的声音喊道。

"是我,您的小厮,彼尔非希卡。"

"你有什么事? 是不是找到了,它跑回家来了?"

"不是,邦捷列・叶列美奇;是那个犹太人,卖它的那个……"

"唔?"

"他来了。"

"呵呵呵呵呵!"且尔托泼哈诺夫大叫起来,霍的一下把门打开。"把他拖到这里来! 拖到这里来! 拖到这里来!"

站在彼尔非希卡后面的犹太人看见他的"恩人"的毛发蓬松、横蛮凶狠的姿态突然出现,想逃走了;但是且尔托泼哈诺夫三脚两步地追上了他,像老虎一般掐住了他的喉咙。

"啊！你来要钱了！来要钱了！"他用嘶哑的声音说,仿佛不是他掐住别人的喉喉,而是别人掐住了他的喉咙。"夜里偷了去,白天来要钱?啊?啊?"

"哪有……揭事,大……人。"犹太人呻吟起来。

"你说,我的马在哪里?你把它藏在哪里了?卖给谁了?你说,你说,你说呀！"

犹太人连呻吟声都没有了;他那发青的脸上连恐怖的表情都消失了。他的两只手臂笔直地挂下,整个身子被且尔托泼哈诺夫剧烈地摇动,仰向后,扑向前,像芦苇一样。

"钱我会付给你,如数付给你,一文都不缺少,"且尔托泼哈诺夫叫嚷着,"可是如果你不马上说出来,我就要掐死你,像掐死一只瘦弱的小鸡一样……"

"您已经把他掐死了,老爷。"小厮彼尔非希卡谦恭地说出。

这时候且尔托泼哈诺夫才清醒过来。

他放脱了犹太人的颈子,犹太人砰然一声倒在地上了。且尔托泼哈诺夫扶他起来,让他坐在凳子上了,把一杯烧酒灌进他的喉咙里,使他苏醒过来,等他苏醒之后,就跟他谈起话来。

关于马列克-阿杰尔的被盗,原来这犹太人一点也不知道。他替"最尊敬的邦捷列·叶列美奇"办到了这匹马而又亲自把它偷去,这又何苦来呢?

于是且尔托泼哈诺夫带他到马厩里去。

他们两人察看了槽房、秣槽、门上的锁,翻开干草和麦秆来,然后走到院子里;且尔托泼哈诺夫把篱笆旁边的马蹄痕迹指给犹太人看,突然拍一拍自己的大腿。

"慢来!"他叫道。"你这匹马是从哪里买来的?"

"从小阿尔汉格尔斯克县的费尔霍新斯克马市上买来的。"犹太人回答。

"向谁买的?"

"一个哥萨克人。"

"慢来! 这哥萨克人是年轻的,还是年老的?"

"系一个中年人,样子规规矩矩的。"

"是怎么样一个人? 长得怎么样? 恐怕是个狡猾的骗子吧?"

"也许系个骗子,大人。"

"这个骗子对你怎么说,他养这匹马养得很久了吗?"

"记得他说养得很久了。"

"唔,那么偷马的人一定是他了! 你想想看,喂,你到这里来,……你叫什么名字?"

犹太人抖擞一下,抬起他那双黑溜溜的小眼睛来望着且尔托泼哈诺夫。

"您问我叫歇么名字吗?"

"哎,是的,你叫什么?"

"莫歇尔·列伊拔。"

"唔,列伊拔,我的好朋友,你是个聪明人,你想想看:除了旧主人,谁能捉住马列克-阿杰尔! 他还替它加上鞍子,戴上嚼环,脱下马衣呢! 你瞧,马衣丢在干草堆里! ……简直像在自己家里一样从容办理! 除了主人以外,任何别的人,都会被马列克-阿杰尔踩死的! 它会大声吵嚷起来,惊动全村呢! 你说我的话对吗?"

"很对,很对,大人……"

"那么,这样看来,我俩首先必须找到这个哥萨克人!"

"可系怎么找得到他呢,大人? 我一共揭看见他一面,现在他在歇么地方呢? 而且他叫歇么名字呢? 唉呀,唉呀!"犹太人说着,悲伤地摇摇他两鬓挂下来的长发。

"列伊拔!"且尔托泼哈诺夫突然叫起来,"列伊拔,你看看我! 我已经失去理性,我已经不是我自己了! …… 如果你不帮助我,我要自杀了!"

"可系我怎么能……"

"跟我一同去吧,我们去找那个贼!"

"我们到歇么地方去呢?"

"到市场上,到大道上,到小路上,到盗马人那里,到城市里,到乡村里,到田庄里——走遍天涯海角! 至于钱,你不必担心:老弟,我得到了一笔遗产! 哪怕用完最后一文钱,也要找到我的好朋友! 那个哥萨克人,这恶棍,逃不出我们的手! 他到哪里,我们也到哪里! 他钻到地下,我们也钻到地下! 他到魔鬼那里,我们就一直到魔王那里!"

"为歇么到魔王那里去呢,"犹太人说,"不到他那里也行的。"

"列伊拔!"且尔托泼哈诺夫接着说,"列伊拔,你虽然是个犹太人,你的信仰卑鄙,叫是你的灵魂比有的基督徒还好! 请你可怜可怜我吧! 我一个人不能去,我一个人办不了这件事。我是一个暴躁的人,可是你有头脑,有宝贵的头脑! 你们的种族就是这样的:没有学问而一切都懂得! 你也许怀疑,心里想:他哪里有钱? 让我们到房间里去,我把所有的钱都给你看。请你拿钱吧,请你连我颈子上的十字架也拿去吧——只要替我把马列克-阿杰尔要回来,要回来,要回来!"

且尔托泼哈诺夫患热病似地打着哆嗦,汗珠如雨一般从他脸上流下来，和眼泪混合了，消失在他的髭须中。他紧握着列伊拔的两手，他恳求他，几乎要吻他了。……他简直发狂了。犹太人起初想拒绝他，对他说：他决不能够离开这里，他有事。……可是哪里成功！且尔托泼哈诺夫什么都不要听他的。没有办法，可怜的列伊拔只得答应了。

第二天，且尔托泼哈诺夫和列伊拔坐了一辆农家马车，从贝松诺伏村出发了。犹太人略微显出尴尬的样子，一只手扶着车栏，整个衰弱的身体在颠簸的座位上一跳一跳地震动；他把另一只手揣在怀里——那里面放着一叠用报纸包好的钞票；且尔托泼哈诺夫像偶像一般坐着，只是转动着眼睛，深深地呼吸着；他的腰里插着一把短剑。

"哼，可恶的离间者，这一下你可得小心啦！"车子开上大道的时候他这样咕噜着。

他把家托付给小斯彼尔非希卡和一个厨娘，这厨娘是一个耳聋的老妇人，是他为了同情而收养着的。

"我骑了马列克-阿杰尔回来见你们，"分别的时候他向他们这样喊着，"否则就永远不回来了！"

"你还是嫁给我了吧！"彼尔非希卡用胳膊肘推推那厨娘的身子，同她开玩笑。"反正老爷不会回来了；否则真要寂寞死了！"

9

过了一年，……整整的一年：邦捷列·叶列美奇杳无音信。厨娘死了；彼尔非希卡已经打算丢下了这屋子，动身到城里去，他的堂兄弟在城里一个理发师那里当学徒，招引他去。忽然传来消息，说主人要回来了！教区的执事收到邦捷列·叶列美奇亲自写的一封信，他在这信里告诉他,说他准备回到贝松诺伏村来,又托他预先关照仆人,作应有的准备来迎接他。彼尔非希卡以为这些话不过是要他把灰尘打扫打扫的意思,不大相信这消息是正确的;然而他终于确信执事的话是真的了,因为过了几天,邦捷列·叶列美奇本人骑着马列克-阿杰尔出现在自己庄园的院子里了。

彼尔非希卡奔向主人,扶住了鞍镫,想帮助他下马;但是主人自己跳了下来,得意扬扬地向四周一瞥,大声地喊叫:"我说要找到马列克-阿杰尔,果然找到了它,敌人和命运终于向我屈服了!"彼尔非希卡走过来吻他的手,但是且尔托泼哈诺夫对于他的仆人的热心并不加以注意。他拉着缰绳,大踏步地把马列克-阿杰尔牵到马厩里去。彼尔非希卡凝视地看一看他的主人,心里胆怯起来:"唉,在这一年里他瘦得多了,老得多了;他的脸色变得那么严肃可怕了!"邦捷列·叶列美奇似乎应该高兴了,因为他终于达到了目的;他的确高兴,……然而彼尔非希卡总觉得胆怯,甚至感到恐怖。且尔托泼哈诺夫把马放在它从前的槽房里了,轻轻地拍拍它的臀部,对它说:"唔,你重新回家了! 以后可得当心啊! ……"当天他就从没有纳税义务的孤身贫农中雇了一个可靠的看守人;他重新安居在自己家里,照旧过日子了。……

然而并不完全照旧。……不过关于这点在后面说明。

邦捷列·叶列美奇在回家后的第二天,把彼尔非希卡叫来,因为没有别的谈话人,他就把他如何找到马列克-阿杰尔的始末讲给他听——当然不失去他的自尊心,而且用低沉的声音说。讲的时候,且尔托泼哈诺夫脸朝窗子坐着,用长烟管来吸着烟;彼尔非希卡站在门槛上,两手反剪在背后,恭敬地望着主人的后脑,听他一五一十地叙述:如何在许多徒劳和奔波之后,邦捷列·叶列美奇终于来到了罗姆内的马市上——这时候已经只有他一个人,犹太人列伊拔不和他在一起了,他因为性情怯弱,忍受不了,所以逃走了;如何在第五天上,他已经想离去了,最后一次经过一排排马车旁边的时候,忽然在三匹别的马中间看到了缚在马饵袋上的一匹马,正是马列克-阿杰尔! 他立刻认出了它,马列克-阿杰尔也认出了他,就嘶叫起来,挣扎起来,开始用马蹄来挖掘泥土。

"它不是在哥萨克人那里,"且尔托泼哈诺夫继续说,始终不转过头来,声音照旧很低沉,"而是在一个茨冈马贩子那里;我当然立刻认定了我自己的马,想用强力把它夺回来;可是那个狡猾的茨冈人像烫伤了似的大叫起来,叫得整个市场都听见,他对天发誓,说这匹马是他向另一个茨冈人买来的,他还要叫人来对证。……我不计较,就付了他钱,真是见鬼! 我最重要的一点就是找到了我的好朋友,精神上安定下来了。还发生过这么一回事:我在卡拉契夫县里,听信了犹太人列伊拔的话,错认了一个哥萨克人,以为他就是我要抓的那个贼,打了他一顿巴掌;哪里晓得这哥萨克人原来是牧师的儿子,他硬要我赔偿名誉损失——出了一百二十个卢布。有什么关系,钱去了会来的,主要的是马列克-阿杰尔仍旧归我了! 我现在幸福了,可以过安乐日子了。可是,彼尔多希卡,我吩咐你一句话:万一你在附近一带看见了那个哥萨克人,你一句话也不要说,马上跑回来把枪拿给我,我自有办法对付!"

邦捷列·叶列美奇对彼尔非希卡这样说;他口头上这样表示,其实他心里并不像他所说的那么安稳。

呜呼! 他在心灵深处,并没有完全确信他所带来的马是真的马列克-阿杰尔!

10

　　邦捷列·叶列美奇的困苦时期来到了。他实在极少享受到安乐。美好的日子固然也有:那时候他似乎觉得心里所发生的疑惑是荒唐的;他驱除这种怪诞的想头,像驱除一只纠缠不清的苍蝇一样,他甚至嘲笑自己。然而不好的日子也有:那时候顽固的想头重又偷偷地出来腐蚀并烦扰他的心,像地底下的老鼠一样,于是他就私下感到剧烈的苦闷。在找到马列克-阿杰尔的值得纪念的那一天内,且尔托泼哈诺夫所感觉到的只是幸福的欢乐。……他在他所找到的宝物旁边过了一整夜,但是到了第二天早上,当他在旅店的低低的屋檐下面替它装鞍的时候,有什么东西初次刺痛他的心。……他只是摇摇头,然而种子已经莳下了。在回家的旅途上(这旅行继续了大约一星期),他心里很少发生疑惑。一回到自己的贝松诺伏村,一来到从前那只无可怀疑的马列克-阿杰尔所住的地方,这种疑惑又加深起来,显著起来。在回家的路上,他总是骑着马摇摇摆摆地缓步前进,向各方面眺望着,吸着一支短烟管,并不考虑什么,只是有时心中暗想:"像我且尔托泼哈诺夫这样的人,说得到就做得到!哼!"于是得意地微笑;然而一回到家里,情形就两样了。这一切他当然是隐藏在自己心中的;单是他的自尊心,就不容许他说出自己内心的恐慌来。无论何人,即使迂回地暗示:新的马列克-阿杰尔似乎不是原来那匹,他就要把这人"撕作两半";有时他碰见几个人,向他祝贺"顺利的寻获";但是他不去找求这种祝贺,他比从前更加避免和人们接触了——这是不祥之兆! 他几乎老是在那里考验(如果可以这样说的话)这匹马列克-阿杰尔;他骑了它到很远的原野上去试验它;或者偷偷地走进马厩里,把门锁上了,站在马头前面,望着它的眼睛,轻轻地问它:"这是你吗?是你吗? 是你吗?"或者,默默地对着它看,一连几个钟头目不转睛地盯住它看,有时高兴起来,喃喃地说:"对啦! 是它! 当然是它!"有时又怀疑起来,甚至困窘起来。

这匹马列克-阿杰尔和那匹马列克-阿杰尔的身体上的差异,倒并不使且尔托泼哈诺夫那么困窘,……虽然的确有些差异:那匹的尾巴和鬃毛仿佛要稀薄些,耳朵要尖些,蹄腕骨要短些,眼睛更明亮些——但是这可能只是看来如此而已。使且尔托泼哈诺夫感到困窘的,却是所谓精神上的差异:那匹的习惯不是这样的,全部癖性都不相同。例如,那匹马列克-阿杰尔只要且尔托泼哈诺夫一走进马厩,总是回过头来,轻轻地嘶叫;可是这匹管自嚼干草,若无其事,或者挂下了头打瞌睡。主人从鞍子上跳下来的时候,两匹马都是站着不动的;但是那匹当主人叫它的时候,立刻迎声而来,而这匹依旧像树桩一般站着。那匹跑得也很快,但是跳得更高更远;这匹走慢步的时候较自由自在,然而跑速步的时候摇晃得较厉害,而且有时铁蹄会碰响——这就是说,后蹄和前蹄磕碰:那匹从来没有这种丑态——绝对没有! 且尔托泼哈诺夫觉得这匹的两只耳朵常常耸动,一副蠢相;而那匹同它相反:一只耳朵弯向后面,就用这样的姿势望着主人! 那匹每逢看见它周围不清洁了,立刻用后脚踢槽房的墙壁;但是这匹不在乎此——即使粪便堆到它肚子边也不要紧。那匹倘使让它向着风,它立刻用整个肺部来呼吸,全身抖动,而这匹只不过打打响鼻;那匹碰到雨水的潮湿就不安,这匹满不在乎。……这匹粗蠢得多,粗蠢得多! 就连风度也比不上那匹,驾驭起来也不灵敏——还有什么可说呢! 那匹马是可爱的,而这匹……

这些就是且尔托泼哈诺夫有时所想到的,这些想头使他感到痛苦。

但是在别的时候,例如他叫这匹马全速力地在刚刚开垦的原野上奔跑,或者叫它跳到冲毁了的溪谷底上,而在最峻峭的地方再跳上来,这时候他高兴得意醉心迷了,嘴里发出大声的叫喊,这时候他就知道,确实地知道:他所骑着的是真正的、无可疑议的马列克-阿杰尔,因为别的马怎么做得到这匹马所做的一切呢?

然而这时候他还是免不了灾难和不幸。长期地寻找马列克-阿杰尔,耗费了且尔托泼哈诺夫许多钱;关于科斯特罗马种的猎狗,他已经不再想望,只是同从前一样骑着马孤独地在附近一带地方来来去去。有一天早晨,且尔托泼哈诺夫在离开贝松诺伏村大约五俄里的地方又碰到了那个公爵的猎队——就是一年半之前他曾经那么威风地在他们面前驰骋过的那个猎队。而且偏偏发生这样的情况:这一天同那天一样,一只灰兔从山坡上的界篱底下跳到猎狗面前!"捉住它,捉住它!"全部猎队就飞奔过去,且尔托泼哈诺夫也飞奔过去,只是不同他们在一起,而在离开他们约二百步的地方——也正同那时侯一样。一条巨大的水沟弯弯曲曲地穿过山坡,越到上面越是狭缩,横断着且尔托泼哈诺夫的去路。这条水沟在他所要跳过的地方——一年半之前他的确曾经跳过这地方——也还有八步宽、两沙绳深的样子。且尔托泼哈诺夫预感到一种胜利——那么巧妙地重演的胜利,他就挥着鞭子得意扬扬地大叫起来。猎人们一边奔跑,一边目不转睛地注视着这个勇猛的骑手。他的马像箭一般飞奔,水沟近在咫尺了——来,来,一跃而过,像那时候一样!……

但是马列克-阿杰尔骤然停步,向左转弯,且尔托泼哈诺夫无论怎样牵转它的头来向着水沟,它都不顾,管自沿着断崖奔驰而去了。……

可见它胆怯了,没有自信心了!

这时候且尔托泼哈诺夫羞怒满腹,几乎哭出来,他放松了缰绳,把马一直向前赶,赶到山里去,远远地离开那些猎人,但求不要听见他们嘲笑他的声音,但求快些避开他们的可恶的目光!

马列克-阿杰尔身上带着鞭伤,泛着白沫,跑回家来。且尔托泼哈诺夫自己立刻关闭在房间里了。

"不对,这不是他,这不是我的好朋友! 那匹即使送了性命,也不会出卖我!"

11

下面的一件事,使且尔托泼哈诺夫走到了所谓"绝路"。有一次他骑着马列克-阿杰尔,来到贝松诺伏村所属教区的礼拜堂旁边的僧侣村后面。他把毛皮帽子拉到眼睛上,弯着腰,两手挂在鞍桥上,慢慢地前进;他心境不快,情绪不安。突然有人叫唤他。

他勒住了马,抬起头来,看见曾经和他通信的那个教堂执事。这位祭坛服务者在他那编成辫子的褐色头发上戴着一顶褐色的风帽,身上穿着一件黄色的土布外套,比腰低得多的地方束着一条浅蓝色的带子,他是走出来察看他的禾堆的。他看见了邦捷列·叶列美奇,认为有向他表示敬意的义务,顺便也可以从他那里探问到一些事情。大家都知道:教会里的人没有这种存心是不会对世俗人讲话的。

但是且尔托泼哈诺夫无心去对付这个教会执事;他略微回了他的礼,含糊地哼了几声,就挥动马鞭……

"您的马多么漂亮!"教堂执事连忙接着说,"这真是值得夸耀的。说实在的,您是一个绝顶聪明的男子汉大丈夫;简直像一头狮子!"这教堂执事以花言巧语著名,这使得牧师十分懊恼,因为那牧师没有口才,连烧酒也解不开他的舌头。"一头牲口因为坏人的奸计而损失了,"教堂执事继续说,"您一点也不灰心,反而更加信仰神意,替自己另外弄了一匹来,一点也不比以前那匹差,甚至更好了,……因为……"

"你胡说些什么?"且尔托泼哈诺夫阴郁地打断了他的话,"哪里来的另一匹? 这就是本来那一匹;这就是马列克-阿杰尔。……我把它找回来的。真是胡说八道……"

"嗳! 嗳! 嗳! 嗳!"教堂执事从容不迫地慢吞吞地说,同时用手指捻弄胡子,用他那明亮而贪婪的眼睛望着且尔托泼哈诺夫。"这是怎么一回事,先生? 您的马,我记得是去年圣母节〔1〕之后大约两个星期的时候给偷去的,现在是十一月底了。"

"唔,是的,那又怎么样?"

教堂执事只管用手指捻弄胡须。"这就是说,从那时候到现在,已经过了一年多了,而您的马那时候是灰色带圆斑的,现在也是这样;甚至好像还深了些。这是怎么一回事? 灰色马在一年之内颜色往往要淡许多哩。"

且尔托泼哈诺夫哆嗦了一下……仿佛有人用长矛撞一撞他的心。对呀,灰色毛的确是要变淡的! 这么简单的一个道理,怎么他在这以前没有想到呢?

"可恶的猪尾巴! 去你的!"他突然大喝一声,眼睛愤怒地一闪,立刻从吃惊的教堂执事的视线中消失了。

"唉! 一切都完了!"

现在的确一切都完了,一切都破灭了,最后的一张牌打输了! 一切

---

〔1〕 圣母节,旧俄历十月一日。

都由于"颜色要变淡"这句话而一下子毁灭了！

灰色的马是会变淡的。

跳吧，跳吧，可恶的畜生！你跳不出这句话！

且尔托泼哈诺夫奔驰回家，又锁闭在房间里了。

12

现在一切都毫无疑议了：这匹不中用的驽马不是马列克-阿杰尔；它和马列克-阿杰尔之间没有一点儿相似的地方；任何一个稍有头脑的人一眼就能看出这一点；而他，邦捷列·且尔托泼哈诺夫，被用最卑鄙的方法来欺骗了——不！这是他自已故意存心地欺瞒自己，蒙蔽自己的眼睛。且尔托泼哈诺夫在房间里踱来踱去，在每一堵墙壁跟前用同样的方式旋转脚跟，仿佛关在笼子里的野兽。自尊心使他痛苦难堪；然而不单是受创伤的自尊心的疼痛折磨着他，他竟绝望满怀，愤怒填膺，复仇的渴望在他心中燃烧起来。然而对抗谁呢？向谁复仇呢？向犹太人，向亚富，向玛霞，向教堂执事，向偷马的哥萨克人，向所有的邻人，向全世界，乃至向自己？他的神志混乱了。最后一张牌打输了！（他喜欢这比喻。）他又变成了一个最不足道的、最卑鄙的人，大众的笑柄，滑稽的小丑，绝顶的傻瓜，教堂执事嘲笑的对象！！……他想象着，他清楚地设想着：那可恶的猪尾巴将怎样对人家讲这匹灰色马，讲这个愚笨的主人。……唉，真该死！！……且尔托泼哈诺夫徒然想抑制涌出来的愤怒，徒然想说服自己，这匹……马虽然不是马列克-阿杰尔，然而还是……一匹好马，可以替他服务许多年。他立刻愤恨地逐斥这想头，仿佛这想头里面含有对于那匹马列克-阿杰尔的新的侮辱，何况他本来早已觉得自己对不起那匹……马列克-阿杰尔了。……还用说吗！他真是瞎了眼,糊涂透顶了,才把这匹又老又瘦的驽马来和它——马列克-阿杰尔——同等看待！讲到这匹驽马还能够替他服务吧,……难道他还有一天愿意去骑它？决不会！永远不会!! ……把它送给鞑靼人吧,丢给狗吃吧,它没有别的用处了。……对啦！这是最好的办法！

且尔托泼哈诺夫在他自己的房间里踱了两个多钟头。

"彼尔非希卡!"他突然发出号令。"马上到酒店里去;去拿半维德罗[1]烧酒来！听见吗？半维德罗,快些！要立刻把烧酒拿来放在我桌子上。"

烧酒不久就出现在邦捷列·叶列美奇的桌子上了,他就喝起酒来。

13

当时如果有人看到且尔托泼哈诺夫,如果有人目击他一杯一杯地喝干时的阴险的愤怒,那人一定会感到不由自主的恐怖。天已经夜了;桌上点着一支幽暗的蜡烛。且尔托泼哈诺夫不再从这角踱到那角;他坐着,满面通红,眼睛黯淡无光,有时望着地上,有时执拗地注视着漆黑的窗洞;他站起身来,倒一杯烧酒,喝干了,又坐下去,又把眼睛盯住一个地方,一动也不动。只是他的呼吸渐渐迫促起来,脸越来越红了。似乎有一种决心在他胸中成熟起来,这种决心使他自己觉得惶恐,但是渐渐地对它习惯了;同一个想头顽强不停地越来越迫近了;同一个形象在眼前显得越来越清楚了;而在他心里,在沉醉的强烈影响之下,仇恨的愤怒已

---

〔1〕 维德罗,俄罗斯液量单位。1维德罗等于12.3公升。

经变成了残酷的感情，一种不祥的冷笑出现在他的嘴唇上。……

"唔，时候到了！"他用一种老练的、几乎不耐烦的语调说，"事不宜迟！"

他喝干了最后一杯烧酒，从床头拿了手枪——就是打玛霞的那支手枪，装好弹药，又把几个弹筒帽放进袋里，"以防万一"，然后走向马厩去。

他正要开门的时候，那个看守人向他跑过来了，但是他对他怒喝："是我！你难道不看见？走开！"看守人略微向旁边退开些。"你去睡觉吧！"且尔托泼哈诺夫又向他怒喝，"这里用不着你看守了！看守这稀罕的宝贝！"他走进马厩里去。马列克-阿杰尔……假的马列克-阿杰尔躺在垫子上。且尔托泼哈诺夫踢它一脚，说："起来，笨东西！"然后从秣槽上解下马笼头，把马衣脱去，丢在地上了，粗暴地拉着这匹驯服的马在槽房里转一个向，把它牵到院子里，从院子里牵到田野里，弄得那个看守人惊讶极了，他无论如何也想不通：主人在半夜里拉了这匹不装马具的马到哪里去？他当然不敢问他，只是目送着他，直到他在通向附近树林里的大路的转角上消失了为止。

14

且尔托泼哈诺夫大踏步走去，不停留，也不回顾；马列克-阿杰尔——我们将用这名字称呼它到底——顺从地跟着他走。这天夜里很明亮；且尔托泼哈诺夫能够看出前面一片黑压压的密林的齿形轮廓。他被夜寒所侵袭，要不是……要不是另外一种更强烈的沉醉支配着他的全身心，他一定会由于他所喝的烧酒而酩酊大醉了。他的头沉重起来，血在喉头和耳朵里轰响，但是他稳定地向前走，而且知道方向。

他决心打死马列克-阿杰尔了;他整天所考虑的只是这件事。……现在他下定决心了!

他去做这件事,不但泰然自若,而且满有把握,坚定不移,仿佛服从责任感的人的行径。这"玩意儿"在他觉得很"简单":毁灭了这假冒者,他就一下子对"一切"都清算了,又可以惩戒自己的愚蠢,又可以对真正的知友谢罪,又可以向全世界(且尔托泼哈诺夫非常顾到"全世界")表明:对他是不能开玩笑的。……但是主要的是他要同这假冒者一起毁灭他自己,因为他再生活下去还有什么意思呢? 这一切怎样发生在他脑中,为什么这件事在他看来很简单——要说明是不容易的,然而也并非完全不可能:他受委屈,孤独,没有亲近的人,没有一个铜子,又因为喝酒而血潮汹涌,他已经接近于精神错乱了;而精神错乱的人的最荒唐的行径,在他们看来具有自己的逻辑甚至理由——这是无疑的事。且尔托泼哈诺夫完全相信自己的理由;他绝不踌躇,他急于去对罪人执行判决,然而他没有明确地理解:他所称为罪人的毕竟是谁? ……老实说,他对于自己所要做的事很少考虑。"必须结果它,结果它。"他只是呆板地、严厉地对自己反复说着这句话:"必须结果它!"

那个无罪的罪犯跨着顺从的小步子跟在他背后。……但是且尔托泼哈诺夫心里没有一点怜悯。

15

他把他的马带到了离开树林边不远的地方,那里有一个小小的溪谷,溪谷里有一半地方繁生着小橡树。且尔托泼哈诺夫走下溪谷去。……马列克-阿杰尔绊了一下,几乎跌在他身上了。

"你想压死我,可恶的东西!"且尔托泼哈诺夫叫着,仿佛为了自卫。从衣袋里摸出手枪来。他所体验到的已经不是残酷,而是一种特殊的感情麻痹——据说这种麻痹就是支配将要犯罪的人的。但是他自己的声音使他恐怖:这声音在黑暗的树枝的掩复下、在林中溪谷的潮闷而窒息的湿气中那么怪异地响着! 外加有一只大鸟在他头顶的树梢上突然地拍动翅膀,用以回答他的叫声。……且尔托泼哈诺夫哆嗦一下。他仿佛惊醒了他的行为的一个见证人——但这是什么地方? 这是任何活的东西他也不应该碰到的荒僻地方。……

"去吧,畜生,随便你到哪里去!"他从牙缝中喃喃地说出,放脱了马列克-阿杰尔的缰绳,用手枪柄重重地在它肩上打了一下。马列克-阿杰尔立刻向后转,从溪谷里爬出,……开步跑了。但是它的蹄声一会儿就听不见了。吹来一阵风,混和并遮没了一切声音。

且尔托泼哈诺夫自己也慢吞吞地从溪谷里爬出来,走到树林边,沿着大路缓步回家。他很不满意自己;他的头脑里和心中的沉重之感,扩展到他的四肢上来了;他走着,怒气冲冲,阴气沉沉,心中很不满意,肚里又饥饿,仿佛有人侮辱了他,夺去了他的获物和食粮。……

被人阻碍而计划未遂的自杀者,是懂得这种感觉的。

突然有什么东西在他后面碰碰他两个肩膀中间的地方。他回头一看,……马列克-阿杰尔站在路中央。它跟着它的主人走来,用鼻子碰碰他,……报告它的来到……

"啊!"且尔托泼哈诺夫叫起来,"你,你自己来寻死! 好,来吧!"

转瞬间,他已经拔出手枪,扳起枪机,把枪口对准马列克-阿杰尔的额骨,开了一枪……

可怜的马猛然退到一旁,用后脚站起来,跳到了十步之外,突然沉重地倒下来,痉挛地在地上打着滚,发出嘶哑的叫声。……

且尔托泼哈诺夫两手掩住了耳朵就跑。他的两腿发软了。他的醉意、他的仇恨、他的愚钝的自信——一下子都无影无踪了。剩下的只有羞耻和丑恶的感觉——还有一种意识,一种明确的意识:这一次他自己也完结了。

16

大约过了六个星期,小厮彼尔非希卡认为他有责任拦住路过贝松诺伏庄院的一个区警察局局长。

"你有什么事?"这个秩序监督者问。

"大人,请到我们家里来,"小厮深深地鞠着躬回答,"邦捷列·叶列美奇似乎要死了,所以我很担心。"

"怎么? 要死了?"警察局长问。

"是啊。起初他每天喝烧酒,现在躺在床上,已经瘦得很了。我想他现在已经什么都不懂了。一句话也不会讲了。"

警察局长走下马车来。

"那么,你至少已经去请过神甫了吧? 你的主人忏悔过没有? 行过圣餐礼了吗?"

"没有。"

警察局长皱起眉头。

"这是怎么搞的,老弟? 怎么可以这样,啊? 或许你不知道吧:这件事……责任重大呢,啊?"

"我前天昨天都问过他,"胆怯的小厮接着说,"我说:'邦捷列·叶列美奇,要不要我跑去请一个神甫来?'他说:'住口,傻瓜。不关你的事就不要你管。'可是今天我跟他讲话,他只是向我看看,略微动动胡子。"

"他喝了很多烧酒吗?"警察局长问。

"多得很！大人,劳您的驾,到房间里去看看他吧。"

"好,带路!"警察局长咕哝地说着,就跟了彼尔非希卡走。

可惊的光景在那里等候他。

在一间潮湿而黑暗的后房里,一张盖着马衣的简陋的床上,且尔托泼哈诺夫用毛茸茸的毡斗篷当枕头躺着,他的脸色已经不是苍白,而是像死人一样带有黄绿色;一双眼睛深深地陷落在有光泽的眼睑下面;蓬松的髭须上面有一个尖尖的,然而还是微微发红的鼻子。他躺着,穿着他那件永不更换的、胸前有弹药袋的短上衣,和蓝色的契尔克斯式灯笼裤。深红色顶的毛皮高帽子盖在他的额上,直到眉毛边。且尔托泼哈诺夫一只手里拿着一根猎鞭,另一只手里拿着一只绣花荷包,是玛霞送给他的最后一件礼物。床边的桌子上放着一个空酒瓶;床头的墙壁上钉着两张水彩画:在其中的一张上,尽可能辨得出的,画着一个手里拿六弦琴的胖子——大概是聂道比斯金;在另一张上画着一个飞奔的骑手。……那只马好像孩子们画在墙垣上的神话中动物;但是马毛上仔细涂染的圆斑点、骑手胸前的弹药袋、他的尖头长筒靴和浓密的髭须,毫无疑议的余地,表明这张画一定是画的邦捷列·叶列美奇骑在马列克-阿杰尔身上。

吃惊的警察局长不知如何是好。死一般的寂静支配着这房间。"他已经死了吧,"他想,便提高嗓子叫唤:"邦捷列·叶列美奇！喂,邦捷列·叶列美奇！"

这时候发生了异常的光景。且尔托泼哈诺夫的眼睛慢慢地睁开来,黯淡的瞳孔起初从右面转到左面,后来从左面转到右面,停住在访问者的身上,看见了他。……两眼的晦暗的白睛里有什么东西在闪烁着,似乎有视线射出;发青的嘴唇渐渐地张开来,发出一个嘶哑的、死气沉沉的声音:

"世代贵族邦捷列·且尔托泼哈诺夫要死了;谁能够来拦阻他呢?他不欠任何人债,什么也不要求。…… 你们这些人,不要来管他!走开!"

拿鞭子的手想举起来,……但是徒然! 嘴唇又合拢了,眼睛闭上了;且尔托泼哈诺夫把身子挺一挺直,把脚掌移近些,照旧躺在他那硬绷绷的床上。

"死了以后通知我一声,"警察局长走出房间去的时候低声地对彼尔非希卡说,"至于神甫,我想现在就可以去请了。必须依照惯例,替他涂圣油。"

彼尔非希卡就在这一天去请神甫;第二天早晨他去通知警察局长:邦捷列·叶列美奇昨天夜里逝世了。

殡葬的时候,他的棺材由两个人护送着:小厮彼尔非希卡和莫歇尔·列伊拔。且尔托泼哈诺夫逝世的消息,不知怎的传到了这犹太人那里,他不忘记对他的恩人尽最后的义务。

活 尸 首

长期忍苦的故国——

俄罗斯人民的国土！

费·邱特契夫

法国有一句谚语："干渔夫,湿猎人,样子真伤心。"我对于捕鱼一向没有嗜好,因此不能断定渔夫在晴明天气的体会如何,以及在阴雨天气捉到许多鱼时的高兴能够抵消几分淋湿的不快。但是对猎人说来,下雨的确是一种灾难。有一次我同叶尔莫莱到别廖夫县去打松鸡,正逢到这种灾难。从清晨起,雨一直下不停。我们想尽种种方法来避免它！我们把橡皮雨披几乎顶到了头上,又站到树底下去,想少淋些雨。……这种雨披妨碍打枪是不必说了,竟老实不客气地漏进水来;而站在树底下呢,起初的确好像淋不着雨,但是后来,积集在树叶上的水分突然泻出,每一根树枝都向我们浇水,好像从承漏里流下来似的;一条冷冰冰的水钻进领带里面,沿着背脊骨流下去。……这正像叶尔莫莱所说,是糟糕透顶的事。

"不行,彼得·彼得罗维奇,"他终于这样叫起来。"这样不行！……今天不能打猎。狗的鼻子一打湿就不灵了;枪也不会发火了。……呸！好运道！"

"那么怎么办呢?"我问。

"这样吧,我们到阿列克谢叶夫卡去。您也许不知道——有这样一个田庄,是归您老太太所有的;离开这里大约有八俄里。我们在那儿过一夜,明天……"

"明天再回到这里来?"

"不,不回到这里来。……阿列克谢叶夫卡那边的一带地方我都熟悉,打松鸡比这里好得多了!"

我也不质问我这个忠实的旅伴为什么不一开头就带我到那地方去,就在这一天我们来到了母亲的田庄上;老实说,我在这以前一点也不知道有这么一个田庄。这田庄里有一间厢屋,破旧得很了,但是没有人住,所以很清洁;我在这屋里过了十分安适的一夜。

第二天我醒得很早。太阳刚刚出来;天空中没有一片云彩;四周一切都发出双重强烈的光辉:清新的朝阳的光辉和昨天的倾盆大雨的光辉。在他们替我套马车的期间,我到小花园里去散散步——这小花园从前曾经是一个果园,现在荒芜了,它的芬芳而滋润的树丛环绕着这间厢屋。啊,在空旷的露天,在明朗的天空底下,是多么美好啊,那里有云雀啭着,它们的响亮的声音仿佛撒下许多银珠子来!它们的翅膀上一定带着露珠,它们的歌声似乎也被露水润湿了。我甚至脱下了帽子,欢喜而畅快地呼吸着。在一个浅浅的溪谷的斜坡上,篱笆的旁边,有一个养蜂场;一条羊肠小径蜿蜒地通向那里,小径的两旁夹着密密层层的杂草和荨麻,在它们上面突出着不知从哪里来的暗绿色的大麻的尖茎。

我沿着这条小径走去,走到了养蜂场那里。养蜂场旁边有一间篱壁造成的棚屋,即所谓冬季蜂房,是冬天放蜂巢用的。我向那半开的门里一望:黑洞洞的,静悄悄的,十分干燥;发出一阵薄荷和蜜蜂花的香气。

屋角里搭着一副铺板,上面有一个小小的人体盖了被躺着。……我想走开去了……

"老爷,喂,老爷! 彼得·彼得罗维奇!"我听见一个细弱、缓慢而嘶哑的声音,仿佛沼苔的瑟瑟声。

我站定了。

"彼得·彼得罗维奇! 请走过来!"这声音又说。它从屋角里我曾经注意到的那副铺板上传到我这里。

我走近去一看,吓得发呆了。我面前躺着一个活的人体,但是这算是什么东西呀?

头完全干瘪了,全部作青铜色,活像古画中的圣像;鼻子很狭,像刀刃一般;嘴唇几乎看不出,只见一排白皑皑的牙齿,还有两只眼睛,头巾底下有几绺稀疏的黄头发露出在额上。下巴旁边,被的皱襞上,有两只也是青铜色的小手在那里移动,手指像细棒条一般慢慢地摸弄着。我凝神一看:面貌非但不丑,竟很漂亮,——然而看了很可怕,总觉得异乎寻常。在这张脸的金属般的面颊上,我看见一种努力装出……努力装出而不能展开的微笑,这使我感到这张脸更加可怕了。

"您不认识我了吗,老爷?"这声音又轻轻地说;这些话仿佛是从微微颤动的嘴唇里发散出来的。"怎么认得出呢! 我是露克丽亚。……您记得吗,在斯巴斯科耶,在您老太太那里,领导轮舞的,……记得吗,我还是领唱的呢!"

"露克丽亚!"我叫起来。"这是你啊? 真的吗?"

"是我,老爷,是我。我是露克丽亚。"

我不知道说什么好,茫然若失地注视着这张黑黝黝的呆滞的脸,脸上有两只明亮的毫无生气的眼睛盯住我看。真的吗? 这个木乃伊就是露克丽亚,就是我们的全体仆役中的第一个美人——苗条、丰满、白皙而红润的,善于巧笑、长于歌舞的露克丽亚! 露克丽亚,聪明伶俐的露克丽亚,我们那里所有的年轻小伙子都追求她;我当时还是一个十六岁的孩子,也曾经偷偷地叹慕过她!

"天哪,露克丽亚,"我终于说出,"你怎么变成这个样子了啊?"

"我遭到了很大的灾难! 您可别讨厌我,老爷,不要为了我的不幸而嫌弃我,请坐在这小木桶上,坐近些,不然您听不出我的话,……瞧,我的声音这样轻了! ……啊,我看见了您真高兴! 您怎么会到阿列克谢叶夫卡来的?"

露克丽亚说起话来声音很微弱,但是不间歇。

"猎人叶尔莫莱带我到这里来的。可是请你讲给我听……"

"讲我的灾难吗? 好的,老爷。这是很久以前的事,六七年以前的事了。那时候我刚刚许配给华西里·波略科夫——您记得吗,那个相貌很端正的、头发鬈曲的,还替您老太太当过餐室管理人呢? 您那时已经不在乡下,到莫斯科去念书了。我和华西里很相爱,我一刻也忘不了他。事情发生在春天:有一天夜里,……离清晨已经不远了,……可是我睡不着。夜莺在花园里叫得那么美妙动听! ……我忍不住了,就起身,走到台阶上去听它。它啭着,啭着,……忽然我似乎听见有人在叫我,是华西里的声音,叫得很轻:'露克丽亚! ……'我转过头去看,大概是半睡不醒的缘故吧,踩了一个空,从台阶上跌下去,一直跌到了地上,我似乎跌伤得并不厉害,因为我立刻爬起身来,回到了自己房间里。只是我身体里面——内脏里——好像断了什么。……让我歇一口气,……一会儿工夫,……老爷。"

露克丽亚不作声了,我吃惊地望着她。有一点特别使我吃惊:她讲自己的往事的时候,差不多很愉快,不叹息,不呻吟,一点也不诉苦,并不想引起别人的同情。

"从那时候起,"露克丽亚继续说:"我消瘦起来,衰弱起来,我的皮肤发黑了,走路困难起来,后来两条腿完全没有用了;不能站,也不能坐,只得老是躺着。我不想喝水,也不想吃东西,身体越来越坏了。您的老太太发慈悲,给我请医生,又把我送到医院里。可是我的病总是治不好。而且甚至没有一个医生说得出我害的是什么病。他们用尽种种方法替我医治:用烧红的铁烫我的背,把我放在冰块里,都没有用。终于我的身体僵硬了。……于是那些先生们就断定:我的病没有办法医治了;可是主人家里不能收容残废者,……就把我送到这里来——因为这里有我的亲戚。我就这样生活着。"

露克丽亚又不作声了,又努力装出微笑来。

"唉,你的境况太惨了!"我感叹着,……不知道再说些什么,就问她:"华西里·波略科夫怎么样了?"这句问话很笨拙。

露克丽亚把眼睛略微转向一旁。

"波略科夫怎么样?他悲伤了一阵子,悲伤了一阵子,就娶了另外一个人,娶了格林诺耶村的一个姑娘。您知道格林诺耶村吗?离我们这儿不远。这姑娘名叫阿格拉菲娜。他本来是很爱我的,可是到底年纪还轻,总不能一辈子独身。而我哪里还能做他的伴侣呢?他的妻子倒很好,心地善良,他们已经有孩子了。他在这里邻近的人家当管家:是您老太太给他公民证,准许他去的。托上帝的福,他生活过得很好。"

"你就这样一直躺着吗?"我又问。

"我就这样躺着,老爷,已经躺了七年了。夏天我躺在这里,躺在这间小屋子里;天冷起来,他们就把我搬到洗澡间的更衣室里,我就躺在那儿。"

"谁来服侍你,照料你呢?"

"这里也有几个好心人。他们不忘记我。况且我的需要不多。吃东西呢,我差不多不吃什么;水呢,那杯子里经常有清洁的泉水储备着。我自己能够拿到这杯子,因为我的一只手还能够动作。这里有一个小姑娘,是一个孤儿;她有时候来望望我,真感谢她。刚才她就来过了。……您没有碰见她吗?这小姑娘长得挺可爱,皮肤白嫩嫩的。她带花来给我;我非常喜欢花。我们这里没有园花,——以前是有的,可是后来没有了。但是野花也很好,比园花还香。就像铃兰吧,……再好没有了!"

"你不寂寞吗,不苦闷吗,我可怜的露克丽亚?"

"有什么办法呢?不瞒您说,起初很痛苦;可是后来习惯了,忍受过来了,也就没有什么了;有些人比我还糟糕呢。"

"这话怎么讲?"

"有的人连安身的地方都没有!还有的人是瞎子或者聋子!可是我,托上帝的福,眼力很好,而且什么都听得见。田鼠在地底下挖洞,我都听得见。无论什么气味,即使是最微弱的气味,我都闻得出!荞麦在地里开花了,或者菩提树在园里开花了,用不着对我讲,我第一个先闻到了。只要有一点风从那地方吹来就行。不,我为什么要怨恨上帝呢?世间比我苦的人多着呢。又譬如说:有些健康的人,很容易犯下罪孽;可是我谈不到罪孽了。前几天神父阿列克塞来给我授圣餐,他就对我说:'你用不着忏悔:像你这种样子难道还会犯罪吗?'可是我回答他:'那么思想上的罪孽呢,神父?''唔,'他说着,笑了,'这种罪孽是不大的。'"

"可是我也许连思想上的罪孽也不大会有,"露克丽亚继续说,"因为我已经养成习惯了:不想,尤其是不想过去的事。这样日子就过得快些。"

我听了这话实在很惊奇。

"露克丽亚,你老是一个人在这里,怎么能阻止你脑子里的思想,叫它不生出来呢? 或许你老是睡着的吧?"

"啊,不,老爷! 我不能常常睡着。我虽然没有多大的苦楚,可是我的内脏里老是发痛,骨头里也发痛,不让我好好地睡觉。不,……我只是这样躺着,躺着,什么也不想;我只觉得我活着,在呼吸,就是这样罢了。我用眼睛看看,用耳朵听听。蜜蜂在蜂房里嗡嗡地响;有时候鸽子停到屋顶上,咕咕地叫起来;有时母鸡带着小鸡来啄面包屑;或者飞来一只麻雀,一只蝴蝶,我觉得很开心。前年竟有燕子在那边屋角里做窠,孵出小燕子来。这光景真好看! 一只燕子飞进来,停在窠上,喂了小燕子,就飞出去了。一转眼,另一只燕子又飞进来接它的班了。有时候不飞进来,只是从开着的门边飞过,那些小燕子立刻就吱吱喳喳地叫起来,张开了嘴巴。……下一年我又等它们,可是听说这里有一个猎人用枪把它们打死了。这人怎么那样贪小? 一只燕子比甲虫大不了多少。……你们这班猎人先生多么狠心啊!"

"我是不打燕子的。"我连忙说明。

"有一回,"露克丽亚又开始说,"真滑稽呢! 一只兔子跑了进来,真的! 大概是有狗在追它吧,它一直跑进门来! ……坐在我近旁了,而且坐了很久,一直在那里掀鼻子,翘胡子,活像一个军官! 它对我望望。它知道我不会害它。后来它站起来,一跳一跳地向门边走去,走到了门口,回头一望,立刻就跑掉了! 真滑稽!"

露克丽亚向我看看,……仿佛在说:"这不是很有趣的吗?"我为了要满足她的愿望,就笑了起来。她咬了咬干燥的嘴唇。

"到了冬天,我当然就觉得不大舒服,因为太暗了;点蜡烛可惜,况且点了有什么用处呢?我虽然识字,而且常常喜欢看书,可是看什么书呢?这里一本书也没有;就是有,叫我怎样拿它,怎样拿书呢?阿列克塞神父有一回拿了一本历本来给我解闷,可是他看见没有用处,又拿了回去。不过,虽然黑暗,还是有些声音可以听见:蟋蟀叫响,或者老鼠在什么地方搔响。这种时候就很好:可以不想!"

"有时候我作祷告,"露克丽亚略微休息一下,又继续说。"不过我知道的祈祷词不多。而且我为什么要打扰上帝呢?我能够向他要求些什么呢?我需要什么,上帝比我知道得更清楚。他让我背十字架,就表示他爱我。这一点我们已经学得了。我念过了《我们的主》《圣母颂》《对一切受难者的赞美》,就又无思无虑地躺着了。一点也没有什么!"

大约过了两分钟。我不打破这静默,坐在当凳子用的狭窄的小木桶上,一动也不动。躺在我面前的这个不幸的活物,已经把她的残酷的石化性状传染给我:我也仿佛麻痹了。

"露克丽亚,你听我说。"终于我开始说话了。"你听我说,我替你出一个主意。我要吩咐他们把你送到医院里,送到城里的一所好医院里去,你愿意吗?或许你的病医得好也难说。无论如何,你总不会一个人……"

露克丽亚的眉毛略微动了动。

"唉,不要,老爷,"她用担心的语调轻声说,"不要把我搬到医院里去,不要动我。我到了医院里只有更加痛苦。我的病哪里医得好!……有一回一个医生到这里来;他要检查我的病。我请求他:'看在基督面上,不要打扰我。'他哪里肯听!就把我翻来覆去,把我的手和脚揉弄,弯曲;他说:'我这样做是为了科学;我是为科学服务的人,我是学者!'他说：'你不能反抗我，因为我由于我的功劳，项颈里曾经挂过勋章，而且我是在为你们这班傻瓜出力。'他把我翻来覆去地打扰了一会，说出了我的病名——一个很奇怪的名称——这么一来就走了。可是后来整整一星期内，我全身的骨头都疼痛。您说我只有一个人，老是只有一个人。不，并不老是这样。常常有人到我这里来。我很安静，不去妨碍他们。有时有几个农家姑娘到我这里来谈谈闲天；有时进来一个女香客，对我讲关于耶路撒冷、关于基辅、关于圣城的事。我一个人住着并不怕。这样反而好呢，真的！……老爷，请不要动我，不要把我送进医院去。……谢谢您，您真是好心人，只是请您不要动我，好老爷。"

"那就随你的意思吧，随你的意思吧，露克丽亚。不过我这是为你好……"

"老爷，我知道您是为我好。可是，亲爱的老爷，谁能够帮助别人呢？谁又能够懂得别人的心呢？人全靠自己帮助自己！您不会相信：我有时候一个人这样躺着，……好像觉得全世界除我之外没有别的人。只有我一个人是活着的！我好像觉得心里突然浮现出一种想头。……我沉思起来，这真是奇怪的事！"

"你那时候想些什么呢，露克丽亚？"

"老爷，这也是说不出的，说不明白的。而且过后就忘了。这种思想来的时候，就像浮云一样，发散开来，很清新，很美好，可究竟是什么呢，真不懂！我只是想：如果我旁边有人，这种思想就不会发生，我除了我的不幸就不会有别的感觉。"

露克丽亚费力地叹一口气。她的胸脯同别的肢体一样不听她的使唤。

"老爷，我看您的样子，"她又开始说，"您是很可怜我的。可是请您不要太可怜我,真的! 我告诉您,譬如说,现在我有时候还……您该记得,我从前是那么愉快的一个人,真是一个活泼的姑娘! ……您知道怎样? 现在我还唱歌呢。"

"唱歌? ……你?"

"是的,唱歌,唱古老的歌、轮舞歌、复盆歌[1]、圣歌、各种各样的歌! 我以前不是会唱很多歌吗? 现在还没有忘记。只是不唱舞曲。在我现在的情况下唱舞曲是不配的。"

"你怎样唱呢? ……默唱吗?"

"也默唱,也出声唱。我不能高声唱,可是唱得总还听得懂。我对您说过:有一个小姑娘常到我这里来,是一个聪明伶俐的孤儿。我就教她唱歌;她已经跟我学会了四只歌。您不相信吧? 等一等,我马上就唱给您听……"

露克丽亚吸一口气。……这个半死的人要唱歌了——这念头在我心里唤起了不自主的恐怖。但是我还没有说出话来,一个悠长的、十分微弱的,然而清楚正确的音在我耳朵边颤抖地响出了,……接着发出第二个音,第三个音。露克丽亚唱的是《在牧场上》这首歌。她唱的时候,不改变她那石化似的脸的表情,甚至眼睛也凝视不动。然而她那可怜的、费劲的、像一缕轻烟似的动荡着的小嗓子,那么动人地响着;她竭力想把全部心灵倾吐出来。……我感到的已经不再是恐怖,而是有一种说不出的怜悯在压迫我的心。

"唉,不能唱了!"她突然说,"接不上气来。……我看见了您非常高兴。"

---

〔1〕 复盆歌,是圣诞节期间占卜时所唱的歌。

她闭上了眼睛。

我把一只手放在她的冷冰冰的小手指上。……她对我看看,她那像古代雕像上一样用金色睫毛镶边的深色眼睑重又闭上了。过了一会儿,这眼睑在晦暗的光线中闪耀起来了。……眼泪把它们濡湿了。

我照旧一动也不动。

"我这人真是!"露克丽亚突然用意外有力的声音说,张大了眼睛,努力想挤出其中的泪水。"这不是难为情的吗?我怎么啦?我很久没有这种情形了,……从去年春天华西里·波略科夫来看我那天之后就不曾有过。他坐着跟我说话的时候,我倒是没有什么;可是他走了之后,我一个人哭得好厉害!不知道哪里来的这许多眼泪!……可是我们女人的眼泪原是不值钱的。老爷,"露克丽亚又接着说,"您大概有手帕的吧。……请您不要讨厌,替我擦擦眼泪。"

我连忙实现了她的愿望,并且把手帕留赠给她了。她起初不肯受,……说:"我要这样的礼物做什么用?"这手帕是普普通通的,但是很洁白。后来她就用她的瘦弱的手指抓住了它,不再放松了。我已经习惯于我们两人所处的地方的黑暗,能够清楚地辨识她的面貌了,甚至能够看出通过她脸上的青铜色而显出来的微微的红晕,能够在这脸庞中发现(至少我觉得如此)过去的姣美的遗迹了。

"老爷,您刚才问我,"露克丽亚又说话了,"是不是常常睡觉。我的确睡得很少,可是每次睡着了都做梦,很好的梦!我从来不梦见自己生病:我在梦里常常是健康的、年轻的。……只有一点痛苦:我醒过来,想好好地伸展一下,可是全身好像给锁住了。有一回我做了那么奇妙的一个梦!要不要讲给您听?好,您听我讲吧。我梦见我仿佛站在田野里,周围是那么高大的黑麦,都已经成熟了,金灿灿的!我好像带着一只火红色的狗,这只狗凶得不得了,老是想咬我。我手里还好像有一把镰刀,不是普通的镰刀,简直是一个月亮,就是像镰刀时候的月亮。我必须用这月亮来把这些黑麦割完。可是我热得很疲倦,月亮照得我眼睛发耀,我觉得懒洋洋的;我周围长着许多矢车菊,那么大的矢车菊! 它们都转过头来向着我。我心里想:让我采些矢车菊;华西里约定要到这里来的,我先替自己编一个花冠吧;割麦还来得及的。我就开始采矢车菊,可是它们都在我手指中间消失了,无论怎样都没有用。我不能替自己编花冠。这时候我听见有人向我走过来,走得很近了,就叫我:'露克丽亚!露克丽亚! ……''唉,'我想,'糟糕,来不及了!'管它啦,我把这月亮戴在头上,代替矢车菊吧。我就像戴头巾一样戴上了月亮,我全身立刻放出光辉,把四周的田野都照亮了。一看,有一个人在麦穗顶上很快地向我移近来,不过不是华西里,而是基督亲身! 我为什么认识这是基督呢,那我说不出来。人家画的基督并不是这样的,可是我知道这是他! 没有留胡须,身材高高的,年纪很轻,全身穿白衣服,只有腰带是金色的。他向我伸出手来,说:'不要怕,我的盛妆的姑娘,跟我来;你将要到我的天国里去领导轮舞,唱天堂的歌。'于是我就紧紧地抓住他的手! 我的狗立刻跟到我脚边来。…… 但是这时候我们已经腾起来了! 他在前面。……他的翅膀展开在整个天空中,像海鸥的翅膀一样长,——我跟着他! 那只狗只得离开我了。到这时候我才明白:这只狗就是我的病,在天国里是没有它的位置的。"

露克丽亚沉默了一会儿。

"我还做了一个梦,"她又开始说,"不过这也许是我的幻觉,——我可真的分辨不出了。我仿佛觉得我就躺在这间小屋里,我那已经故世的爹妈到我这里来,深深地向我鞠躬,可是一句话也不说。我就问他们:

'爸爸,妈妈,你们为什么向我鞠躬呢?'他们说:'因为你在这世界上受了许多苦,所以你不但解救了自己的灵魂,而且又卸除了我们的重负。我们在那个世界里就安乐得多了。你已经消除了你自己的罪孽;现在正在赎我们的罪了。'爹妈说过这话,又向我一鞠躬,他们就不见了,我只看见墙壁。后来我很怀疑,我所碰到的究竟是怎么一回事。我在忏悔的时候竟把这件事讲给神父听了。可是他认为这不是幻觉,因为幻觉往往只有僧侣才有的。"

"我还做了这么一个梦,"露克丽亚继续说。"我梦见,我仿佛坐在大路上的柳树底下,手里拿着一根刨光的手杖,肩上背着行囊,头上包着帕子,活像一个女香客! 我要到很远很远的地方去朝圣。香客不断地从我旁边走过;他们慢吞吞地走着,仿佛不乐意似的,大家都往同一个方向走去;他们全都愁眉苦脸的,而且相貌都相像。我看见有一个女人在他们中间钻来钻去,穿进穿出,她比别的人高出一个头,她穿的衣服也很特别,好像不是我们俄罗斯的服装。相貌也很特别,阴气沉沉的,样子很严肃。别的人似乎都避开她;她忽然转过身,一直向我走来,站定了对我看;她的眼睛像鹰的眼睛一样,又黄又大,而且非常明亮。我问她:'你是谁?'她对我说:'我是你的死神。'我照理应该害怕了,可是相反的,我高兴极了,划了十字! 这女人——我的死神——就对我说:'我可怜你,露克丽亚,可是我不能带你去。再见了!'天哪! 那时候我多么悲哀!……'带了我去吧,'我说,'亲爱的好妈妈,带了我去吧!'我的死神就把脸转向我,对我说起话来了。……我知道她是在指定我的死期,可是听不懂,听不清楚。……说是'圣彼得节[1]之后'……这时候我就醒了。我常常

---

〔1〕　圣彼得节是旧俄历六月二十九日。

做这样奇怪的梦!"

露克丽亚抬起眼睛来,……陷入沉思了。……

"只是我有一件痛苦的事:有时候在整个星期内我一次也没有睡着。去年有一位夫人路过这里,看见了我,给了我一小瓶治失眠的药;她叫我每次吃十滴。这药对我很有效,我吃了就睡得着了;可是现在这一小瓶药早已吃完了。……您知道吗,这是什么药,怎样可以办到它?"

路过的夫人给露克丽亚的显然是鸦片。我答应给她照样弄一瓶来,而对于她的忍耐性不能不再度表示惊讶。

"啊,老爷!"她回答说,"您怎么说这话?我这点忍耐性算得什么呀?喏,圣西密翁的忍耐力才真伟大呢! 在柱头上站了三十年! 还有一位圣徒叫人把自己埋在地里,一直埋到胸口,蚂蚁咬他的脸。……还有,有一位读过许多经卷的人讲给我听的:从前有一个国土,阿拉伯人征服了这国土,他们虐杀所有的居民;居民们用尽种种方法,总不能获得解放。这时候在这些居民里面出现了一位圣处女;她拿了一把很大的宝剑,穿上了两普特重的甲胄,去对付阿拉伯人,把他们统统赶到了海的那边。她赶走了他们,就对他们说:'现在你们烧死我吧,因为我曾经这样许下愿:我要为我的人民死于火刑。'于是阿拉伯人把她抓来烧死了。可是从这时候起,人民永远解放了! 这才真是功勋! 而我算得什么呢!"

这时候我暗暗惊奇:关于贞德〔1〕的传说,怎么用这样的形式传到了这里。沉默了片刻,我问露克丽亚:她几岁了。

"二十八,……也许是二十九,……不到三十。可是年纪算它做什么呢! 我还要告诉您……"

---

〔1〕 贞德(1412—1431),法国女英雄。

露克丽亚突然用低钝的声音咳嗽一下,叹一口气。……

"你说话说得太多了,"我向她指出,"这对你是有害的。"

"的确,"她用几乎听不见的声音说,"我们的谈话该结束了;可是这有什么关系呢! 等您去了以后,我可以尽量地沉默。至少我已经说出了我的心事。……"

我就向她告别,重又提及了我将要送药给她的诺言,又叫她再仔细想想,告诉我:她有没有什么需要?

"我没有什么需要了;一切都满足,感谢上帝,"她十分费力而又动人地说出这话。"上帝保佑大家健康! 对了,老爷,您最好劝劝您的老太太:这里的农人都很穷,请她把他们的代役租减轻些,减轻一点点也好! 他们的地不够,而且都没有出息。…… 如果减轻了,他们会祈祷上帝保佑您的。……我可什么都不需要,一切都满足了。"

我向露克丽亚保证一定实现她的愿望。我已经走到门口了,……她又叫我回来。

"老爷,您记得吗,"她说着,她的眼睛里和嘴唇上有一种奇妙的表情一闪而过,"我以前的辫子是怎么样的? 您记得吗,一直挂到膝盖的地方! 我好久都拿不定主意。……这样长的头发! ……可是怎么能梳它呢? 在我这种境况下! ……所以我就把它剪掉了。……嗯。……好,再见吧,老爷! 我不能再说话了。……"

就在这一天,出猎以前,我跟管田庄的甲长谈起了露克丽亚。我从他那里知道:村里的人都称她为"活尸首",可是她一点也不使他们讨厌;从来不听见她诉苦或者抱怨。"她自己没有一点要求,相反的,她对一切都感谢;她是一个温良的人,实在是一个十分温良的人。大概是上帝为了她的罪孽而惩罚她的,"甲长这样下了结论;"可是我们不去顾问这件事。至于指摘她呢,不,我们不去指摘她。随她去吧!"

　　过了几个星期,我听说露克丽亚死了。死神终于来叫她了,……正是在"圣彼得节之后"。据说她死的一天老是听见钟声,虽然从阿列克谢叶夫卡到礼拜堂算来有五俄里多路,而且这一天并不是礼拜天。不过露克丽亚说:钟声不是从礼拜堂那边传来的,而是"从上面"来的。大概她不敢说"从天上"来的。

车轮子响

"我报告您,"叶尔莫莱走进农舍里来对我说,那时候我刚吃过饭,躺在行军床上,想在十分成功但很吃力的松鸡狩猎之后休息一下——时间是七月中旬,天气热得厉害。……"我报告您:我们的散弹都用完了。"

我从床上跳起来。

"散弹用完了! 怎么啦! 我们从村子里带来的差不多有三十芬特[1]! ——满满的一袋哩!"

"对呀;而且袋子很大;应该足够用两个星期。可是不知道是怎么回事! 恐怕袋子上有破洞了,不管怎么着,散弹实在没有了,……剩下的不过十发了。"

"那么我们现在怎么办呢? 前面有很好的地方——明天我们说好要打六窝鸟的呢。……"

"派我到图拉去吧。离这儿不远:一共四十五俄里。只要您吩咐一声,我飞快地去一趟,带一普特散弹来。"

"你什么时候去呢?"

"现在马上去也可以。何必耽搁时间呢? 不过有一点:要雇几匹马。"

---

[1]　芬特,旧俄罗斯重量单位。1 芬特等于 0.41 公斤。

"怎么要雇马？自己的马为什么不用？"

"自己的马不能用了。辕马的脚跛了，……跛得厉害！"

"从什么时候起的？"

"前几天，——马车夫带它去钉铁蹄。铁蹄钉好了。碰上那个铁匠大概是不高明的。现在它的一只脚简直踩不下去。是前脚。它就只得把前脚缩起，……像狗一样。"

"有这样的事？那么至少已经把铁蹄给它拿掉了吧？"

"没有，没有拿掉；可是一定得把它拿掉。大概钉子钉进它的肉里去了。"

我吩咐把马车夫叫来。才知道叶尔莫莱并没有说谎：辕马的脚的确踩不下去了。我立刻吩咐把它的铁蹄拿掉，让它站在潮湿的泥土上。

"怎么样？吩咐我雇马到图拉去吗？"叶尔莫莱又来缠着我。

"难道在这荒僻的地方可以雇到马吗？"我禁不住懊恼地叫出。……

我们所在的村庄偏僻而又荒凉；所有的居民都是贫穷的；我们好容易才找到这间虽然没有烟囱然而还算宽敞的农舍。

"可以，"叶尔莫莱照例泰然自若地回答。"关于这个村庄，您说的话很对；可是这儿以前住着一个农人。很聪明！又有钱！他有九匹马。他自己已经死了，现在他的大儿子在当家。这个人是一个十足的傻瓜，可是还没有花尽老子的财产。我们可以跟他要马。您让我去叫他来吧。听说他的两个弟弟倒是挺伶俐的，……可是他到底是他们的头儿。"

"为什么呢？"

"因为他是老大！做弟弟的当然得听他的话！"这时候叶尔莫莱狠狠地抨击了一般做弟弟的，他的话简直难以形诸笔墨。"我去叫他来。他是个老实人。跟他哪里会谈不拢呢？"

当叶尔莫莱去叫"老实人"的时候,我转起念头来:还是我亲自到图拉去一趟吧？第一,我受经验的教训,对叶尔莫莱很不信任;有一次我派他到城里去买东西,他答应我在一天之内完成我的一切委托——岂知他去了整整一星期,把所有的钱都喝了酒;坐了竞走马车去的,却步行回来。第二,我在图拉有一个熟识的马贩子,我可以向他买一匹马来代替跛脚的辕马。

"决定这么办!"我想。"我自己去一趟;在路上也可以睡觉——况且这四轮马车是很平稳的。"

"叫来了!"过了一刻钟之后叶尔莫莱喊着。闯进农舍来。跟在他后面走进来的是一个身材魁梧的农人,他穿着白衬衫、蓝裤子和草鞋,毛发都是淡黄色的,视力很差,长着棕黄色的尖胡子,鼻子长而丰满,嘴巴张开。看样子他的确是一个"老实人"。

"您跟他谈吧,"叶尔莫莱说,"他有马,他愿意出租。"

"这个,喏,我……"这农人用略带嘶哑的声音讷讷地说起话来,同时摇摇他的稀薄的头发,用手指摸弄他手里拿着的帽子的边。"我,喏……"

"你叫什么名字?"我问。

农人低下了头,仿佛在沉思。

"我叫什么名字吗?"

"是啊,你的名字叫什么?"

"我的名字是,是非落非。"

"唔,非落非老弟,我听说你有马。你去带三匹马到这儿来,我们要把它们套在我的四轮马车上——这马车是很轻的——你载我到图拉去一趟吧。这两天夜里有月亮,很亮,赶车也凉快。你们这儿的路怎么样?"

"路吗? 路倒没有什么。从这里走到大路上,一共不过二十俄里光景。有一个小地方……不大顺当;别的都没有什么。"

"不大顺当的小地方是怎么样的呢?"

"要走浅滩涉过河去。"

"难道您自己到图拉去?"叶尔莫莱问。

"是的,我自己去。"

"噢!"我的忠实的仆人说着,摇摇头。"噢——!"他又说一声,啐了一口,就走出去了。

图拉之行对他显然已经毫无吸引力;在他看来这是一件没有趣味的无聊事了。

"你熟悉路吗?"我问非落非。

"我们怎么会不熟悉路呢! 不过我,就是说,听您的吩咐,可是总不能……因为这样突然地……"

原来叶尔莫莱在雇用非落非的时候,曾经对他声明,叫他不要担心,会付钱给他这个傻瓜的,……也不过这么一句话! 非落非虽然——照叶尔莫莱的说法——是一个傻瓜,对于光是这样的一个声明却不能满意。他向我讨价五十卢布——很高的价格,我还他十卢布——很低的价格。我们就讲起价钱来;非落非起初坚持,后来开始让价了,但是很不爽快。这期间叶尔莫莱进来一下,向我断然地说:"这个傻瓜,(非落非听见了低声说:"他老是喜欢这么说!")这个傻瓜完全不懂得计算银钱。"他顺便又提醒我一件事:大约二十年前,我母亲在两条大路交叉的热闹地方开设的一个旅店,完全衰败了,就是因为派在那里经理业务的那个老仆人根本不懂得计算银钱,只知道个数多便是好,这就是说,例如拿一个二十五戈比的银币当作六个五戈比铜币付给人家[1]，同时还要大骂其人。

"嘿，你呀，非落非！真是非落非！"最后叶尔莫莱这样叫着，愤怒地碰一碰门，走出去了。

非落非一句话也不回驳他，他仿佛意识到：名字叫做非落非的确不大好，一个人为了这样的名字应该受责备，虽然实际上这是神甫不好，因为在行洗礼的时候没有好好地送他报酬。

我终于跟他讲定了二十卢布。他回去牵马，过了一个钟头，牵了五匹马来，以便选择。马都还不错，虽然它们的鬃毛和尾巴都很乱，肚子庞大，像鼓皮一样紧张。非落非的两个弟弟跟了他来，他们一点也不像他。身材短小，眼睛黑溜溜的，鼻子尖尖的，他们的确给人"伶俐"的印象；他们说话说得又多又快，正像叶尔莫莱所谓"唠叨"，但是他们都服从大哥哥。

他们把四轮马车从屋檐下拉出来，装配车子和马匹，一直忙了一个半钟头光景；有时把绳子做的挽索放松了，有时又扎得紧紧的。两个弟弟一定要把"灰斑马"套在辕上，因为"它下坡走得好"；但是非落非决定"用粗毛马"，于是就把粗毛马套在辕上了。

他们在马车里铺了干草，把跛脚辕马的轭塞在座位底下了，以便在图拉买到了新马就可以装配上去。……非落非还跑回家去了一趟，回来的时候穿着他父亲的长长的白色的宽袍，戴着高高的毡帽，穿着涂油的靴子，得意扬扬地爬上驾车台。我坐上了车，看一看表：十点一刻。叶尔莫莱竟不跟我告别，去打他的狗华列特卡了；非落非拉动缰绳，尖声细气

---

[1] 原先，一个二十五戈比的银币等于五个五戈比的铜币。从一八四三年元旦起，十戈比的铜币只等于三戈比的银币。这是尼古拉一世的兑换制度。现在这个老仆人拿二十五戈比的银币当作六个五戈比铜币付出去，损失很多了。

地喊起马来:"嘿,你们这些小东西!"他的两个弟弟从两旁跑过来,打着副马的肚子,马车就开动了,转出门外,走上街道;那匹粗毛马想回到自己家里去了,但是非落非打它几鞭,开导了它,于是我们就开出村庄,走在繁茂的榛树丛林中间十分平坦的道路上了。

夜色沉静可爱,是最适宜赶路的时候。风有时在丛林里瑟瑟地响,摇曳着树枝,有时完全静止了;天空中某些地方有凝滞不动的、银色的云;月亮高挂在天心,皎皎地照明了四周。我伸直身子,躺在干草上,正想打瞌睡,……但是想起了那个"不大顺当的地方",抖擞了一下。

"喂,非落非,离开浅滩还远吗?"

"离开浅滩吗?还有八俄里光景。"

"八俄里。"我想。"非一个钟头走不到。我还可以睡一会儿。"

"非落非,你熟悉路吗?"我又问。

"路怎么会不熟悉呢?又不是第一次走……"

他接着又说了些什么话,但是我已经不去听他。……我睡着了。

使我醒来的,不是我自己要恰好睡一小时的企图(这是常有的情形),而是我耳朵底下的一种虽然轻微但很奇怪的汨汨声和潺潺声。我抬起头来……

多么奇怪!我照旧躺在马车里,但是马车的周围,离开马车边缘不过半阿尔申高的地方,有一片水映着月光,起着细碎、清晰而颤抖的小波纹。我向前面一望:非落非低着头,弯着背,像偶像一般坐在驾车台上;再前面,在潺潺的流水上面,望得见弯曲的轭木、马的头和背脊。一切都凝滞不动,鸦雀无声,仿佛在魔法的国土中,在梦中,在神奇的梦中。……这是怎么一回事?我从车篷底下向后面一望,……原来我们正在河中央,……河岸离开我们约有三十步!

"非落非!"我叫了一声。

"干什么?"他回答。

"还说'干什么?'得啦吧! 我们到底在哪里啊?"

"在河里。"

"我知道在河里。可是这样我们马上就要淹死了。你这样算是过浅滩吗? 咦? 你睡着了,非落非! 你回答我呀!"

"我稍微弄错了一点,"我的车夫说,"大概太偏了一点,走错了路,现在要等一下了。"

"怎么叫做'要等一下了!'我们等什么呢?"

"让这粗毛马辨认一下。它转向哪儿,我们就该往哪儿走。"

我在干草上坐起来。辕马的头在水面上一动也不动。在明亮的月光底下,只能看见它的一只耳朵微微地动着——有时向后,有时向前。

"它也睡着了,你的粗毛马!"

"不,"非落非回答,"它在那里嗅水。"

一切又都静息了,只是水照旧发出微弱的汩汩声。我也茫茫然了。

月光,夜色,河水,河里的我们……

"这个嘶哑的声音是什么?"我问非落非。

"这个吗? 是芦苇里的小鸭子……也许是蛇。"

忽然辕马的头摇动了,耳朵竖起来了,它打起响鼻来,开始行动。

"嗬——嗬——嗬——嗬!"非落非突然扯着嗓子大叫起来,他挺起身子,挥动马鞭。马车立刻离开了那地方,它横断了河水的波浪向前猛力一冲,摇摇摆摆地开动了。……起初我觉得我们在沉下去了,开到深的地方去了,但是经过了两三次冲撞和陷落之后,水面仿佛突然低了下去。……它越来越低,马车就从它里面生出来了,瞧,车轮子和马尾巴都露出来了。于是,那些马搅起激烈而粗大的水沫来,这些水沫在朦胧的月光下飞溅出去,好像金刚石的——不,不是金刚石——而是蓝宝石的光束;它们愉快地、协力地把我们拉到了沙岸上,历乱地鼓动着光滑润湿的脚,沿着道路开往山里去了。

我心里想:"非落非现在大概要说'您瞧,我的话是对的!'或者类乎此的话了吧?"但是他一句话也不说。因此我也认为不必责备他的疏忽了,就躺在干草上,想再睡觉。

但是我睡不着,不是因为没有打猎而不曾疲劳,也不是因为我所经历的恐慌赶走了我的睡意,却是因为我们来到了非常美丽的地方。这是辽阔、广大、滋润而茂盛的草原,其中有无数的小草地、小湖泊、小川、尽头丛生着柳树和灌木细枝的小港,是真正俄罗斯风的、俄罗斯人所爱好的地方,很像我们古代传说中的勇士骑着马射击白天鹅和灰鸭子的地方。被车马压平了的道路像一条黄色的丝带一般蜿蜒着,马跑得很轻快。我不能闭上眼睛,只管欣赏着! 这一切景物都在可爱的月光底下柔和地、匀称地从两旁浮过。非落非也被感动了。

"我们这一带地方叫作圣耶各尔草原,"他回过头来对我说。"再过去就是大公草原。这样的草原在全俄罗斯没有第二处的,……多美啊!"辕马打一个响鼻,颤动一下。……"天哪! ……"非落非庄重地低声说。"多美啊!"他又说一句,叹一口气,然后长长地哼了一声。"快要开始割草了,这地方耙集起干草来有多少啊——真不得了! 港里鱼也很多。多么好的鳊鱼!"他拖长声调说。"总而言之:做人真快活,死不得的。"

他忽然举起一只手来。

"啊！瞧！在湖上面……不是有一只苍鹭站着吗？难道苍鹭晚上也捉鱼的？哈哈！这是树枝，不是苍鹭。看错了！月亮老是骗人。"

我们这样地走着，走着，……可是现在来到了草原的尽头，这里出现了一些小树林和开垦了的田地；附近有一个小村庄里闪耀着两三点灯火，——到大路只有五俄里光景了。我睡着了。

我又不是自己醒来的。这回是非落非叫我醒来的。

"老爷……喂，老爷！"

我坐起来。马车停在大路中央的平地上，非落非坐在驾车台上，把脸转向我，眼睛睁得很大（我竟吃了一惊，我想不到他有这样大的一双眼睛），意味深长地、神秘地低声说：

"车轮子响！……车轮子响！"

"你说什么？"

"我说：车轮子响！您弯下身子来听听看。听见吗？"

我从马车里伸出头去，屏住了呼吸，果然听见我们后面很远的地方有微弱的、断断续续的响声，好像是车轮滚动的声音。

"听见吗？"非落非又问。

"嗯，是的。"我回答。"有一辆马车在开来了。"

"您没有听见，……听！嗒……铃鼓声音，……还有口哨，……听见吗？您把帽子脱掉，……可以听得清楚些。"

我没有脱下帽子，但是侧着耳朵倾听。

"嗯，是的，……也许是。可是这有什么呢？"

非落非把脸转向着马。

"一辆大车开来了，……不装货的，铁皮轮子的，"他说着，拿起了缰绳。"老爷，这是坏人来了；在这里，在图拉附近，拦路抢劫的……多得很。"

"胡说！你为什么知道这一定是坏人？"

"我的话是真的。带着铃鼓，……坐着塞落落的大车的，……还会有谁呢？"

"那么到图拉还远吗？"

"还有十五俄里光景，这里一户人家也没有。"

"那么，赶快走，不要耽搁了。"

非落非挥一下鞭子，马车又开动了。

我虽然不相信非落非的话，但是已经不能再入睡了。如果是真的，那怎么办呢？一种不快的感觉在我心中浮动。我在马车里坐起来，——在这以前我是躺着的，——开始向四周眺望。在我睡着的期间，生起了一层薄雾——不是在地面上，而是在天空中；这薄雾浮得很高，月亮挂在雾里，变成了白蒙蒙的一点，仿佛蒙在烟气中一般。一切都暗淡无光，形成了模糊的一片，只是近地面的部分还看得清楚。周围都是平坦的、凄凉的地方：田野，一直是田野，有些地方有灌木丛、溪谷，然而过后又是田野，而且大都是休闲田，长着些稀疏的杂草。一片荒凉，……死气沉沉！连一只鹌鹑的叫声都没有。

我们走了半个钟头光景。非落非不绝地挥着鞭子，用嘴唇发出叱马的声音，但是我们两个人大家一句话也不说。后来我们走上了一个小丘，……非落非勒住了马，接着就说：

"车轮子响，……车轮子响——哪，老爷！"

我又把头伸出马车外面；其实我在车篷里也可以听见。虽然相隔还远，这一回我却已经能够十分清楚地听到大车轮子的转动声、人的口哨声、铃鼓的锵锵声，甚至马蹄声；我甚至好像听到歌声和笑声。风固然是从那方面吹来的，但是那些不相识的旅客和我们之间的距离无疑地已经缩短了足足一俄里，也许竟是两俄里了。

我和非落非面面相觑，他只是把帽子从后脑拉到了额骨上，立刻又俯在缰绳上打起马来了。马儿飞奔起来，但是不能继续长久，一会儿又跑轻快步了。非落非继续不断地鞭打它们。必须逃走啊！

我自己也不明白，为什么起初我并不分担非落非的疑虑，而这回忽然相信跟着我们来的的确是坏人了。……我并没有听见任何别的声音：仍然是同样的铃鼓声、同样的不载货的大车的轮子声、同样的口哨声、同样的模糊的喧嚣声。……但是现在我已经不再怀疑了。非落非的话是不会错的！

又过了二十分钟，……在这二十分钟的最后一段时间内，我们除了自己的马车的轧轧声和隆隆声之外，又听见另一辆车子的轧轧声和隆隆声了。……

"停车吧，非落非，"我说，"反正一样——同是一个完结！"

非落非胆怯地喝了一下马。马刹那间就站定了，仿佛因为可以休息而感到欢喜的样子。

天哪！铃鼓简直就在我们背后大声响着，大车发出辚辚声，人们在吹口哨，叫喊，唱歌，马打着响鼻，马蹄在地面上敲响……

他们追上来了！

"糟——糕！"非落非拖长了声音低声说，接着犹豫不决地叱一下马，催促它们前进。但是正在这当儿，忽然仿佛有一样东西突然垮下来似的，只听见一阵呐喊，轰隆一声响，一辆庞大的摇摇摆摆的大车由三匹瘦健的马拖着，急剧地像旋风一般追上了我们，向前跑了几步，立刻换了慢步,拦住了路。

"正是强盗的行径。"非落非低声说。

老实说,我心里发呆了。……我就在雾气弥漫的幽暗的月光底下紧张地观察。在我们前面的大车里,有六个穿衬衫的、敞开上衣的人不知算是坐在那里,还是躺在那里;其中两个人头上不戴帽子;穿靴子的粗大的腿挂在马车的横木上摇摆着,手臂乱七八糟地举起来,落下去,……身体摇晃着,……显而易见,这是一群醉汉。有的人在那里胡乱叫喊;有一个人发出很尖锐而清晰的口哨声,另一个人在骂;驾车台上坐着一个穿短皮袄的大汉,在那里驾驭马匹。他们缓步前进,仿佛没有注意到我们。

有什么办法呢? 我们也只得跟着他们缓步前进,……无可奈何了。

我们这样地走了大约四分之一俄里。这是一种折磨人的期待。……逃命,防御,……哪里还谈得到! 他们有六个人,而我连手杖都没有一根! 向后回转呢? 他们一定立刻追上来。我想起了茹科夫斯基的诗句(他咏卡明斯基元帅被杀的诗句):

　　　　强盗的卑鄙的斧头……〔1〕

要不然,就是用肮脏的绳子勒住喉咙,……丢进濠沟里,……在那里呻吟,挣扎,像兔子落在套索里一般。……

啊,真可恶!

可是他们照旧缓步前进,不来注意我们。

"非落非!"我低声说,"试试看,偏向右,装做从旁边通过的样子。"

────────

〔1〕 引自茹科夫斯基的诗篇,该诗篇乃于一八〇九年为卡明斯基元帅之死而作。

非落非试着把马拉向右,……但是他们也立刻偏向右,……不可能通过。

非落非又试着把马拉向左,……但是他们又不让他越过大车,并且笑起来。这么说,他们是不放我们过去了。

"正是强盗。"非落非转过头来对我低声说。

"可是他们等什么呢?"我也低声问他。

"喏,在前面,在洼地里,小河上有一座桥。……他们想在那边结果我们!他们常常是这样的,……在桥旁边。老爷,事情明明是这样的了!"他叹一口气接着说,"不见得会放我们活着回去的;因为他们主要是灭口。老爷,我只可惜一点:我的三匹马损失了,我的两个弟弟得不到它们了。"

这时候我应该吃惊:非落非在这样的当儿还能够担心他的马。然而老实说,我自己已经顾不到这些了。……"难道他们真的要杀人?"我反复地想。"为了什么呢?我把我所有的都给他们就是了。"

桥愈来愈近了,愈来愈看得清楚了。

突然响出一阵尖锐的呐喊声,我们前面那辆马车仿佛奔腾飞驰起来,它跑到了桥边,一下子煞住,在路上稍偏的地方纹丝不动地站定了。我的心沉了下去。

"啊呀,非落非老弟,"我说,"我和你走上了死路了。我害了你,请你原谅我啊。"

"哪里是您的过错呢,老爷!自己的命运是逃不了的!喂,粗毛马,我的忠实的马儿,"非落非对辕马说,"好兄弟,向前走吧!帮我最后一个忙吧!——反正是一样……天保佑!"

他就放他的三匹马快步向前。

　　我们走近桥边了,走近那辆一动不动的、可怕的大车了。……这辆车上仿佛故意似地一切都静息下来了。肃静无声! 就好像梭鱼、鹞鹰、一切猛兽等候获物接近来时的静默一样。我们终于和那辆大车相并了,……突然那个穿短皮袄的大汉跳下车,一直向我们走来!

　　他并没有对非落非说话,但是非落非立刻自动勒住了缰绳。……马车停了。

　　大汉把两只手按在车门上,把他的毛发蓬松的头伸向前,露出牙齿笑着,用沉静而平稳的声调和职工的语气说出下面的话:

　　"可敬的先生,我们是参加了体面的宴会,参加了婚礼回来的;……我们给我们的一个好朋友结了婚;把他安顿好了;我们弟兄都是年青勇敢的人,——喝了许多酒,可是没有东西可以醒酒;您肯不肯赏一个光,给我们一点儿钱,让弟兄们每人再喝半瓶烧酒来解解醉? 我们将要为您的健康干杯,不忘记您这位好先生;要是您不肯赏光的话,那就请您不要见怪!"

　　"这是怎么一回事?"我想,……"在开玩笑? ……挖苦人?"

　　大汉低下了头,继续站着。正在这当儿,月亮从雾中出现,照亮了他的脸。这张脸上露出得意的微笑,——眼睛里和嘴唇上都带着笑。这张脸上看不出威吓的样子,……只是好像整个脸很警惕,……牙齿又白又大。……

　　"我很愿意……请拿去吧……"我连忙说,同时从衣袋里掏出钱包,从这里面拿出两个银卢布来,——那时候银币在俄罗斯还通行。"给你,如果不嫌少的话。"

　　"多谢!"大汉像兵士一般大叫一声;他的粗大的手指迅速地攫取了我的——不是全部钱包,而只是那两个银卢布。"多谢!"他抖一抖头发,跑向大车去了。

"弟兄们!"他叫起来,"过路的先生赏给我们两个银卢布!"所有的人都突然哈哈大笑起来。……大汉爬上了驾车台。……

"祝您幸福!"

一转眼他们就离去了! 马儿齐步向前奔跑,大车隆隆地开上山坡去,在天空和地面相接的黑暗的界线上再闪现一次,就跑下山坡,消失了。

于是车轮声、叫声、铃鼓声都听不见了。……

死一般的静寂。

我和非落非并不立刻恢复自在。

"啊,这可真是开玩笑!"终于他这样说,脱下了帽子。划起十字来。"真是开玩笑,"他又说了一句,满心欢喜地转向我。"这一定是个好人,真的。嗬——嗬——嗬,小东西! 快走! 你们保全了! 我们大家都保全了! 就是这个人不让我们通过;他驾着马呢。这小伙子真滑稽! 嗬——嗬——嗬——嗬! 走吧!"

我默默不语,但是心里也很痛快。"我们保全了!"我心里反复说着,躺在干草上了。"便宜地解决了!"

我竟觉得有点难为情:我为什么要想起茹科夫斯基的诗句来。

忽然我想起了一件事:

"非落非!"

"什么?"

"你结婚了吗?"

"结婚了。"

"有孩子了吗?"

"有孩子了。"

"刚才怎么你不想到他们呢? 你可怜你的马,可是你的妻子、你的孩子们呢?"

"为什么要可怜他们? 他们又不会落到强盗手里。可是我心里一直惦记着他们,现在也惦记着,……真的。"非落非沉默了一下。"也许……是因为他们的缘故,上帝才饶恕我们的。"

"说不定这些人不是强盗吧?"

"怎么能知道呢? 难道能钻进别人心眼儿里去的? 有道是:知人知面不知心。可是相信上帝总是好的。不啊……我一直惦记着我家里的人。……嗬——嗬——嗬,小东西,走吧!"

我们走近图拉时,差不多已经天亮了。我半睡半醒地躺着。……

"老爷,"突然非落非对我说,"您瞧,他们在酒店里,……这是他们的大车。"

我抬起头来一看,……正是他们:他们的大车,他们的马。酒店的门槛上忽然出现了那个熟识的穿短皮袄的大汉。

"先生!"他挥着帽子叫,"我们在用您的钱喝酒! 喂,马车夫,"他向非洛非点点头,接着说,"刚才恐怕受惊了吧?"

"这人真有趣。"我们离开酒店约二十沙绳之后,非落非说。

我们终于到了图拉;我买了散弹,顺便买了些茶叶和酒,还向马贩子买了一匹马。中午我们动身回去了。非落非因为在图拉喝了点酒,变成了一个很爱说话的人(他甚至讲故事给我听),当我们经过上次我们听见后面有车轮子响的那地方的时候,非落非忽然笑起来。

"老爷,您可记得,我一直对您说'车轮子响,……车轮子响',我说

'车轮子响!'"

他把手挥动了好几下。……他觉得这句话很有趣味。

当天晚上我们回到了他的村子里。

我把我们所遭逢的事情告诉了叶尔莫莱。他那时候没有喝过酒,并不说什么同情的话,只是哼了一声——是赞许还是责备,我想连他自己也不知道。但是过了两天,他很高兴地告诉我:就在我和非落非到图拉去的那天夜里,就在那条路上,有一个商人遭了抢劫,被杀死了。我起初不相信这消息,但是后来不得不相信了:一个警察官骑着马跑过这里,去调查这事件,就证明了这消息的确实。我们这班好汉莫非就是参加了这个"婚礼"回来?那个滑稽的大汉所谓"安顿好了"的那个"好朋友",莫非就是这个商人?我在非落非的村子里又耽搁了大约五天。我每次一碰见他,就对他说:"嗳?车轮子响吗?"

"这人真有趣。"他每次都这样回答我,接着就笑起来。

树林和草原

……渐渐地牵引他向后方：

回到幽暗的花园里，回到村子上，

那里的菩提树高大而荫凉，

铃兰花发出贞洁的芬芳，

那里有团团的杨柳成行，

从堤畔垂垂地挂在水上，

那里有繁茂的橡树生长在膏腴的田地上，

那里的大麻和荨麻发出馨香……

到那地方，到那地方，到那辽阔的原野上，

那里的土地黑沉沉的像天鹅绒一样，

那里的黑麦到处在望，

静静地泛着柔软的波浪。

从一团团明净的白云中央，

照射出沉重的、金黄色的阳光。

那是个好地方……

——节自待焚的诗篇

　　读者对于我的笔记也许已经感到厌倦了；我赶快安慰他：约定限于

已经发表的几篇为止;但是在向他告别的时候,不能不略谈几句关于打猎的话。

带了枪和狗去打猎,就本身而论,即从前所谓 für sich[1],是一件绝妙的事;纵然你并不生来就是猎人,但你总是爱好自然和自由的,因此你也就不能不羡慕我们猎人。……请听我讲吧。

例如,春天黎明以前乘车出游时的快感,你知道吗? 你走到台阶上。……深灰色的天空中有几处闪耀着星星;滋润的风时时像微波一般飘过来;听得见夜的隐秘而模糊的私语声;阴暗的树木发出微弱的喧噪声。仆人把地毯铺在马车上了,把装茶炊的箱子放在踏脚的地方了。两匹副马畏缩着身子,打着响鼻,优雅地替换着蹄子站在那里,一对刚才睡醒的白鹅静悄悄、慢吞吞地穿过道路去。在篱笆后面的花园里,看守人安闲地在那里打鼾;每一个声音都仿佛停滞在凝结的空气中,停滞不动。于是你坐上车;马儿一齐举步,马车发出隆隆的声音。……你乘着马车,经过教堂,下山向右转,开过堤坝。……池塘上刚开始升起烟雾。你觉得有点儿冷,就用大衣领子遮住了脸;你打瞌睡了。马蹄踏在水洼里发出很响的声音;马车夫吹着口哨。但是这时候你已经走了约摸四俄里,……天边发红了;唐鸦在白桦树丛中醒过来,笨拙地飞来飞去;麻雀在暗沉沉的禾堆周围吱吱喳喳地叫。空气清朗了,道路更加看得清楚,天色明净起来,云发白了,田野显出绿色。农舍里点着松明,发出红色的火光,大门里面传出瞌睡蒙眬的说话声。这期间朝霞发红了;已经有金黄色的光带扩展在天空中,山谷里缭绕地升起一团团烟雾来,云雀嘹亮

---

〔1〕 德语:就本身而论。

地歌唱着,黎明前的风吹出了,——于是徐徐地浮出深红色的太阳来。阳光像流水一般迸出;你的心像鸟儿一般振奋起来。一切都新鲜、愉快而可爱!四周远处都看得清楚了。小树林后面有一个村庄;再过去些还有一个村庄,村里有一所白色的礼拜堂;山上有一个白桦树林;这树林后面是一片沼地,就是你要去的地方。……快跑,马儿,快跑!跨着大步向前进!……一共只有三俄里了。太阳很快地升起来;天空明净。……今天天气一定很出色。一群家畜从村子里向我们迎面而来。你的车子登上山顶。……风景多么好!河流蜿蜒十俄里光景,在雾色中隐隐地发蓝;河那边是大片的水汪汪的青草地;草地那边有几个平坦的丘陵;远处有几只田凫在沼地上空飞鸣;通过了散布在空气中的滋润的阳光,远处的景物显得很清楚,……不像夏天那样。呼吸多么自由,四肢动作多么爽快,全身被春天的清新气息笼罩着,感到多么壮健!……

　　夏天七月里的早晨!除了猎人,有谁曾经体会到黎明时候在灌木丛中散步的乐趣呢?你的脚印在白露沾湿的草上留下绿色的痕迹。你用手拨开濡湿的树枝,夜里蕴蓄着的一股暖气立刻向你袭来;空气中到处充满着苦艾的新鲜苦味、荞麦和三叶草的甘香;远处有一片茂密的橡树林,在阳光底下发出闪闪的红光;天气还凉爽,但是已经觉得炎热逼近了。过多的芬芳之气使得你头晕目眩。灌木丛没有尽头。……只是远处某些地方有一片黄橙橙的成熟了的黑麦,一条条狭长的粉红色的荞麦田。这时候一辆马车轧轧地响出;一个农人缓步走来,把他的马预先牵到荫凉的地方去。……你同他打个招呼,就走开了;你后面传来镰刀的响亮的铿锵声。太阳越升越高。草立刻干燥了。天气炎热起来。过了一个钟头,又一个钟头,……天边上黑暗起来;静止的空气中发散出火辣辣的热气。

"老兄,这里什么地方可以弄点水喝?"你问一个割草的人。

"那边山谷里有一口井。"

你穿过缠着蔓草的茂密的榛树丛,走到山谷底上。果然,断崖的下面隐藏着泉水;橡树的掌形枝叶贪婪地铺张在水面上;银色的大水泡摇摇摆摆地从长满细致柔滑的青苔的水底上升起来。你投身到地上,喝饱了水,但是懒得再动了。你现在正在荫凉的地方,呼吸着芬芳的湿气;你觉得很舒服,可是你对面的丛林晒得火辣辣的,在阳光底下仿佛颜色发黄了。然而这是什么呀?风突然吹来,又疾驰而去;四周的空气颤动了一下:这不是雷声吗?你从山谷里走出来,……天边的一片铅色是什么?是不是暑气浓密起来了?是不是乌云涌过来了?……但是这时候电光微微地一闪。……啊,原来是暴风雨要来了!四周还照着明亮的阳光,还可以打猎。但是乌云增长起来了:它前面的一边像衣袖一般伸展开来,像穹窿似的笼罩着。顷刻之间,草木全部黑暗了。……赶快跑!那边好像有一间干草棚,……赶快跑!……你跑到那里,走了进去。……雨多么大!闪电多么亮啊!有些地方,水通过了草屋顶滴在芳香的干草上。……但是,瞧,太阳又出来了。暴风雨过去了;你走出来。我的天啊,四周一切多么愉快地发出光辉,空气多么清新澄澈,草莓和蘑菇多么芬芳!……

但是现在黄昏来临了。晚霞像火焰一般燃烧,遮掩了半个天空。太阳就要落山。附近的空气似乎特别清澈,像玻璃一样;远处笼罩着一片柔和的雾气,样子很温暖;鲜红的光辉随着露水落在不久以前还充满淡金色光线的林中旷地上;树木、丛林和高高的干草垛上都投射出长长的影子来。……太阳落山了;一颗星在落日的火海里发出颤抖的闪光来。……这火海渐渐泛白了;天空发青了;一个个的影子逐渐消失,空气中充满了烟雾。现在该回去了,回到你过夜的村中的农舍里去了。你背上枪,不顾疲倦,迅速地走着。……这期间黑夜来临了;二十步之外已经看不见了;狗在黑暗中微微地显出白色。在那边黑压压的丛林上,天际模糊地发亮。……这是什么? 火灾吗? ……不是,这是月亮升起来了。下面靠右边,村子里的灯火已经在闪耀了。……终于到达了你的屋子。你从窗子里可以看到铺着白桌布的食桌、焰焰的蜡烛、晚餐……

有时你吩咐套上竞走马车,到树林里去猎松鸡。车子在两旁长着又高又密的黑麦的狭路上经过,是很愉快的事。麦穗轻轻地打你的脸,矢车菊绊住你的脚,四周有鹌鹑叫着,马儿跑着懒洋洋的大步子。树林到了。阴暗而寂静。体态匀称的白杨树高高地在你上面簌簌作响;白桦树的下垂的长枝微微颤动;一棵强大的橡树像战士一般站在一棵优雅的菩提树旁边。你的车子在长满绿草的、阴影斑驳的小路上行驶着;黄色的大苍蝇一动不动地在金黄色的空气中逗留了一会,突然飞去;小蚊蚋成群地盘旋着,在阴暗的地方发亮,在太阳光里发黑;鸟儿安闲地歌唱着。知更鸟的金嗓子欢愉地发出天真烂漫的絮絮叨叨声,这声音同铃兰的香气很调和。再走远去,再走远去,去到树林的深处。……树林丛密起来。……心中感觉到说不出的沉寂;四周也都充满睡意,悄然无声。但是忽然一阵风吹来了,树梢哗哗地响起来,仿佛翻落的波浪。有些地方,从去年的褐色的落叶中间生出很高的草来;蘑菇各自戴着自己的帽子站着。雪兔突然跳出,狗高声吠叫着急起直追。……

同是这座树林,当晚秋山鹬飞来的时候,显得多么美好啊! 山鹬不停在树林深处,必须到树林边上去找它们。没有风,也没有太阳,没有光亮,没有阴影,没有动作,没有声音;柔和的空气中弥漫着秋天的像葡萄酒似的香气;远处黄橙橙的田野上笼罩着一层淡薄的雾。光秃秃的褐色树枝中间,露出宁静而洁白的天空;菩提树上有几处挂着最后几张金色的叶子。两脚踏在潮湿的土地上觉得有弹性;高高的干燥的草一动也不动;长长的蛛丝在苍白的草上闪闪发光。呼吸舒畅,可是心里感到一种异样的惊悸。你沿着树林边缘走去,一路照看着你的狗,这期间可爱的形象、可爱的人——死了的和活着的——都回忆起来了,久已睡着了的印象蓦地苏醒过来;想象力像鸟一般翱翔,一切都在眼前清晰地出现并活动起来了。心有时突然颤抖跳动,热情地向前突进,有时一去不回地沉没在回忆中了。全部生活就像一个手卷似的轻快迅速地展开来;人在这时候掌握了他的全部往事、全部感情、力量、全部灵魂。四周没有一样东西来妨碍他——既没有太阳,也没有风,又没有声音……

在秋天,早晨严寒而白天明朗微寒的日子里,那时候白桦树仿佛神话里的树木一般全部作金黄色,优美地显出在淡蓝色的天空中;那时候低斜的太阳照在身上不再感到温暖,但是比夏天的太阳更加光辉灿烂;小小的白杨树林全部光明透彻,仿佛它认为光秃秃地站着是愉快而轻松的;霜花还在山谷底上发白,清风徐徐地吹动,追赶着卷曲的落叶;那时候河里欢腾地奔流着青色的波浪,一起一伏地载送着逍遥自在的鹅和鸭;远处有一座半掩着柳树的磨坊轧轧地响着,鸽子在它的上空迅速地盘着圈子,在明亮的空气中斑斑驳驳地闪耀着。……

夏天的烟雾弥漫的日子也很美好,虽然猎人不喜欢这种日子。在这些日子里不能打枪,因为鸟儿从你的脚边拍翅飞起,立刻消失在白茫茫的凝滞的烟雾中了。然而四周多么静寂,静寂得难于形容!一切都觉醒了,然而一切都默不作声。你经过一棵树旁边,它一动也不动,正在悠然自得。通过均匀地散布在空气中的薄雾，在你前面显出一片长长的黑影。你以为这是近处的树林；你走过去，这树林就变成了长在田界上的一排高高的苦艾。在你的上空，在你的四周，到处都是雾。……可是这时候风轻轻地吹出了，一块淡蓝色的天空通过了稀薄如烟的雾气而显现出来，金黄色的阳光突然侵入，照射成一条长长的光带，落到田野上，钻进树林里，——接着，一切又都被遮蔽起来。这斗争继续了很久；但是光明终于胜利，被太阳照暖了的最后一阵阵烟雾时而凝集起来，铺展得平平的，时而盘旋缭绕，消失在发着柔和的光辉的蔚蓝色的高空中，这一天就变成壮丽无比的晴明天气了。

现在你要出发到远离庄园的草原上去行猎了。你的车子在乡间土道上行驶了大约十俄里，终于来到了大道上。你经过无数的货车旁边，经过几家大门敞开的旅店旁边，望见里面有一口井，屋檐下还有茶炊吱吱地沸腾着；你的车子从一个村庄开到另一个村庄，穿过一望无际的原野，沿着绿色的大麻田，长久地行驶着。喜鹊从一棵柳树飞到另一棵柳树；农妇们手里拿着长长的草耙，正在田野里慢慢地走；一个行路人穿着一件破旧的土布外套，肩上背着一只行囊，拖着疲劳的步子行走着；地主家的笨重的轿形马车上套着六匹高大而疲乏的马，向你迎面而来。车窗里露出垫子的角；一个穿大衣的侍仆扶着绳子，横着身子，坐在马车后面的脚镫上的一只蒲包上，泥污一直溅到眉毛上。现在你来到了一个小县城里，这里有木造的歪斜的小屋子、无穷尽的栅栏、不住人的石造商店、深谷上的古老的桥。……再走远去，再走远去！……来到了草原地带。你从山上眺望，风景多么好！一个个全部耕种过的圆圆低低的丘陵，像巨浪一般起伏着；长满灌木丛的溪谷蜿蜒在丘陵中间；一片片小小的丛林像椭圆形的岛屿一般散布着；狭窄的小径从一个村庄通到另一个村庄；各处有白色的礼拜堂；柳丛中间透出一条亮闪闪的小河，有四个地方筑着堤坝；远处原野中有一行野雁并列地站着；在一个小池塘上，有一所古老的地主邸宅，附有一些杂用房屋、一个果园和一个打谷场。然而你的车子继续向前行驶。丘陵越来越小了，树木几乎看不见了。终于，你来到了一片茫无际涯的草原上！……

在冬天的日子里，你在高高的雪堆上追逐兔子，呼吸严寒刺骨的空气，柔软的雪的耀目而细碎的闪光，使你的眼睛不由自主地要眯拢来，你欣赏着红橙橙的树林上面的青天，这一切多么可爱啊！……在早春的日子里，当四周一切都发出闪光而逐渐崩裂的时候，通过融解的雪的浓重的水气，已经闻得出温暖的土地的气息；在雪融化了的地方，在斜射的太阳光底下，云雀天真烂漫地歌唱着，急流发出愉快的喧哗声和咆哮声，从一个溪谷奔向另一个溪谷。……

但是现在应该结束了。我正好又讲到了春天：在春天容易别离，在春天，幸福的人也会被吸引到远方去。……再见了，我的读者，祝您永远如意称心。